붉은 바다말, 이시커

THE SCORPIO RACES *by Maggie Stiefvater*

This Korean edition was Published by Renaissance Publishing Co. in 2018
by arrangement with SCHOLASTIC INC., 557 Broadway, New York,
NY 10012, USA through KCC(Korea Copyright Center Inc.), Seoul.

이 책은 (주)한국저작권센터(KCC)를 통한 저작권자와의 독점계약으로
도서출판 르네상스에서 출간되었습니다.

붉은 바다말, 이시커

매기 스티브오터 지음
박영도 옮김

르네상스

일/러/두/기

본문에서 괄호 안 설명은 독자의 이해를 돕기 위해 편집자가 덧붙인 주석입니다.

차 례

션

11월 첫째 날이다. 그러니 오늘, 누군가 죽을 것이다.

차가운 가을 바다는 눈부신 태양 아래에서도 갖가지 밤 빛깔을 띤다. 어두운 푸른색, 검은색, 갈색……. 수없이 많은 발굽에 차여 끊임없이 바뀌는 모랫바닥 무늬를 바라본다.

검은 바다와 백악 절벽 사이로 난 희뿌연 길을 따라 사람들이 말을 타고 달린다. 이 해변을 달리는 일은 언제나 안전하지 않지만 특히 오늘, 경주가 벌어지는 날은 그 어느 때보다도 위험하다.

해마다 이맘때, 나는 해변에서 살아 숨 쉰다. 바람에 날리는 모래에 얼굴이 따끔거린다. 안장에 쓸린 허벅지가 쓰라린다. 육중한 말 무게를 견디느라 팔이 욱신거린다. 따뜻함이 어떤 건지, 밤새 푹 잠드는 느낌이 어떤 건지도 잊었다. 내 이름을 속삭이는 소리도 잊었다. 모래밭 저편에서 나를 향해 외치는 함성만이 귓가에 들려온다.

나는 이렇게, 이렇게 살아 있다.

아버지와 함께 절벽 아래로 향하는데 운영 위원 하나가 막아선다.

"션 켄드릭, 넌 열 살이야. 아직 잘 모르나 본데, 죽고 싶다면 이 해변에서 죽는 것보다 흥미로운 방법도 많아."

아버지는 흥분한 말을 다루듯이 몸을 숙이며 위원의 팔을 잡는다. 두 사람은 나이를 제한하는 대회 규정을 두고 잠깐 옥신각신한다. 아버지가 이긴다.

"당신 아들이 죽는다면 다 당신 탓이오."

위원이 말한다. 아버지는 아무 대꾸도 하지 않고 그저 말을 끈다.

해변으로 가는 내내 우리는 사람과 말에 이리저리 치인다. 어떤 말이 고삐를 쥐고 걷던 기수를 홱 당기면서 뒷다리로 일어설 때 나는 그 말 아래로 슥 미끄러지듯 지나간다. 마침내 별 탈 없이 바다를 마주한다. 바다에서 나온 말, 이시커가 사방에 있다. 바닷가 조약돌처럼 저마다 다른 색을 띠는 이시커들. 검은색, 붉은색, 금색, 흰색, 미색, 회색, 푸른색. 사람들은 검푸른 11월 바다에서 위험을 줄여 보려고 이시커한테 씌운 굴레에 붉은 술이 달린 방울과 데이지 꽃을 달지만, 나는 꽃잎 따위가 목숨을 지켜 줄 거라 믿지 않는다. 지난해에도 꽃과 방울을 주렁주렁 단 이시커 한 마리가 어떤 사람 몸에서 팔을 반쯤 뜯어냈다.

이시커는 평범한 말이 아니다. 부적을 잔뜩 걸어 바다에서 떼어 놓았어도. 오늘 이 해변에서 녀석한테 등을 보여서는 안 된다.

이시커 몇 마리가 부글부글 거품을 문다. 물거품 같은 침방울들이 입술과 가슴으로 흘러내리며 사람을 물어뜯을지도 모를 이빨을 감춘다.

이시커는 아름답고 위험하며, 사람을 사랑하고 또 증오한다.

아버지는 나더러 다른 운영 위원들한테 가서 안장깔개와 완장을 받아오라고 시킨다. 저 멀리 절벽 위에 모인 구경꾼들이 알아볼 수 있도록 기수마다 다른 색깔 안장깔개를 깔지만, 아버지는 새빨간 말을 타기에 사실 깔개 색깔을 볼 필요도 없다.

"아, 켄드릭. 빨간색이구나."

위원은 아버지의 이름이자 나의 이름이기도 한 이름을 부른다.

"어이, 션 켄드릭. 날씨가 좋구나."

아버지한테 돌아가는 길에 기수 하나가 인사를 건넨다. 바위를 깎은 듯 단단한 얼굴에 작고 다부진 몸이다. 어른처럼 인사를 받자 괜스레 뿌듯하다. 나도 이 무리에 속한 사람으로 인정받는 느낌이다. 우리는 서로 고개를 숙여 보인다. 그런 뒤 기수는 몸을 돌려 말에 안장을 마저 채운다. 수공으로 만든 작은 경주용 안장이다. 기수가 뱃대끈(안장을 말 등에 안전하게 고정하기 위해 말의 배에 두르는 끈)을 조이려고 플랩(안장의 무릎 받침대를 덮는 가죽)을 들추자 안장 가죽에 불로 지져 새긴 글씨가 보인다.

'죽은 이들이 바다를 마신다.'

안장깔개를 아버지한테 건넬 때 왠지 가슴이 철렁한다. 아버지가 불안해하는 것 같아서 대신 내가 말을 탔으면 싶다.

나는, 할 수 있으니까.

새빨간 수컷 이시커는 잔뜩 들떠서 귀를 쫑긋 세운 채 콧김을 뿜는다. 녀석은 오늘 지나치게 달아올랐다. 그러니 빨리 달릴 것이다. 빨라서 더 다루기 힘들 것이다.

아버지는 바다 말한테 붉은색 안장깔개를 씌우려고 고삐를 나한테 건넨다. 나는 소금기 어린 입술을 핥으며 아버지가 팔에 붉은색 완장을 묶는 모습을 지켜본다. 해마다 나는 이 모습을 지켜보았고, 해마다 아버지는 안정된 손길로 완장을 묶었다. 하지만 올해는 아니다. 주춤거리는 손길을 보며 나는 아버지가 이 붉은 수말을 두려워한다는 걸 알아챘다.

나도 이 말, 이 이시커를 타 보았다. 녀석 등에 타면 바람이 몰아치고 땅이 흔들리고 바닷물이 녀석과 내 다리를 후려친다. 그래도 우리는 지치지 않는다.

나는 말 귀 가까이에 몸을 기대고, 눈 위쪽을 시계 반대 방향으로 원을 그리듯 쓰다듬으며 부드러운 귀에 대고 속삭인다.

"션!"

아버지가 외치는 소리에 이시커가 고개를 홱 젖히는 바람에 머리를 부딪힐 뻔한다.

"오늘 같은 날 그 녀석한테 얼굴을 바싹 붙이고 뭐하는 짓이냐? 그 녀석 굶주린 거 안 보여? 얼굴을 반쯤 먹혀도 봐줄 만할 것 같으냐?"

하지만 녀석은 내가 가만히 네모난 눈동자를 바라보자, 마주 바라보더니 슬며시 고개를 돌린다. '우리 아빠를 먹지 마.' 나는 녀석이 내 속삭임을 기억하기를 바란다.

아버지가 언짢은 소리로 말한다.

"션, 이제 넌 저 위로 올라갈 때다. 어서 가거라."

아버지는 내 어깨를 툭툭 치고는 말에 오른다.

붉은 수말 위에 앉은 아버지는 작고 거무스름하다. 이시커를 제자리에 서 있게 하느라 고삐를 잡은 아버지의 손이 벌써 쉼 없이 움직인다. 말 입속에 든 재갈을 비트는 손놀림이다. 말이 머리를 앞뒤로 흔든다. 나라면 말을 그런 식으로 다루지 않겠지만, 지금 말을 탄 사람은 내가 아니다.

나는 아버지한테 이 말은 왼쪽 눈이 더 좋고 오른쪽으로는 움츠러드는 편이니 주의해야 한다고 일러두고 싶다. 하지만 나는 말한다.

"끝나고 봬요."

우리는 낯선 사이처럼 서로 고개 숙여 인사한다. 익숙하지도 편하지도 않은 작별 인사다.

절벽 위에서 경주를 지켜본다. 갑자기 어떤 회색 이시카가 아버지 팔을 문다, 그리고 가슴을 문다. 순간, 해변에 철썩이던 파도가 멈추고, 머리 위 갈매기가 날갯짓을 멈추고, 나는 호흡을 멈춘다.

그 회색 바다 말이 붉은 수말 등에 위태롭게 앉은 아버지를 끌어내린다. 말에 물린 가슴 살점이 뜯겨 나가며 아버지가 모래밭으로 떨어진다. 이미 망가진 몸을 발굽들이 덮친다. 아버지는 2등으로 달리고 있었기에 뒤에 달려오던 말들이 모두 밟고 지나가고 다시 아버지를 볼 수 있을 때까지 한참이 걸린다. 이제 아버지는 거품이 이는 파도에 반쯤 잠긴 길고 검붉은 얼룩일 뿐이다. 붉은 수말은 반쯤 굶주린 바다 생물로 돌아가 그 주위를 맴돈다. 하지만 내 부탁을 들어준다. 한때 내 아버지였던 그 얼룩을 먹지 않는다. 대신 바다로 뛰어든다. 그날의 바다는 세상 무엇보다 붉다.

붉게 물든 파도 속에 늘어져 있던 아버지를 자주 떠올리진 않는다. 대신 경주 직전의 아버지를 기억한다. 불안해하던 모습을.

나는 같은 실수를 하지 않을 것이다.

1

펙

사람들은 오빠와 남동생이 나 없이 못 살 거라고 말하지만, 사실은 나야말로 그 두 사람 없이는 못 산다.

우리 섬 사람한테 어디서 왔냐고 물으면 대개, "스카마우스 가까이요." 또는 "디스비 뒤편 바위뿐인 곳이죠."라거나 "톨라 코앞이에요."라고 대답한다. 하지만 난 아니었다. 어렸을 때, 주름진 아빠 손을 잡고 가는 나한테 무덤에서 막 나온 듯 쪼글쪼글 늙은 농부가 물었다.

"어디서 왔니, 꼬마야?"

나는 주근깨투성이 꼬마치고는 우렁찬 목소리로 대답했다.

"코널리 집이요."

"그게 무슨 소리냐?"

"우리 코널리 가족이 사는 집 말이에요. 저는 코널리 집안이거든요."

심술궂은 성격을 드러낸 것 같아 아직도 좀 부끄러운데, 그러고 나서도 나는 한마디 더 덧붙였다.

"할아버지는 아니지만요."

나한테 세상이란 그런 것이었다. 코널리 가족과 코널리 가족이 아닌 나머지. 물론 디스비 섬에서 나머지라고 해봐야 얼마 되지도 않지만. 작년 가을까지는 나, 남동생 핀, 게이브 오빠, 부모님, 이렇게 살았다. 우리 가족은 모두 참 조용했다. 핀은 이것저것 조립했다가 다시 분해하고, 남는 부품은 상자에 고이 넣어 침대 밑에 보관하는 아이였다. 게이브 오빠도 말이 많은 편이 아니었다. 오빠는 나보다 여섯 살 많은데, 말할 힘을 아꼈다가 자라는 데 다 썼다. 열세 살에 벌써 180센티미터였다. 아빠는 집에 있을 때면 양철 피리를 불었고, 엄마는 저녁마다 빵과 물고기로 기적을 일으켰다. 엄마가 떠나기 전에는 그게 기적인 줄 몰랐지만.

우리 가족이 다른 사람들과 친하지 않았던 건 아니다. 다만 우리끼리 더 친했을 뿐이다. 가족이 우선이었다. 그것만 지켜지면 다 괜찮았다. 가족이라는 유대감만 해치지 않으면 좀 다퉈도 상관없었다.

이제 10월 중순이다. 이 섬에 가을이 오면 늘 그렇듯, 새벽에는 춥지만 해가 떠오르면 세상이 색색으로 물들며 따뜻해진다. 나는 손가락에 온기가 돌 때까지 말빗과 솔로 도브의 회갈색 털에서 먼지를 털어 낸다. 안장을 다시 채울 때쯤 도브는 깔끔해지고 나는 지저분해진다. 도브는 암말이고 내 가장 친한 친구다. 나는 도브를 너무나 사랑하는 나머지 뭔가 나쁜 일이 일어날까 봐 늘 노심초사한다.

뱃대끈을 조이자 도브는 마치 물 것처럼 내 옆구리에 코를 박았다가 얼른 뺀다. 도브도 나를 사랑한다. 말을 오래 탈 시간은 없고, 곧 돌아와서 핀이 상점에 내다 팔 쿠키를 만드는 걸 도와주어야 한다. 또 관광객한테 팔 찻주전자에 색칠도 해야 하고. 경주가 머지않은 때라 평소보다 주문이 밀렸다. 경주가 끝나고 나면 봄까지는 본토에서 오는 관광객이 없을 것이다. 날이 추워지면 바다가 몹시 변덕스러워지기 때문이다. 스카마우스 호텔에서 일하는 게이브 오빠는 관광객을 맞을 방을 준비하느라 바빠서 온종일 집에 올 수 없을 것이다. 디스비에서 부모 없는 아이들이 먹고살기란 쉽지 않다.

잡지를 보지 않던 몇 년 전만 해도 나는 우리 섬이 보잘것없다는 사실을 몰랐다. 실감이 잘 나진 않지만 디스비는 무척 작다고 한다. 본토에서 몇 시간이나 걸리는 외딴 곳, 바다에 삐죽 솟아오른 바위투성이 땅, 4천 명 남짓한 인구, 절벽과 말과 양 그리고 나무 하나 없는 들판을 구불구불 지나다가 섬에서 가장 큰 마을인 스카마우스로 이어지는 외줄기 길이 전부다. 하지만 사실 뭘 잘 모를 때는 섬만으로도 충분하다.

솔직히 나는, 이제 알 만큼 안다. 그래도 나는 여전히 섬에 만족한다.

그래서 시린 발에 지저분한 목장용 장화를 신고서 이렇게 말을 탄다.

핀은 마당에서 자동차 모리스의 시트가 터진 곳에 조심스럽게 검은 테이프를 붙인다. 그 자국은 헛간에서 기르는 고양이 퍼핀이 남긴 선물이다. 덕분에 핀은 자동차 창문을 열어 놓으면 안 된다는 교훈을 얻었다. 핀은 시트를 수선하느라 짜증스러운 척하지만, 사실은 즐기고 있다는 걸 나는 안다. 핀은 좋을 때 좋은 티를 잘 내지 않으니까.

도브를 타는 나를 보고 핀이 묘한 표정을 짓는다. 한참 전, 그러니까 재작년에도 핀은 저런 표정을 짓다가 씩 웃더니 시동을 걸었다. 그리고 곧 나는 도브를, 핀은 모리스를 타고 시합을 했다. 엄밀히 말하면 핀은 운전하기엔 너무 어렸다. 어려도 너무 어렸다. 하지만 상관없었다. 누가 우릴 말릴 수 있었을까. 나는 들판을, 핀은 길을 달렸다. 먼저 해변에 닿는 사람이 일주일간 이부자리 정리를 해주기로 했다.

하지만 최근 1년 사이에는 시합을 한 적이 없다. 부모님이 배를 타다 돌아가신 뒤로는.

도브와 나는 방향을 틀어 마당 한쪽에서 작은 원을 그리며 돈다. 도브는 오늘따라 기운이 넘쳐서 가만있지를 못한다. 나도 너무 추워서 도브의 기세를 굳이 누그러뜨리지 않는다. 도브는 달리고 싶어 한다.

모리스에 시동이 걸리는 소리가 들린다. 돌아보니 연기를 한 뭉텅이 뿜으며 자동차가 길로 들어선다. 조금 뒤 핀의 환호성이 들린다. 핀은 머리에 먼지를 뒤집어쓴 채 하얀 얼굴을 차창 밖으로 내밀더니 이를 훤히 드러내며 웃는다.

"도전을 기다리는 거야?"

핀이 다시 운전석으로 들어간다. 기어가 바뀌며 엔진 소리가 커진다.

"어쭈, 해보자는 거지!"

핀은 대답도 듣지 않고 어느새 내 목소리가 들리지 않을 만큼 멀리, 저 멀리 가 있다. 도브는 귀를 내 쪽으로 젖히더니 다시 도로 쪽을 향해 쫑긋 세우고 파르르 떤다. 바람이 몰아치는 추운 아침, 도브는 이미 달려 나갈 기세다. 나는 종아리로 도브의 옆구리를 조이며 혀를 찬다.

도브가 흙에 반달 모양 발굽 자국을 남기며 튀어 나가고, 곧이어 우리는 핀의 뒤를 쫓아 내달린다.

핀이 어디로 갈지는 뻔하다. 핀은 차도로 가야만 하고 차도라고는 우리 집에서 스카마우스로 난 큰길 하나뿐이다. 하지만 그 길은 곧게 뻗은 길이 아니다. 들판에 둘러쳐진 돌담이나 울타리를 따라 굽이진 길이다. 땅에 남은 바퀴 자국을 쫓으며 구불구불한 길을 따라가는 건 쓸데없는 짓이다. 도브와 나는 들판을 가로질러 달려간다. 섬의 목초가 질이 좋지 않은 탓에 토종말들은 모두 몸집이 작다. 도브도 몸집이 크지는 않지만 재빠르고 용감하다. 도브와 나는 땅이 고른 곳으로만 골라 다니며 산울타리를 마음껏 뛰어넘는다.

우리는 첫 번째 모퉁이를 휙 돌면서 양 몇 마리를 놀라게 한다. "미안!" 나는 어깨 너머로 소리친다. 내가 양들을 신경 쓰는 사이에 갑자기 마주친 덤불을 뛰어넘느라 도브가 급히 몸을 비튼다. 나는 고삐를 놓치는 최악의 실수를 저지르지만 그나마 재갈을 확 당기는 일만은 피한다. 도브는 다리를 배에 바짝 붙여 우리를 구한다. 덤불에서 멀어지자, 나는 다시 고삐를 잡고 도브의 어깨를 두드려 우리가 무사한 건 네 덕이라고 알려 준다. 도브는 귀를 뒤로 젖히며 신경 써줘서 고맙다고 한다.

우리는 평야를 가로지른다. 양을 치던 곳이지만 이제는 불에 태워 버릴 볼품없는 히스 꽃만 무성하다. 모리스는 아직 우리보다 조금 앞서 있다. 꽁무니에 먼지를 탑처럼 일으키는 검은 물체. 핀이 앞서 간다고 걱정되지는 않는다. 차로 해변까지 가려면 직각으로 꺾이는 길과 길 건너는 사람들을 마주치게 마련이다. 그게 싫으면 몇 분 더 들여 마을을 빙 돌아가면서 나한테 따라잡을 기회를 내주어야 한다.

모리스가 길이 갈라진 곳에서 머뭇거리다가 마을 쪽으로 향하는 소리가 들린다. 나는 스카마우스를 돌아가는 장애물 없는 길로 갈 수도 있고, 아니면 마을 가장자리를 따라 달리며 몇몇 마당을 뛰어넘다가 호텔에서 일하는 게이브 오빠의 눈에 띌지도 모르는 길로 갈 수도 있다.

내가 먼저 도착해 해변에 발을 딛는 모습이 벌써부터 눈에 선하다.

나는 오빠 눈에 띌 위험을 감수하기로 한다. 이러는 것도 오랜만이다. 그러니 그 뿌루퉁한 아줌마들도 쓸 만한 물건을 부수지만 않는다면 내가 말을 타고 마당을 지나간다고 그리 툴툴거리진 않을 거다.

"가자, 도브."

나는 속삭인다. 도브는 길 건너편으로 달려가다가 산울타리 앞에서 멈춘다. 마치 바위에서 솟아난 듯한, 집 안에서 내다 버린 잡동사니로 뒤뜰을 꽉 채운, 집이 몇 채 있고 그 뒤는 말이 달려서는 안 되는 단단한 돌길이다. 앞마당을 몇 개 뛰어넘어 호텔 옆길로 지나가는 수밖에 없다.

사람들이 모두 부두나 자기 집 부엌에서 일하느라 바빴으면 좋겠다. 우리가 앞마당을 망치면서 달리기 때문이다. 처음에는 손수레를 뛰어넘느라, 그다음에는 약초 더미를 피하느라, 세 번째엔 어느 집 악랄한 테리어가 짖어 대는 바람에. 우리는 마지막 마당에서 낡아 빠진 빈 욕조를 뛰어넘고서야 호텔로 가는 길에 들어선다.

아니나 다를까, 거기에는 오빠가 있고, 바로 나를 발견한다.

오빠는 큼직한 빗자루로 호텔 앞 보도를 쓸던 참이다. 오빠 뒤로 담쟁이덩굴로 뒤덮힌 으스스한 호텔이 보인다. 창문으로 빛이 들어갈 수 있도록 파란 사각 창틀 모양을 따라 덩굴을 잘라 놓았다. 높이 솟은 호텔이 아침 햇살을 막아 오빠가 비질하는 돌길에 푸르스름한 그늘을 드리운다. 넓은 어깨에 갈색 바람막이를 걸친 오빠는 키가 커서 꼭 어른처럼 보인다. 연갈색이 도는 금발이 좀 길어서 뒷목까지 내려오지만, 그래도 잘생겼다. 오빠가 우리 오빠라는 게 새삼 뿌듯하다. 오빠는 하던 일을 멈추고 빗자루에 기대서서 내가 도브를 타고 지나가는 것을 바라본다.

"화내지 마!"

나는 오빠한테 소리친다.

오빠 얼굴 한쪽에 미소가 스쳐 지나가지만 다른 한쪽은 아니다. 그 모습에 오빠 기분이 좋은 줄 안다면, 그건 오빠가 진짜로 웃을 때 어떤지를 못 봐서 그런 거다. 나 또한 이 가짜 미소에 익숙하다는 사실이 슬프다. 오빠가 진짜 미소를 되찾을 수 있게 열심히 노력해야 하는데, 그 미소가 다시 돌아오기를 그저 기다리는 데 익숙해져 버렸다.

천천히 달리다가 인도를 지나 풀밭에 이르러 다시 한번 전속력으로 질주한다. 모래가 많아 부드러운 길, 둔덕들 사이로 뻗은 길이 점점 좁고 가팔라지면서 해변으로 이어진다. 핀이 나를 앞질렀는지 내 뒤에 있는지 알 수가 없다. 경사가 너무 급해져서 속도를 늦춰 도브를 빠른 걸음으로 걷게 한다. 도브는 마침내 펄쩍 뛰어 바다에 닿는다. 하지만 마지막 제방을 돌자마자, 나는 짜증 가득한 신음을 내뱉고 만다. 풀밭과 모래밭이 만나는 곳에 이미 모리스가 서 있다. 주변 지대가 더 높은 탓에 배기가스가 흩어지지 못하고 아직 공기 중에 머물러 있다.

"그래도 잘했어."

나는 도브한테 속삭인다. 도브는 숨이 턱에 닿아 힘든데도 푸르르 소리를 낸다. 도브도 좋은 시합이었다고 생각하는 것이다.

핀은 운전석 문을 활짝 열고 한쪽 발은 차에 걸친 채 반만 내린 자세다. 한쪽 팔은 차 지붕에, 한쪽 팔은 열린 차 문 위에 올려놓았다. 핀은 바다 쪽을 바라보다가 도브가 다시 한번 푸르르 소리를 내자, 손으로 햇빛을 가리며 뒤돌아본다. 핀이 불안해하는 것처럼 보여서 나는 도브를 데리고 차 옆으로 간다. 거기 있는 동안 자유롭게 풀을 뜯을 수 있도록 고삐를 놓아 주지만, 도브는 고개를 숙이지 않는다. 도브 또한 바다 쪽으로 시선을 돌려 몇백 미터 앞을 바라본다.

"뭐야?"

나는 묻는다. 속이 울렁거리는 것 같다.

나도 핀의 시선을 따라 바라본다. 파도 위로 솟아오르는 회색 머리가 보이지만, 워낙 먼 데다 바닷물과 비슷한 색이라 잘못 봤다고 해도 믿을 정도다. 하지만 확실히 보지 않았다면 퓐이 저렇게 눈을 크게 뜨지 않았을 것이다. 아니나 다를까, 머리가 다시 솟아올라 이번에는 콧김을 뿜는데, 검은 콧구멍이 크게 벌어져 이곳에서도 붉은 속살이 보일 정도다. 이어서 드러나는 머리의 나머지 부분, 목, 소금물에 젖어 달라붙은 구불거리는 갈기, 젖어서 번들거리는 강한 어깨. 말이 바다에서 솟아오르더니 큰 장애물을 넘듯 밀려드는 파도를 힘차게 뛰어넘는다.

바다 말이 우리를 향해 해변으로 달려오는 바람에 퓐이 움찔한다. 내 귓가에도 심장이 쿵쿵 울리지만, 나는 퓐의 팔꿈치를 잡는다.

"움직이지 마."

나는 속삭인다.

"움직이지, 마, 움직이지, 마, 움직이지, 마."

귀가 닳도록 들어온 그 말에 나는 매달린다. 바다 말은 움직이는 먹잇감을 좋아한다. 쫓아가 잡는 것을 좋아한다. 바다 말이 우리를 공격하지 않을 이유를 나열해 본다. 우리는 움직이지 않는다. 물 가까이에 있지 않다. 우리는 모리스 옆에 바짝 붙어 있고, 바다 말은 금속을 싫어한다.

아니나 다를까, 바다 말은 멈추지 않고 우리를 지나쳐 달려간다. 퓐이 침을 꿀꺽 삼키자 목울대가 살짝 울렁이는 것이 보인다. 바다 말이 다시 바다로 돌아가기 전까지 움츠러들지 않기란 어렵다. 정말 어렵다.

그들이 돌아왔다.

해마다 가을이면 일어나는 일이다. 우리 부모님이 경주에 나간 적은 없지만, 나도 그 이야기는 안다. 11월이 다가올수록 바다는 더 많은 말을 뱉어 낸다. 장차 스콜피오 경주에 나가려는 섬사람은 갓 나온 이시커를 잡으려고 여럿이 무리 지어 사냥을 나가는데, 바다에 미친 데다 굶주린 바다 말 사냥은 늘 위험천만하다. 새로운 바다 말이 나온다는 건 올해 스콜피오 경주에 나갈 사람들이 전에 잡아 놓은 바다 말 훈련을 시작할 때라는 신호가 된다. 전에 잡아 놓은 바다 말은 상대적으로 고분고분하다. 가을 바다 향기가 말의 가슴속에 마법을 불러일으키기 전까지는.

10월부터 11월 초까지, 섬은 안전 지역과 위험 지역으로 나뉜다. 경주에 나가지도 않으면서 이시커가 미쳐 날뛰는 시기에 그 옆에 있고 싶은 사람은 없을 것이다. 엄마 아빠는 이시커라는 현실에서 우리를 떼어 놓으려고 무척 애를 썼지만 불가능했다. 몇몇 친구들은 이시커가 전날 밤 개를 죽였다며 학교에 빠졌다. 아빠는 차를 몰고 스카마우스로 가는 길에 종종 엉망이 된 죽은 말 옆을 지나쳤다. 바다 말과 육지 말이 난투극을 벌인 흔적이었다. 컬럼바 성당에서는 가끔 정오에 종을 울렸다. 바닷가에서 갑작스런 습격을 받아 죽은 어부의 장례식을 알리는 종.

핀과 나는 바다 말이 얼마나 위험한지 굳이 배울 필요가 없었다. 우리는 안다. 늘 알았다.

"가자."

내가 말한다. 가느다란 팔이 달린 몸을 곧추세우고 바다를 쳐다보는 핀은, 소년과 남자 사이 황무지에 갇힌 내 남동생은, 무척 어려 보인다. 갑자기 10월이 불러올 슬픔에서 핀을 지켜 주고 싶다는 생각이 든다. 하지만 내가 걱정해야 할 것은 올해 10월이 불러올 슬픔이 아니다. 오래전에 지나간 어느 10월의 슬픔이다.

핀은 대답 없이, 나를 쳐다보지도 않은 채 모리스에 올라타 문을 닫는다. 오빠가 돌아오기 전부터 이미 운수 사나운 날이다.

2

션

내가 그 소식을 들은 것은 정육점 아들 비치가 막 소를 잡아 양동이에 피를 받을 때다. 우리는 정육점 뒷마당에 서 있다. 둘 다 말이 없는 가운데, 돌바닥에 울리는 발소리 때문에 침묵이 더 두드러진다. 날은 맑고 선선하다. 나는 왠지 들떠서 가만히 서 있지 못하고 이 발에서 저 발로 체중을 옮긴다. 돌바닥은 나무뿌리가 밀고 올라와 고르지 않고, 검붉은 액체가 흐르거나 튄 자국으로 얼룩져 있다.

"비치, 들었니? 말이 나왔다는구나."

정육점 주인 그래튼 아저씨가 가게 문밖으로 몸을 쑥 내밀며 말한다. 아저씨는 뒷마당으로 성큼성큼 걸어오다가 나를 보고 멈춘다.

"션 켄드릭이구나. 여기 있는 줄 몰랐다."

내가 아무 말도 하지 않자, 비치가 툭 내뱉는다.

"제가 소 잡는 소릴 듣고 온 거죠."

비치는 목과 다리가 잘린 채 삼각대에 걸려 있는 소를 가리킨다. 그 아래 바닥은 비치가 양동이를 너무 늦게 갖다 댄 탓에 피가 흥건하다. 소머리는 마당가에 나동그라져 있다. 그 광경을 보고 그래튼 아저씨가 무슨 말인가 할 것처럼 입을 실룩이다가 만다. 디스비 섬에는 아버지를 실망시키는 아들이 많다.

"그래, 켄드릭, 너도 들었냐? 그래서 말을 안 타고 여기 있는 거야?"

내가 여기 있는 건 맬번 씨가 말 먹이를 주라고 새로 고용한 사람이 좋게 말하면 겁이 많고 나쁘게 말하면 무능하기 때문이며, 건초는 질이 낮고 고기는 더 질이 낮기 때문이다. 사육사들은 바다 말을 평범한 말처럼 대하면 진짜 평범해질 줄 아는지 바다 말한테 피를 주지 않는다. 그러니 일이 제대로 되게 하려면 내가 직접 나서는 수밖에 없다. 하지만 나는 간단히 대답한다.

"못 들었어요."

비치는 소의 목을 찰싹찰싹 두드리며 양동이를 이리저리 기울여 본다. 그러고는 아버지를 쳐다보지도 않고 묻는다.

"누구한테 들으셨어요?"

나는 그 질문의 답에는 그리 관심이 없다. 누가 봤고 누가 들었든 중요하지 않다. 중요한 것은 이시커가 바다 밖으로 나온다는 거다. 나는 그 사실을 뼛속 깊이 느낀다. 그래서 이렇게 들뜬다. 그래서 코어가 마구간 문 앞을 서성이고 내가 잠들지 못한다.

"코널리 가 애들이 한 마리를 봤대."

별다른 이유가 있어서라기보다는 그저 강조하려고 소를 찰싹 때리며 그래튼 아저씨가 대답한다. 코널리 가 사연은 디스비 섬에서 가장 가슴 아픈 이야기 축에 든다. 세 아이가 이시커한테 부모를 모두 잃었으니……. 섬에는 한밤중에 남편을 잃은 과부가 수없이 많다. 포악한 바다 말한테 잡혀가거나 본토의 유혹에 이끌려서 떠나거나. 아내를 잃은 홀아비도 수없이 많다. 해변에서 갑자기 나타난 바다 말한테 빼앗기거나

지갑이 두둑한 여행객한테 빼앗기거나. 하지만 부모를 동시에 잃은 경우는 드물다. 아버지는 차가운 땅에 묻히고 어머니는 본토로 떠난 내 사연은 지극히 평범해서 잊힌 지 오래지만, 나는 괜찮다. 그런 일로 이름나서 좋을 것도 없으니까.

비치가 나한테 양동이를 건네고 소의 몸통에 거친 칼질을 시작하자 그래튼 아저씨가 조용히 지켜본다. 소를 잡는 데 무슨 대단한 기술이 있을까 싶지만 분명 있으며, 비치의 손놀림은 기술과 거리가 멀다. 나는 비치가 그르렁거리며 들쭉날쭉 칼질하는 것을 바라본다. 그르렁 소리는 어쩌면 콧노래 같다. 일머리라고는 없으면서도 아이처럼 신나게 일하는 비치를 보며 나는 멍해지다가 그래튼 아저씨와 눈이 마주친다.

"제 엄마한테 배운 거다, 내가 아니라."

아저씨가 말한다. 나는 아주 살짝 웃어 주었을 뿐이지만 아저씨는 내 반응에 흐뭇해한다.

"제 솜씨가 못마땅하시면 전 술이나 한잔하러 갈래요. 아버지가 하시면 되잖아요."

비치가 일감에서 눈을 떼지 않은 채 말한다. 그래튼 아저씨가 코와 목 사이 어딘가를 울려 소리를 낸다. 비치의 그르렁 소리가 어디서 나온 건지 알겠다. 아저씨는 고개를 돌려 마당 옆 건물의 붉은 타일 지붕을 쳐다본다.

"그래, 넌 올해도 경주에 나갈 거지?"

나한테 묻는 것이 뻔하기에 비치는 대답하지 않는다.

"아마도요."

아저씨는 곧바로 말하지 않고, 저녁 햇살이 지붕 타일을 밝은 주홍빛으로 물들이는 풍경을 물끄러미 바라보다 이윽고 입을 연다.

"그래, 맬번 씨가 그러라고 했나 보구나."

나는 열 살 때부터 맬번 마장에서 일했다. 어떤 사람들은 맬번 씨가 나를 불쌍히 여겨 일을 주었다고 말하지만 그렇지 않다. 맬번 가의 부와 명성은 마구간에서 쌓아 올린 것이다. 맬번 씨는 경주마를 본토로 수출한다. 연민 같은 인간적인 감정과는 거리가 먼 사람이라서, 이익이 되지 않는 일은 절대로 하지 않는다. 나는 그래튼 부부가 맬번 씨를 좋아하지 않는다는 것쯤은 알고도 남을 만큼 오래 맬번 가에서 일했다. 맬번 씨를 욕할 구실이 될 말이 내 입에서 나와 주기를 그래튼 아저씨가 바라는 것도 안다. 그래서 나는 질문의 무게가 스러지도록 한참을 기다렸다가, 양동이 손잡이를 덜그럭 소리가 나도록 건드리며 말한다.

"이거, 이번 주 내로 갚아도 괜찮을까요?"

아저씨가 부드럽게 웃는다.

"열아홉 살짜리가 애늙은이로구나, 션 켄드릭."

나는 대꾸하지 않는다. 아마 아저씨 말이 맞을 거다. 아저씨는 여느 때처럼 외상값은 금요일까지 갚으라고 한다. 비치는 피를 가지고 마당을 나서는 나한테 작별 인사로 그르렁거리는 소리를 날린다.

들판에서 조랑말을 데려오는 일, 경주마한테 줄 사료를 조절하는 일, 오늘 밤 마구간 위에 딸린 비좁은 내 방에 난방할 일을 생각해야 하는데, 그래튼 아저씨가 들려 준 소식이 머릿속을 가득 채운다. 분명 나는 여기 두 발을 딛고 서 있는데, 내 일부는 벌써 해변을 향해 떠나고 내 피는 노래한다.

나는 이렇게, 이렇게 살아 있다.

펔

그날 밤, 게이브 오빠는 우리 가족의 유일한 규칙을 깬다.

나는 저녁 식사에 그리 욕심내지 않는다. 집에는 말린 콩밖에 없는데 콩이라면 하도 먹어서 물렸기 때문이다. 나는 사과 케이크를 만들면서 뿌듯함을 느낀다. 핀은 오후 내내 마당에서 낡아서 망가진 사슬 톱을 손보느라 나를 짜증나게 한다. 누군가한테 얻었다고 주장하지만, 아마도 기어가 달렸다는 이유로 남의 집 쓰레기 더미에서 주워 왔을 것이다. 내가 짜증이 난 건 청소를 해야 할 것 같은데 혼자 하려니 영 내키지가 않아서다. 늘 가득 차 있는 싱크대를 뒤집어엎어도 보고 수많은 서랍과 찬장 문을 쾅쾅 닫아도 보지만, 핀은 못 들었거나 못 들은 척한다.

결국, 나는 해가 서쪽 고원 너머로 완전히 사라지기 전에 쪽문을 벌컥 열고 서서 핀을 의미심장하게 바라본다. 핀이 고개를 들어 무슨 말이든 하기를 기다리면서. 하지만 핀은 사슬 톱에만 매달린다. 사슬 톱은 분해되어 부품들이 흙바닥에 가지런히 놓여 있다. 핀은 오빠가 입던 스웨터를 물려 입었는데, 여러 해가 지났는데도 여전히 너무 크다. 스웨터 양쪽 소매는 완벽하게 똑같이 접어 올렸고, 검은 머리는 기름진 수탉 꼬리처럼 헝클어져 있다. 핀이 꼭 고아처럼 보여서 나는 더 짜증이 난다.

"케이크가 아직 따뜻할 때 들어와서 같이 좀 먹지?"

목소리가 좀 퉁명스럽게 나왔지만 나는 신경 쓰지 않는다.

"금방 갈게."

핀은 고개도 들지 않고 말한다. 금방이 아니라는 소리다.

"나 혼자 다 먹어 버릴 테다."

핀은 대답이 없다. 사슬 톱의 신비에 아주 푹 빠졌다. 그 순간, 정말 중요한 게 뭔지도 모르고 자기들 일만 생각하는 오빠랑 남동생이 참 싫다는 생각이 든다.

나중에 생각하면 부끄러울 게 분명한 말을 막 내뱉으려는 찰나, 해 질 녘 어스름 속에서 게이브 오빠가 자전거를 끌고 터벅터벅 걸어오는 모습이 보인다. 오빠가 마당 문을 열고 자전거를 들여놓고 다시 문을 닫을 때까지, 우리 둘 다 인사조차 건네지 않는다. 핀은 하던 일에 푹 빠져서, 나는 핀한테 화가 나서.

오빠는 집 뒤편에 붙여 지은 자그마한 헛간에 자전거를 세워 놓고 핀 뒤에 와서 선다. 챙 없는 모자를 벗어 겨드랑이에 끼고 팔짱을 끼더니 말없이 핀이 하는 일을 지켜본다. 저녁 어스름 속에서, 핀이 다 파헤쳐 놓은 사슬 톱을 오빠가 알아볼 수나 있을지 모르겠다. 하지만 핀은 오빠가 더 잘 볼 수 있도록 사슬 톱을 살짝 기울인다. 오빠는 그걸로 충분한가 보다. 핀이 올려다보자 고개를 살짝 끄덕여 주는 걸 보니.

나는 언제나 둘 사이의 말 없는 대화가 좋기도 하면서 화나기도 한다.

"사과 케이크 있어. 아직 따뜻해."

내가 말한다. 오빠가 겨드랑이에서 모자를 빼더니 나를 돌아본다.

"저녁이 뭐야?"

"사과 케이크."

핀이 땅바닥에 쭈그리고 앉은 채 대답한다.

"그리고 사슬 톱. 핀이 식사에 곁들일 맛있는 사슬 톱을 만들었지."

내가 덧붙인다.

"사과 케이크 괜찮네."

오빠는 말은 그렇게 하지만 지친 목소리다.

"퍽, 문 열어 두지 마. 날이 춥다."

나는 오빠가 들어올 수 있게 뒤로 물러난다. 오빠가 지나가는데 비린내가 훅 끼친다. 베링거 씨가 오빠한테 물고기 씻는 일을 시키는 게 싫다. 그럼 온 집 안에 냄새가 난다.

오빠가 문간에 멈춰 선다. 나는 오빠 모습을, 문틀 위쪽에 손을 짚고서 손가락 혹은 그 아래 붉은 페인트가 벗겨진 곳을 곰곰이 살펴보는 그 모습을 본다. 오빠 얼굴이 마치 낯선 사람처럼 보여서, 문득 어렸을 때처럼 오빠를 끌어안고 싶어진다.

"핀, 그거 다 하고 나면 케이트하고 너한테 할 말이 있어."

오빠가 낮은 목소리로 말한다.

핀이 깜짝 놀란 얼굴로 고개를 들지만, 오빠는 어느새 나를 지나쳐 방으로 사라진다. 오빠는 여전히 부모님 방은 비워둔 채 핀과 함께 방을 쓴다. 오빠가 할 말이 있다고 한 것 또는 오빠가 내 진짜 이름을 부른 것, 둘 중 하나가 사과 케이크도 끌지 못한 핀의 관심을 끌었다. 핀은 재빨리 부품을 모아 판지 상자에 쓸어 담는다.

오빠가 방에서 나오기를 기다리는 내내 나는 불안하다. 주방은 밤이 오면 바깥 어둠에 짓눌려 더 좁고 노르스름한 공간이 된다. 나는 재빨리 무늬가 맞는 접시 세 개를 씻고 사과 케이크를 큼직하게 잘라 제일 큰 조각을 오빠 몫으로 준비한다. 식탁을 차리고 나서 보니 원래 접시 다섯 개가 있어야 할 곳에 세 개밖에 없는 것이 우울해 보여서, 나는 일부러 서둘러 케이크에 곁들일 박하 차를 끓인다. 찻잔을 접시 옆에 놓았다가 또다시 고쳐 놓고서, 박하 차와 사과 케이크가 어울리지 않는다는 생각을 뒤늦게 한다.

그때쯤 핀은 손을 씻기 시작한다. 백만 년쯤 걸리는 일이다. 조용히 그리고 꼼꼼히, 우유 비누로 거품을 내서 손가락 사이사이와 손금 하나하나를 문지른다. 게이브 오빠가 옷을 갈아입고도 여전히 생선 비린내를 풍기며 방에서 나올 때까지 핀은 손을 씻는다.

"근사한데! 오늘따라 박하 차 향이 좋네."

오빠가 의자를 끌어당기며 이렇게 말해 줘서 나는 비로소 안심이 된다. 잘못된 것은 없으며 모두 다 잘될 것이다.

엄마 아빠라면 이럴 때 오빠한테 뭐라고 말할지 생각해 보려고 애쓴다. 어쩐지 이 순간 오빠와 내 나이 차이가 유독 크게 느껴진다.

"오늘 호텔에서 영업 준비한 줄 알았는데?"

"부두에 일손이 부족했어. 그리고 내가 조지프보다 손이 빠른 걸 베링거 씨가 아니까."

조지프는 베링거 씨 아들인데 너무 게을러서 뭘 해도 느리다. 오빠는 언젠가 조지프가 자기 생각밖에 할 줄 모르는 걸 우리가 고마워해야 한다고, 덕분에 오빠한테 일자리가 생긴 거라고 말한 적이 있다. 하지만 조지프가 멍청한 탓에 오빠한테서 비린내가 나니까 지금은 하나도 고맙지 않다.

오빠는 찻잔을 들지만 마시지는 않는다. 핀은 아직도 손을 씻는다. 나는 내 자리에 앉는다. 오빠가 잠깐 더 기다리더니 소리친다.

"핀, 그만! 그만하면 됐어."

핀은 손을 헹구느라 또 뜸을 들이지만, 곧 수도꼭지를 잠그고 나와서 내 맞은편 자리에 앉으며 말한다.

"사과 케이크밖에 없어도 기도해야 하나?"

"사슬 톱도 있잖아."

내가 대꾸한다.

"오늘도 사과 케이크와 사슬 톱을 주셔서 감사합니다. 이제 만족해?"

오빠가 말한다.

"하느님 말이야, 나 말이야?"

내가 묻는다.

"하느님이야 늘 행복하시지. 만족해야 할 건 누나지."

핀의 말이 몹시 부당하게 느껴지지만, 덥석 미끼를 물지는 않는다. 나는 접시를 내려다보는 오빠를 본다. 그리고 묻는다.

"그래서, 무슨 일이야?"

바깥에서, 마당과 방목장 경계에서 도브가 나지막이 우는 소리가 들린다. 먹이를 달라는 소리다. 여전히 접시를 쳐다보며 마치 표면을 조사하듯 손가락으로 사과 케이크를 꾹꾹 누르는 오빠를 핀이 바라본다. 문득 내일로 다가온 부모님 기일이 내 속에 얼마나 큰 그림자를 드리운 건지 깨닫는다. 과묵하고 한결같은 오빠도 마찬가지 마음일 텐데, 그런 생각은 한 번도 하지 못했다는 것도 깨닫는다.

오빠는 눈을 들지 않는다. 그리고 짧게 말한다.

"나, 섬을 떠날 거야."

"뭐라고?"

핀이 오빠를 뚫어져라 쳐다본다. 나는 말문이 막힌다. 마치 오빠가 다른 나라 말로 얘기해서 그걸 이해하려면 번역부터 해야 할 것만 같다.

"나, 섬을 떠날 거라고."

오빠가 다시 한번 말한다. 여전히 우리를 쳐다보지도 않지만, 이번에는 아까보다 더 확고해서 더 진짜처럼 들린다.

핀이 먼저 제대로 된 문장을 가까스로 완성한다.

"우리 물건들은 다 어떻게 할 거야?"

"도브는 어떻게 하고?"

내가 덧붙인다.

그러자 오빠가 말한다.

"내가 섬을 떠날 거라고."

핀은 한 대 얻어맞은 것처럼 보인다. 나는 턱을 내밀고 오빠와 눈을 마주치려고 애쓴다.

"우릴 놔두고 간다고?"

나는 곧바로 논리적이면서도 오빠한테 변명할 여지를 줄 수 있는 답을 떠올리고, 그것을 오빠한테 말한다.

"오래 떠나는 건 아니구나. 그러니까 볼일만 보고 나면……."

나는 고개를 흔든다. 무슨 볼일이 있는지 도무지 떠오르지 않는다.

오빠가 마침내 고개를 든다.

"아예 떠나는 거야."

핀이 식탁 가장자리를 꽉 붙든다. 얼마나 꽉 누르는지 손끝은 하얗고 손마디는 빨간데, 자기가 그러는 줄도 모르는 것 같다.

"언제?"

내가 묻는다.

"2주 뒤."

고양이 퍼핀이 오빠 발치에서 가르릉거리며 오빠 다리와 의자에 머리를 비벼 대지만, 오빠는 아래를 보지도 않고 신경 쓰지도 않는다.

"베링거 씨한테 그때까지는 일한다고 했어."

"베링거 씨? 베링거 씨한테 그때까지 일한다고 했다고? 우리는 상관없어? 우리는 어떻게 되는 건데?"

오빠는 나를 보지 않는다. 나는 일하는 사람이 하나 더 줄고 빈 침대가 하나 더 늘어난 코널리 가족이 어떻게 살아갈지 상상해 본다.

"안 돼. 이렇게 갑자기는 안 돼."

나는 가슴이 벌렁거리고 이가 딱딱 맞부딪칠 것처럼 떨려서 입을 앙다물고 만다.

오빠의 표정은 조금도 변함이 없다. 나는 후회할 줄 알면서도 내가 생각해 낼 수 있는 유일한 말을 불쑥 내뱉는다.

"나, 경주에 나갈 거야."

이제 나는 오빠와 동생의 관심을 한 몸에 받는다. 그 바람에 마치 뜨거운 난로를 들여다본 것처럼 양 볼이 달아오른다.

"뭐? 말도 안 돼, 케이트."

하지만 오빠 목소리는 마땅히 그래야 할 만큼 강경하진 않다. 내 말을 믿지 않는 거다. 하긴 나조차도 내 말을 믿을지 말지 생각해 봐야 할 정도이다. 다른 말을 더 뱉기 전에 말이다. 오늘 아침을 떠올려 본다. 바람에 나부끼던 내 머리칼. 도브가 몸을 뻗으며 전속력으로 달릴 때 느낌. 경주 다음 날도 상상해 본다. 파도가 닿지 않는 해변에 붉게 물든 모래. 겨울 전에 떠나는 마지막 배와 그 배에 탄 오빠 모습.

닥치면, 어떻게든 할 수 있을 거다.

"나갈 거야. 마을에서 못 들었어? 바다에서 말이 나왔어. 내일이면 훈련이 시작될 거야."

내 목소리가 떨리지 않아서 너무나도 뿌듯하다.

오빠는 입술을 움직이지 않고도 무수한 말을 쏟아 낼 것처럼 입을 실룩거린다. 오빠가 머릿속으로 온갖 반박할 말을 떠올리는 것을 안다. 나는 오빠가 "안 돼."라고 말하기를, 그래서 내가 "왜?"라고 대꾸할 수 있기를, 그래서 오빠가 "그럼 핀 혼자 남을지도 모르잖아."라는 대답은 차마 할 수 없다는 사실을 깨닫게 되기를 바란다.

오빠는 나한테 "왜?"라고 묻지 못한다. 그러면 오빠부터 그 질문에 답해야 하니까. 오빠를 할 말 없게 만드는 무척 어려운 일을 해냈으니 내 영리함에 자부심을 느껴도 되겠지만, 내 심장은 그저 가슴속에서 콩닥콩닥 얕고 빠르게 뛸 뿐이다. 나는 내가 경주에 나가지 않으면 자기도 떠나지 않겠다고 오빠가 말하기를 은근히 바란다.

하지만 오빠는 결국 이렇게 말한다.

"알았어. 경주가 끝날 때까지만 있을게."

언짢은 표정이다.

"하지만 그때까지만이야. 그 뒤론 봄까지 배가 뜨지 않으니까. 넌 바보 같은 짓을 하는 거야, 케이트."

오빠는 화가 났고 나는 신경 쓰지 않는다. 중요한 건 오빠가 조금 더 머무른다는 사실이다.

"글쎄, 어쨌거나 우린 상금이 필요할 것 같은데. 물론 내가 우승해야 하겠지만."

나는 어른처럼 최대한 심드렁하게 말해 보지만, 머릿속으로는 내가 정말 상금을 탄다면 오빠가 안 떠나도 되지 않을까 생각한다. 나는 탁자에서 일어나 내 접시와 찻잔을 싱크대에 넣는다, 여느 저녁때처럼. 그리고 방으로 들어가 문을 닫고는 아무도 내 목소리를 듣지 못하도록 머리를 베개로 감싼다.

"이기적인 자식."

나는 베갯잇에 묻혀 버릴 말을 속삭인다.

그리고 눈물을 쏟는다.

션

그들이 나를 깨울 때 나는 바다 꿈을 꾸는 중이다.

정확히 말해 코어를 잡던 그날 밤 꿈이다. 꿈속에서 바닷소리가 들린다. 전해 오는 이야기에 밤에 잡힌 이시커가 더 빠르고 강하다고 해서, 나는 새벽 3시에 해변에서 수십 미터 떨어진 절벽 아래 바위 위에서 웅크리고 기다린다. 바다가 둥글게 깎아 놓은 백악 지붕이 머리 위에 있고, 하얀 바위로 된 벽이 내 주위를 둘러싸고 있다. 달빛이 닿지 않아 어둑어둑하지만 하얀 바위 빛이 바닷물에 반사되어, 해초로 뒤덮인 발밑 돌들이 발을 헛디디지 않을 만큼은 보인다. 발밑 돌들은 바닷가 돌이라기보다는 바닷속 돌에 더 가깝고, 미끈거리는 그 표면 위에 제대로 서려면 주의를 기울여야 한다.

나는 귀를 기울인다.

어둠 속에서, 추위 속에서, 바닷소리가 변하는 것에 귀를 기울인다. 물은 조용히, 재빨리 차오른다. 밀물이 들어온다. 한 시간 안에 이 동굴에 내 머리보다 높이 바닷물이 차오를 것이다. 나는 물이 튀는 소리를 찾아서, 수면을 가르는 발굽 소리를 찾아서, 이시커가 막 모습을 드러낼 때 나타나는 단서를 찾아서, 귀를 기울인다. 발굽이 돌바닥을 두드리는 소리가 들릴 때면 나는 이미 죽은 목숨이니까.

하지만 주위엔 온통 으스스한 정적뿐이다. 밤에는 바닷새도 없고 해변에서 소리 지르는 소년들도 없고 멀리 지나가는 배에서 들려오는 모터 소리도 없다. 바람은 인정사정없이 동굴에 있는 나를 찾아낸다. 나는 갑작스러운 바람에 균형을 잃고 미끄러지며 손으로 벽을 짚고 일어서려다가 황급히 손을 뗀다. 달빛에 번들거리는 동굴 벽이 피처럼 붉고 끈적한 젤리 같은 것으로 뒤덮여 있다. 아버지는 이 젤리가 아무런 해도 없다고 말했지만 나는 믿지 않는다. 아무런 해가 없는 것은 없다.

밀물이 들어오며 바위틈으로 물이 넘실댄다. 손바닥에서 피가 난다.

소리가 들린다. 새끼 고양이 울음 같기도 하고, 아이 비명 같기도 한 소리. 나는 얼어붙는다. 해변에는 새끼 고양이도 아이도 없다. 나와 바다 말뿐이다. 브라이언 캐롤이 말한 적이 있다. 밤에 바다에 나오면 가끔 물 아래에서 말들이 서로 부르는 소리가 들리는데, 마치 고래 울음소리나 과부가 흐느끼는 소리, 혹은 낄낄 웃는 소리 같다고.

바위 사이에 난 깊은 틈으로 바닷물을 내려다본다. 빠르게 불어난다. 나는 얼마나 오랫동안 이곳에 있었던 걸까? 내 앞에 있던 바위들은 번들거리는 끄트머리만 가까스로 검은 물 위로 솟아 있다. 아직 빈손이지만 이제 시간이 없다. 지금이라도 몸을 돌려 해초로 미끈거리는 바위 사이를 헤치고 길을 찾아 돌아가야 한다.

내 손을 본다. 굵은 핏방울이 손바닥에 고였다가 팔을 타고 흘러내린다. 피는 흘러내려 모였다가 방울져 소리 없이 물속으로 떨어진다. 아픔은 나중에 찾아올 것이다. 내 피가 떨어진 수면을 바라본다. 나는 고요하다. 동굴은 고요하다.

뒤로 돌아서자, 거기 말이 있다.

짠 내음이 밀려들 정도로 가까이에, 아직 물에 젖은 피부에서 온기가 그대로 느껴질 만큼 가까이에, 눈 깊숙이 부풀어 오른 사각형 동공이 보일 정도로 가까이에, 말이 있다. 나는 말의 숨결에서 피 냄새를 맡는다.

그때, 그들이 나를 깨운다.

브라이언 캐롤과 조너선 캐롤이다. 둘 다 걱정 어린 얼굴이다. 브라이언은 주름진 이마에 일그러진 입술이 전형적인 울상이다. 조너선은 미안한 듯 수시로 얼굴이 일그러진다. 나와 동갑인 브라이언은 부두에서 일할 때부터 아는 사이다. 우리 둘 다 생계를 위해 물일을 했다. 친구라고 할 수는 없지만 함께 겪은 일이 많다. 브라이언의 동생 조너선은 머리 쓰는 것을 포함해 모든 일에서 형을 그대로 따라한다.

"켄드릭, 깼어?"

브라이언이 묻는다.

지금은 깼다. 나는 침대에 묶인 듯 누워서 아무 말도 하지 않는다.

"깨워서 미안해, 형."

조너선이 덧붙인다.

"너밖에 없어."

브라이언이 말한다. 이런 한밤중에 브라이언한테 동지애를 느끼는 건 아니지만 언짢지는 않다. 브라이언은 있는 그대로 이야기한다.

"다른 수가 없어. 머트가 문제를 일으켰어. 말이 물 밖으로 나오기를 기다렸던 모양인데, 원하는 걸 얻었지만 맘에 안 드나 봐."

"말이 그 애들을 죽일 거야."

조너선이 말한다. 브라이언보다 먼저 인상적인 말을 할 수 있어서 뿌듯한 표정이다.

"그 애들?"

나는 되묻는다. 날씨는 춥고 나는 완전히 깼다.

"머트 패거리."

브라이언이 말한다.

"다 같이 몰려가서 한 마리를 거의 잡긴 했는데, 놓아 주지도 못하고 데려오지도 못해."

나는 이제 일어나 앉는다. 매튜 맬번이라고도 불리는, 내 고용주의 아들인 머트나 그 뒤를 졸졸 따라다니는 녀석들한테는 전혀 애정이 없다. 하지만 그 녀석들이 해변에 어떤 바보 같은 덫을 놓았든, 거기에 걸린 말을 내버려 둘 수는 없다.

"말 하면 너잖아, 켄드릭. 너를 데리고 돌아가지 않으면 죽는 사람이 생길 것 같아."

'돌아가지 않으면'이라니. 이제야 나는 둘의 표정을 이해한다. 둘도 이 일에 가담했고, 그래서 내가 한심하게 생각할 거라는 사실을 아는 것이다.

나는 별다른 말은 하지 않는다. 그저 침대에서 일어나 낡은 스웨터를 입고, 주머니에 모든 물품이 갖춰진, 기름때 묻은 청재킷을 낚아챈다. 내가 턱으로 문 쪽을 가리키자 두 사람은 도요새처럼 종종걸음으로 앞장선다. 조너선이 문을 열고 브라이언이 앞서서 마구간 밖으로 향한다.

바깥에는 굶주린 바람이 날뛴다. 스카마우스의 하늘은 가로등 불빛 때문에 옅은 갈색이지만 다른 곳은 전부 칠흑 같다. 달이 살짝 보이니 바다 근처는 좀 더 밝겠지만, 그렇게 밝진 않을 것이다. 해변으로 곧장

가기 위해 우리는 들판을 가로지른다. 들판에는 바위와 양이 있을 뿐이지만, 그 바위나 양에 걸려 넘어지기 쉽다.

"불."

내가 말하자, 브라이언이 손전등을 켜서 건넨다. 나는 고개를 젓는다. 내 두 손은 자유로워야 한다. 뒤에서 조너선이 우리 걸음을 따라오느라 뛰다가 걷다가 하며 손에 쥔 손전등 불빛으로 이리저리 호를 그린다. 폭풍이 불어 전기가 나갔을 때 어머니가 손전등으로 벽에 글씨 쓰는 시늉을 하던 기억이 떠오른다.

"해변에서 얼마나 멀지?"

나는 묻는다. 몇 시간 안에 밀물이 차오를 것이고 만약 그 무리가 물이 들어오는 지점에 있다면 단지 새로운 이시커가 문제가 아니다.

"멀지 않아."

브라이언이 헐떡인다. 브라이언은 건강한 편이지만 격렬한 활동을 하면 금세 숨이 차 헐떡인다. 두 사람이 아까 지은 표정만 아니었다면 멈춰 서서 숨 돌릴 시간을 주었을 것이다.

언덕이 갈라진 틈으로 모래밭까지 뻗은 길이 겨우 보인다. 땅은 하늘보다도 더 어두운 검은색이다. 그리고 비명이 들린다. 바람에 실려 오는 그 소리는 찢어질 듯 높고 가냘프며, 사람 소리인지 동물 소리인지 구분이 안 된다. 뒷목에서 털이 쭈뼛 서며 보내오는 경고를 무시하고 나는 달리기 시작한다.

브라이언은 나를 따라오지 않는다. 따라오지 못할 것이다. 조너선은 나를 따라와야 할지 브라이언을 기다려야 할지 고민하는 눈치다.

"불이 필요해, 조너선!"

나는 어깨 너머로 소리친다. 바람이 내 목소리를 뒤로 날려 보내자 조너선이 뭐라고 대답하지만, 나한테는 들리지 않는다. 나는 조너선이 비춰 주는 손전등 불빛이 그리는 흐릿한 원 바깥 어둠 속으로 몸을 던지고, 해변으로 향하는 가파른 비탈을 구르고 미끄러지며 내려간다. 잠깐 동안 아무것도 보이지 않아서 더는 나아가지 못할 듯싶었지만, 몇 발짝 더 가자 모래밭 아래쪽에서 거칠게 움직이는 한 무리의 손전등 불빛이 보인다. 그 너머로는 희미한 달빛에 비치는 바다가 보인다.

바람이 소리를 삼켜 버려서 현장에 다가가는 동안 마치 모두 아무 말이 없는 것처럼 보인다. 바짝 다가가기 전까지 그 분투는 거의 예술적으로 보인다. 남자 넷이서 회색 바다 말의 목과 한쪽 뒷다리 발굽 바로 위를 밧줄로 얽어매고서 버틴다. 말이 달려들거나 물러날 때마다 밧줄을 끌어당기거나 펄쩍 뛰어 피하곤 하지만, 위치가 좋지 않다는 것을 녀석들도 안다. 호랑이 꼬리를 붙잡긴 했는데 그 꼬리가 너무 길어서 호랑이 발톱이 자신들한테 닿고도 남는다는 사실을 막 깨달은 셈이다.

"켄드릭이다!"

누군가 외친다. 누군지는 알아볼 수가 없다.

"브라이언은 어딨어?"

"션 켄드릭이라고?"

다른 누군가가 외치고, 이번에는 누군지 안다. 말의 목에 건 밧줄을 당기는 머트다. 넓은 어깨와 턱에서 바로 이어져 턱과 구분되지 않는 두꺼운 목 실루엣으로 알아볼 수 있다.

"저 자식은 누가 불렀어? 말 잡는 놈은 가서 잠이나 자라고 해. 내가 잘 다룰 테니."

머트는 마치 어선이 바다를 다루듯이 말을 다룬다. 이제 보니 다른 쪽 밧줄을 잡은 이는 패지트인데, 그는 머트한테 목숨을 맡겨선 안 된다는 것쯤은 알 만한 나이다. 거센 바람이 멈춘 순간, 옆에서 희미한 소리가 들린다. 흘끗 보니 절벽과 해변이 만나는 곳에 있는 바위 벽에 머트의 친구 하나가 기대어 앉아 있다. 자기 팔을 감싸고 웅크린 채 한쪽 팔을 다른 팔로 조심스럽게 받친 것이 팔이 부러진 것 같다. 내가 들은 소리는 녀석이 훌쩍이는 소리였다.

"여기서 빠져, 켄드릭!"

머트가 외친다.

나는 팔짱을 끼고 기다린다. 말이 잠깐 몸부림을 멈춘다. 희뿌연 백악 절벽을 배경으로, 이시커를 옭아맨 검은 밧줄이 떨리는 게 보인다. 말은 지쳤고, 사람들도 마찬가지다. 머트의 팔 근육이 밧줄처럼 떨린다. 다른 사람들은 주위를 살금살금 움직이며 모래밭에 밧줄 고리를 늘어놓고 말이 그중 하나에 걸려들기를 바란다. 바다 말을 알지 못하는 사람이라면, 옆구리를 들썩거리는 저 이시커가 졌다고 생각하기 쉽다. 하지만 이시커가 말이 아닌 맹수와 같은 포식자처럼 고개를 뒤로 빼는 자세로 바꾸는 것을 본 순간, 나는 상황이 나빠질 것을 확신한다.

"머트!"

머트는 돌아보지도 않지만 어쨌거나 나는 경고해 준다.

말 발목에 걸린 줄이 갑자기 팽팽해지더니 회색 이시커가 머트한테 달려든다. 말발굽이 모래밭을 파헤치자 모래와 작은 자갈들이 내 쪽으로 튄다. 비명이 공기를 가른다. 패지트가 휘청하며 줄을 세게 끌어당기자 말이 중심을 잃는다. 머트는 자기 안위를 신경 쓰는 데 바빠 패지트한테 보답할 틈이 없다. 목에 감긴 줄이 갑자기 느슨해지자 말은 패지트 쪽으로 돌아선다. 발굽이 모래밭에 원을 그린다. 그리고 말이 패지트를 공격한다. 앞발을 번쩍 들어 패지트를 덮치더니 이빨로 어깨를 문다. 사람이 말 무게를 견디며 서 있는 것은 불가능한 일이지만, 말이 앞발을 들고 어깨를 무는 바람에 패지트는 잠깐 동안 똑바로 선 것처럼 보인다. 그리고 말의 앞발이 다시 땅에 닿자 말 앞으로 패지트의 몸이 푹 꺾인다.

이제야 머트는 목줄을 잡아 끌어 보지만, 너무 약하고 너무 늦었다. 이시커를 상대로 머트가 무엇을 할 수 있겠는가.

패지트는 살 가망이 없어 보인다. 어딘가 사람이라기보다 고깃덩어리에 가까워지기 시작한다. 누군가 애처로운 목소리로 내 이름을 부른다.

"켄드릭."

나는 앞으로 걸음을 옮기고, 말 바로 앞에 가자마자 왼손에 침을 탁 뱉고서 말 귀 바로 뒤 갈기를 움켜쥔다. 오른손으로 재킷 주머니에서 붉은 리본을 꺼내 말 코뼈 위에 놓고 누른다. 말이 고개를 홱 비틀지만, 말 머리와 목을 잡은 내 손은 흔들리지 않는다. 내가 귀에 대고 속삭이자 말은 비틀비틀 뒤로 물러서며 발 디딜 곳을 찾다가 패지트를 밟는다. 패지트는 내가 신경 쓸 바가 아니다. 내가 신경 써야 할 것은 이 짐승을 나머지 사람들한테서 떼어 놓아야 한다는 것뿐이다. 줄에 묶인 천 킬로그램짜리 야생 동물이 두 사람을 불구로 만들었으니.

"그 말을 놔줄 생각은 하지 마."

머트가 말한다.

"일이 이 지경이 되었으니. 마구간으로 데려가. 헛수고로 만들지 마."

나는 이 동물이 개가 아니라 바다 말이라고, 11월이 다가오는 이맘때 이 동물을 육지로 이끄는 마법을 부리고 싶지는 않다고 말하고 싶다. 하지만 괜히 큰 소리를 내서 내가 바로 옆에 있다는 사실을 말한테 상기시키고 싶지는 않다.

"해야 할 일을 해, 켄드릭!"

마침내 도착한 브라이언이 외친다.

"말을 놔줄 생각은 하지 마."

머트가 다시 외친다.

모두를 살아서 돌아갈 수 있게만 해도 훌륭한 솜씨일 것이다. 말을 해변 아래로 데려가 바닷속으로 충분히 깊이 돌려보내서 우리 모두를 안전하게만 해도 멋질 일이다. 하지만 나는 모두를 단지 안전하게 할 뿐만 아니라 그 이상의 일도 할 수가 있다. 모두가 그 사실을 알고, 누구보다도 머트가 잘 안다.

나는 말 귀에 대고 바다처럼 속삭이며, 움직이는 손전등 불빛을 벗어나 걸음을 옮긴다. 사람들로부터 한 발짝 멀리, 바다로 한 발짝 가까이. 장화 속으로 들어오는 파도를 양말이 빨아들인다. 회색 말이 내 손 아래에서 몸을 부르르 떤다.

나는 머트를 한번 돌아보고는 말을 놓아준다.

5

퍽

나도 모르게 잠이 들었나 보다. 아침이 되자 눈꺼풀이 천근만근이고, 담요는 두더지가 굴을 파놓은 것처럼 되어 있다. 창밖을 보니 하늘이 거의 대낮처럼 푸르다. 나는 지금이 몇 시든 간에 일어나기로 한다. 옷장 안을 들여다보며 어떤 옷을 입고 해변에 나갈까 고민하느라 너무 오랜 시간 잠옷을 입은 채 떨고 있다. 이 잠옷은 레이스로 된 끈 부분이 조금 따갑지만 엄마가 만들어 준 옷이니까 그냥 입는 거다. 말을 타고 나서도 추울지 어떨지 모르겠고, 아마 조지프가 나를 보면 헐, 헐, 헐 거릴 걸 알면서도 여자처럼 입고 가야 할지 말아야 할지도 모르겠다.

무엇보다도 나는 '남은 평생 오늘을 기억하게 될 거야.' 같은 거창한 생각을 하지 않으려고 내내 애쓴다.

결국 늘 입던 까끌까끌하지 않은 갈색 바지와 외할머니가 엄마한테 떠 주셨다는 두툼한 녹색 스웨터를 입는다. 이 스웨터를 입은 엄마 모습을 떠올리면 기분이 좋다. 가족의 역사가 깃든 스웨터니까. 나는 얼룩진 거울을 들여다본다. 파란 눈 위의 눈썹을 일자로 만들며 주근깨 난 얼굴에 사나운 표정을 지어 본다. 지저분하고 뾰로통해 보인다. 묶은 머리에서 앞머리를 빼서 나 아닌 다른 사람처럼 보이려고 애써 본다. 해변에 도착했을 때 다른 사람들이 쳐다보고 웃지 않을 사람. 소용이 없다. 나는 주근깨가 너무 많다. 머리를 다시 하나로 묶는다.

주방에 가니 핀이 벌써 일어나 싱크대 앞에 서 있다. 핀은 어제와 똑같은 스웨터를 입었는데, 밤사이에 몸이 쪼그라들기라도 했는지 품이 더 헐렁해 보인다. 스테이크나 토스트 같은 것을 바삭하게 굽는 듯한 뭔가 좋은 냄새가 난다고 생각하다가, 다시 맡아보니 종이나 머리카락을 태울 때처럼 불쾌한 냄새가 난다.

"게이브 오빠 일어났어?"

나는 묻는다. 핀을 보지 않으려고 머뭇거리며 선반을 훑어 보는 척한다. 사실 대화를 하고 싶은지도, 뭘 먹고 싶은지도 잘 모르겠다.

"형은 벌써 호텔에 나갔어. 나는……, 자, 이거."

그러면서 핀은 숟가락을 꽂은 잔 하나를 식탁에 내려놓는다. 뭔지는 모르겠지만, 잔을 다시 들면 식탁에 동그란 자국을 남길 게 분명한, 가장자리가 넘쳐흐른 자국과 모락모락 나는 김을 보니 아마 뜨거운 코코아 같다.

"네가 만든 거야?"

핀이 나를 바라본다.

"아니, 안소니 성인이 밤중에 갖다 주셨지. 내가 누나한테 바로 주지 않아서 안소니 성인이 몹시 화가 났어."

핀이 돌아선다.

핀이 다시 유머 감각을 발휘했다는 사실에, 그리고 코코아 선물 덕분에, 나는 깜짝 놀란다. 그제야 핀이 고작 코코아 한 잔을 타기 위해 엉망으로 만들어 버린 싱크대가 눈에 들어오고, 공기 중에 떠돌던 냄새가 뜨거운 버너에 쏟은 우유 냄새라는 것을 깨닫지만, 핀의 마음 앞에서 그런 건 중요하지 않다. 아랫입술이 살짝 떨려서 나는 잠깐 이를 꽉 다물고 안정을 되찾는다. 핀이 자기 잔을 가지고 맞은편에 앉을 무렵 나는 평소대로 돌아온다.

"고마워."

내가 말하자 핀은 불편해한다. 핀은 누가 고마워하는 것을 싫어해서 엄마는 핀이 요정 같다고 말하곤 했다. 나는 덧붙인다.

"미안."

"소금을 좀 넣었어."

그러니까 고마워할 일은 아니라는 듯 핀이 말한다.

나는 맛을 본다. 맛있다. 다 녹지 않은 코코아가 섬처럼 떠다니고, 소금이 들어 있는진 몰라도 짠맛은 나지 않는다. 코코아 덩어리가 입안에서 가루로 풀어지는 느낌이 썩 나쁘지 않다. 핀이 전에 코코아를 만들어 본 적이 있었는지 기억나지 않는다. 내가 만드는 것을 보기만 했던 것 같은데.

"소금이 들어 있는지 모르겠어."

"소금은 코코아를 더 달게 해."

핀이 말한다. 달지 않은 것이 다른 것을 더 달게 만든다니, 나는 바보 같은 소리라고 생각하지만, 그냥 놔둔다. 나는 잔을 휘저은 다음 숟가락 뒷면으로 코코아 덩어리를 잔 벽에 대고 으깬다.

내가 자기 말을 믿지 않는 것을 알고 핀이 말한다.

"팰슨 빵집에 가서 물어봐. 초콜릿 머핀 만드는 걸 봤단 말이야. 소금 넣고."

"네 말 안 믿는다고 안 했어! 나 아무 말도 안 했다."

핀이 숟가락으로 초콜릿을 으깬다.

"안 믿은 거 알아."

핀은 나한테 얼마나 오래 나가 있을 건지, 어떻게 바다 말을 구할 건지 묻지 않는다. 그리고 게이브 오빠 문제도. 그런 이야기를 하지 않아도 되어서 기쁜지 화가 나는지 나도 잘 모르겠다. 우리는 그저 남은 음료를 후루룩 마신다. 빈 잔을 싱크대에 넣으면서 마침내 내가 말한다.

"오늘은 온종일 밖에 있을 것 같아."

핀이 일어나서 내 잔 옆에 자기 잔을 놓는다. 너무 큰 스웨터 밖으로 가녀린 목을 빼죽 내민 핀은 심각한 표정이다. 핀이 내 뒤쪽의 싱크대를 가리킨다. 냄비와 그릇들 사이로 껍질을 벗겨 잘라 놓은 사과가 있다.

"저건 도브 거야. 나 오늘 누나랑 같이 갈 거야."

"너는 같이 못 가."

핀의 말이 나한테 어떤 감정을 불러일으키는지 생각해 볼 틈도 없이 내가 말한다.

"계속 가려는 건 아니야. 그냥 오늘만. 첫날만."

핀이 대꾸한다.

해변에 불쑥 당당하고도 외롭게 혼자 들어서는 모습과 내가 어쩌는지 한쪽에서 지켜봐 줄 남동생과 함께 가는 모습을 상상하며 잠깐 갈등한다.

"알았어. 그건 괜찮을 것 같아."

핀이 모자를 쓴다. 나도 모자를 쓴다. 둘 다 내가 뜨개질해서 만들었는데, 내 모자에는 흰색, 연갈색, 진갈색 실로 짠 무늬가 있다. 그리고 핀의 모자는 흰색과 빨간색 실을 섞어서 만들었다. 둘 다 군데군데 실이 뭉치긴 했지만 잘 맞다.

모자를 쓴 채 우리는 전쟁터 같은 부엌에 서 있다. 잠깐 동안 나는 낯선 사람처럼 주위를 둘러본다. 핀 주변에 있는 모든 것이 마치 싱크대 하수구에서 기어 나온 것처럼 보인다. 모두 엉망이고, 우리도 엉망이다. 오빠가 떠나고 싶어 하는 것도 놀랄 일이 아니다.

"가자."

내가 말한다.

션

첫째 날, 고리는 다른 누구보다도 나를 먼저 해변에 불러서 그가 예전에 바다에서 건진 얼룩말 암컷을 보여 준다. 고리는 내가 그 말을 마음에 들어 해서 맬번 마장에 사들일 거라고 확신해서 족히 두 마리 값을 부른다. 어두운 푸른빛 새벽하늘 아래 썰물이 모래밭에서 막 빠져나가기 시작한다. 내 손가락은 손가락 부분이 없는 장갑에서 삐죽 나와 얼었고, 나는 고리가 말을 앞뒤로 속보시키는 것을 지켜본다. 오늘 모래밭에 찍히는 첫 발굽 자국이다. 파도가 모래밭을 깨끗이 쓸어내려 어젯밤 머트 무리의 헛수고가 남긴 흔적을 모두 지워 버렸다.

이 말은 화려하다. 바다 말은 육지 말이 띠는 모든 색을 띠지만, 육지 말과 마찬가지로 바다 말도 대부분 갈색이나 암갈색이다. 회갈색, 검은색, 회색 말이나 팔로미노처럼 꼬리와 갈기가 흰색인 말은 드물다. 검은 평야를 가로지르는 흰 구름처럼, 검고 흰 줄무늬가 있는 얼룩말은 더욱 희귀하다. 하지만 무늬가 화려하다고 우승하는 것은 아니다.

얼룩말은 움직임이 나쁘지 않다. 좋은 어깨다. 수많은 이시커가 좋은 어깨를 가졌다. 나는 별 감흥 없이, 마치 작은 용처럼 보이는 검은 가마우지가 하늘에서 선회하는 모습을 바라본다.

고리가 말을 내 앞으로 데려온다. 나는 말 등에 올라타 고리를 내려다본다.

"네가 앞으로 타볼 말 중에 가장 빠른 이시커다."

고리가 거친 목소리로 말한다.

내가 이제껏 타본 말 중에 가장 빠른 이시커는 코어다.

지금 내가 탄 암컷 얼룩말은 구리와 해초 썩은 내를 풍긴다. 나를 쳐다보는 눈에서 바닷물이 흐른다. 이 말이 풍기는 물결치듯 다루기 힘든 느낌이 마음에 들지 않는다. 아마도 코어한테 익숙해져서일 것이다.

"데리고 나가 봐. 이보다 빠른 말이 있으면 얘기하게."

나는 말한테 속보를 시킨다. 말은 귀를 갈기에 꼭 붙인 채 다져진 모래 위를 종종걸음으로 지나 바다 쪽으로 향한다. 나는 소매에서 쇠막대를 꺼내 말의 기갑(말의 어깨 위 도드라진 부분), 하얀 심장 모양 반점이 있는 부분에 대고 시계 반대 방향으로 문지른다. 말은 부르르 떨며 내 손길을 피해 몸을 튼다. 나는 이 말의 가만있지 않는 귀와 말답지 않은 고개 기울기가 싫다. 어떤 말도 믿을 수는 없다. 하지만 그중에서도 특히 이 말을, 나는 믿지 않는다.

고리는 질주해 보라고 나를 부추긴다. 속도를 직접 느껴 보라고. 질주를 시켜 본다고 해서 이 말이 보여 준 속보를 내가 다르게 평가할 수 있을지는 의문이다. 하지만 나는 고삐를 늦추고 말의 옆구리를 조인다.

말은 마치 물고기를 노리고 물에 뛰어드는 물수리처럼 해변을 향해 달려 내려간다. 숨도 쉴 수 없을 만큼 빠르다. 그리고 내내, 물을 내내 신경 쓰며, 바다 쪽을 노린다. 다시 그 물결치는 듯한, 미끈한 움직임. 지금은 한창 10월일 뿐이고, 이곳은 마른땅 위인데도, 이 말은 말보다는 바다 생물에 훨씬 가깝게 느껴진다. 내가 말 귓가에 계속 속삭이는데도.

하지만 빠르다. 성큼성큼 모래를 넘어 고른 땅이 끝나는 지점에 있는 동굴을 몇 초 만에 지나친다. 부서지는 파도 거품처럼 속도감의 여파가 나를 휩쓴다. 이 말이 코어보다 빠르다고 생각하기는 싫지만, 비슷하게 빠른 것은 틀림없다. 코어 없이 제대로 알 수는 없겠지만.

이제 바위로 된 땅이다. 내가 속도를 늦추려는 움직임을 보이자 말은 뒷발로 일어서더니 맹수처럼 이빨을 딱딱 부딪친다.

갑자기 말이 짙은 바다 냄새를 풍긴다. 사람들이 흔히 바다 냄새라고 생각하는 그 냄새가 아니다. 해초 냄새도 소금 짠 내도 아닌, 수면 아래에 머리를 파묻고 숨을 쉬며 바닷물로 폐를 가득 채울 때 나는 냄새다. 물을 향해 질주할 때는 쇠막대가 아무 소용이 없다.

나는 말갈기에 손가락을 파묻고 세 개, 그리고 일곱 개, 매듭을 짓는다. 나는 말 귓가에 노래를 부르고, 동시에 다른 손으로는 방향을 틀어 점점 더 작게 원을 그리도록 하며 말을 바다에서 떼어 놓는다. 통할지는 알 수 없다.

우리가 모래밭을 가로질러 달리는 동안, 말 안에 있는 마법이 나한테 속삭인다, 은밀하게. 말 피부에 내 맨살이 닿는 곳은 극히 일부분, 말 목을 쥔 내 손목뿐, 다리는 장화 속에 있다. 그런데도 말의 맥박이 내 안에서 노래를 한다. 나를 달래어 말을 믿도록. 말을 따라 함께 바다로 뛰어들도록. 열 마리쯤 바다 말을 탄 10년 세월만이 내가 나를 잊지 않게 지켜 준다.

그것도 간신히.

내 안 모든 것이 번민을 벗어 버리라고 말한다. 말과 함께 물로 뛰어

들라고.

매듭 세 개. 일곱 개. 손에 쥔 쇠막대.

나는 속삭인다.

"넌 나를 가라앉게 하지 못해."

속도를 늦추어 다시 고리 앞에 말을 데려가기까지 몇 분이나 걸린 느낌이지만, 실제로는 고작 몇 초였을 것이다. 그러는 내내 말 목은 마치 뱀 같은 느낌이고, 이빨은 어떤 육지 말과도 닮지 않은 방식으로 드러난다. 말은 내 아래에서 부르르 떤다.

이 말의 속도를 잊기는 어려울 것이다.

"네가 타본 가장 빠른 말이라고 했지?"

고리가 묻는다.

나는 말에서 미끄러져 내려와 고리한테 고삐를 건넨다. 고삐를 받으며 고리는 궁금증이 가득한 얼굴에 호기심 어린 표정을 보탠다.

나는 말한다.

"이 말은 사람을 죽일 거예요."

고리가 항의한다.

"이봐. 그렇게 따지자면, 다른 말들도 사람을 죽였지."

"이 말은 전혀 내키지 않아요."

나는 말한다. 마음 한구석에서는 그렇지 않지만.

"그럼 다른 사람이 이 말을 살 거야. 아까울 텐데."

"그 사람은 죽겠죠. 이 말은 돌려보내세요."

나는 돌아선다.

"네 빨간 수말보다 빠르다고!"

고리가 내 등 뒤에 대고 소리친다.

"돌려보내세요."

나는 돌아보지 않고 대답한다.

하지만 고리는 그러지 않을 것이다.

ㄱ

퍽

이렇게 엄청날 줄은 몰랐다.

섬 전체가 해변에 몰려들었다. 딱 그래 보인다. 퓐이 모리스를 타고 가자고 주장했는데, 모리스가 잠깐 시동이 꺼지는 바람에 우리가 제일 늦게 도착했다. 우리 앞에 바다가 두 개 펼쳐졌다. 저 멀리 짙푸른 바다, 그리고 바글거리는 말과 사람의 바다. 입술이 예쁘다는 이유로 토미 오빠를 여자로 치지 않는 한, 여자는 하나도 없고 죄다 남자들이다. 사람 바다가 진짜 바다보다 수천 배는 더 커 보인다. 이곳에서 어떻게 훈련을 하고 어떻게 움직이는지, 아니 어떻게 숨을 쉬는지도 알 수가 없다. 모두 서로한테 혹은 말한테 소리를 지른다. 거대한 싸움판 같다. 누가 누구한테 화가 났는지는 구별할 수 없지만.

해변으로 내려가는 긴 비탈길 앞에서 퓐과 나는 둘 다 머뭇거린다. 땅은 이곳을 지나간 말들의 발굽 자국으로 울퉁불퉁하다. 퓐은 사람과 동물이 모인 광경을 바라보며 얼굴을 찌푸린다. 내 시선은 썰물이 지나간 저 멀리, 물가를 질주하는 말 한 마리에 머무른다. 신선한 피처럼 밝은 빨간색 말인데, 등에는 작고 검은 형체가 낮게 엎드려 있다. 말 발굽이 파도를 밟을 때마다 물보라가 튀어 오른다.

그 말이 몸을 쭉 뻗고서 숨이 멎을 만큼 빠르게 질주하는 모습이 무척 아름다워서 눈이 시리다.

"저건 말 두 마리를 붙여 놓은 것 같아."

핀이 말한다.

핀의 말이 내 시선을 빨간 말에서 떼어 절벽 쪽으로 끌어당긴다.

"얼룩말이네."

내가 말한다. 핀이 가리킨 말은 검은 바탕에 눈처럼 흰 무늬가 있고, 기갑 근처에 피 흘리는 심장처럼 생긴 작고 까만 점이 있다. 중절모를 쓴 난쟁이처럼 작고 마른 남자가 다른 말들 사이에서 그 말을 끌어낸다.

"얼룩말이네."

핀이 나를 흉내 낸다. 나는 핀을 찰싹 때리고 다시 빨간 말과 기수를 보려고 시선을 돌렸지만, 그들은 사라지고 없다.

이상하게도 화가 난다.

"내려가야 할 것 같아."

"오늘은 전부 다 저기 가는 거야?"

핀이 묻는다.

"그래 보이네."

"어떻게 말을 구하려고?"

딱히 대답할 말이 없기에, 그 질문은 내 짜증을 돋운다. 우리가 똑같은 자세로 서 있다는 것을 알아차리자 더욱 짜증이 난다. 그러니까 내가 동생이랑 똑같은 자세로 서 있든지 동생이 나랑 똑같은 자세로 서 있는 거다. 나는 주머니에서 손을 빼며 쏘아붙인다.

"스무고개 하니? 온종일 질문할 거야?"

핀은 입술과 눈썹을 평행하게 일자로 만든다. 정확히 무엇을 뜻하려는지는 모르겠지만, 핀은 이 표정을 자주 짓는다. 핀이 어렸을 때 엄마는 이 표정 때문에 핀을 개구리라고 부르곤 했다. 이제는 가끔씩 면도도 해야 하는 나이라, 그렇게까지 양서류 같아 보이지는 않는다.

어쨌든, 핀은 개구리 표정을 짓더니 옆 걸음으로 난장판에 끼어든다. 순간 나는 핀을 따라가려고 하다가, 불쑥 들려오는 날카로운 울음에 땅에 못 박히듯 선다.

그 얼룩말이다. 다른 말들 사이에서 따로 떨어져 나온 얼룩말은 말들이 있는 쪽과 바다를 번갈아 돌아본다. 그러다가 고개는 뒤로 젖힌 채, 히힝 하고 울지 않고, 괴성을 지른다.

날카로운 소리가 바람을 가르고, 파도를 가르고, 사람들의 부산한 행동을 가른다. 이건 고대 맹수가 내는 울음소리다. 보통 말이 내는 소리와는 한없이 동떨어진 소리다.

무섭다.

나는 한 가지 생각밖에 들지 않는다.

'우리 부모님은 마지막으로 이런 소리를 들었을까?'

당장 바다에서 멀리 떨어지지 않으면 나는 정신을 놓아 버릴 것이다. 나는 안다. 느낄 수 있다. 팔다리가 해초처럼 흐느적거린다. 몸을 제대로 가누지 못한 나머지 말발굽 자국에 발이 걸려 발목을 삘 뻔한다. 얼룩말이 울음을 멈추자 나는 안도한다. 하지만 이시커에 가까이 다가가면 갈수록 말과는 전혀 다른 냄새가 풍기는 것은 피할 도리가 없다. 도브한테서는 건초와 잔디와 당밀 같은 부드러운 냄새가 난다. 이시커한테서는 소금과 고기와 쓰레기와 생선 비린내가 난다.

나는 입으로 숨을 쉬면서 냄새 생각을 지우려고 애쓴다. 내 다리 곁으로 개들이 쏘다니는데, 개들이 어디로 가든지 아무도 신경 쓰지 않는다. 말들은 헛발질을 하고 사람들은 돌아다니며 기수한테 보험 상품을 판다. 모두 정육점에서 키우는 테리어보다 더 안달이 났다. 핀이 사람들 사이에 휩쓸려 사라져서 나는 기쁘다. 어안이 벙벙한 내 모습을 핀이 보는 건 생각도 하기 싫으니까.

사실은, 선불로 낼 돈도 없이 경주에 타고 나갈 말을 어떻게 구할지 나한테는 두루뭉술한 생각밖에 없다. 그것도 대부분 학교에서 남자아이들이 크면 경주에 나가겠노라고 뽐낼 때 친구들이랑 하던 얘기가 바탕이다. 결국, 실제로 그렇게 한 남자아이들은 없었고 대부분 뭍으로 떠났거나 농부가 되었지만, 어쨌든 그 애들의 원대한 포부 덕에 많은 정보를 얻을 수 있었다. 특히나 우리 부모님은 경주를 좋아하지 않는 몇 안 되는 사람에 속했으니까.

"여자애!"

어떤 남자가 제자리에서 발을 구르는 밤색과 흰색이 섞인 말을 데리고서 으르렁대듯 말한다.

"그놈의 발 조심하라고!"

나는 내 발을 내려다보지만, 조금 뒤에야 모래밭에 원이 그려져 있고 내 장화가 그 선을 밟았다는 것을 알아챈다. 나는 펄쩍 뛰어 원 밖으로 나간다.

"놔둬."

내가 원을 다시 그리려고 애쓰자 남자가 외친다. 그 밤색과 흰색이 섞인 말이 원을 따라 훈련용 마차를 끈다. 나는 뒤로 물러서다가, 두 남자가 한 소년을 옮기는 데 끼어들어 또다시 한소리 듣는다. 머리에 피가 흐르는 소년이 나한테 욕을 한다. 나는 빙글 돌다가 지저분한 모래투성이 개한테 발이 걸려 넘어질 뻔한다.

"망할!"

나는 개한테 쏘아붙인다. 개는 말대꾸하지 못하니까.

"퍽 코널리!"

입술이 예쁜 토미 오빠다.

"여기서 뭐 해?"

이렇게 물은 것 같다. 토미 오빠 목소리가 다른 사람들의 시끄러운 말소리에 묻히고 또 바람에 날아가 버렸다.

"검은 중절모를 찾으려고."

나는 대답한다. 검은 중절모란 말을 파는 사람을 뜻한다. 우리 섬에서, 중절모를 쓴 사람이라는 말은 뒷말하는 사람을 가리키는데, 말 파는 사람에 빗댄 말로, 별로 좋지 않은 뜻이다. 가끔 남자애들은 반항아로 보이고 싶을 때 중절모를 쓴다. 그래 봤자 꼴불견으로 보일 뿐이지만.

"무슨 말인지 잘 안 들려."

토미 오빠가 외친다.

하지만 토미 오빠가 제대로 들었다는 것을 나는 안다. 오빠는 그냥 들은 말을 믿지 못할 뿐이다. 아빠는 언젠가 사람 뇌는 듣기 힘든 구조라고 말한 적이 있다. 토미 오빠 귀가 완전히 먹었다 해도 지금 나한테는 그게 문제가 아니다. 흘끗 중절모가 눈에 띄었기 때문이다. 아까 얼룩말을 팔려던 땅속 요정 같은 남자 머리 위.

"고마워."

나는 토미 오빠한테 말한다. 사실 오빠가 도와준 건 없지만.

토미 오빠를 내버려 두고 인파를 헤치며 중절모 쪽으로 간다. 가까이서 보니, 그 사람은 그렇게 작아 보이진 않는다. 하지만 얼굴이 벽돌로 제대로 몇 번, 그러니까 두 번쯤 내리치고 나서 확실하게 하려고 한 번 더 친 것 같이 생겼다.

중절모는 누군가와 입씨름 중이다.

"션 켄드릭."

중절모가 내뱉은 이름이 왠지 익숙하다. 무시하는 듯한 말투까지도. 중절모를 쓴 땅속 요정의 목소리는 전혀 요정 같지가 않다. 담배 연기 때문에 컬컬한 데다가, 입을 열 때마다 쇳소리가 난다.

"흥. 그 녀석 머릿속에 반은 소금물이오. 내 말을 뭐라고 합디까, 예?"

"다시 말하고 싶지 않소."

다른 사람이 정중하게 말한다. 윤기 흐르는 검은 머리에 단정하게 가르마를 탄 할살 의사 선생님이다. 나는 할살 의사 선생님이 좋다. 굉장히 침착한 데다 깔끔하고 단정해서, 살아 있는 사람이라기보다는 그림이 아닐까 싶을 정도다. 여섯 살 때 나는 할살 의사 선생님과 결혼하고 싶었다.

"그 녀석은 바다처럼 미친 거라고요. 보세요, 일단 타보면 마음에 드실 겁니다."

중절모를 쓴 땅속 요정이 말한다.

"나는 됐소. 미안하지만 지나갑시다."

할살 의사 선생님이 말한다.

"악마처럼 빠르다고요."

땅속 요정이 말하지만, 의사 선생님은 이미 등을 돌려 멀어졌고, 등에는 귀가 없다.

"저기요."

내 목소리가 너무 높게 나오는 것 같다. 땅속 요정이 돌아본다. 일그러진 얼굴에 짜증스러운 표정이 더해지자 무섭게 보인다. 나는 생각을 정리하려고 애쓰며 믿음이 갈만한 목소리로 질문한다.

"5분의 1 하세요?"

5분의 1도 그 몽상에 빠진 남자애들한테서 배운 것 중 하나인데, 다름 아닌 도박이다. 가끔 말 파는 사람이 돈을 받지 않고 말을 빌려주고, 대신 경주에서 기수가 상금을 타면 그중 5분의 4를 받는 방식이다. 그러니까 1등을 하지 않으면 아무것도 아니다. 하지만 1등을 할 경우, 원한다면 섬 전체를 살 수도 있다. 아니, 적어도 스카마우스 정도는 살 수 있을 거다. 맬번 씨의 재산만 빼고.

땅속 요정이 나를 쳐다보며 말한다.

"안 해."

하지만 나는 그 말이 나한테만 안 한다는 뜻이라는 걸 안다.

거절당할 거라고는 생각도 해보지 않은 탓에 나는 속으로 철렁한다. 말 장사꾼이 사람을 고를 정도로 이시커를 타려는 사람이 많은 걸까? 나도 모르게, 나는 말한다.

"알겠어요. 그럼 그거 하는 다른 분 좀 알려 주실래요?"

그리고 황급히 덧붙인다.

"선생님."

아빠가 말하기를 선생님이라고 부르면 깡패도 신사가 된다고 했기 때문이다.

땅속 요정이 말한다.

"중절모. 중절모를 찾아봐."

그냥 깡패인 깡패도 있다. 내가 어렸을 때라면 그 사람 신발에 침을 뱉었겠지만, 엄마가 나를 비누로 박박 씻겨서 그 버릇을 고쳐 놓았다.

나는 고맙다는 말은 하지 않고 자리를 뜬다. 예쁜 토미 오빠보다도 도움이 안 되는 사람이다. 나는 인파를 헤치고 다른 중절모 쓴 사람들을 찾아다녔지만, 모두 같은 대답을 할 뿐이다. 모두 연갈색 머리 여자애는 안 된다고 말한다. 고민조차 하지 않는다. 어떤 사람은 인상을 쓰고, 어떤 사람은 웃고, 어떤 사람은 내 말을 끝까지 듣지도 않는다.

이제 점심시간이라 배가 꼬르륵거린다. 기수한테 음식을 파는 사람도 있지만 음식들이 죄다 비싼 데다 피 냄새나 상한 생선 냄새가 난다. 핀은 흔적이 보이지 않는다. 스멀스멀 밀물이 들어오기 시작하고 덜 용감한 사람들은 이미 해변을 떠났다. 뒤로 물러서다 보니 백악 절벽에 등이 닿고 만다. 활짝 편 손바닥에 닿는 벽면이 차갑다. 내 머리 몇 미터 위부터 절벽 색깔이 연해지며 몇 시간 안에 물이 어디까지 차오를지를 보여준다. 그때까지 이곳에 서서 소금물에 천천히 잠기는 나를 상상해 본다.

절망감에 눈시울이 뜨거워진다. 최악인 것은, 모조리 거절당해서 조금은 기쁘다는 사실이다. 무시무시한 괴물은 도브와는 전혀 다르다. 그런 걸 집에 데려와 한 달 동안 비싼 생고기를 먹이며 훈련하는 것은 고사하고, 한번 타보는 것조차 상상하기 힘들다. 여름이면 종종 아이들은 잠자리를 잡아 눈 바로 뒤에 끈을 묶어서 애완동물처럼 데리고 다닌다. 이시커와 함께 있는 성인 남자가 딱 그 잠자리처럼 보인다. 아무런 무게가 느껴지지 않는 것처럼 말이 사람을 끌고 다닌다. 그런 말이 나한테는 어떻게 할까?

먼바다를 바라본다. 해안 가까이 절벽에서 흰 바위가 떨어져 내린 곳은 물이 청록색이고, 암갈색 해초가 바위를 뒤덮은 곳은 물이 검다. 이 엄청난 물 건너편 어딘가에는 게이브 오빠가 우리를 버리고 떠날 도시가 있다. 오빠를 다시는 볼 수 없을 거라는 걸 안다. 오빠가 어딘가에서 살아 있다고 해도 소용없다. 엄마 아빠가 없는 것과 다를 바가 없다.

엄마는 어떤 일이 일어나는 데는 다 이유가 있고, 때때로 어떤 장애물이 나타나는 건 바보 같은 짓을 막기 위한 거라고 즐겨 말했다. 엄마는 나한테 이 말을 여러 번 했다. 하지만 엄마가 게이브 오빠한테 이 말을 하자, 아빠는 때로 그건 더 노력하라는 뜻이라고 덧붙였다.

나는 심호흡을 하고서 내 눈을 피하지 않았던 유일한 중절모를 향해 발길을 돌린다. 그 땅속 요정이다. 땅속 요정한테는 이제 말이 한 마리밖에 남지 않았다. 아까 울부짖던 그 얼룩말이다.

"이봐, 거기!"

내가 그냥 지나치는 줄 알았는지 땅속 요정이 소리친다.

"우리가 얘기를 좀 해야겠지요?"

내가 말한다. 기분이 엉망이라 목소리가 쌀쌀맞게 나온다. 처음에 품었던 호의는 도로 집에 가져가서 쌈이나 싸 먹어야겠다.

"마침 나도 똑같은 생각을 했지. 이제 장사 끝낼 참인데. 나는 내일 안 나오면 좋고, 그쪽은 말이 생기니 좋고. 그래 뭘 낼 거냐?"

무심코 '음, 내가 얼마나 있더라?' 생각했지만, 곧 정신을 차리고 아까 이 땅속 요정이 보여 줬던 불친절한 태도를 기억해 낸다.

"선불금은 없어요. 5분의 1만 해요."

이 부분은 확고해야 한다. 게이브 오빠가 정말 우리만 남겨 두고 떠난다면 우린 빈털터리가 될 테니까.

"이 암말은 굉장해. 지금 이 섬에서 가장 빠른 말이지."

땅속 요정이 말한다. 내가 말을 볼 수 있도록 땅속 요정이 뒤로 비켜서자, 코 위로 굴레까지 사슬을 걸친 말이 고삐 끝에서 몸을 들썩인다. 넋을 잃을 만큼 아름답고 무지막지하게 크다. 도브 위에 도브를 한 마리 더 올려야 사나운 눈을 마주 볼 수 있을 것 같다. 그리고 폭풍우에 씻긴 사체 같은 냄새를 풍긴다. 말은 해변을 쏘다니는 개 한 마리를 바라본다. 시선이 어딘가 불안정하다.

"그렇다면 이 말에 투자하는 걸 망설일 이유가 없으시겠네요."

내가 말한다. 나는 심통이 나지만 사무적으로 말하려고 노력한다. 성공적인 거래를 해야 한다는 생각만으로도 속이 울렁거리는데 협상에서 어른처럼 대우받으려고 애쓰는 건 참 쉽지 않은 일이다.

"돈 받으러 다시 오고 싶지는 않은데."

땅속 요정이 말한다.

나는 팔짱을 낀다. 게이브 오빠 흉내를 낸다. 오빠는 사실은 정반대 마음이면서도, 무관심하고 흥미 없어 하는 듯이 구는 방법을 안다. 나는 최대한 싫증 난 듯이 말한다.

"아저씨 말이 맞을 수도 있고, 아닐 수도 있지만, 이 말이 네 발 달린 동물 중에 가장 빠른 게 맞다면, 파는 값보다 더 많은 상금을 탈 게 분명한데 투자하시지 그래요?"

땅속 요정이 나를 빤히 쳐다본다.

"내가 못 믿는 건 말이 아니지."

나도 맞서 쏘아본다.

"저도 같은 생각이거든요."

갑자기 땅속 요정이 씩 웃는다.

"그럼 한번 타봐. 어떻게 하나 보자."

땅속 요정이 고갯짓으로 모래 위 안장 머리에 걸쳐진 안장을 가리킨다.

나는 심호흡을 하고, 이 말이 울부짖던 소리를 다시 떠올리지 않으려고 노력한다. 부모님이 어떻게 돌아가셨는지 기억하지 않으려고 노력한다. 게이브 오빠와, 떠나겠다고 말하던 오빠의 표정을 생각해야 한다. 손이 마구 떨리는 것처럼 느껴지지만, 손은 옆구리 옆에 얌전히 있을 뿐이다.

나는 할 수 있다.

펵

땅속 요정이 해초가 덮인 바위 옆으로 말을 끌어 내가 바위를 밟고 말을 탈 수 있도록 해준다. 얼룩말은 잠깐도 가만히 있지 않고 움직이면서 바위에 바짝 다가가려 하지 않는다. 얼룩말 발굽 가까이에 있는, 누가 먹다 버린 아침거리를 보고 강아지가 와서 맴돌자 얼룩말은 강아지한테서 눈을 떼지 않는다. 목에 와 닿는 바람이 차다. 장화 속에 내 발가락은 돌멩이처럼 감각이 없다.

"이 말은 이게 제일 얌전히 있는 거야. 탈 거야, 말 거야?"

내 손이 나를 배신하기 전에 주먹을 꼭 쥔다. 떠오르는 건 엄마 아빠를 바닷속으로 끌고 들어간 저 커다란 이빨뿐이다. 하지만 공포가 지금 나를 주춤하게 하는 것은 아니다. 엄마 아빠가 어디선가 나를 본다면 무슨 말을 하실까 하는 생각 때문이다. 하늘에서 이 해변이 보일까? 절벽에 가려서 안 보일지도 모른다. 엄마 아빠는 언제나 경주를 한심하게 생각했고, 배를 타다가 바다 말한테 공격당해 돌아가셨는데, 나는 지금 이곳에서 경주에 나가기 위해 바다 말을 타려고 한다. 실망하거나 혐오감을 느낄 때면 윗입술을 일그러뜨려 작은 반원 모양 주름을 만들던 아빠의 표정이 생생하게 떠오른다.

홱, 말이 고개를 위로 치켜들자 땅속 요정 발이 땅에서 거의 들린다.

다른 방법이 있을 거다. 이 말을 타지 않을 뭔가 다른 방법이 있을 거다. 하지만 말 없이 어떻게 경주에 나갈 수 있을까?

그때, 내가 올라선 바위 곁에 어디선가 나타난 핀이 서 있다는 것을 알아챈다. 핀은 아무 말도 하지 않는다. 나를 올려다보면서 손가락으로 자기 팔을 자꾸만 꼬집으면서도 자기가 그러는지 모르는 것 같다.

"그만해."

내가 말하자 핀은 손을 멈춘다. 나는 마음을 먹는다.

"아가씨, 얼른 타시죠."

땅속 요정이 말한다. 말이 피부 아래 근육을 부르르 떤다.

'이건 나답지 않아.'

나는 말한다.

"죄송해요. 마음이 바뀌었어요."

땅속 요정 얼굴에 실망하는 기색이 스치는 순간 모든 것이 흐릿해진다. 흰색과 검은색 파도가 몰아쳐서 바위 위에 있던 나를 와락 밀친다. 나는 땅바닥에 등을 세게 부딪히며 헉 하고 숨을 토한다. 얼굴 한 부분이 따뜻하고 축축해진다. 말이 눈앞에서 뒷다리로 일어서는 순간, 나는 무언가가 비명을 질렀다는 것, 내 얼굴에 느껴지는 축축한 게 피라는 것, 그 피는 나한테서 나는 게 아니라 위에서 떨어졌다는 것을 한꺼번에 깨닫는다. 얼룩말이 입에 문 것에서 피가 뚝뚝 떨어진다.

나는 몸을 굴려 말발굽을 피하고 눈에서 모래를 털어 내며 똑바로 서려고 애쓴다. 다시 숨을 쉬려고 애쓰고, 앞을 보려고 애쓴다. 얼룩말은 시커먼 사냥감을 흔들며 몸을 숙인다. 발굽으로 사냥감의 한쪽을 누르고 입으로 찢는다. 모래가 피에 젖는다.

나는 핀을 부르짖는다.

귀를 뒤로 젖힌 얼룩말이 희생양 한 토막을 내 쪽으로 툭 던진다. 나는 반쯤 숨을 멈추고 반쯤 흐느끼며 피투성이 토막에서 펄쩍 물러난다. 거기엔 해파리 촉수 같은 길쭉한 것들이 뻗어 나와 있다. 나는 그저 주저앉아 생각을 멈추고 싶다.

내 앞에 놓인 그 토막에는 모래와 피가 엉겨 붙은 짧고 가무잡잡한 털이 나 있다. 거의 알아볼 수 없는 잔해다. 토할 것 같다.

아까 그 개다.

사람들이 "션 켄드릭!"을 외치는 와중에 나는 "핀!"을 외친다. 핀은 거기 있다. 스카마우스 성당 현관에 서 있는, 눈을 크게 뜬 작고 이상한 노인 조각상과 판박이 같은 표정을 하고서.

"나는……."

핀이 말하려 한다. 나도 같은 생각이기에 핀이 무슨 말을 하려는지 안다.

"저 말 타지 마. 저런 말 타지 마."

핀이 단호하게 말한다. 핀이 정말로 원해서 무언가를 부탁했던 게 언제인지 모르겠다.

"안 탈게."

내가 이어 말한다.

"난 도브를 탈 거야."

9

션

그날 저녁, 만조라서 모두 뭍으로 들어간 지 한참이 지난 뒤 나는 코어를 해변으로 데려간다. 우리 앞에 드리운 그림자가 거대하다. 해마다 이맘때 5시면 벌써 어두워지고 모래는 차가워진다. 부드러운 모래 틈으로 아직은 풀이 나 있는 보트 선착장 꼭대기에 안장과 장화를 벗어 놓는다. 코어의 눈길은 썰물이 천천히 빠져나가는 바다에 가 있다.

바닷물이 뒤에 남긴 단단히 다져진 모래에 우리가 첫 발자국을 남긴다. 맨발에 닿는 땅은 차다. 특히 모래에서 찬 바닷물이 배어 나와 피부에 닿을 때는 더욱 차다. 물집 잡힌 내 발에는 그것이 반갑다.

첫째 날, 끝없는 첫째 날의 끝이다. 해변에는 부상이 잇따랐다. 어떤 소년은 말에서 떨어지며 바위에 이마를 찧어 피를 흘렸다. 어떤 남자는 말한테 물어 뜯겨, 맥주 한잔 마시고 푹 자고 나도 괜찮아지지 않을 큰 상처를 입었다. 그리고 그 개. 그 개를 엉망으로 만든 것이 그 얼룩말이라는 것에 나는 놀라지 않았다.

대체로, 좋지 않은 훈련 시작 날이었다.

오늘 저녁, 그래튼 씨네 정육점에서 등록이 시작될 것이다. 형식으로 느껴지긴 하지만, 나는 나와 코어의 이름을 적을 것이다. 그러고 나면 자기가 진짜로 경주에 나갈 용기가 있는지, 특히 자기가 탄 그 말을 타고서 경주에 나갈 용기가 있는지 알아보려는, 자신 없는 섬사람과 관광객으로 떠들썩한 한 주가 찾아온다. 사람들은 말을 사고팔고 바꾼다. 사람들은 마주가 되기도, 5분의 1에 투자하기도, 기수가 되기도 한다. 나한테는 답답한 시간이다. 협상만 많고 훈련은 부족하다. 이 첫째 주가 끝나고 축제가 열려서 기수들이 공식적으로 참여를 선언하고 나면 그제야 마음이 편해진다.

그때부터 진짜 삶이 시작된다.

코어는 스콜피오 해를 향해 구애하듯이 고개를 들어 귀를 쫑긋 세운 다음 목을 구부린다. 나는 코어한테 속삭이며 고삐를 당긴다. 코어가 집중해야 할 곳은 나이지, 저 강력한 물의 노래가 아니다. 나는 코어의 눈을, 귀를, 몸의 곡선을 바라보며, 오늘 밤, 바다와 나 중에서 누구 목소리가 더 강할지 가늠해 본다.

코어가 내 쪽으로 워낙 빠르게 고개를 휙 틀어 버리는 바람에, 나는 코어가 움직임을 마치기도 전에 주머니에서 쇠막대를 꺼낸다. 하지만 코어는 공격하려던 것이 아니라 그저 더 잘 보이는 눈으로 나를 보려고 움직였을 뿐이다.

나는 그 어떤 말보다 코어를 믿는다.

코어를 조금도 믿어서는 안 된다.

우리가 파도 사이로 깊숙이 들어가자, 코어의 목은 나긋하지만 눈 주위 피부는 팽팽해진다. 차가운 물이 발목을 적셔 오자 나는 황급히 숨을 토해 낸다. 그리고 그 자리에 서서 코어의 발목을 휘감은 마법이 코어한테 어떤 영향을 끼치는지 살핀다. 코어는 몸을 떨지만 긴장하지는 않는다. 여기까지는 전에도 해보았고 아직은 달도 차지 않았다. 나는 소금물을 한 줌 떠 코어의 어깨에 붓고, 코어의 피부에 입술을 대고 속삭인다. 코어는 가만히 서 있다. 나는 코어와 함께 서서, 지친 발에 거친 파도를 맞는다.

저녁놀처럼 붉은 코어가 바다를 바라본다. 해안은 동쪽으로 나 있기에 코어가 바라보는 것은 밤바다다. 암청색과 검은색, 하늘과 물이 거울처럼 만나는 곳. 바다 위에 비치는 우리 그림자도 달려드는 파도와 거품에 물들어 색을 바꾼다. 나는 코어의 그림자에서 우아하고 거대한 말을 본다. 내 그림자에서는, 처음으로, 아버지를 본다. 아니, 아버지는 아니다. 내 어깨는 끝없는 추위를 막으려는 듯이 굽었던 아버지의 어깨처럼 구부정하지는 않다. 그리고 아버지는 머리가 더 길었다. 하지만 땅에 서 있어도 기수임을 드러내는, 치켜든 턱과 흔들림 없는 자세는 똑같다.

나는 넋을 놓고 코어가 몸을 들어 올리는데도 멍하게 서 있다. 내가 눈치챘을 때 코어는 이미 반쯤 뒷다리로 일어선 자세다. 하지만 코어는 곧 발을 원래 위치에 내려놓으며 거대한 물보라를 내 얼굴에 끼얹는다. 소금기를 맛보며 코어가 나를 향해 귀를 세우고 목을 구부리는 것을 본다.

근래 들어 처음으로 웃는다. 그 소리에 코어는 물을 털어 내는 개처럼 머리와 목을 흔든다. 내가 몇 발짝 뒤로 물러나자 코어가 나를 따라오고, 그 순간 나는 코어 쪽으로 다가가며 발을 굴러 물을 튀긴다. 코어는 크게 상처받은 듯이 움찔 놀라더니 나한테 다시 물을 튀기려고 발을 구른다. 우리는 서로를 향해 왔다 갔다 한다. 물론 나는 절대로 등을 보이지 않는다. 코어는 물을 마시는 척하다 맛없다는 시늉을 하며 머리를 홱 내젓는다. 나는 물을 한 줌 떠 마시는 척하다가 코어한테 뿌린다.

점점 숨이 가빠져 온다. 자갈 때문에 발이 아픈 데다 견디기 힘들 정도로 물이 차갑다. 내가 다가가자 코어는 머리를 숙여 내 가슴에 얼굴을 지그시 댄다. 젖은 셔츠 위로 느껴지는 코어의 체온이 따뜻하다. 나는 코어의 귀 뒤 피부에 글자를 쓰며 코어를 가라앉히고, 갈기에 손가락을 파묻고 쓰다듬으며 나를 가라앉힌다.

멀지만 아주 멀지는 않은 곳에서 물 튀기는 소리가 들린다. 물고기일 수도 있지만, 파도 너머 들려오는 소리로 보아서는 꽤 큰 물체일 것이다. 나는 검게 물드는 바다 위를 내다본다.

나는 그것이 물고기라고 생각하지 않고, 다시 수평선 쪽을 바라보는 코어도 그렇게 생각하지 않는다. 이제 코어는 몸을 떨고, 파도 밖으로 다시 나올 때는 코어를 달래는 데 오랜 시간이 걸린다. 코어는 한 발, 그리고 또 한 발을 천천히 내디딘다. 물이 닿지 않는 곳에 이르자 뻣뻣한 다리로 멈춰 선다. 코어는 바다 쪽을 돌아보더니, 고개를 들고, 입술을 말아 올린다.

나는 고삐를 찰싹 치고 코어가 노래하기 전에 가슴에 쇠막대를 갖다 댄다. 내 손 안에 있는 한 코어는 그들의 노래를 부르지 않을 것이다.

보트 선착장까지 경사진 길을 다시 걸어 올라가는데, 스카마우스로 가는 길 위쪽에 어떤 형체가 보인다. 하늘과 맞닿은 산마루, 보랏빛 배경에 검은 윤곽으로 보이는 몇몇 사람이 서 있다. 멀지만 알 수 있다. 그 중 한 명은 틀림없이 머트다. 모습이 딱 그렇다. 녀석들의 자세로 보건대 내 행동에 관심을 기울이는 것이 분명해서 나는 조심스레 나아간다.

머지않아 나는 머트가 내 장화 안에 오줌을 싸놓은 것을 발견한다.

녀석들은 이제 산등성이에서 웃는다. 나는 싫은 내색을 함으로써 머트를 만족시켜 주고 싶지는 않아서, 머트의 오줌을 버리기에 이 해변은 과분한 곳이긴 하지만, 장화를 기울여 오줌을 털어 내고 장화 끈을 다시 묶는다. 나는 장화를 코어 등에 올린 안장 양쪽에 매달고 비탈길을 오르기 시작한다. 어둠이 내렸지만, 아직 해야 할 일이 많다. 그래튼 씨네 가게에 10시 전에 가야 한다. 내 앞에는 어둠 속에 가려진 하루가 뻗어 있다.

우리는 뭍으로 향한다.

장화에서 오줌 냄새가 난다.

펵

오랜만에 해가 지고 나서도 스카마우스에 남아 있으니, 아빠가 머리를 잘랐을 때가 떠오른다. 내가 일곱 살 때까지 아빠의 검은 머리는 내 머리처럼 곱슬했다. 아빠는 아침이면 제일 먼저 머리를 그럴듯하게 손질하려고 했지만, 머리는 늘 멋대로 뻗쳤단다. 아무튼, 내가 일곱 살 때 아빠는 부두에서 돌아오는 길에 머리를 거의 밀다시피 했고, 집에 들어와 엄마 입술에 키스하는 아빠가 낯선 사람인 줄 알고 나는 울음을 터뜨렸다.

해 진 뒤 스카마우스는 꼭 그때 아빠 같다. 지금 스카마우스는 내가 평생 알던 것과 완전히 다른 낯선 모습이고, 나는 내 입술에 스카마우스의 키스를 쉽사리 받아들일 수 있을 것 같지 않다. 밤이 마을을 온통 어두운 푸른색으로 칠했다. 건물은 서로 몸을 기대고 바위에 다닥다닥 달라붙은 채, 아래쪽에 펼쳐진 한없이 시커먼 부두를 내려다본다. 가로등이 환히 빛을 뿜고, 전봇대에 달린 전선을 타고 종이 등이 꿈틀거린다. 종이 등은 꼭 크리스마스 불빛이나 반딧불처럼, 마을 위로 솟은 성 컬럼바 성당의 어둡고 흐릿한 윤곽 쪽으로 휘감아 올라간다. 벽에 기대 세워 놓은 자전거가 한 부대 있고, 섬의 모든 자동차를 다 모은 것보다 많은 자동차가 거리에 서서 가로등 불빛을 유리창에 담는다. 자동차는 낯선 남자들을 쏟아 내고 자전거는 낯익은 소년들을 내려놓는다. 내가 거리에서 이렇게 많은 사람을 본 적은 축젯날뿐이다.

놀랍고도 무섭다. 스카마우스에 있는데도, 길을 잃은 것만 같다. 본토로 가려는 게이브 오빠를 도무지 이해할 수 없다.

"퍽 코널리! 잘 시간 지난 거 아니야?"

조지프 베링거가 외치는 소리가 들린다.

나는 핀의 자전거를 정육점에 최대한 가까이, 실수로 사람이 선착장에 떨어지는 일을 막기 위해 세운 쇠 난간에 기대어 놓는다. 오늘 밤, 바다는 기이한 비린내를 풍기는데, 나는 혹시 어선이라도 있어서 그런가 하고 부두를 내려다본다. 하지만 검은 물과 물에 비친, 소금물에 거꾸로 잠긴 또 다른 스카마우스가 있을 뿐이다.

조지프가 또 뭐라고 꽥꽥거리지만 나는 한 치도 관심이 없다. 한편으로는 조지프 같은 미련퉁이가 여기 있어서 고맙기도 한데, 그건 조지프가 이곳 생활에서는 붙박이 가구 같은 존재라서 다른 것까지 더 친근하게 느껴지기 때문이다.

조지프가 내 묶은 머리를 잡아당겨서 고개가 뒤로 꺾인다. 나는 휙 돌아 허리에 손을 짚고 조지프를 마주 본다. 조지프가 헤벌쭉 웃는다. 조지프는 금발에 여드름투성이다. 내가 자기를 바라보는 것에 감명이라도 받았는지 우아, 하고 입을 벌리는 시늉을 한다.

나는 뭔가 인상적인 말을 생각해 내려고 애써 보지만, 열한 살일 때 재미있어하던 걸 열일곱 살이 되어서도 재미있어하는 조지프한테 짜증만 날 뿐이다. 그래서 나는 그저 화를 내며 이렇게 말한다.

"조지프, 오늘 밤엔 너랑 놀아 줄 시간 없거든!"

언제나 그렇지만 오늘 밤엔 특히나 그렇다. 나는 오늘 경주 참가 신청을 해야 하니까. 내가 하도 서두르니까 핀이 너그럽게도 도브한테 먹이 주는 일을 대신 맡아 주었다. 내가 집을 나설 때 핀은 양동이를 이제껏 본 중 가장 복잡한 발명품 보듯이 바라보고 있었다.

옆에서 조지프가 또 잘 시간이 어쩌고저쩌고 하지만, 나는 그저 무시하고 서둘러 그래튼 씨네 정육점 진입로에 들어선다. 조지프는 일단 꼬투리를 하나 잡으면 끝까지 물고 늘어지는 것을 좋아해서, 조지프한테 미묘한 정보를 흘릴 필요는 없다. 거기 있는 사람들을 훑어보니 벌써 도착한 관광객들이 눈에 띈다. 엄마가 우리에겐 경주가 필요하다고, 경주 없이는 무인도가 될 거라고 늘 말했던 게 생각난다.

그래. 오늘 밤, 섬은 살아 있다.

그래튼 씨네 정육점은 시끌벅적하고, 진입로까지 사람들이 바글거린다. 나는 문까지 길을 헤치고 나아가야 한다. 스카마우스 사람들이 대체로 무례하다고 할 수는 없지만, 맥주는 사람을 귀먹게 한다. 실내는 소음으로 시끄럽고 구불구불한 벽을 따라 사람들이 줄을 서 있다. 들보가 다 드러난 천장이 머리에 닿을 듯 낮아서 더 꽉 차게 느껴진다. 나는 이곳에서 이렇게 많은 사람을 본 적이 없다. 좀 섬뜩하긴 하지만 이곳이 경주의 비공식적인 중심지라는 게 말이 되는 것이, 기수들은 모두 정육점에서 고기를 구하기 때문이다.

나는 아니지만.

나는 맞은편 벽 근처에서 누군가의 귀에 대고 소리를 지르는 그래튼 아저씨를 바로 발견한다. 부인인 페그 아줌마는 손에 분필을 든 채 계산대 뒤에서 웃으며 수다를 떤다. 그래튼 아저씨가 건물 주인이지만 실제 가게 주인은 페그 아줌마라고 아빠가 말했던 기억이 난다. 스카마우스 남자들은 모두 페그 아줌마를 사랑한다. 그 이유가 아빠 말로는, 페그 아줌마는 남자들의 심장을 깔끔하게 도려낼 수 있고 남자들은 그걸 알기 때문이라고 한다. 아줌마가 예뻐서는 확실히 아니다. 게이브 오빠가 언젠가 페그 아줌마보다 머트 가슴이 더 크다고 얘기하는 걸 들은 적이 있다. 맞는 말인 것 같지만 우리 오빠가 그런 무신경하고 부당한 말을 했다는 것이 충격으로 남았다. 여자 가슴이 커지란다고 커지는 것도 아닌데.

칠판에 이름을 쓰는 페그 아줌마 앞에 한 줄로 선 사람들 끝에 나도 가서 선다. 내 앞에는 연청색 재킷과 모자를 쓴 남자가 서 있는데, 그 남자의 덩치가 내 시야를 온통 가린다. 마치 내가 아장아장 걷는 아이가 되어 장난감 대신 고기가 주렁주렁 매달린 방에 들어선 느낌이다. 그래튼 아저씨는 가게 안에서 담배를 피우지 말라며 사람들한테 고래고래 소리를 지르고, 사람들은 아저씨가 고기 가까이서 불 때는 걸 용납 못한다고 깔깔거리며 응수한다.

이 줄에 서 있어도 되는지, 불안해진다. 사람들이 나를 뚫어져라 쳐다보는 것 같다. 계산대에서 내기하는 소리가 들린다. 어쩌면 내가 잘못 서 있고 이 줄은 경주 참가 신청하고는 상관없는지도 모른다. 어쩌면 도브를 타고 참가하는 걸 허락해 주지 않을지도 모른다. 이 와중에 유일한 좋은 점이라고는 조지프와 떨어졌다는 거다.

앞에 선 덩치 큰 남자 옆으로 비켜서서 칠판에 적힌 글씨를 다시 읽어 본다. 맨 윗줄에 기수, 그 오른쪽에는 이시커라고 적혀 있다. 기수라는 글자 옆에 누군가가 조그맣게 고기라고 적어 놓았다. 바로 아랫줄은 비었고, 그 아래로 여러 이름이 쭉 적혀 있다. 이시커 란보다 기수 란에 이름이 더 많다. 왜 그런지 내 앞에 선 덩치가 산만 한 남자한테 물어보고 싶다. 혹시 조지프는 그걸 아는지 궁금하다. 게이브 오빠가 집에 들어갔는지도 궁금하다. 핀이 양동이 다루는 법을 알아냈는지도 궁금하다. 그러니까, 나는 지금 한 가지를 차분하게 생각하지 못하겠다.

그때 그 소년을 발견한다. 둥그스름한 곳이라고는 없이 모든 게 날카롭게 생긴 검은 머리 소년. 소년은 암청색 재킷을 입고 가슴께에 팔짱을 낀 채, 계산대 앞 두 번째 자리에 말없이 고요하게 서 있다. 소년은 이곳에 어울리지 않는 야생의 느낌을 풍긴다. 표정은 날카롭고 뒷목 쪽 깃을 세우고 머리카락은 바닷바람에 날린 모양 그대로다. 소년은 아무도 바라보지 않지만, 그렇다고 누구를 피하는 것도 아니다. 마음은 이 정육점에서 멀리, 아주 멀리 떨어진 곳에 둔 채 그저 바닥을 바라보며 서 있다. 모두가 북적이며 서로 밀쳐 대지만, 아무도 소년을 둘러싸거나 밀치지 않으며, 그렇다고 소년을 피하는 것 같지도 않다. 그저 그 소년은 나머지 사람들과 같은 장소에 있지 않은 것 같다.

"아니, 퍽 코널리 아니냐."

내 뒤에서 목소리가 들린다. 돌아보니 줄 밖에서 어떤 할아버지가 줄 선 사람들을 바라본다. 이름이 레일리, 아니면 터버, 아니면 뭐였는데. 우리 아빠의 오랜 친구인 걸로 기억하는데, 나이 많은 분이다 보니 굳이 이름을 알 필요는 없었다. 쪼글쪼글하고 갈라진 얼굴에 갈매기 둥지를 만들어도 될 만큼 주름이 깊게 패었다.

"이 밤에 여기서 뭘 하는 게냐?"

"끼어들기요."

나는 따지고 들기 어려운 대답을 한다. 그러고는 계산대 앞 소년을 돌아본다. 그때 소년이 몸을 돌리자 옆모습이 보이고, 문득 나는 해변에서 소년을 본 것 같다는 생각이 든다. 그 빨간 말을 타던 기수다. 소년의 어떤 표정과 바람에 날린 머리가 내 심장을 쿵 내려앉게 한다.

"퍽 코널리, 그 애를 그렇게 쳐다보지 마라."

할아버지가 말한다. 못 들은 척하기에는 너무 궁금한 말이다.

"누구예요?"

"맙소사, 션 켄드릭이지."

나는 그 이름을 들은 기억이 어렴풋이 떠올라 눈썹을 추켜올린다. 수업 시간에 몇 번 들은 적은 있지만, 굳이 떠올릴 일은 없었던 역사적 사실처럼.

"말을 잘 알기로는 따라올 사람이 없어. 해마다 경주에 나가는데, 올해도 우승할 것 같아. 뭐, 언제나 그랬지. 하지만 한 발은 땅에 한 발은 바다에 있는 애야. 가까이하진 말아라."

"물론이에요."

나는 지금 무엇을 가까이해야 할지도 모르는 채 대답한다. 다시 그 애를 돌아보며 이름을 되새긴다. 션 켄드릭.

그때 그 애가 계산대 앞으로 다가가고, 페그 아줌마는 말싸움에서 이기기라도 한 듯이 활짝, 내 생각엔 지나치게 활짝 웃는다. 아줌마가 뭐라고 하는지는 들리지 않지만, 그 애가 아줌마 쪽으로 몸을 조금 기울이고는 팔짱을 풀고 살짝 손짓하며 말하는 모습에서 나는 눈을 떼지 못한다. 그 애는 손가락 두 개를 펴서 계산대를 짚더니 셈하는 듯이 톡

톡 두드린다. 나는 그 애가 페그 아줌마를 사랑하지 않는다는 것을 알아챘다. 페그 아줌마가 자기 심장을 깔끔하게 도려낼 수 있다는 사실을 그 애가 몰라서인지, 아니면 알고는 있지만 별 감흥이 없어서인지 궁금하다.

페그 아줌마가 분필을 들고 돌아서더니 팔을 쭉 뻗고, 나는 그제야 기수라고 적힌 바로 아랫줄을 일부러 비워 두었다는 것을 알게 된다. 다른 이름 맨 위의 그 자리에 아줌마가 망설임 없이 '션 켄드릭'이라고 적었기 때문이다. 아줌마가 그 애 이름을 쓰자 내 주위 무리에서 함성이 몇 차례 터져 나온다. 션 켄드릭은 미소는 짓지 않고, 아줌마한테 고개를 살짝 숙이는 것 같다.

어떤 사람이 그 애를 옆으로 잡아끌어 말을 걸고, 줄은 앞으로 움직인다. 나는 참가 신청하는 곳에 한 걸음 더 가까워진다. 위장이 약간 뒤틀리는 기분이다. 또 한 걸음. 나는 내가 약간 어지러운 것이 신경 때문인지 이 많은 사람의 열기 때문인지 궁금하다. 또 한 걸음.

내 바로 앞사람이 내기를 걸 때쯤에는 뱃속에서 난리가 난 것 같다. 이제 내 차례다.

페그 아줌마는 모두한테 그랬던 것처럼 나한테도 미소를 짓는다. 아줌마는 전혀 무서워 보이지 않는다. 그냥 평범하고 친절해 보인다.

"안녕, 얘야, 뭐가 필요하니? 특별한 날을 골라서 왔네."

아줌마는 내가 고기 사러 온 줄 아는 거다. 나는 볼이 달아오르는 것을 느끼며 단호하게 말하려고 노력한다.

"실은, 참가 신청을 하러 왔어요."

아줌마의 미소는 여전히 제자리에 있지만, 마치 미소를 그린 그림을 누가 아줌마 얼굴에 걸어 놓은 것 같다. 미소는 꼼짝도 안 하지만 아줌마의 눈빛은 미소와 어울리지 않는다.

"네 오빠가 나더러 네 신청을 받아 주지 말라더구나. 네가 참석할 수 없는 규정을 억지로라도 찾아 달랬어."

게이브 오빠를 말하는 거다. 이제 완전히 다른 방식으로 속이 뒤집힌다. 나는 피로 얼룩진 계산대에 몸을 기대며 너무 서두르는 것처럼 말하지 않으려고 노력한다. 또한 그러자마자 나는 아줌마가 내가 이곳에 왜 왔는지 다 알면서도 나한테 질문을 했다는 것을 깨닫는다. 그러니 아줌마가 어떤 사람인지 내 생각을 바꿔야 하겠지만, 아줌마가 여전히 그저 평범하고 친절한 얼굴이어서 나는 그러지 못한다.

"규정 같은 건 없지 않나요? 제가 참가하면 안 될 이유가 없어요."

"그런 규정은 없고, 네 오빠한테 그 얘기도 분명히 했어. 하지만……."

아줌마 얼굴에서 미소가 사라지고, 나는 갑자기 내 심장을 도려내는 아줌마를 상상한다. 아줌마는 차갑고 텅 빈 눈으로 피를 의식하지도 않을 것이다.

"네 부모님이 어떻게 생각하시겠니? 그건 생각해 봤어? 사람들이 죽는단다, 얘야. 나는 여자 편이지만 이건 여자들이 할 경기가 아니야."

왠지 이건 오늘 들은 어떤 말보다도 나를 화나게 한다. 이건 아무 상관도 없는 이유다. 나는 거울을 보며 연습했던 사나운 표정을 지어 보인다.

"생각은 해봤어요. 제 이름을 넣어 주세요."

아줌마는 나를 한참 쳐다보고 나는 표정을 조금도 바꾸지 않는다. 그러자 아줌마는 한숨을 쉬더니 분필을 쥐고 칠판 쪽으로 돌아선다. 아줌마는 'ㅍ'을 쓰다가 말고 손바닥으로 문질러 지운다. 아줌마가 나를 돌아본다.

"네 원래 이름이 기억나지 않는구나, 얘야."

"케이트. 케이트 코널리예요."

나는 문득 모든 스카마우스 사람들이 내 등을 뚫어져라 쳐다보는 것을 느낀다. 남은 한평생 기억하게 될 순간이 있고, 남은 한평생 기억하게 될 거라는 생각이 드는 순간이 있는데, 두 경우가 일치하는 일은 드물다. 하지만 페그 아줌마가 돌아서서 검은 바탕에 하얀 분필 글씨로 내 이름을 명단에 올릴 때, 나는 이 장면을 영영 잊지 못할 거라고 확신한다.

아줌마가 다시 돌아섰을 때 한쪽 눈썹이 올라가 있다.

"말 이름은 뭐니?"

"도브요."

대답이 너무 조용하게 나온다. 나는 다시 한번 말한다.

"도브."

아줌마는 아무것도 묻지 않고 이름을 적고, 사실 그럴법하다. 도브가 이시커가 아닐 거라고 어떻게 의심하겠는가?

나는 입술을 깨문다. 아줌마는 기다린다.

"50이야, 퍽. 참가비."

나는 동전을 찾아 호주머니를 뒤지며 살짝 언짢아진다. 가진 돈이 충분하지 않을 거라는 생각에 괴롭지만, 곧 나는 밀가루를 사려고 가지고 다니던 돈을 찾아낸다. 나는 동전을 내밀기는 하지만, 아줌마 손에 내려놓지는 않는다.

"잠깐만요."

나는 계산대에 기대며 목소리를 낮춘다.

"저기, 음, 말을 두고 어떤 규정이 있나요? 어, 그러니까……."

만약 내가 규정에 어긋나서 50을 날려 버린다면 나는 정말 괴로울 것이다.

"규정을 보고 싶어?"

아줌마는 규정을 적은 종이를 찾으려고 뒤진다. 아줌마가 종이를 찾는 동안 모든 사람이 칠판에 적힌 내 이름을 보는 것만 같다. 아줌마가 구겨진 종이 한 장을 건네주자 나는 앞뒤를 훑어본다. 말과 관련해서는 딱 두 문장이 적혀 있다.

'기수는 첫 번째 주가 끝나는 스콜피오 축제 때 기수 행진에서 자신이 탈 말을 선언해야 한다. 그날 이후 말을 바꿀 수는 없다.'

나는 다른 것이 있나 찾아보지만 아무 말도 없다. 도브를 타고 참여해서 안 될 규정은 없다.

마침내 나는 페그 아줌마 손에 동전을 건넨다.

"감사합니다."

"그거 가져갈래?"

아줌마가 규정이 적힌 종이를 가리키며 말한다. 나는 별로 상관없지만, 고개를 끄덕인다.

"네."

"그래. 규정에 철저하구나."

나는 규정에 철저하다.

어두운 바깥으로 나와 찬 공기를 깊이 들이마신다. 짠 내음 대신 희미한 배기가스 냄새가 공기 중에 떠돈다. 그래도 정육점 안 날고기 냄새와 땀 냄새에 비하면 여긴 천국이다. 머릿속이 핑핑 돌면서 기쁘기도 하고 무섭기도 하다. 도로에 튀어나온 굴곡 하나하나, 선착장 쪽에 세워진 난간에 녹슨 무늬 하나하나, 바다 위 물결 하나하나를 다 볼 수 있을 것만 같다. 세상은 온통 까맣거나 노랗다. 끝없이 깊은 하늘과 칠흑 같은 바다, 가로등과 상점 유리창에서 쏟아져 나오는 불빛.

나는 몇 미터 떨어진 곳에서 말싸움이 오가는 것을 발견하고, 션 켄드릭의 재킷을 알아본다. 션에 비하면 덩치가 크고 땀투성이인 머트 맬번이 션을 마주 보고 서 있다. 주변에 몇몇 사람이 둘러선 모양새를 보니 좋은 얘기가 오가지는 않는 것이 분명하다.

마치 새 떼가 까마귀를 괴롭히는 것 같다. 까마귀가 다른 새 둥지에 너무 가까이 갔거나 혹은 다른 이유로 새 떼의 심기를 거스른 광경을 들판에서 본 적이 있다. 새들이 마구 소리를 지르며 급강하하는 와중에 까마귀는 조용하고 어둡고 무관심한 듯이 그대로 있었다.

그러니까 이런 상황이다. 션 켄드릭, 그리고 섬에서 제일 부잣집 상속자인 머트가 있고, 머트가 뱉은 침이 션의 장화에서 번들거린다.

"장화 좋은데."

머트가 말한다. 머트는 아래를 내려다보지만, 션은 보지 않는다. 션은 정육점에서와 같은, 보는 듯 보지 않는 시선으로 머트의 얼굴을 바라본다. 머트의 얼굴에 떠오른 표정이 섬뜩하면서도 눈길을 끈다. 분노는 아니지만, 그 비슷한 무언가다.

한참 뒤에, 션은 가려는 듯이 몸을 돌린다.

"이봐."

머트가 말한다. 미소를 띤 표정이지만 미소와는 정반대 느낌을 풍긴다.

"벌써 마구간에 돌아가는 거야? 재미 본 지 몇 시간밖에 안 됐잖아?"

머트는 엉덩이를 한껏 흔든다.

그때 내가 션의 미소를 보지 않았다면 머트가 괴롭히는 것을 보고 기분이 나빴을 것이다. 아주 잠깐 머무른, 사실 입은 움직이지도 않고 눈을 가늘게 떴을 뿐인 그 한 가닥 미소 비슷한 것은, 영리하게 깔보는 듯한 표정을 띠더니 곧 사라진다. 그리고 나는 두 사람 얼굴에 떠오른 완전히 다른 표정이 모두 증오를 나타낸다는 것을 깨닫는다.

"한마디 해보시지, 말 후리기 선생. 내 선물은 마음에 드시던가?"

하지만 주먹 쥔 머트의 손을 보면 머트가 션한테 원하는 것이 대답은 아닌 것 같다.

션은 여전히 말이 없다. 다만 얼굴에 피곤함이 떠오른다. 머트가 션 주위를 돌려고 발을 떼자, 션은 다른 쪽으로 걷기 시작한다.

"나한테 등 보이지 마."

머트가 으르렁거리듯 말한다. 머트는 성큼성큼 세 발짝 만에 션을 따라잡더니 커다란 손으로 션의 팔을 잡아채 어린아이를 다루듯 쉽게 빙 돌려세운다.

"넌 내 밑에서 일하잖아. 나한테 등 보이지 마."

션은 재킷 주머니에 손을 넣는다.

"정확히는, 너희 아버지 밑이지."

션이 극도로 차분한 목소리로 말하자, 지켜보던 할살 의사 선생님이 얼굴을 찌푸리더니 정육점으로 쓱 들어간다.

"그리고 이 밤에 내가 뭘 해줬으면 하는 거지?"

션이 질문하자 순간 머트가 당황한다. 나는 머트가 션을 일단 한 대 때린 뒤 적당한 대답을 쥐어짤지도 모른다고 생각한다. 하지만 그때, 문득 떠오른 듯 머트가 말한다.

"아버지께 널 해고하라고 할 거야. 도둑질 죄로. 잡아뗄 생각은 하지 마. 내가 그 말을 잡았는데, 켄드릭 네놈이 놓쳐 버렸어. 그 대가는 네 일자리가 될 거야."

이 섬에 돈을 가진 사람은 많지 않다. 누군가를 자른다는 말은 가볍게 할 얘기가 아니다. 내 일자리 얘기가 아닌데도 나는, 식료품 창고 문을 열고 비어 가는 내용물을 볼 때 찾아오는 속 쓰림을 벌써 느낀다.

"지금 그러려고?"

션이 부드럽게 말한다. 정육점에서 흘러나오는 희미한 웅성거림을 배경으로 오랜 침묵이 흐른다.

"경주에 참가 신청 한 걸 봤어. 하지만 네 이름 옆에 말 이름은 없던데. 왜일까, 머트?"

머트의 얼굴이 붉어진다.

"내 생각에는……."

션의 목소리는 시종일관 조용해서 나를 포함한 모든 사람은 션의 말을 듣기 위해 숨을 멈춘다.

"너희 아버지는 해마다 그래 왔듯이, 내가 네 말을 골라 주기를 기다리시는 것 같은데."

"거짓말 마. 네놈이 나보다 뭐가 잘났다고. 아버지는 네가 나한테 쓸모없는 말만 주도록 내버려 뒀어. 나한테는 늙고 남아도는 말을 주고 제일 좋은 말은 네가 타게 놔뒀다고. 알아? 나한테 결정권이 있었다면 그 빨간 수말을 탔겠지. 올해는 나한테 쓸모없는 말을 주게 내버려 두지 않겠어."

문이 열리고 할살 의사 선생님이 그래튼 아저씨와 함께 나온다. 두 사람은 현관에 멈춰 선다. 그래튼 아저씨는 앞치마에 손을 닦으며 어떤 상황인지 살펴본다. 션 켄드릭의 조용한 목소리가 이 말싸움을 한층 고요하게 그리고 인상적으로 만들었다. 절제된 힘이 넘치는 고요한 밤바다처럼. 션 켄드릭과 머트 맬번 사이 공간에는 전기가 통하는 것 같다.

"어이 소년들, 이제 집에 들어갈 시간인 것 같다."

그래튼 아저씨의 목소리가 쾌활하게 들리지만, 거기에는 조심스러움이 배어 있다.

그래튼 아저씨 말이 들리지 않은 것처럼, 션이 머트 쪽으로 몸을 기울이더니 말한다.

"5년 동안 나는 네가 해변에서 살아남게 해줬어. 그게 네 아버지 부탁이자 내가 계속할 일이지. 네가 탈 말은 내가 네 아버지한테 널 태우라고 골라 주는 말이야."

션은 갑자기 그래튼 아저씨 쪽을 향해 재빨리 고개를 숙여 어른처럼 인사하고, 성큼성큼 섬 안쪽으로 걸어간다. 머트는 션의 등 뒤에 대고 모욕적인 손짓을 하다가 그래튼 아저씨가 자기를 쳐다보는 것을 보더니 천천히 손을 내려 주머니에 넣는다.

"머트, 늦었다."

그래튼 아저씨가 말한다. 할살 의사 선생님이 내 쪽을 흘끗 본다. 선생님은 자기가 본 것이 사실인지 확인하려는 듯 눈을 가늘게 뜬다. 나는 선생님이 무슨 말을 걸기 전에 서둘러 핀의 자전거를 찾는다. 어쨌든 가야 할 시간이다. 그래튼 아저씨 말처럼, 시간이 늦었다. 게다가 내일은 일찍 일어나야 한다.

션 켄드릭은 나랑 아무 상관없는 아이다. 내가 그 애 걱정을 해줄 필요는 없다. 그 애도 그저 기수 중 하나일 뿐이다.

11

퍽

그날 밤, 나는 엄마가 말 타는 법을 가르쳐 주는 꿈을 꾼다. 마치 한 몸인 것처럼 나는 엄마 앞에 꼭 붙어 앉았다. 엄마 팔이 나를 감싼다. 엄마 손가락은 내 손가락처럼 뭉툭한데, 내 손은 말갈기를 꽉 쥐고 엄마 손은 고삐를 가볍게 쥐어서 쉽게 비교가 된다. 날씨는 디스비 날씨가 자주 그렇듯, 비가 오는 것도 아니고 햇볕이 내리쬐는 것도 아닌, 그 중간쯤이다. 내 손은 땀으로 축축하다.

"긴장하지 마."

엄마가 말한다. 엄마의 머리카락이 바람에 날려 내 얼굴을 때리고 내 머리카락이 엄마 얼굴을 때린다. 말은, 땅으로 몸을 숙였다가도 다시 일어서는, 절벽에서 자라는 가을 풀과 같은 붉은 색깔이다.

"디스비 말은 달리기를 좋아해. 하지만 우리 집안 여자를 말에서 떨어뜨리는 건 바위에 붙은 따개비를 떼어 내는 것보다 어려울걸."

엄마를 믿는다. 엄마는 꼭 켄타우로스처럼 말의 일부가 된 것 같으니까. 우리가 말에서 떨어지는 일은 없을 것이다.

나는 꿈에서 깬다. 어렴풋이 현관문 닫히는 소리를 들은 것이 기억나는데, 아마 그 때문에 깼을 것이다. 그대로 누워서 뭔가를 보기엔 방이 너무나 어둡다. 아무것도 보이지 않는다. 내 눈이 어둠에 적응하거나 다시 잠이 들기를 기다리며 볼에 묻은 눈물을 문질러 닦는다. 몇 분이 지나자, 내가 진짜로 문 닫히는 소리를 들은 건지 의심이 들기 시작한다.

그때, 소금물 냄새가 훅 끼쳐서 나는 순간 겁을 먹지만, 내 방 문간에 서서 안을 들여다보는 것은 게이브 오빠다. 나는 오빠의 목선을 눈으로 보는 듯이 그려 볼 수 있다. 마음속으로 수없이 말한다.

'제발 들어와.'

부모님이 돌아가시기 전에 그랬던 것처럼, 오빠가 내 침대 머리맡에 앉아 오늘 하루가 어땠는지 물어봐 주기를 간절히 바란다. 오빠가 마음을 바꾸었고, 그러니 이제 말을 탈 필요가 없다고 말해 주기를 바란다. 오빠가 이렇게 늦게까지 어디 있었는지 말해 주기를 바란다.

하지만 무엇보다도, 오빠가 내 곁에 앉기를 바란다.

오빠는 들어오지 않는다. 내가 뭔가 실망스러운 말을 하기라도 한 것처럼, 오빠는 주먹으로 가만히 문설주를 친다. 그리고 몸을 돌려 사라지고, 결국 나는 다시 잠이 든다. 하지만 엄마 꿈을 또 꾸지는 않는다.

션

밤이 되면 맬번 마구간은 을씨년스럽다.

나는 열일곱 시간을 깨어 있다. 아침 해변을 독차지하려면 다섯 시간 뒤에는 다시 일어나야 하지만, 곧장 숙소로 가지 않는다. 대신 쌀쌀한 마구간에서 불빛이 흐린 통로를 왔다 갔다 하며 마구간 일꾼들이 경주마와 짐말의 먹이와 물을 제대로 주었는지 확인하느라 시간을 보낸다. 거의 모든 마방이 청소된 상태지만, 이제 11월이다 보니 이시커가 있는 몇몇 칸에는 조련사들이 두려워서 들어가지를 않는다. 심지어 내가 바다 말을 데리고 해변으로 나갔을 때조차도. 그건 바다 말의 악명 때문이기도 하고, 이 마구간의 악명 때문이기도 하다. 내 생각엔 그렇지만 어쨌든, 이시커를 밤새 넣어 두기에 꺼림칙한 상태인 마방 세 칸이 내 몫으로 남았다. 수석 조련사인 내가 청소를 하기에는 시간이 아깝지만, 생쥐처럼 겁에 질린 두 신입한테 맡겨 엉망이 되게 하느니 내가 하는 게 낫다.

말들이 부드럽고 느린 밤의 소음을 만들어 내는 동안, 나는 이 장소에 얽힌 모든 것을 아는 어두컴컴한 벽에 둘러싸인 채 마방 세 칸을 치운다. 사료실 바닥도 문질러 닦는다. 그리고 뭘 먹기에는 너무 흥분해 있는 것 같지만 바다 말한테 고기를 준다. 그러는 내내, 나는 이 거대한 마장이 내 것이고 내가 돌보는 말들이 내 말이라고, 그래서 말을 사러 와서 타보는 사람들이 맬번 씨가 아닌 나를 향해 만족스럽다는 듯이 고개를 끄덕인다고 상상해 본다.

맬번 마구간도 처음부터 맬번 마구간은 아니었다. 이 마구간은 맬번이라는 이름이 섬에 존재하기도 전부터 오랫동안, 디스비의 말을 기르던 돌로 된 건물 단지이다. 이 건물 단지 중에서도 특히 중앙 건물은 성 컬럼바 성당만큼 위상을 가진 건물이다. 이 마구간도 똑같은 종교적 열정으로 지어졌다. 천장을 받친 기둥에 새겨진 조각에는 눈이 부리부리한 사람들이 손으로 다른 사람들을 받치고, 그 사람들은 다시 다른 사람들을 받치고, 그런 식으로 쭉 올라가다가 맨 꼭대기에는 말 머리를 가진 사람들이 나온다. 스카마우스 성당처럼 이 중앙 건물의 비스듬한 천장에는 돌로 된 가로 보가 줄지어 있고 그 사이사이에는 서로 다리가 묶여 복잡하게 얽힌 동물 그림이 있다. 벽에도 그림이 있는데, 작고 구불구불한 형체가 마방의 구석구석, 바닥 한가운데, 창의 왼쪽 면 같은 특이한 장소에 그려져 있다. 손 대신 발굽을 지닌 남자, 말을 토해 내는 여자, 갈기와 꼬리 대신 촉수가 달린 수말.

그리고 무엇보다도 가장 인상적인 그림이 중앙 건물 맨 끝 벽에 있다. 바다가 있고, 아마도 이제는 잊혀진 바다의 신 같은 한 남자가 바닷속으로 말을 끌고 가는 그림이다. 바다는 핏빛이고 말도 바다처럼 붉다.

그것은 고대 동물이고, 이 마구간은 섬에서 가장 오래된 건물이다.

이 마구간이 이전에 무엇이었는지 실마리는 곳곳에 널렸다. 이 마구간에는 원래 몹시 넓은 방이 세 개밖에 없었는데 맬번 씨가 대륙에 팔 스포츠용 말을 더 많이 기르려고 칸막이를 세웠다. 쇠로 된 문틀에 달린 문손잡이는 시계 반대 방향으로만 돌아가며, 문지방 중 하나에는 붉은색으로 뭔가 신비로운 의미를 상징하는 고대 룬 문자(1세기경 초기 게르만 민족이 쓰던 문자)가 쓰여 있다. 절벽에서 가장 가까운 봉헌실 바닥에는 피가 얼룩져 있고, 벽에는 바다 거품처럼 둥글게 흩뿌려진 핏자국이 있다. 맬번 씨가 여러 번 덧칠했지만, 아침 햇살이 환하게 비추면 여전히 얼룩이 보인다. 문손잡이 가까이에는 손가락을 쫙 편 모양의 사람 손자국도 있다.

이 마구간에 언제나 반드르르한 스포츠용 말만 키웠던 것은 아니다.

나는 마방 청소와 사료실 청소, 그리고 내가 생각해 낼 수 있는 모든 잡일을 마치고서, 불을 끄고 이 고대의 어둠 속에 홀로 남는다. 이시커

한 마리가 우는 소리를 내자, 다른 녀석이 답한다. 내가 아는 말임에도 그 소리를 듣자 본능적으로 팔에서 털이 곤두선다. 마구간의 다른 말들이 모두 조용해져서는 귀를 기울인다.

사실은, 나는 맬번 마구간을, 어떤 건물을 원하는 것이 아니다. 해마다 11월에 경주를 구경하고 경주마를 사러 오는 맬번 씨의 돈 많은 고객을 원하는 것이 아니다. 나는 맬번 씨의 돈이나 명성, 원하는 대로 디스비를 오갈 수 있는 능력을 원하는 것이 아니다. 40마리나 되는 말이 필요한 게 아니다.

내가 원하는 것은 이거다. 내 머리 위를 덮는 내 소유의 지붕, 그래튼 씨의 정육점과 해몬드 씨 가게에서 내 이름으로 거래하는 것, 그리고 무엇보다, 나는 코어를 원한다.

머트의 붉으락푸르락하던 얼굴과 주먹 쥔 손을 떠올리며, 9년 만에 처음으로 방문을 잠근다. 그러고도 누워서 오래도록 잠들지 않은 채, 섬의 북서쪽 해변 바위에 부딪쳐 거세게 부서지는 파도 소리를 들으며, 그 얼룩말을 생각한다.

마침내 나는 잠이 들고, 머트한테 등을 보이고 걸어가면서 멈추지 않을 수 있는 그날을 꿈꾼다.

펑

도브가 있는 방목장으로 가는 아침, 이제 막 동이 터 사방이 온통 분홍빛이며 몹시 춥다. 아빠 말마따나 마녀 가슴처럼 춥다. 엄마는 "당신, 우리 아들한테 그런 말을 가르치는 건가요?" 하고 말했는데, 바로 며칠 전에 오빠가 그 말을 쓰는 걸 봤으니 엄마 말이 딱 맞았다. 그래도 진흙 바닥이 얼어붙을 만큼 춥지는 않다. 사실 이제까지 그만큼 추웠던 해는 얼마 되지 않는다. 나는 얼지 않은 진흙에 쭉 미끄러졌다가, 넘어지지 않으려고 발을 쿵쿵거리며 진흙 마당을 가로지른다. 내가 불안하다는 사실을 의식하지 않으려고 내내 애쓴다. 꽤 효과가 있다.

도브의 이름을 부른 뒤 울타리 기둥에 걸린 사료 담는 커피 깡통을 두드린다. 많지는 않지만, 도브를 안달하게 하기에는 충분하다. 훈련이 끝나면 사료를 더 줄 거다. 별채 헛간 밖으로 삐죽 나온 진흙투성이 엉덩이가 보인다. 내가 깡통을 다시 두드리는데도, 도브는 꼬리조차 꼼짝하지 않는다.

"누나가 짜증 내는 거 아는 거야. 그러니까 안 오지."

핀이 바로 옆에서 말해서, 화들짝 놀란 나는 핀을 쏘아본다. 바람을 타고 온 냄새로 보건대, 아무래도 스카마우스 어딘가에서 누가 고기 파이를 만드나 보다. 내 위장은 냄새가 나는 곳으로 굴러가기라도 할 듯이 꼬르륵 소리를 낸다.

"나 짜증 난 거 아니거든. 넌 주방 청소나 뭐 다른 거라도 하지 그래?"

핀은 어깨를 으쓱하더니 울타리 맨 아랫단 위에 올라선다. 추위에도 끄떡없어 보인다.

"도브!"

핀이 명랑하게 외친다. 핀이 불러도 도브가 꼼짝 않는 것을 보니 마음이 좀 놓인다.

"음, 쓸모없는 당나귀 같으니라고. 누나 오늘은 뭐 할 거야?"

"도브를 해변에 데려갈 거야."

나는 손등을 코에 갖다 댄다. 콧물은 없지만, 마치 콧물이 흐를 것만 같은 추운 날씨다.

"해변에? 왜?"

핀한테 대답해야 한다는 생각조차도 그 대답만큼이나 나를 짜증스럽게 한다. 나는 울 재킷 안쪽에서 경주 규정이 적힌 종이를 꺼내 핀한테 건네준다. 핀이 종이를 펴서 읽는 동안 나는 깡통을 두들기며 스스로 후회하지 않으려고 애쓴다. 핀이 규정을 이해하고 질문의 답을 찾을 때까지는 시간이 좀 걸린다. 입을 꾹 다무는 것을 보고, 나는 핀이 답을 이해하는 순간을 알아챈다. 도브를 타고 경주에 나가기로 했을 때, 나는 해변에서 멀리 떨어진 곳에서 연습하고 해변에는 경주 날에만 내려가도 될 줄 알았다. 하지만 페그 아줌마가 준 규정에 따르면 그럴 수가 없다. 모든 참가자는 해안가 150미터 이내에서 훈련해야 한다. 벌칙은 참가비 환불 없이 자격 박탈. 유독 나를 겨냥한 것 같이 느껴지지만, 사실 마땅

한 이유가 있다. 11월이 다가오는데 바다 말이 섬 곳곳에서 날뛰기를 바라는 사람은 아무도 없으니까.

"누나는 예외로 해달라고 하면 되지 않을까."

핀이 말한다.

"나는 절대로 눈에 띄고 싶지 않아."

내가 위원들을 찾아가 도브 문제로 괜히 법석을 떤다면, 어쨌거나 내 자격을 박탈할 것이 틀림없다. 이제야 내 계획이 무섭도록 얄팍해 보인다. 이 모든 것이 핀과 내가 잠에서 깨기도 전에 집을 나가 버리는 오빠 하나 때문이라니.

핀과 나는 우리 집으로 난 길을 따라 달려오는 자동차 소리에 깜짝 놀란다. 자동차는 결코 좋은 소식은 아니다. 섬에는 자동차를 가진 사람이 많지 않고, 여기까지 올 이유가 있는 사람은 더 적다. 보통 이렇게 찾아오는 사람은 모자를 벗지도 않고 체납된 고지서나 던져 주는 사람뿐이다.

용감무쌍한 핀은 나를 남겨 두고 사라진다. 어쨌거나 돈을 내는 건 마찬가지지만, 직접 그 돈을 세어서 넘겨주지 않아도 되는 사람 속은 덜 쓰린 법이다.

하지만 이번엔 수금원이 아니다. 우리 주방 크기의 길고 우아한 몸체에, 휴지통만 한 라디에이터 그릴이 있는 차다. 둥그렇고 친근해 보이는 헤드라이트에 크롬 눈썹이 붙어 있고 배기관에서는 하얀 연기가 나와 타이어를 감싸고 피어오른다. 그리고 붉은색이다. 내가 어제 해변에서 본 말과 같은 붉은색이 아니라 사람만이 떠올릴 수 있는 붉은색이다. 사탕 같은 붉은색. 맛보고 싶어지는, 혹은 입술에 칠해 보고 싶은 붉은색.

무니햄 신부님이 슬프게 자주 언급하는, 죄와 같은 붉은색.

나는 이 차를 안다. 이 차는 공식적으로 컬럼바 성당 소유이다. 본토에서 건너와 스카마우스 인근 바다에서 일종의 영적인 개종을 한 어떤 교구민이 무니햄 신부님한테 가정방문용으로 쓰라는 좋은 뜻에서 기증한 것이다. 무니햄 신부님은 실제로 누가 태어나거나 죽을 때, 그리고 삶에 필요한 각종 의식을 치러 주기 위해 섬 주민들을 방문하며 온 섬을 돌아다닌다. 하지만 신부님은 절대로 조수석을 벗어나지 않는다. 기꺼이 운전해 줄 사람을 찾지 못하면, 신부님은 자기가 무덤에 심을 잔디처럼 늙었다는 사실은 아랑곳하지 않고 예전처럼 자전거를 탄다.

신부님의 호화로운 빨간 차를 보면 기뻐했을 펀이 집 안으로 숨어 버려서 조금 안타깝다. 하지만 겁쟁이가 된 탓에 치르는 대가라고 생각하기로 한다.

무니햄 신부님이 왜 여기까지 오셨을지 미처 궁금해하기도 전에 운전석 문이 열리더니 페그 아줌마가 내린다. 아줌마는 어두운 녹색 고무장화로 무장했는데, 우리 집 진흙 바닥 상태를 생각하면 그리 대단치도 않다. 조수석에 앉은 무니햄 신부님이 뭔가를 걱정하는 듯 보이지만, 신부님은 차에서 내리지 않는다. 나한테 볼일이 있는 사람은 페그 아줌마이고, 그건 우려할 만한 일이다.

아줌마의 짧은 머리는 붉고 곱슬거린다. 그 자동차와 같은 붉은색도, 해변에서 본 말과 같은 붉은색도 아니다. 그리고 가르마가 매력적인데, 내 머리카락에도 희망을 준다는 점에서 더욱 매력적이다.

"퍽, 안녕. 잠깐 시간 있지?"

아줌마가 말한다. 질문 같지만, 질문이 아닌, 참 똑똑한 말하기 방법이다. 내 시간을 지키려면 아줌마 말에 반박해야만 한다. 나는 나중에 이 방법을 써먹으려고 새겨 둔다.

"네."

나는 이렇게 대답하고 나서, 요정들이 밤새 흑마법이라도 부려 놓은 것만 같은 주방을 떠올리면서 고통스럽지만 덧붙인다.

"차라도 좀 드릴까요?"

"신부님도 계시니까 사양할게. 친절하게 여기까지 데려다주셨는데."

이건 물론 맞는 말이 아니다, 그 반대지. 나는 눈을 가늘게 뜬다. 빨간 차를 보니 내가 아주 오랫동안 고해성사를 하지 않았다는 사실과 고해성사를 해야 할 일을 아주 많이 저질렀다는 사실이 모두 떠오른다. 썩 편안한 느낌은 아니다.

이제 페그 아줌마가 주저한다. 아줌마는 마당을 둘러본다. 좀 안쓰러워하는 표정이다. 가끔 울타리와 집이 이어지는 곳에서 키 큰 잡초들을 뽑아내는데도, 사물의 경계마다 갈색 불청객이 무성하다. 그 사이사이에는 제대로 된 풀이라고 할 만한 것은 많지 않고 진흙뿐이다. 마당 한쪽에 널브러진 손수레를 핀더러 고치라고 해야겠다. 하지만 페그 아줌마의 눈길은 이 엉망진창 꼬락서니가 아닌, 빗자루 가까이 울타리에 걸어 놓은 안장에 머무른다. 그리고 내가 손에 쥔, 곡식을 담은 커피 깡통에 머무른다.

"어젯밤, 잠자리에 들기 전에 남편이랑 네 얘길 했단다."

페그 아줌마와 얼굴이 불그레한 그래튼 아저씨가 한 침대에 누워서, 다른 것도 아닌 내 얘기를 했다는 생각을 하자, 뭔가 기분이 이상하다. 내 이야기를 하지 않을 때는 아줌마와 아저씨가 무슨 이야기를 할까. 아마도 날씨 얘기나 호박 값, 비 오는 날에도 늘 하얀 신발을 신는 관광객의 행태 같은 거겠지. 내가 정육점을 하는 남편을 둔다면 아마 그런 얘기를 할 것 같다.

"그이는 네가 이시커를 타려는 게 아닌 것 같다고 했어. 나는 아니라고, 그건 불가능하다고 말했지. 그건 제대로 갖추지 않고 경주에 나가는 것만큼이나 무모한 결정이라고."

"그래서 아저씨가 뭐래요?"

도브의 진흙투성이 꼬리를 바라보면서 페그 아줌마가 말한다.

"그이가 말하길 그이 기억에 코널리 가족이 자그마한 회갈색 암말 하나를 길렀던 것 같다네. 그 말 이름은 어젯밤에 네가 나한테 칠판에 적게 했던 도브이고 말이야."

나는 곡식이 든 커피 깡통을 조용히 들고 말한다.

"맞아요. 둘 다 맞아요."

"내 생각도 그랬어. 그래서 내가 여기 와서, 이 일을 그만두도록 너를 설득해 보겠다고 했지."

페그 아줌마의 낯빛이 좋아 보이지는 않는다. 얼굴이 불그레한 남편과 침대에 누워 있을 땐 괜찮은 생각이다 싶었지만, 막상 안개 낀 추운 아침에 실제로 나를 마주하고 보니 그렇지 않은가 보다.

"먼 길 오시게 해서 죄송해요."

나는 말한다. 사실은 그렇지 않은데도. 아침을 배불리 먹기도 전에 거짓말을 하는 건 나로서는 이상한 일인데도.

"왜냐면 전 그만두도록 설득되지 않을 거니까요."

아줌마는 한 손은 허리, 다른 한 손은 뒤통수를 짚으며 빨간 곱슬머리를 납작하게 누른다. 상당히 절망적인 기분을 나타내는 몸짓이어서, 내가 원인이 되었다는 생각에 마음이 그다지 좋지 않다. 마침내 아줌마가 묻는다.

"돈 때문이니?"

이게 모욕적인 질문인지 아닌지 나도 모르겠다. 왜냐면, 물론 우리는 돈이 필요하지만, 그 어마어마한 말들 사이에서 내가 우승할 가능성이 있다고 믿었다면 나는 섬에서 제일 바보 천치일 테니까.

하지만 마음속 한구석이 뜨끔해서 부끄럽게도 나는 깨닫는다. 내 마음속 한구석에서는, 찻잔에 녹아들 만큼 작거나 신발 속에 물집 하나 겨우 생기게 할 만큼 아주 작은 내 마음 일부는, 그럴 가능성을 꿈꿨다는 것을 말이다. 어릴 때부터 같이 자란 조랑말을 타고서 부모님을 죽인 말들을 이기는 것. 결국 나는 섬에서 제일 바보 천치일 것이다.

"개인적인 사정 때문이에요."

나는 무뚝뚝한 투로 말한다. 이건 오빠나 동생과 싸울 때, 속이 부글거리고 아플 때, '그날'이 시작될 때, 혹은 돈이 필요할 때, 이렇게 얘기하라고 엄마가 늘 알려 주던 말이다. 이렇게 얘기하면 으레 네 가지 중 두 가지는 해결이 되었으니, 쓸모 있는 말인 것 같다.

페그 아줌마가 나를 쳐다보면서 행간의 뜻을 읽으려고 애쓰는 것이 보인다. 마침내 아줌마가 말한다.

"너는 네가 무슨 일에 뛰어드는지 모르는 것 같아. 거기서 하는 그건, 전쟁이야."

나는 어깨를 으쓱하고서는, 마치 내가 핀이 된 것 같은 기분에, 그냥 하지 말걸 하고 생각한다.

"죽을 수도 있어."

이제는 아줌마가 나한테 충격을 주려고 한다는 것을 알겠다. 하지만 이건 아줌마가 할 수 있는 얘기 중에 가장 놀랍지 않은 얘기다.

"전 해야만 해요."

하필 그 순간을 골라 도브가 튀어나오는데, 진흙투성이에다가 누가 봐도 작고 가냘프다. 도브는 울타리로 다가오더니 안장을 야금야금 씹는다. 나는 도브를 째려본다. 도브는 근육도 있고 건강하지만, 내가 어제 본 이시커와 비교하면 장난감 같다.

페그 아줌마는 한숨을 쉬며 고개를 끄덕이지만, 나를 위한 끄덕임은 아니다. 그건 '어휴, 적어도 나는 애는 써봤어.'라는 끄덕임이다. 아줌마는 다시 진흙을 쿵쿵 밟으며 차로 돌아가서, 멋진 빨간 차 안을 너무 더럽히지 않도록 차 문틀에 대고 장화를 툭툭 턴다. 나는 도브의 코를 문지른다. 무서운 페그 아줌마를 실망시켰다는 사실이 좀 언짢다.

조금 뒤, 누군가 내 이름을 부르는 소리가 들려온다. 돌아보니, 무니햄 신부님이다. 설마 내가 해변에 가고 말고가 영적인 문제라고 페그 아줌마가 신부님을 설득한 걸까. 기쁨보다는 의무감에 조수석으로 향하는 발걸음이 무겁다.

"케이트 코널리."

신부님은 턱도, 뺨도, 코도, 모두 길쭉하다. 턱 끝과 광대뼈와 코끝처럼 튀어나온 곳은 살짝 불그스름하다. 신부님은 목울대도 튀어나왔는데, 신부님이 자전거에서 굴러떨어져서 목깃이 삐뚤어졌을 때 본 적이 있다. 목울대는 빨갛지 않다.

"신부님."

신부님은 나를 바라보더니 엄지손가락으로 내 이마에 작은 십자가를 그린다. 내가 어렸을 때 성당에 가서 침을 뱉었을 때 그랬던 것처럼.

"고해성사하러 오너라. 한 지 오래되었잖니."

페그 아줌마와 나 둘 다 신부님이 다른 얘기를 하기를 기다린다. 하지만 신부님은 유리창을 다시 올리더니 페그 아줌마한테 마당에서 후진해 나가자는 몸짓을 한다. 그러는 동안, 나는 핀이 방 유리창에 얼굴을 찰싹 붙이고서 멀어져 가는 화려한 자동차 뒷모습을 훔쳐보는 걸 본다.

13

션

나는 맬번 마장의 둥근 야외 우리 안에서 어떤 미국인 곁에 서 있다. 우리는 코어가 우리 주위를 빠르게 걷는 모습을 지켜본다. 쾌적하기에는 좀 이른 창백한 푸른빛 아침이다. 나는 누구보다도 먼저 해변에 나가 시간을 보내려고 했지만, 미처 빠져나가기 전에 맬번 씨가 이 바이어를 나한테 붙여 놓았다. 경험 없는 사람을 해변에 데리고 가는 건 좋은 생각이 아니기에 나는 이 손님이 지겨워할 때까지 원형 우리에서 훈련하기로 했다. 이시커를 해변에서 훈련해야 한다는 규정은 이시커에 안장을 얹었을 때만 해당하는 거라서, 나는 늘 그 점을 이용한다. 해변에서 목숨 걸 준비를 하기 위해 원형 우리에서 할 수 있는 건 별로 없지만.

코어는 벌써 20분째 원을 그리며 도는 조마삭 훈련 중이다. 미국인은 무척 관심을 보이면서도 정중하다. 코어보다 오히려 나한테 더 경외감을 느끼는 것 같다. 우리는 서로 다른 억양 때문에 조심스럽다.

"대단한 건축물이네. 이시커를 위해 지은 거니?"

미국인은 '이시커'라고 말할 때 굉장히 신경 쓰지만, 발음은 괜찮다.

나는 고개를 끄덕인다. 마구간 다른 쪽에는 스포츠용 말을 훈련하는 원형 우리가 있는데, 경금속 관으로 만들어진 높다란 담 같은 울타리를 따라 지름이 15미터쯤 된다. 코어는 그 금속 울타리를 오래 참아 내지 못할 테고, 혹 코어가 참아 낸다 해도, 이시커가 금세 날려 버릴 수 있는 울타리 안에 코어를 넣기엔 사람들이 너무 두려워한다. 그래서 우리는 대신 언덕을 2.5미터 깊이로 파 내려가서 주변 땅이 단단한 벽이 되도록 만든, 내가 오기 전에 맬번 씨가 고안해 낸, 이 무섭도록 경이로운 우리에서 훈련한다. 하나뿐인 입구는 높은 흙담 길 끝에 있는 참나무 문인데, 이 문 또한 담장 역할을 한다. 침수될 때만 빼면 충분히 마음에 드는 곳이다.

"캐페일 이시커라고도 하고, 캐플 이시커라고도 하던데?"

미국인이 찡그리며 묻는다.

"여러 마리일 때 캐페일이라고 해요. 한 마리는 캐플이라고 하고요."

"그렇구나. 이곳에서는 비가 오는지 안 오는지 영 알 수가 없네, 안 그러니?"

미국인이 묻는다. 무척 잘생긴 30대 후반의 이 남자는 납작한 해군 모자를 쓰고 하얀 브이넥 스웨터에다 이렇게 습한 날에는 오래가지 않을 말끔히 다린 바지를 입었다. 하늘에서 물방울이 떨어지지만 비라고 할 정도는 아니다. 내가 다른 사람들과 해변에 나갈 때쯤이면 그칠 것이다.

"얼마나 오래 속보를 시킬 거니?"

코어는 이미 속보에 짜증이 났다. 바다 말은 속보에 맞지 않는다고 아빠가 말한 적이 있다. 보통 말한테는 네 가지 보법이 있다. 평보, 속보, 구보, 질주. 어느 하나가 다른 것보다 좋을 것도 없고 싫을 것도 없다. 하지만 코어는 속보하느니 차라리 질주해서 입에 파도처럼 거품을 무는 쪽을 고를 것이다. 나도 속보에 맞지 않는다고 엄마가 말한 적이 있는

데, 그것도 맞다. 너무 느려서 짜릿하지 않고, 너무 거칠어서 편안하지도 않다. 내가 타지 않은 채 코어 혼자 속보를 하게 하는 지금 나는 매우 만족스럽다.

그때, 낯선 사람이 자기를 지켜보는 것을 알아챈 코어가 평소보다 발을 약간 더 높이 쳐들고 갈기도 약간 더 흔든다. 나는 코어가 뽐내도록 놔둔다. 말한테 허영심은 그리 큰 단점은 아니다.

미국인이 여전히 나를 쳐다보길래, 나는 대답한다.

"그냥 힘을 빼는 거예요. 오늘도 해변이 붐빌 텐데, 길들지 않은 말 세 마리를 데려가고 싶진 않아서요."

"음, 참 아름다운 말이야."

미국인이 말한다. 내 비위를 맞추려는 말이며, 효과가 있다. 미국인이 덧붙인다.

"웃는 걸 보니 이미 아는구나."

내가 웃은 줄은 몰랐지만, 코어가 아름답다는 건 이미 안다.

"그건 그렇고, 나는 조지 홀리란다. 괜찮다면 악수를 하고 싶은데."

"션 켄드릭이에요."

"알아. 내가 여기 온 건 너 때문이야. 네가 없는 경주는 경주가 아니라고 사람들이 말하더구나."

내가 입을 연다.

"맬번 씨한테 듣기로는, 눈여겨보시는 한 살배기 말이 있다고요."

"음, 그것도 내가 여기 온 이유지."

홀리 씨는 눈썹에 맺힌 물기를 문질러 닦는다.

"하지만 그것 때문이라면 다른 사람을 대신 보낼 수도 있었어. 몇 번이나 우승했니?"

"네 번이요."

"네 번! 우승하려고 태어난 사람이구나. 국보감인데! 아니면 보물. 디스비 특유의 규정이 있니? 본토 대회에 나가 보지 그래? 아니면 나갔는데 내가 못 본 건지도 모르겠구나. 알다시피, 우리한테는 소식이 늦게 오니까."

홀리 씨는 모르지만, 나는 아버지와 함께 본토에서 열리는 대회에 한 번 가본 적이 있다. 조끼에 납작모자, 혹은 중절모에 지팡이를 든 남자들, 재갈을 문 말과 실크 옷을 입은 기수들, 하얀 울타리를 친 경주로, 인형처럼 생긴 부인들. 관람석 양쪽으로는 완만한 언덕이 부드럽게 펼쳐져 있었다. 햇볕이 내리쬐고, 사람들은 돈을 걸고, 유력한 말이 2마신 차이로 우승했다. 우리는 집에 돌아왔고, 다시는 가지 않았다.

"저는 기수가 아니에요."

코어가 우리가 있는 쪽으로 오려고 해서 채찍을 휙 휘둘러 벽 쪽으로 돌려보낸다. 채찍 몸체는 코어한테 닿을 만큼 길지 않지만 막대 끝부분에 달린 붉은 가죽끈이 코어한테 찰싹 가 닿으며, 자기 자리를 상기시킨다.

"나도 마찬가지야. 그냥 말 애호가일 뿐이지."

홀리 씨가 소년처럼 두 손을 호주머니에 찌르며 명랑하게 말한다. 우리 주위를 도는 코어를 따라 내가 몸을 돌리자 홀리 씨도 제자리에서 몸을 돌린다.

이름을 듣고 나니 이제 이 사람이 누군지 알겠다. 홀리 씨를 만난 적은 없지만 해마다 두어 마리씩 한 살배기 말을 사러 오는 홀리 씨 대리인은 안다. 홀리 씨는 미국의 맬번 씨랄까, 장애물 뛰어넘기를 하는 말과 사냥 말로 유명한 거대한 마장 소유자이며, 말을 더 사려고 디스비까지 먼 길을 올 만큼 매우 부유하고도 별난 사람이다. '말 애호가'라니, 꽤 과소평가된 표현이다. 그 때문에 더 호감이 가기는 하지만.

맬번 씨는 그런 사람을 돌보는 일을 나한테 맡겼다. 뿌듯해야 할 일이다. 하지만 여전히 나는 언제쯤 홀리 씨를 떼어 놓고 해변에 갈 수 있을지가 궁금하다.

"맬번 씨가 이 녀석을 팔 것 같니?"

홀리 씨가 묻는다. 홀리 씨는 코어의 지칠 줄 모르는 걸음걸이를 지켜보며, 그 발굽이 자기 고향 땅을 밟는 모습을 상상하는 것 같다.

내 호흡이 머뭇거린다. 그 질문의 답은 나한테 숱하게 잠 못 드는 밤을 안겨 주었지만, 처음으로 나를 안도하게 한다.

"맬번 씨는 바다 말을 아무한테도 팔지 않을 거예요."

이시커를 섬 밖으로 옮기는 것은 불법이기도 하지만, 그런 걸로 홀리 씨 같은 사람을 막지는 못할 것 같다. 만약 홀리 씨가 말이라면, 그 말의 힘을 빼놓기 위해서는 이 둥근 우리를 한참 동안 속보시켜야 할 것 같다.

"어쩌면 금액이 성에 차지 않았는지도 모르지."

조마삭 끈을 쥔 내 손에 힘이 들어가는 바람에, 늘 내 기분에 민감한 코어가 팽팽함을 느끼고 내 쪽으로 귀를 파닥거린다.

"높은 값이었어요."

적어도 한 번은 아주 높은 가격이었다. 내가 모은 돈 전부, 내 몫의 모든 우승 상금. 맬번 마장의 한 살배기 말 열 마리, 아니 어떤 말이라도 열 마리는 살 수 있는 돈이었다. 오직 내가 원하는 말 한 마리만 빼고.

"너도 아마 알게 되겠지만, 원하는 것이 돈이 아닐 때도 있지."

홀리 씨는 언짢아 보이지 않는다. 말을 사는 데에도 사지 못하는 데에도 이골이 난 사람이라 어느 쪽이든 놀라지 않는다.

"정말 잘생긴 말이네. 맬번 마장 말들이란! 와우."

홀리 씨가 구경을 너무나 즐거워해서 차마 탓할 수가 없다. 나는 묻는다.

"이곳에 얼마나 오래 머무르실 건가요?"

"경주 다음 날이면, 맬번 씨가 이건 놓쳐서는 안 된다고 나를 설득한 무언가를 데리고서 배를 탈 거야. 같이 가겠니? 너 같은 아이가 필요한데. 기수가 아니어도 되고, 네가 원하는 어떤 자리든지 말이야."

나는 그럴 가능성이 없다는 뜻으로 희미한 미소를 짓는다.

"그렇구나."

홀리 씨는 턱으로 코어를 가리킨다.

"내가 잠깐만 훈련해 볼 수 있을까? 말이 날 괜찮아하겠니?"

홀리 씨의 태도가 워낙 정중해서 나는 조마삭 끈과 채찍을 건네준다. 홀리 씨는 끈과 채찍을 조심스럽게 받아 들며, 자연스럽게 발을 떼어 몸을 지탱하기 좋은 자세를 취한다. 채찍을 마치 팔이 연장된 것처럼 오른손에 가볍게 쥔다. 이 사람은 말을 수백 마리는 훈련해 봤을 것이다.

그렇지만 코어는 바로 홀리 씨를 시험한다. 코어가 머리를 치켜들고 안쪽으로 움직여 오자, 홀리 씨는 바로 채찍을 휘두른다. 코어는 계속 안쪽으로 밀고 들어온다.

"때리세요. 때려야 해요."

나는 필요하면 바로 코어를 넘겨받을 준비를 한다.

홀리 씨가 이번에는 가죽이 찰싹하는 소리가 들릴 만큼 세게 채찍을 휘두르자, 코어는 기분 나빠 하기보다는 그저 누그러진 태도로 머리를 비틀더니 다시 벽 쪽으로 속보한다. 홀리 씨는 기쁜 듯이 활짝 웃는다.

"이렇게 길들이기까지 얼마나 걸렸니?"

"6년요."

"내가 본 암말 두 마리도 이렇게 길들일 수 있겠니?"

사실 그중 밤색 암말은 훈련을 해보기는 했는데, 아주 엉망은 아니었지만 그렇다고 뛰어나지도 않았다. 분명 그날은 홀리 씨한테든 누구한테든 원형 우리의 광경을 보여 주고 싶지 않았을 것이다. 그 암말들을 6년 동안 훈련하면 코어처럼 될지 나는 확신이 없다. 그리고 코어가 이렇게 잘 길든 것이, 코어가 다른 말보다 나를 더 잘 이해하기 때문인지, 아니면 내가 다른 말보다 코어를 더 잘 이해하기 때문인지도 잘 모르겠다.

"너는 이런 걸 누구한테 배웠니? 물론 맬번 씨는 아닐 테고."

홀리 씨가 흘끗 나를 바라본다.

그 짧은 순간, 홀리 씨가 나를 보느라 잠깐 한눈을 판 사이에, 코어가 벽 쪽에서 벗어나 우리 쪽으로 휙 다가온다. 소리 없이 재빠르게.

나는 홀리 씨의 대응을 기다리지 않는다. 홀리 씨의 손에서 채찍을 잡아채서, 코어 앞으로 펄쩍 뛰어나가 코어의 어깨를 채찍 막대 끝으로 누른다. 코어는 채찍을 피해 몸을 일으키지만 나는 코어를 따라간다. 코어가 뒷발로 일어서자 나는 코어의 뺨에 가죽끈을 갖다 대며, 홀리 씨를 시험했듯 나도 한번 시험해 보라고 한다.

우리는 전에도 이런 장난을 했고 결과도 둘 다 안다.

코어가 땅에 발을 내려놓는다.

홀리 씨가 눈썹을 추켜올린다. 홀리 씨는 조마삭 끈을 나한테 건네주고 바지에 쓱쓱 손을 닦는다.

"첫 훈련 끝. 적어도 나무에 갖다 박지는 않았네."

홀리 씨는 전혀 당황하지 않았다.

"디스비에 오신 걸 환영합니다."

내가 말한다.

14

퍽

페그 아줌마가 떠난 뒤, 핀과 나는 스카마우스로 가려고 짐을 꾸린다. 저 도도하고 고고한 도브한테 다시 한번 거절당하려니 영 내키지는 않지만, 마을까지 이 찻주전자를 전부 날라야 하는데 모리스가 시동이 걸리지 않는다. 오늘 있었던 일 중에 가장 실망스럽게도, 수레 앞에 도브를 묶어야만 한다. 앞으로 펼쳐질 곤란함을 생각하니 벌써 골이 나서, 나는 시끄러운 소리를 내며 도자기 제품을 싣는다.

문득 이런 생각이 떠오른다.

"수레를 집으로 가져올 때는 어떡하지? 나는 도브 데리고 해변에 갈 건데 수레까지 가져갈 순 없잖아."

아귀가 완벽하게 맞춰지도록 신경 써서 수레에 짐을 쌓는 핀한테 묻는다. 핀이 짐을 실은 쪽은 마치 벽돌을 차곡차곡 쌓아 올린 것 같고, 그만큼 시간이 오래 걸린다. 나는 짐이 쏟아지지만 않는다면 제일 큰 상자가 바닥에 있든 꼭대기에 있든 신경 쓰지 않는다.

"내가 가져올게."

핀이 명랑하게 말한다. 핀은 손가락 두 개를 섬세하게 움직여 상자 하나를 나비 숨결만큼 움직인다.

"네가?"

"응. 그때는 빈 수레일 테니까."

헐렁한 스웨터를 걸친, 비쩍 마른 내 남동생이 짐수레를 끌고 터덜터덜 스카마우스를 걸어 나오는 모습이 순간적으로 머릿속에 그려지자, 나도 나를 아는 사람이 아무도 없는 본토로 불쑥 떠나 버리고 싶어질 지경이다. 하지만 그 말대로 하지 않으면 밀물이 들어오고 나서야 해변에 도착할 것이다. 아직은 우릴 감싼 안개가 남아 있지만, 날이 점점 밝아지며 시간이 흐른 것을 알려 준다.

"도리 아줌마가 가게 뒤에 수레를 놔두게 해줄지도 몰라. 그럼 내가 훈련 끝나고 나서 끌고 올게."

핀이 손가락으로 도브의 엉덩이를 살살 긁자 도브는 파리를 쫓듯이 뒷발을 구른다.

"도브가 그러는데, 바다 괴물한테 쫓기며 달린 뒤에 수레를 끌고 싶지는 않대."

"도브가 그러는데, 네가 짐수레를 끌면 바보 같아 보일 거래."

핀이 도자기 제품이 들어 있는 상자 더미를 보며 살짝 웃는다.

"나는 괜찮아."

"잘도!"

내가 쏘아붙인다. 짐을 다 실을 때까지도 우리는 합의를 보지 못했지만, 더는 시간이 없으므로 출발한다. 나는 앞에서 도브를 끌고 핀은 뒤에서 따라온다. 고양이 퍼핀이 한동안 우리를 따라와서 핀이 훠이 쫓아보지만, 퍼핀은 더 신나서 쫓아온다.

마을로 가는 도중에 썩은 고기 냄새 같은 것이 바람결에 실려 오자 핀과 나는 눈빛을 주고받는다. 섬에서 악취는 낯설지 않다. 폭풍은 거대한 물고기를 해변에 토해 내 썩게 하고, 따뜻한 계절에는 어부가 버린 생선이 상하고, 저녁이면 바람이 짜고 축축한 냄새를 이리저리 옮긴다. 하지만 이건 바다 냄새가 아니다. 죽으면 안 되는 무언가가 죽어서, 방치되지 않아야 할 곳에 방치된 거다. 나는 멈추고 싶지 않지만 어쩌면 냄새의 정체가 사람일 수도 있으니, 핀을 도브 옆에 세워 두고 냄새가 나는 쪽 돌담을 넘는다.

맞은편에서 바람이 안개를 흩어 버리는 게 아니라 안개 틈으로 불어온다. 양 똥을 피해 발을 디디면서 나는 추워서 몸을 움츠린다. 그러는 내내 나는 핀더러 냄새를 조사하라고 했으면 좋았을걸 하고 생각한다. 그러나 핀은 피만 보면 메스꺼워해서 영 쓸모가 없다. 냄새의 원천인, 원래는 양이었던 생물이 토막 나 있는 무더기를 발견하는 행운은 내 몫이다. 남아 있는 부분은 얼마 되지 않는다. 발굽과 짤막한 꼬리, 냄새나는 내장 한 덩이, 눈이 있던 자리 주변이 으깨지고 망가진 털 덮인 두개골. 목 뒤 털에 뿌려진 파란색 자국은 해몬드 씨네 양임을 나타내는 표시다. 표시가 있는 그 목 뒷부분도 많이 남지 않았다. 이 짓을 한 이시커가 가까이 있을 것 같지는 않지만, 반사적으로 공포가 밀려와 피부에 소름이 돋는다. 그래도 이곳은 바다 말이 오기에는 먼 섬 안쪽이다.

나는 핀과 도브한테 돌아간다. 둘은 장난을 쳤나 본데 아무래도 핀이 도브의 윗입술을 두드려서 도브가 짜증이 난 것 같은 모양새다. 핀이 올려다보자 내가 말한다.

"양이었어."

"양일 줄 알았어."

"다음에는 내가 진창길로 걸어 들어가기 전에 미리 좀 말해."

"누나가 안 물어봤잖아."

우리는 다시 스카마우스로 출발한다.

도리 아줌마네 가게로 향한다. 도리 아줌마한테는 아들도 없고 남편도 없는데 도대체 무엇 때문에 그 가게 이름이 '패덤과 아들들'인지 모르겠다. 도리 아줌마와 같이 사는 여동생 두 명 다 아들이 없으며 패덤이라는 이름을 가진 것도 아니다. 도리 아줌마는 일 년 내내 물건을 모았다가 10월과 11월에 관광객한테 판다. 내가 어린아이였을 때부터 알았던 건 도리 아줌마가 늘 다른 구두를 신는다는 건데, 섬에서는 이상하고도 눈에 띄는 점이다. 요즘 내가 아는 건 아줌마와 여동생들 모두 성이 없다는 건데, 그건 어디에서나 이상하고도 눈에 띄는 점이다.

'패덤과 아들들'은 스카마우스 어느 작은 골목길 끝에 있는데, 돌로 된 골목길은 도브와 수레가 겨우 지나갈 만큼 좁다. 안개도 햇빛도 이 골목 안까지는 들어오지 못해서 도브의 발굽 소리가 건물 사이에 메아리치는 동안 우리는 싸늘함에 몸을 떤다.

몇 집 아래쪽, 푸르스름한 아침 그늘 속에 누가 서서 양치기 개한테 비스킷 조각을 던져 준다. 조너선 캐롤이다. 캐롤 형제 모두 검은 곱슬머리인데, 한 사람은 뇌가 물러 터졌고 한 사람은 폐가 물러 터졌다. 한번은 내가 엄마랑 마을에 나왔다가, 부둣가에 쭈그리고 앉아서 몸을 떨며 숨 막혀 하는, 폐가 물러 터진 브라이언 캐롤을 마주친 적이 있다. 엄마는 브라이언한테 숨을 들이마시기 전에 먼저 나쁜 공기를 내뱉으라고 알려 주고, 나보고는 브라이언을 지켜보라고 하고서 브라이언한테 줄 커피를 사러 갔다. 나는 매우 짜증이 났다. 엄마가 팰슨 빵집에서 계피 꽈배기를 사주기로 했는데, 빨리 가지 않으면 꽈배기가 금방 다 팔려 버리기 때문이었다. 그때, 만약 브라이언이 죽어서 계피 꽈배기를 먹지 못하게 되면 브라이언 무덤에 침을 뱉겠다고 말했던 것이 기억나서 나는 조금 부끄럽다. 브라이언은 그때 손을 컵처럼 감아쥐고 숨 쉬는 데 집중했기에, 내 말을 기억하는지는 모르겠다. 기억 못했으면 좋겠다. 내 성격이 그때보다는 엄청나게 좋아졌으니까. 요즘이라면 나는 침을 뱉겠다느니 하는 말을 브라이언 면전에 대놓고 하지 않고 생각만 할 것이다.

어쨌거나, 비스킷을 던지는 사람은 브라이언이 아니라 조너선이다. 조너선은 나와 도브와 핀을 보더니 딱 한마디 한다.

"안녕, 조랑말아."

역시 뇌가 물러 터졌다는 사실을 확인할 수 있을 뿐이다. 나는 핀한테 말한다.

"여기서 기다려. 짐 내리는 거 시작하고. 나는 수레 문제 좀 알아보고 올게."

'패덤과 아들들'은 좁고 어두운 복도 양옆으로, 닭장 속 닭처럼 자질구레한 물건들이 빼곡하다. 물건들에는 희미한 불빛 아래 하얀 이빨처럼 빛나는 자그마한 가격표가 달렸다. 이곳에서는 언제나 팬에 버터를 녹이는 것 같은 냄새가 난다. 그러니까, 천국 같다. 물건을 사려고 실제로 가게 안으로 들어오는 손님들이 얼마나 되는지 잘 모르겠다. 대부분 거래는 주말 혹은 경주로 사람이 붐빌 때 천막 부스 안에서 이루어지는 것 같다. 그러니 이 가격표와 달콤한 버터 냄새는 거의 필요가 없을 것이다.

오늘도 예외는 아니다. 나는 문을 열면서 살짝 허기진 숨을 깊게 들이 마신다. 가게 안에서는 여느 때처럼 자매들이 싸운다. 내가 출입구로 들어가 어둠 속 잡동사니 틈에 들어서자마자 도리 아줌마가 내 손에 카탈로그를 쥐여 준다.

"거기, 그거 보고 살 거 고르면 돼, 퍽."

여기 세 자매는 나를 케이트 대신 퍽이라고 부르는데, 그저 태어날 때 받은 이름보다 불리고 싶은 대로 불려야 한다는 데 셋 다 동의하기 때문이다. 케이트와 퍽 둘 다 내 이름인데, 내가 케이트 대신 퍽이라고 불리고 싶다고 말한 적이 있는지는 기억나지 않지만, 어쨌든 싫지는 않다.

"걔는 한 푼도 없어."

엘리자베스 언니가 가게 뒤쪽에 있는 계단에서 경멸하듯이 말한다. 계단은 자매가 사는 2층으로 연결된다. 나는 거기에 한 번도 올라가 본 적이 없는데, 올라가 보고 싶다는 은밀한 바람이 있다. 아마 구두와 침대로 가득할 거다. 그리고 버터.

엘리자베스 언니가 계속 말한다.

"물론 그게 좋아 보이기는 하겠지."

도리 아줌마가 내 손에 쥐여 준 것을 흘끗 본다. 놀랍게도, 깔끔하게 인쇄된 '패덤과 아들들' 카탈로그다. 손을 기울이니 카탈로그가 툭 펼쳐지며 흑백으로 세련되게 그린, 털실로 짠 스웨터를 입은 여자, 코바늘로 뜬 장갑을 낀 손, 관광객들이 좋아하는 돌 십자가 목걸이를 한 몸 없는 목 그림이 나온다. 작은 글씨로 물건마다 자세한 설명이 적혀 있고 광고 문구는 이렇게 소리친다. '길이 남을 물건을 놓치지 마세요! 오래갈 패션을 헐값에 드립니다!' 이 가게에 있는 물건들만 나온다는 점만 빼면 우편 수송선이 본토에서 가져오는 진짜 카탈로그처럼 보인다. 나쁘던 기분이 싹 사라진다.

“이거 굉장하네요! 어떻게 한 거예요? 이 글자 좀 봐! 완벽해요.”

나는 몸을 살짝 움직여서, 문 옆에 서서 먼지를 뒤집어쓴 채 내 어깨를 찔러 대는, 고대 풍요의 여신상의 돌 손가락을 피한다. 이 여신상은 오랫동안 판매 중이다.

“인쇄업자인 다비지 씨가 했지.”

도리 아줌마가 내 어깨 너머로 내려다보며 기쁜 낯으로 대답한다.

“왜냐면 도리 언니가 다비지 씨랑 했거든.”

층계참에서 엘리자베스 언니가 말한다. 언니는 아직도 잠옷 바람이고 구불구불하게 만 머리는 적어도 이틀은 묵었다.

“아, 가서 잠이나 더 자.”

도리 아줌마가 화내지 않고 말한다. 나는 이 문제를 깊이 생각하고 싶지 않다. 도리 아줌마는 엄마가 ‘강해 보이는 여자’라고 말한 사람인데, 그건 뒤에서 보면 남자 같고 앞에서 보면 뒷모습이 더 낫구나 생각하게 되는 여자라는 뜻이다. 예쁘게 생긴 엘리자베스 언니는 밀짚 색깔 긴 머리에 치켜 올라간 코를 지녔다. 코는 원래 생김새도 그렇지만 버릇 때문에 더 그렇게 되었다. 둘째 동생인 애니 언니가 어떻게 생겼는지는 아무도 모르는데, 애니 언니 눈이 멀었기 때문이다.

나는 카탈로그를 넘긴다. 내가 시간을 지체한다는 것을 알지만 내심 좋아한다는 사실도 깨닫는다.

“우리 찻주전자도 여기 있어요? 누가 이걸 봐요?”

“아, 우편이 닿는 구역 끝에서 광고를 읽고서 배송 기간 몇 년을 기다릴 의향이 있는 세 사람이 있지.”

엘리자베스 언니가 말한다. 언니는 계단을 두 칸 더 올라갔지만, 침대까지는 아직 한참 남았다.

"우편? 본토에 사는 사람이군요!"

나는 외친다. 우리 찻주전자를 찾아낸다. 옆면에 소박한 엉겅퀴 꽃 그림이 있는 튼튼한 주전자를 그린 소중한 그림. 이제야 나는 이 그림들이 매주 수요일마다 나오는 스카마우스 마을 신문 뒷면 광고 그림과 똑같다는 사실을 알아본다. 주전자 그림 설명에는 '대표적인 디자인'이며 '한정 상품'이라고 쓰여 있다. 또한 주전자에는 서명이 있고 번호가 있다고 되어 있는데, 내 주전자에는 그런 게 없다. 내 물건이 나 없이 바다를 건너간다는 생각을 하니 기분이 이상하다. 나는 서명이라고 적힌 부분을 가리키며 묻는다.

"이 부분은 무슨 말이에요?"

도리 아줌마가 설명을 읽는다.

"그렇게 하면 가치가 더 올라가거든. 서명하고 번호 붙이는 데 금방이면 되잖니. 와서 차 한잔 하렴. 엘리자베스도 그만 구시렁댈 거야. 동생은 어딨니?"

"저는 가봐야 해요. 도브를 해변에 데려가야 해서요. 혹시 핀이 짐을 다 내리고 나면 수레를 가게 뒤에 좀 둬도 될까요?"

나는 질문이라도 받을까 봐 서둘러 후다닥 말하지만, 자매는 아무런 관심도 없어서 굳이 그럴 필요도 없었다. 도리 아줌마가 문을 열더니 결국 스카마우스까지 우리를 쫓아온 고양이 퍼핀을 안고 서 있는 핀을 발견한다.

"그냥 가난한 삶을 즐기도록 해. 그 광고에는 꽤 높은 가격이 적혀 있지만, 그 카탈로그를 본토에 사는 부인들한테 보내는 데 얼마나 드는 줄 아니?"

엘리자베스 언니가 말하자 도리 아줌마가 말한다.

"카탈로그 값은 그 사람들이 내. 너한테 보여 준 지 한 시간도 안 되는 그 광고에 그렇게 똑똑히 적혀 있잖아. 눈이 달렸으면 봤을 텐데. 핀 코널리, 들어오렴. 고양이는 왜 안고 왔니? 고양이도 팔 거야? 그래서 데려온 거야?"

"아니요, 아줌마."

핀이 말하면서 가게 안으로 들어오다가 그 다산과 풍요의 여신상에 정통으로 가슴을 찔린다. 나는 핀이 지나갈 수 있게 한 발짝 물러선다. 핀이 갑자기 다산하기를 바라지 않기 때문에.

"저는 정말 가봐야겠어요."

나는 말한다. 무례하게 들리지 않았으면 한다.

"어디로 간다고 했지?"

도리 아줌마가 묻는다.

"나도 다비지 씨한테 전화해야겠다. 그럼 청구서 걱정 좀 안 해도 되려나. 어떻게 한 거야, 언니? '다비지 씨, 제 활자도 좀 맞춰 주실래요?' 하면 되나?"

엘리자베스 언니가 계단에서 말한다. 도리 아줌마가 엘리자베스 언니를 돌아보며 호탕하게 소리 지른다.

"닥쳐, 이년아."

핀은 눈이 휘둥그레진다. 퍼핀도. 도리 아줌마는 핀의 팔을 확 붙들더니 찻주전자가 있는 가게 안쪽으로 데려간다.

"갈게."

나는 핀한테 속삭인다. 핀이 이 자매한테 붙들려 있도록 두는 것이 좀 마음에 걸리지만, 적어도 차는 얻어 마실 수 있을 것이다.

내 뒤에서 문이 닫힌다.

문 앞에서 참을성 있게 기다리던 도브는 내가 나가자 고개를 든다. 핀이 수레를 풀어 놓았지만, 도브는 마구를 그대로 쓴 상태이다. 도브는 경주마처럼 보이지 않는다.

나는 벌써 두세 가닥 삐져나오기 시작한 머리를 다시 묶는다.

나도 아마 기수처럼 보이지 않을 것이다.

15

션

해변에 여자애가 있다.

바다에 가까운 이곳은 섬의 다른 곳과 달리 바람이 안개를 갈기갈기 찢어 놓아서, 모래밭에 선 말과 기수의 모습이 선명하게 보인다. 굴레마다 달아맨 잠금장치, 고삐마다 장식한 술, 그리고 떨리는 손들이 보인다. 오늘은 훈련 둘째 날이고, 실전이 시작되는 첫째 날이다. 훈련 첫째 주에는 말과 기수가 피로 물드는 치열한 춤을 추며 서로 상대방이 얼마나 강한지를 탐색하는 것 같다. 기수들은 자기 말에 부적이 힘을 발휘하는지, 바다에 얼마나 가까이 갈 수 있는지, 어떻게 해야 바다 말을 똑바로 달리게 할 수 있는지를 익힌다. 말에서 떨어진 뒤 공격당하기까지 얼마나 걸리는지도 배운다. 이 긴장 넘치는 사귐은 전혀 경주처럼 보이지 않는다.

처음에는 별다른 점이 눈에 띄지 않는다. 지난 경주에서 살아남은 전우인 프리벳이 회색 이시커에 승마용 회초리를 휘두르고, 헤일은 목숨을 구하는 데는 효과 없는 부적을 팔며, 토미 포크는 바닷물로 돌진하는 검은 암말의 고삐를 쥐고 안달한다.

그리고 그 소녀가 있다. 절벽 길 위에 서서 처음 그 애와 회갈색 암말을 내려다봤을 때, 나는 그 애가 여자라는 사실보다 바닷속에 있다는 사실에 큰 충격을 받았다. 오늘은 끔찍한 둘째 날. 사람들이 죽기 시작하는 날이다. 아무도 파도에 가까이 가지 않는다. 그런데 저기 그 애가 무릎까지 물이 차는 곳에서 속보한다. 두려움 없이.

나는 천천히 절벽에서 모래밭으로 내려가는 길로 향한다. 코어가 오늘 아침에 혹시 나쁜 마음을 품었다 해도 아까 속보 훈련으로 말끔히 사라졌을 것이다. 하지만 다른 암말 두 마리는 아직 지치지 않았고, 코어만큼 길들지도 않았다. 그 두 마리가 이리저리 멋대로 움직일 때마다 발굽에서 쨍그랑 소리가 울린다. 내가 한순간도 주의를 놓치지 않도록 암말 두 마리의 발목에 방울을 매달아 놓았다. 두 마리 중 더 상태가 안 좋은 말 엉덩이에는 검은 그물망 같은 천을 덮었다. 우리 아버지한테 물려받은 그 천은 쇠고리 수백 개를 실로 엮어 만든 것인데, 상복 같기도 하고 사슬 갑옷 같기도 하다. 그 천의 무게감이 말을 땅에 눌러놓기를 바란다. 코어한테는 절대 쓰지 않을 물건이다. 그런 것은 코어를 답답하고 짜증 나게 할 뿐이고, 그런 것을 쓰기에는 우리는 서로를 잘 안다.

파도에 더 가까이 다가가자, 나는 그 소녀가 어째서 그렇게 용감한지 알게 된다. 그 애의 말은 평범한 토종 조랑말이다. 모래 같은 회갈색 가죽에 다리는 젖어서 해초처럼 검다. 말의 배를 보니 디스비의 영양가 없는 풀로 배만 불렀다는 것을 알겠다.

저 애가 왜 나의 해변에 있는지 궁금하다. 왜 아무도 저 애를 막지 않았는지도 궁금하다. 하지만 모든 말이 그 애를 주목한다. 그 애가 있는 방향으로 귀를 세우고, 목을 굽히고, 입술을 말아 올렸다. 그중에는 물론 허기와 욕구로 울부짖는 그 얼룩말도 있다. 고리가 그 말을 놓아주지 않으리란 건 짐작한 바다.

얼룩 이시커 울음소리에 회갈색 토종말이 두려움에 귀를 뒤로 젖힌다. 그 말은 자기가 이곳에서는 먹잇감이라는 것을, 그리고 얼룩말이 내는 소리가 제 죽음을 부르는 소리라는 것을 안다. 소녀가 몸을 숙이고 말의 목을 두드리며 말을 달랜다.

석연치 않지만 나는 내 할 일을 하러 몸을 돌린다. 입에는 짠 내가 나고, 내가 말을 어디로 이끌든지 바람이 나를 찾아낸다. 누구도 따뜻할 수 없는 날이다. 나는 거인이 찍어 내린 도끼 자국 같은 절벽 틈새를 찾아내고 코어와 암말 두 마리를 그 안으로 이끈다. 절벽 틈 꼭대기에서는 바람이 숨죽인 비명을 울린다. 보이지 않는 곳에서 누군가 죽어가는 것처럼. 나는 모래밭에 원을 그리고 그 안에 침을 뱉는다.

코어가 나를 바라본다. 암말 두 마리는 바다를 바라본다. 나는 소녀를 바라본다.

그 소녀가 왜 여기 있는지, 생각이 꼬리에 꼬리를 무는 동안, 나는 가죽 가방을 열고 미리 넣어 두었던 기름종이에 싼 고깃덩이를 끄집어낸다. 나는 고기 한 덩이를 원 안에 던지지만 말들은 건드리지 않는다. 말들은 더 흥미로운 먹잇감, 바닷속의 소녀와 조랑말을 지켜본다.

가방을 어깨에 걸친 채 나는 절벽 틈 입구로 돌아가 팔짱을 끼고서, 말과 사람이 죽고 죽이는 난장판 틈새로 다시 소녀와 조랑말이 눈에 띄기를 기다린다. 그 말에 별다른 점은 없다, 전혀. 머리 생김새도 골격도 충분히 잘 빠졌다. 그냥 말로서는 훌륭하다. 그러나 이시커한테는, 아무것도 아니다.

연갈색 머리를 묶은 그 가냘픈 소녀도, 별다른 점은 없다. 그 애는 자기 말보다 두려움을 덜 타는 것 같지만, 그 애가 더 위험하다.

내가 데리고 온 암말이 울부짖는 소리가 들리자, 나는 가방 덮개가 펄럭 열릴 정도로 홱 돌아서며 말 쪽으로 소금 한 줌을 뿌린다. 말은 얼굴에 소금이 흩뿌려지자 고개를 위로 홱 쳐든다. 기분 나빠 하지만 다친 건 아니다. 나는 말의 눈을 오래 쳐다보는 것으로 이보다 더할 수도 있다고 경고한다. 이 말은 흰 털이 전혀 없는 밤색 말로, 그건 빠르다는 징표일 수도 있지만 나는 아직 이 말의 속도를 알아볼 만큼 직선으로 충분히 달리게 해보지 못했다.

나는 다시 바다 쪽으로 돌아서고, 바람이 내 얼굴에 모래를 날린다. 기분이 나쁘지만 다치지는 않을 만큼. 나는 그 아이러니에 희미한 미소를 띠며 목깃을 세운다. 소녀는 말을 타고 다시 물속에서 원을 그린다. 소녀가 오늘 아무도 자기한테 접근할 수 없는 유일한 장소를 골랐다는 점은 인정해야 한다. 물론 소녀가 걱정해야 할 것은 뭍에 나온 이시커만은 아니지만, 그 점도 이미 고려했다는 것을 알 수 있다. 파도가 밀려올 때마다 소녀는 그쪽을 쳐다본다. 나는 소녀가 사냥하는 이시커를 볼 수 있을 거라고는 생각지 않는다. 이시커가 수면 아래에서 은밀하고 빠르게, 파도에 나란히 헤엄칠 때는 거의 눈에 띄지 않기 때문이다. 하지만 그렇다고 파도를 쳐다보지 않을 수도 없을 것이다.

가까운 곳 어딘가에서, 사람의 신음이 들린다. 밟혔거나, 말에서 떨어졌거나, 물린 거다. 놀란 것 같기도 하고 분개하는 것 같기도 한 소리다. 이 모래밭에는 고통이 산다는 사실을, 우리가 그것을 심고 피로 물을 주며 길러 왔다는 것을 아무도 얘기해 주지 않았나?

나는 소녀의 고삐를 쥔 손 모양과 안정감 있는 자세를 지켜본다. 소녀는 말 타는 법을 알지만 디스비의 누구라도 그건 할 수 있다.

"처음 봤나 보네. 저기서 눈이 떨어지지 않는구먼, 션 켄드릭."

고리가 쉰 목소리로 말한다.

나는 고리가 아직도 얼룩말과 함께인 것을 흘끗 보고는, 어째서 아직도 그 얼룩말을 보내지 않았느냐는 눈길로 길게 다시 한번 쳐다본 다음, 다시 바다로 눈을 돌린다. 우리 앞에는 수고양이처럼 그르렁거리고 할퀴며 뒤엉켜 싸우는 말들이 있다. 방울이 날카롭게 울린다. 해변에 있는 모든 바다 말은 바다에 굶주리고 사냥에 굶주렸다.

나는 다시 얼룩말을 슬쩍 곁눈질한다. 고리는 굴레를 구리선으로 묶어 놓았는데, 쓸모없고 눈에 띄기만 할 뿐이다.

"저 여자애 경주에 참가했어."

고리는 피던 담배로 파도 속에 있는 소녀를 가리킨다.

"저 조랑말을 타고서 말이야. 사람들이 그러더군."

담배 냄새가 바람보다 더 따갑다. 저 조랑말을 타고 경주에 나간다고? 저 애는 일주일 안에 죽을 것이다.

얼룩말이 모래를 긁는다. 얼룩말이 땅을 파헤치는 것이 슬쩍 보이고 이를 가는 소리가 들린다. 얼룩말한테 저 굴레는 저주이고, 이 섬은 감옥이다. 얼룩말한테서는 여전히 썩은 내가 난다.

"이 말을 팔 수가 없어. 네 덕분이다. 전문가 소견 덕이야, 흥."

고리가 말한다. 나는 뭐라고 말해야 할지 모르겠다. 괴물을 사고파는 사람이라면, 감당하기 어려운 괴물을 만나는 위험도 감수해야 한다.

다시 방울이 쨍그랑 울리고, 나는 무슨 소리인지 알아보려고 귀를 기울이며 해변에서 눈을 돌린다. 내 말도 아니고 얼룩말도 아니다. 말 무리 중 한 마리일 뿐이지만, 내 귀에는 그 소리에서 어떤 다급함이 느껴진다. 위험이 바람을 타고 노래하며 가파른 흰 절벽에 메아리친다. 오늘, 말을 타는 사람이 너무 많다. 자신의 능력을 보여 주려고, 연습하려고, 더 빨리 달리려고 애쓰는 사람들. 그들은 지금 가장 빠른 사람이 경주의 우승자가 되는 게 아니라는 사실을 아직 깨닫지 못했다.

경주 때까지 살아남은 사람 중에서 가장 빠르기만 하면 된다.

문득 고함과 끔찍하게 내지르는 말 울음소리가 들리고, 돌아보니 블랙웰이 철썩이는 파도로 뛰어드는 흰색 수말에서 뛰어내리는 것이 보인다. 블랙웰은 몸을 굴려 간신히 다른 암컷 이시커 두 마리의 발길에서 벗어난다. 블랙웰은 연륜이 있고, 재빠르다. 여섯 번의 스콜피오 경주에서 살아남았다.

"넌 이 암말이 문제를 일으킬 거라고 생각했지."

고리가 웃는다.

나는 귀를 기울인다, 그리고 지켜본다. 블랙웰은 난동을 부리는 말 틈에서 빠져나오려고 아직 애쓰는 중이다. 야생마 두 마리가 약간 다툼이 있는 것뿐이지만 이빨과 발굽이 문제다. 어떤 남자가 말을 떼어 놓으려고 애쓰지만, 너무 조심성이 없다. 딱, 이빨이 부딪치는 순간 남자의 손가락이 없어진다.

"어이!"

누군가가 소리치지만 그뿐이다. 뭔가 말해야 해서 소리쳤지만 달리 할 말이 없다.

내 눈길은 이 모든 것을 지나쳐 블랙웰의 수말이 반쯤은 달리고 반쯤은 헤엄치며 흰 거품을 일으키는 곳으로 향한다. 말의 눈은 회갈색 조랑말과 조랑말을 탄 소녀한테 가 있다.

나는 울부짖는 소리를 듣고서 비명이라고 생각하지만, 곧이어 내 이름이 들린다.

"켄드릭은 어디 있어?"

누군가 죽기 직전이다.

나는 절벽 옆 구석에 가방을 던져 놓고 모래밭을 박차며 달리기 시작한다. 나는 한 번에 한 곳에만 갈 수 있고 물 바깥에서 벌어진 싸움은 내가 어쩔 수 없다. 파도 속에서 회갈색 조랑말은 가슴까지 물에 잠겼고 흰 수말이 그 앞에서 뒷발로 서서 소녀한테 발굽을 휘두른다. 소녀가 회갈색 조랑말을 홱 잡아끌어 발굽을 피하지만 그 바람에 균형을 잃고 차가운 물에 빠진다.

그리고 그것이야말로 저 이시커, 산산이 부서지는 바다 거품 날개를 단 냉정하고 무서운 페가수스가 원하던 바다. 이시커는 죽은 산호색 이빨을 번쩍이더니, 소녀의 머리가 물 밖으로 나오자 거대한 머리로 소녀를 들이받는다. 수말은 소녀의 모자 달린 윗옷을 이빨로 꽉 물고 다리로는 잠수할 채비를 한다. 나는 이미 물속에 뛰어들어 손가락이 감각을 잃었고, 이 위험한 물을 가르며 헤엄치지만, 움직임은 답답하도록 느리다. 소녀가 물 아래로 잠기며 다시 나오려고 발버둥 친다.

나는 물 위에 뜬 말 꼬리 가까이 몸을 이끈다. 말 등에 올라타 목으로 다가가며 갈기를 움켜쥔다. 쇠막대로 불거진 정맥을 훑거나 반대 방향으로 말을 몰아갈 시간이 없다. 귀에 속삭여서 될 상태도 아니다. 호주머니에서 피처럼 붉은 호랑가시나무 열매를 한 줌 꺼내 벌름거리는 콧구멍에 쑤셔 넣을 시간밖에 없다.

물속에서 말이 육중한 다리를 발작적으로 휘두르자 한쪽 무릎이 소녀의 머리를 아슬아슬하게 빗겨 가는 것이 보인다. 하지만 소녀가 물 위에 떠 있는지는 볼 수 없다. 수말이 힝힝거리며 콧구멍에서 호랑가시나무 열매와 해초와 미끈거리는 것과 산호 조각까지 모든 것을 뿜어내며 죽어 가는 고통 속에서 가라앉고, 나는 거기 함께 끌려가지 않으려고 내 온 힘을 쓰기 때문이다.

수말의 턱이 크게 벌어진 채 내 쪽으로 휙 돌고 문득 시간이 얼어붙은 듯, 말의 턱에 난 거친 털과 방울진 소금물이 보인다.

내 시야는 온갖 색으로 폭발해 물들지만, 하늘 색깔은 아니다.

그리고 곧이어, 소리가 밀려오고, 시각이 돌아오고, 감각이 돌아온다. 내 머리를 물 밖으로 잡아끄는 소녀의 손, 코를 찌르는 바닷물. 흰 이시커의 갈기만이 물 위에 떠 있고, 파도가 말의 사체를 해변으로 차올린다. 회갈색 조랑말이 모래밭에 서서 소녀를 향해 높고 날카롭게 운다. 물에도 피가 있고 모래밭에도 피가 있다. 남자의 손가락이 사라진 곳이다. 해변에서 사람들은 여전히 내 이름을 부르지만, 내 도움이 필요해서인지 나한테 도움을 주기 위해서인지 알 수가 없다. 소녀는 기침을 하지만 물을 뱉지는 않는다. 소녀는 몸을 떨지만 눈빛은 날카롭다.

나는 내가 사랑하는 아름답고 위험한 이시커 한 마리를 죽였고, 나도 죽을 뻔했다. 온 핏줄이 화끈거리지만, 그 소녀한테 이 말밖에 할 수가 없다.

"네 조랑말을 데리고 해변을 떠나."

퍽

마당에 들어설 때까지도 몸이 떨리고 기침이 멎질 않는다. 도브는 그림자 하나에도 깜짝깜짝 놀라고 꼭두각시처럼 뻣뻣하게 움직인다. 뒤에서 닫히는 문소리에도 방목장까지 달음질쳐 엉덩이를 숨긴다. 도브가 절뚝거리지 않아서 다행이다.

나는 눈을 감는다. 도브가 죽지 않아서 다행이다.

그 수말이 순식간에 우리를 제압하고, 바로 다음 순간 우리는 영영 물속에 잠길 뻔했다.

나는 대문에 기대서 도브가 진정하고 건초를 먹을 때까지, 젖은 옷차림으로 추위를 견딜 수 있는 만큼 견디며 기다린다. 도브는 먹지 않는다. 나는 안으로 들어와 젖은 옷을 벗고 새 옷을 입었지만, 몸은 여전히 꽁꽁 얼어 있다.

도브가 죽을 수도 있었다.

주방에 가서 나는 귀한 버터를 듬뿍 바른 빵과 오렌지 하나를 통째로 먹는다. 오렌지가 너무 비싸서 나는 종종 과일 하나를 가능한 한 오래 먹게끔 하는 엄마의 기술을 썼다. 엄마는 오렌지 몇 개로 오렌지 케이크를 만들고 특별 요리에 쓸 오렌지 향 버터나 장식용 크림을 만들고, 남은 걸 끓여서 마멀레이드를 만들었다. 오렌지를 그냥 생으로 먹을 때는 조금씩 나누어 먹었다.

그런데 방금 나는 오렌지 하나를 통째로 먹어 치웠고, 다 먹을 무렵에서야 떨림이 그친다. 하지만 아직도 이시커의 무릎이 닿았던 머리 쪽이 얼얼하다.

마지막 남은 오렌지 향까지 맛보려고 손가락을 핥아 보지만, 바닷물의 짠맛만 나서 더욱 기분이 언짢아진다. 도브와 해변에서 함께 훈련한 첫날, 성과라고는 피부 속속들이 박힌 모래와 들이받힌 머리뿐이다.

구조되지 않았다면 첫날을 마치지도 못했을 것이다.

머릿속에서 션 켄드릭을 지우려고 애써 보지만, 이목구비가 뚜렷한 얼굴과 바닷물을 마셔서 쉰 목소리가 자꾸 떠오른다. 그 순간을 떠올릴 때마다 부끄러움으로 얼굴이 화끈거린다.

소금기로 꺼끌꺼끌한 손으로 이마를 덮고서 길고도 떨리는 한숨을 내뱉는다.

'네 조랑말을 데리고 해변을 떠나.'

포기하고 싶다. 오빠를 고작 몇 주 더 섬에 잡아 두려고 이 모든 짓을 벌인다는 게, 이유가 되나? 내가 경주에 나가겠다고 선언한 뒤로, 오빠의 머리카락 한 올도 보지 못했다. 갑자기 내 계획이 어리석게 느껴진다. 결국, 나는 내가 어쩌든 집에 오지도 않을 오빠 하나 때문에 섬 전체 앞에서 나를 바보 꼴로 만들고 어쩌면 도브와 함께 죽을지도 모르는 길을 걸으려는 것이다.

패배를 인정하겠다는 생각은 안도감과 혼란을 동시에 불러온다. 다시 해변에 돌아간다는 건 생각만 해도 견딜 수 없다. 하지만 오빠한테 마음이 바뀌었다고 얘기하는 것도 상상할 수 없는 일이다. 더 상처받을 자존심이 남아 있는지조차 알 수 없지만, 그래도.

문 두드리는 소리가 들린다. 머리를 보기 좋게 손질할 시간도 없다. 사실은 더 보기 좋게 손질할 방법도 없는 것 같다. 소금물에 목욕해서 기름때가 묵직한 느낌이다. 마음이 무겁게 내려앉는다. 이 문을 두드리는 사람치고 좋은 소식을 들려 줄 사람이 없는 것 같아서.

문을 여니, 맬번 씨가 있다. '검은 눈의 소녀'라는 술집에서 계산대 뒤편 벽에 걸린, 서명이 담긴 맬번 씨 사진을 본 적이 있어서 바로 알아본다. 아빠한테 왜 저 사진이 저기에 있느냐고 물어봤는데, 아빠는 그 술집이 문을 열 수 있도록 맬번 씨가 많은 돈을 냈기 때문이라고 했다. 하지만 나는 그래도 그게 왜 벽에 서명할 이유가 되는지 이해할 수 없었다.

"게이브 코널리가 여기 있나?"

맬번 씨가 주방으로 불쑥 들어오며 묻는다. 열린 문을 붙든 나를 남겨 두고서. 디스비 최고 부자가 우리 집 안에 팔짱을 끼고 서서, 어수선한 싱크대부터 난롯가에 널브러진 나무와 석탄 더미, 아빠의 팔걸이의자에 내가 걸쳐 둔 안장까지 이리저리 훑어본다. 맬번 씨는 브이넥 울 스웨터에 넥타이 차림이다. 머리는 희끗희끗하고 잘생긴 얼굴은 아니다. 맬번 씨한테서는 좋은 냄새가 나서, 나는 울컥한다.

나는 문을 닫지 않는다. 문을 닫으면 내가 맬번 씨가 들어오는 걸 허락한 것 같을까 봐.

"지금은 없어요."

"아. 네가 여동생이구나."

맬번 씨는 여전히 두리번거린다.

"케이트 코널리입니다."

나는 할 수 있는 한 딱딱하게 말한다.

"그래. 차 한잔 들자꾸나."

맬번 씨가 식탁 앞에 앉는다.

"맬번 씨."

나는 딱딱하게 말을 꺼낸다.

"잘됐구나, 내가 누군지 안다니. 일이 좀 간단해지겠어. 그나저나, 너한테 이래라저래라 할 생각은 없다만, 밖이 추운데 문을 열어 놓으니 바람이 다 들이치는구나."

나는 문을 닫는다. 입도 꾹 다문다. 그리고 차를 타기 시작한다. 나는 불쾌하면서도 궁금하다.

"무슨 일로 오셨어요?"

내 말이 어찌나 공손하게 들리는지 기분이 좋지 않다.

내가 말하자, 내 안장에 머무르던 맬번 씨의 시선이 나를 향한다. 그러자 나는 조금 겁이 난다. 맬번 씨의 다른 부분은 그저 돈 많은 노인처럼 보이지만, 눈빛은 예리하다.

"불쾌한 일이야."

말은 그렇게 하면서도 맬번 씨는 어딘지 유쾌해 보인다.

"불쾌한 일을 대신 해줄 사람을 데리고 계신 줄 알았는데요. 설탕이나 우유 넣으세요?"

건방지게 구는 느낌이다.

"버터와 우유와 소금으로 부탁한다."

나는 장난기 어린 얼굴을 보리라 확신하며 맬번 씨를 돌아본다. 하지만 전혀 아니다. 이제야 드는 생각이지만 맬번 씨의 얼굴이 장난기가 어릴 수 있는 얼굴인지 모르겠다. 1파운드 지폐에서나 볼 수 있는 얼굴에 더 가깝다. 나는 맬번 씨한테 찻잔과 소금통, 작은 버터 그릇을 건넨다. 우유병을 들고 맞은편에 앉으며 맬번 씨가 버터를 작게 잘라 차에 넣고 소금을 약간 뿌린 뒤 우유를 가득 따라 휘젓는 것을 본다. 수면에 거품이 인다. 언젠가 본 적 있는, 젖소에서 바로 짠 우유을 닮았다. 나는 맬번 씨가 진짜로 마실 거라고는 생각하지 않았는데, 맬번 씨는 마신다.

맬번 씨가 손가락으로 찻잔 가장자리를 짚는다.

"밖에 있는 조랑말이 네 것이니?"

"말이에요. 키가 160센티미터니까요."

"좋은 먹이를 주면 더 좋은 결과를 얻을 거다. 질 나쁜 건초를 바꿔 봐, 더 힘을 낼 게다. 헛배는 덜 부르고."

물론 도브한테 더 좋은 건초와 곡식을 주면 더 힘을 낼 것이다. 나도 콩과 사과 케이크 대신 다른 걸 먹는다면 더 힘을 내겠지만, 우리는 같은 이유로 더 좋은 것을 먹지 못한다.

우리는 차를 마신다. 나는 핀이 지금 집에 와서 우리 주방 식탁에 앉은 맬번 씨를 보면 어떨까 생각하며, 버터 그릇 뒤에 있는 부스러기를 쓸어 피라미드를 쌓는다.

"그러니까 너희 부모님이 돌아가셨다고."

맬번 씨가 말한다. 나는 찻잔을 내려놓는다.

"맬번 씨."

맬번 씨가 내 말을 막는다.

"사연은 이미 안다. 그 얘기를 하려는 건 아니야. 그 뒷일을 알고 싶은 거지. 너희 셋은, 셋 맞지? 무슨 일을 하는 거냐?"

나는 부모님이라면 이 상황에서 어떻게 했을지 상상해 보려고 노력한다. 엄마 아빠는 언제나 친절하면서도 사생활을 함부로 얘기하지는 않았다. 나는 둘 중 한 가지는 잘할 수 있다. 나는 언짢은 기분으로 말한다.

"그럭저럭 지내요. 게이브 오빠는 호텔에서 일해요. 핀과 저는 가끔 일하고요. 기념품에 그림을 그려요."

"차를 마실 만큼은 충분히 번단 말이지."

맬번 씨는 그렇게 말하지만, 눈은 식료품 창고 문에 가 있다. 내가 버터 그릇을 꺼내 올 때 맬번 씨는 텅 빈 창고를 봤다.

"그럭저럭 지내요."

내가 다시 말한다.

맬번 씨는 남은 차를 마시더니 팔짱 낀 팔을 식탁에 얹는다. 저렇게 이것저것 섞은 음료를 어떻게 코를 잡지도 않고 빨리 마시는지 모르겠다. 맬번 씨가 내 쪽으로 몸을 기울이자 향긋한 냄새가 난다.

"나는 너희를 쫓아내려고 왔다."

잠깐, 나는 그 말이 무슨 뜻인지 모르겠다가, 이윽고 알아채고 벌떡 일어선다. 머리에 파도가 밀어닥친듯 바다 말이 걷어찬 부분이 쿵쿵 울린다. 나는 그 문장을 곱씹는다.

맬번 씨가 말을 잇는다.

"1년 동안 아무도 집세를 내지 않아서, 여기에 누가 사는지 보려고 왔다. 얼굴을 보고 얘기하고 싶어서 말이다."

그 순간 나는 괴물이 우글거리는 이 섬에서, 가장 무서운 괴물은 이 사람이라는 생각을 한다. 오랫동안 입이 떨어지지 않는다.

"집세를 낸 줄 알았어요. 저는 몰랐어요."

"게이브 코널리는 안다. 안 지 꽤 되었지."

맬번 씨의 목소리는 매우 차분하다. 맬번 씨는 내 반응을 찬찬히 살펴본다. 내가 이런 사람한테 차를 대접했다니.

나는 맬번 씨를 보며 입술을 꽉 다문다. 후회할 말을 내뱉고 싶지 않다. 무엇보다도 배신감에 충격을 받는다. 오빠는 우리가 똑딱거리는 시한폭탄 위에서 사는 걸 알면서도 우리한테 말 한마디 하지 않았다. 마침내 나는 입을 연다.

"그래서 지금 제 얼굴에 보이는 게 뭐죠? 이걸 보려고 오신 건가요?"

대드는 것처럼 말이 나왔지만 맬번 씨는 당황한 것 같지 않다. 맬번 씨는 그저 고개를 살짝 끄덕인다.

"그래. 그런 것 같다. 이제 얘기해 봐라. 너희 남매는 어떻게 이 집을 지킬 생각이냐?"

몇 년 전 섬에는 개싸움 문제가 있었다. 술 취한 어부들이 지루해하다가 개들을 데리고 서로 얼굴을 물어뜯게 부추겼다. 나는 지금 그 개가 된 기분이다. 맬번 씨는 나를 구덩이에 던져 넣고는 이제 내가 어쩌나 들여다본다. 내가 꼬리를 내리는지, 속에서 갈등하는지를 보고 싶은 거다.

맬번 씨한테 내가 포기하는 것을 보는 기쁨을 안겨 주고 싶지 않다. 갑자기 내 미래가 결정된다.

"3주만 주세요."

맬번 씨는 빙빙 돌려 말하지 않는다.

"경주가 끝난 뒤로군."

혹시 맬번 씨가 나 같은 여자애가 경주에 나가는 건 미친 일이고, 결국 경주에서 죽거나 경주에 나가기도 전에 죽어서 상금도 없을 테니 월말까지 기다려 봐야 소용없다고 생각하지 않을지 궁금하다.

'네 조랑말을 데리고 해변을 떠나.'

나는 그저 고개를 끄덕인다.

"너한텐 가능성이 없어. 그 조랑말을 타고서는. 왜 그걸 타지?"

맬번 씨는 악의 없이 묻는다.

'말이라니까요.'

속으로 이 말을 삼키고, 나는 말한다.

"이시커는 우리 부모님을 죽였어요. 바다 말을 타서 부모님을 욕보이지는 않을 거예요."

맬번 씨는 웃지 않지만 생각하는 듯이 눈썹을 치켜든다.

"그것참 훌륭하구나. 아무도 너한테 이시커를 탈 기회를 주지 않아서는 아니고?"

"5분의 1을 할 기회는 있었어요. 거절했죠."

내가 쏘아붙인다. 맬번 씨는 곰곰이 생각한다.

"네가 우승하면 확실히 돈이 생기겠지."

"알아요."

"너는 정말로 내가, 너랑 저 토종 조랑말이 다른 누구보다 먼저 결승선을 통과하리라 믿고 집세를 연기해 주기를 기대하는 거냐?"

나는 맬번 씨의 바보 같은 찻잔에 담긴 바보 같은 차를 바라본다. 평범한 차로는 충분하지 않나? 차에 버터와 소금을 넣어 마시는 사람은 어떤 사람일까? 체스 게임을 하듯 섬을 경영하는 지루한 노인네일 뿐.

"무슨 일이 벌어질지 관심 있으실 것 같은데요. 이미 열두 달이나 기다리셨잖아요."

맬번 씨가 의자를 뒤로 빼더니 일어선다. 호주머니에서 종이 한 장을 꺼내서 펼치더니, 식탁 위에 놓는다. 서류다. 나는 맨 밑에 있는 맬번 씨의 서명을 알아본다. 우리 아빠의 서명도.

"나는 너그러운 사람이 아니다, 케이트 코널리."

나는 대답하지 않는다. 우리는 서로를 바라본다.

맬번 씨는 두 손가락으로 서류를 밀어 내 쪽으로 보낸다.

"네 오빠한테 보여 줘라. 네가 죽으면 수금하러 다시 오마."

션

모두 겁에 질려 있다.

나는 보트 중간쯤에 뒤돌아 앉아, 내가 맡은 말을 지켜본다. 보트의 검은 선체에는 하얀 글씨로 '바다처럼 검은'이라는 글씨가 쓰여 있다. 보트 뒤에서 적갈색 수망아지 펀더멘털이 헤엄친다. 펀더멘털은 본토에 수백에 팔리기로 정해진 스포츠용 수망아지로, 온갖 기대를 한 몸에 받는 말이다. 맬번 씨가 분명히 홀리 씨한테 권하리라 생각했던 수망아지 중 하나다. 펀더멘털의 가죽은 물에 젖어 검게 변했다. 물을 몇 번 찰 때마다 코로 물과 숨을 뱉어 내지만 지친 기색은 없다. 보트와 말은 천천히 비바람이 들이치지 않는 만으로 향한다. 이곳 절벽은 어린아이가 쌓은 것처럼 삐뚤게 생겼는데, 파도는 전부, 바람은 거의 전부 막아 준다. 보트의 모터 소리가 벽에 부딪혀 나한테 돌아온다.

평소대로라면 경주가 있는 달에 있는 이런 평범한 훈련을 사약처럼 받아들였을 것이다. 하지만 오늘은 이상한 오전을 보낸 뒤라서, 이렇게 앉아서 있었던 일을 되돌아볼 여유를 가질 수 있어서 마음이 편하다. 그 여자애가 무슨 생각이었는지는 아직도 모르겠다.

나는 만 입구를 흘끗 본다. 신입 중 한 명인 달리가 망을 본다. 보트 모터가 털털거리는 소리와 펀더멘털의 숨결이 만드는 물결 때문에 나는 사냥하는 이시커를 감시할 수가 없다. 하지만 이 만은 입구가 좁아서 한 사람이 훈련하는 동안 다른 사람이 망을 볼 수 있다. 헤엄치는 것은 말의 몸에 무리를 주지 않으면서도 힘을 기르기에 좋은 방법이라서 위험을 무릅쓸 만하다. 달리가 가진 권총은 별 효과가 없겠지만, 달리는 또한 소리칠 수 있는 한 쌍의 폐를 가졌으니, 내가 펀더멘털을 물 밖으로 끌어내기 충분한 시간을 벌어 줄 것이다.

달리는 본토에서 왔으며, 어리고 늘 불안해한다. 건방진 것보다는 불안해하는 게 낫다. 달리는 나를 대신해 감시의 눈이 되어야 하고, 그 눈은 만으로 들어오는 좁은 수로에 붙박여 있을 것이다.

펀더멘털은 계속 헤엄친다. 나는 펀더멘털이 삐죽삐죽한 관절에 큼직한 눈망울을 달고 태어날 때 그 자리에 있었다. 펀더멘털은 헤엄칠 때 나를 바라보지 않는다. 보트 뒤에서 헤엄치는 것만이 유일한 목표다. 펀더멘털은 오직 그 하나만 생각할 만큼 충분히 이시커의 피를 물려받았다. 달리가 만 입구를 지켜보는 것만큼이나 주의 깊게 나는 펀더멘털을 지켜본다. 펀더멘털은 물속에 가라앉을 때까지 헤엄칠 것이다.

맬번 씨는 내일 머트가 탈 말을 고르라고 할 것이다. 해마다 셋째 날이 되면 나한테 말을 고르라고 한다. 해마다 나는 맬번 씨가 머트를 코어에 태우라고 할까 봐 두렵다. 상상만 해도 참을 수가 없다.

펀더멘털은 목에서 젖은 갈기를 털어 내려는 듯이 고개를 젓는다. 나는 펀더멘털이 지치지 않았는지 확인하려고 몸을 기울인다. 뭍에서보다 물에서 훈련하는 것이 몸에 무리는 덜 가지만, 그래도 지치게 할 생각은 없다. 바이어들이 내일 펀더멘털을 보러 올 거라고 들었기 때문이다.

자꾸 불안하다. 왜인지는 모르겠다. 해마다 똑같던 내 일상의 흐름을 깨뜨린 그 소녀 때문인지. 아니면 내 장화에 오줌을 싼 머트 때문인지. 아니면 우리가 만을 가로질러 돌아오는 동안 절벽에 닿는 수면의 높이가 살짝 달라 보이기 때문인지. 너무 높은 것 같기도 하다. 하늘은 맑고 솜털 구름이 떠 있는 걸 보니 폭풍이 온다 해도 한참 뒤에 올 것이다.

하지만 나는 안정되지 않는다.

"켄드릭! 켄드릭!"

모터 소리에 묻힌 외침이지만 나를 부르는 게 분명하다.

찰나에 그것이 보인다.

달리는 만 입구에서 멀리 떨어진 절벽 틈새의 보트 선착장 근처에 서 있다. 왜 자리를 옮겼는지 따져 볼 시간이 없다. 외치는 소리는 달리의 목소리다.

달리가 원래 있던 만 입구에 어떤 윤곽이 보인다. 머트다. 가만히 나를 지켜본다. 아니, 내 앞에 있는 물속 어떤 곳을 바라본다.

고작 10미터 앞 물속에서 아주 작은 파문이 인다.

저 수면의 변화, 바닷속에 생기는 부자연스러운 틈새가 무엇인지 안다. 아무것도 아닌 듯이 보이지만 커다란 몸체가 수면 바로 아래에서 아주 빠르게 움직일 때 바닷물에 나타나는 것이다.

물가로 나갈 시간이 없다.

펀더멘털의 뒷다리가 버둥거리고 고개가 뒤로 꺾인다.

펀더멘털이 물 밑으로 사라진다.

머트가 만 입구에 꼼짝 않고 서 있다.

나는 물속으로 뛰어든다.

션

나는 물속을 헤엄치는 게 아니다. 핏속을 헤엄친다. 물속에서 피가 붉은 구름처럼 자욱하게 나를 감쌀 때, 한 손이 펀더멘털의 등뼈에 닿는다. 다른 손에는 호랑가시나무 열매를 쥐었다. 바다 말을 죽이는 이 열매를 몇 년간 쓰지 않았는데, 오늘 하루에 두 번이나 손에 쥔다.

펀더멘털의 등이 출렁인다. 펀더멘털의 한쪽 다리가 내 발아래에서 물을 가르자 물의 흐름이 변하며 나는 아래로 빨려 들어가는 느낌을 받는다. 나는 펀더멘털의 갈기를 따라 앞쪽을 더듬는다. 가슴 속에서 폐가 짓눌린다.

앞이 보이지 않는다, 그리고 다시 보인다.

펀더멘털은 흰자위를 드러내며 눈을 크게 뜨지만 나를 보지 못한다. 미끈한 검은 이시커 한 마리가 펀더멘털의 턱 끝을 물었다. 너덜너덜한 상처에서 증기처럼 피가 뿜어져 나온다. 이시커의 다리가 부드럽고도 단호하게 바닷물을 가른다. 이시커는 나한테 관심이 없다. 이시커는 수망아지를 단단히 붙들었으며, 이 세계에서 나처럼 작고 약한 불청객은 어떤 위협도 되지 않는다.

나한테는 한 줌 공기가 필요하다. 아니, 한 줌보다 많은 공기가 필요하다. 길게 들이마시고 내쉬고 또 계속해서 호흡할 공기가 필요하다. 하지만 내 앞에 이시커의 길고 얇은 콧구멍이 보인다. 내 손은 치명적인 열매를 꽉 쥔다. 저 이시커를 가라앉힐 수 있다.

하지만 이시커의 머리 옆으로 펀더멘털의 갈라진 상처가 보인다. 망아지의 크고 용감한 심장이 내 심장 박동에 맞추어 생명을 뿜어낸다.

이런 상처로 살아날 수는 없다.

나는 펀더멘털이 태어나는 것을 보았다. 펀더멘털, 바다 말에 매우 가까워서, 내가 바다를 사랑하듯이 바다를 사랑하는 보기 드문 말.

내 시야 한구석에서 이름도 없는 색채가 번쩍인다.

나는 펀더멘털을 두고 떠나야 한다.

펑

그날 밤 핀과 나는 자지 않고 게이브 오빠를 기다린다. 나는 콩을 삶으며 부글부글 내 속도 끓인다. 오빠가 오면 무슨 얘기를 할까 생각하면서. 지긋지긋한 콩, 우리는 콩만 먹는 것 같다. 내가 요리하는 동안 핀이 창문에 달라붙어 있길래 뭘 하냐고 물어보니 폭풍이 어쩌고 떠들어댄다. 창밖에 어둑어둑해지는 하늘은 수평선 저 멀리, 속이 비칠 정도로 얇은 구름 몇 점이 드문드문 높이 떠 있는 것을 빼고는 말끔하다. 날씨가 나빠질 징조는 없다. 핀이 무슨 짓을 왜 하는지 누가 알겠는가. 나는 핀한테 시시한 짓 좀 그만하라고 말하지도 않는다.

오빠를 기다리고 또 기다리며, 부글거리는 배신감은 끓어오르다가 좀 잠잠해지다가 또다시 끓어오른다. 오랫동안 화를 내는 것은 불가능하다. 무엇이 나를 갉아먹는지 핀한테 얘기하고 싶지만, 차마 맬번 씨 얘기를 할 수가 없다. 그럼 핀은 팔을 꼬집기 시작할 것이다. 그리고 핀의 강박적인 아침 의식이 평소보다 훨씬 길어질 것이다.

"모리스를 파는 거 어떻게 생각해?"

나는 작은 버터 그릇을 빙글빙글 돌려서 그릇 옆면에 그려진 부엉이가 나를, 그리고 핀을, 그리고 다시 나를 보게 하며 아무렇지도 않게 묻는다. 핀이 말없이 웃는다.

"왜 웃어?"

핀은 창틀 하나를 덜컹 흔들어 본 다음 말한다.

"시동도 안 걸려."

"만약 시동이 걸린다면?"

"내가 내일 고치겠지. 폭풍이 몰아칠 때 저기 놔두고 싶진 않으니까."

핀이 조그맣게 말한다. 이제 보니 핀은 창문을 핑계 삼아서 오빠가 오는지 안 오는지 살펴보는 것 같다.

"비, 그래, 그렇지. 파는 건 어떻게 생각해?"

"음, 왜 파는지에 따라 다를 것 같은데."

"도브 훈련할 때 먹일 고급 사료를 사려고."

핀이 대답할 때까지는 화가 날 정도로 긴 침묵이 흐른다. 그동안, 핀은 내내 유리창 가장자리를 손가락으로 두드리다가, 몸을 숙여 유리와 나무틀 틈새를 바짝 들여다본다. 핀은 대화를 이어가기 전에 날씨를 대비한 실험을 마쳐서 매우 만족스러워하는 것처럼 보인다.

마침내 핀이 말한다.

"고급 사료가 그렇게 비싸?"

"우리 섬에 알팔파가 자라는 거 본 적 있어?"

"자랄 수도 있겠지. 근데 알팔파가 어떻게 생겼는지 몰라."

"먼지투성이 네 머릿속처럼 생겼지. 그래, 비싸. 본토에서 수입하거든."

나는 이렇게 쏘아붙이고는 이내 마음이 쓰인다. 내가 화난 건 핀 때문이 아니라 오빠 때문인데, 오늘 밤 오빠 얼굴을 보고 맬번 씨가 집에 왔다 간 얘기를 못할 수도 있겠다. 늦게까지 오빠를 기다릴 순 없다. 내일 다시 해변에 나가려면 일찍 일어나야 한다.

핀이 애처로워 보인다. 끔찍한 기분이다. 팔 만한 다른 물건이 있을지도 모른다. 예를 들면 저녁 식사로 요리하기 전에 먼저 죽어 버리곤 하는 저 쓸모없는 닭이라든지. 하지만 닭을 모조리 갖다 팔아도 건초 한 더미나 될까 좋은 곡식 사료는 한 줌도 못 살 것이다.

"그럼 도브가 빨라져?"

"경주마는 경주마용 사료를 먹어야 해."

핀은 우리의 저녁밥인 콩, 그리고 도리 아줌마한테서 얻은 베이컨 한 덩이를 쳐다본다.

"필요하다면야."

핀의 목소리는 마치 내가 자기 왼쪽 다리를 잘라 내자고 말한 것만 같다. 하지만 핀을 이해한다. 내가 도브를 사랑하듯이 핀은 모리스를 사랑한다. 모리스가 없어지면 핀이 무얼 가지고 시간을 보내겠는가? 창문뿐인데, 우리 집에는 유리창도 다섯 개밖에 없다.

"내가 우승하면, 그 돈으로 다시 모리스를 살 수 있을 거야."

핀이 계속 시무룩해 보여서 나는 이어 말한다.

"차 두 대는 살 수 있을걸. 차 한 대가 엔진이 멈추면 다른 차로 끌어오고 말이야."

이제 핀은 희미한 미소를 짓는다. 우리는 앉아서 콩과 베이컨 덩이를 먹는다. 우리는 말없이 남은 사과 케이크를 먹고 오빠 몫을 남기지 않는다. 5인용 식탁에 두 사람. 내 마음속에 응어리진 화를 그냥 두고 어떻게 잠이 들 수 있을지 모르겠다. 오빠는 어디 있는 걸까?

핀과 함께 스카마우스로 가다가 발견한 목 잘린 양이 생각난다. 오빠가 늦게까지 일하는 건지 아니면 죽어서 길가에 쓰러진 건지 우리가 어떻게 알겠는가? 반대로, 우리가 안전하게 집에 있는지 아니면 죽어서 길가에 있는지 오빠는 어떻게 알겠는가?

결국, 핀이 이 말을 내뱉는다.

"형은 이미 떠난 것 같아."

션

그날 밤, 나는 침대에 누워 꿈을 꾸는 대신 창문으로 조그만 사각 하늘을 물끄러미 바라본다. 몸을 말렸는데도 뼛속까지 춥다. 마치 바다를 들이킨 것처럼, 그 바다가 내 속에서 살아 움직이는 것처럼. 팔이 욱신거린다. 나는 절벽을 떠받치고 산다.

보트 뒤에서 망설임 없이 헤엄치던 펀더멘털을 생각한다. 아니, 내가 생각하는 것은 그게 아니다. 홱 뒤로 꺾이던 목, 드러난 흰자위, 소용돌이를 일으키며 물 아래로 사라지던 펀더멘털의 모습이다.

다시, 그리고 다시, 나는 물속으로 뛰어든다. 다시, 그리고 다시, 너무 어둡고, 너무 춥고, 너무 빠르고, 너무 늦다.

다시, 그리고 다시, 만 입구에 서서 가만히 지켜보던 머트를 본다.

맬번 씨는 아직 아무 말이 없지만, 곧 나를 부를 것이다. 시간문제다.

'켄드릭!' 경고를 알리는 달리의 목소리는, 너무 늦었다.

나는 더는 침대에 머무를 수가 없다. 몸을 굴려 바닥에 선다. 라디에이터의 금속이 휘어진 곳에 걸쳐둔 재킷은 아직 마르지 않아 뻣뻣하다. 불을 켜지 않은 채, 바지와 울 스웨터를 찾아 입고 마구간으로 향하는 좁은 계단을 내려간다.

중앙 복도에 달린 전구 세 개가 각각 걸려 있는 자리 바로 아래를 둥글게 비춘다. 나머지는 전부 그림자 속에 있다. 내 숨소리가 텅 빈 어둠 속에서 사라진다. 경주마와 짐말들은 복도를 따라가는 내 발걸음 소리를 알아듣고 혹시나 하며 힝힝댄다. 오늘 오후 일이 있고 나서, 나는 말들을 쳐다볼 수가 없다. 펀더멘털이 태어나는 것을 보았듯, 이 말들이 태어나는 것을 전부 보았다.

하지만 내가 말들을 지나칠 때마다 들려오는 소리를 막을 수 없다. 말들은 천천히 건초를 씹고 다리가 가려운 듯 발을 구른다. 지푸라기가 바스락거린다. 평온한 마구간의 소리다.

나는 모든 말을 지나쳐 복도 맨 끝에 있는 마방으로 향하고, 거기에는 코어가 있다. 빛이 닿지 않는 곳에 있어서, 코어는 마른 지 오래된 핏빛으로 보인다. 나는 마방 가장자리에 몸을 기대고 안을 들여다본다. 육지말과 달라서, 코어는 밤새 건초를 씹지도 않고 입술 사이로 숨을 뱉지도 않는다. 대신, 마방 한가운데 귀를 쫑긋 세운 채 고요히 서 있다. 코어의 눈에는 평범한 경주마의 눈에서 절대 찾아볼 수 없는 무언가가 있다. 강렬한 포식성의 무언가가.

코어는 왼쪽 눈으로 나를 바라보더니, 내 뒤편을 바라보며 귀를 기울인다. 코어한테 휴식이란 없다. 바닷물이 차오르는 소리가 들려오고, 내 손에서 말의 피 냄새가 풍기고, 내가 코어 앞에서 가만히 있지 못하는 지금은.

머트가 왜 달리 자리에 있었는지 알 수 없고, 이시카가 만에 들어올 때 자기가 만 입구에 있었다는 사실을 어째서 예리한 자기 아버지가 놓칠 거라고 생각하는지도 알 수 없다. 나는 펀더멘털의 크고 둥근 눈망울을 다시 떠올린다. 나를 해칠 가능성만 있다면 머트는 기꺼이 자기를 희생할 마음이 있는 것이다. 자기가 원하는 바를 얻을 가능성만 있다면.

나는 내가 원하는 것을 얻기 위해 무엇을 무릅쓸 수 있을까?

"코어."

나는 속삭인다.

곧바로 빨간 수말의 귀가 나를 향한다. 코어의 눈은 바다 조각처럼 새까맣고 신비하다. 나날이 코어는 더 위험해진다. 나날이 우리는 더 위험해진다.

내가 떠나면 머트가 코어를 탈 거라는 생각에 견딜 수가 없다.

머트는 오늘 사건 때문에 맬번 씨가 내 일자리를 빼앗을 것이라 생각한다. 아니면, 그냥 내가 그만둘 수도 있다. 내가 모아 둔 모든 돈을 찾아 맬번 마장과 거기 있는 모든 것을 두고 떠나는 기쁨을 떠올려 본다.

코어가 밤의 소리를 낸다. 들릴락 말락 나지막한 울음. 물 아래에서 들을 수 있는 날카로운 소리다. 하지만 코어가 내는 소리는, 집으로 이끄는 불빛과도 같다. 대답을 기다리는 소리다.

내가 혀를 한 번 차자 코어는 곧바로 잠잠해진다. 우리 둘 다 서로한테 다가가지 않지만, 우리는 동시에 한 발에서 다른 발로 몸의 무게를 옮겨 싣는다. 나는 한숨을 쉬고, 코어도 한숨을 쉰다.

나는 코어를 두고 떠날 수 없다.

퍽

어제 해변에서 겪은 경험을 바탕으로 새로운 계획을 세웠다. 나를 노릴 것이 확실한 물 위의 바다 말들과 함께 썰물 때 말을 타느니, 바닷속에서 헤엄쳐 나올지도 모를 바다 말을 감수하고 밀물 때 말을 타는 거다. 그래서 나는 5시에 자명종을 맞추고 도브가 잠에서 다 깨기도 전에 안장을 얹는다.

오빠는 이미 나갔다. 집에 오기는 했나? 사실 잘 모르겠다. 길이 어둡고 위험하게 경사져서 나는 조금 기쁘다. 오빠의 빈자리를 생각할 겨를이 없기 때문이다.

일단 절벽 아래에 도착한 뒤에는, 물 밖으로 드문드문 솟은 바위를 피해 도브를 끌며 천천히 움직여야 한다. 캄캄한 허공에 도브의 입김이 새하얗게 퍼진다. 너무 어두워서 바다는 눈에 보이기보다 귀로 들린다. 마치 내가 보채는 어린아이이고 바다는 우리 엄마인 양, 바다가 쉬이이이, 쉬이이이, 소리를 낸다. 바다가 엄마라면 고아인 편이 차라리 낫겠지만.

제대로 된 훈련을 하기에는 아직 너무 높은 파도를 향해 도브가 귀를 쫑긋 세운 채 경계한다. 마침내 완전히 동이 틀 무렵에야 바다는 마지못해 모래밭 수십 미터를 내주고 기수들은 바다 밖에서 훈련할 공간을 얻을 것이다. 하지만 지금, 파도는 여전히 가깝고 드세서 나를 절벽으로 몰아붙인다.

용기가 나지 않는다.

높은 물결, 11월이 가까운 하늘 아래 깔린 진한 어둠, 디스비를 둘러싼 바다는 지금도 수많은 이시커를 품고 있다. 이 어두운 해변에서 도브와 내가 약한 존재라는 것을 안다. 지금 이 순간 저 파도 속에 바다 말이 있을 수도 있다.

귓가에서 쿵쿵대는 심장의 낮은 고동 소리가 들린다. 쉬이이이, 쉬이이이, 바다가 속삭이지만, 나는 바다를 믿지 않는다. 나는 등자(안장에 달아 말 양쪽 옆구리로 늘어뜨린 물건으로 말을 타고 앉았을 때 두 발을 디디는 부분)를 조절한다. 도브는 파도 쪽에서 귀를 돌리지 않는다. 나는 도브에 오르지 않는다. 살아 있는 것의 소리가 들리는지 귀를 기울인다. 그저 바닷소리뿐이다. 순간, 교활한 미소처럼, 바다가 번뜩인다. 이시커의 물결치는 등이 반사된 것일 수도 있다.

도브는 알 것이다. 나는 도브를 믿어야 한다. 도브의 귀는 여전히 서 있다. 조심스럽지만, 두려워하지는 않는다. 나는 행운을 비는 뜻으로 도브의 먼지투성이 어깨에 입을 맞추고 등에 올라탄다. 그리고 도브를 가능한 한 파도에서 멀리 이끈다. 너무 올라가면 모래 대신 자갈과 바위가 나와 말을 탈 수 없다. 너무 내려가면 바다가 쉬이이이, 쉬이이이.

가벼운 속보로 돌며 도브의 몸을 푼다. 나는 내가 어디에 있는지를 잊어버리기를, 내 몸의 긴장이 풀리기를 기다리지만, 그렇게 되지 않는다. 물 위에 무엇이 반사될 때마다 나는 움찔한다. 위협적인 검은 바다를 향해 내 몸이 비명을 지른다. 우리가 10대가 되자마자 들은 이야기가 기억난다. 서로 좋아하던 소년 소녀가 해변에서 남몰래 만나다가, 거기서 기다리던 바다 말한테 잡혀 파도 속으로 끌려갔다는 이야기. 사람들은 그 이야기를 스카마우스의 모든 청소년한테 필요한 교훈으로 간주한다. 하지만 그 이야기는 우리한테 키스하는 법을 알려 줄 뿐이다.

교실이나 가게에서, 그 이야기는 진짜처럼 와닿지 않았다. 그러나 여기, 해변에 있으니 반드시 일어날 일인 것만 같다. 하지만 그런 생각을 해봐야 소용없다. 시간을 현명하게 사용해야 한다. 내가 진흙투성이 초원에 있다고 상상하며 움직인다. 한참 동안 도브와 나는 이렇게 훈련한다. 한 방향으로 속보한 다음 방향 바꿔서 속보, 또 한 방향으로 구보한 다음 방향 바꿔서 구보. 그리고 틈틈이 멈춰 서서 소리를 듣는다. 어둠 속에서 더 짙은 어둠을 찾아 주시하며. 도브는 점점 진정이 되지만, 나는 떨림이 멎지 않는다. 날씨가 추운 탓이기도 하고, 아직 긴장이 풀리지 않은 탓이기도 하다.

먼 수평선 너머로 새벽이 빼꼼 얼굴을 내민다. 곧 다른 사람들이 올 것이다.

도브를 세우고 소리를 듣는다. 쉬이이이, 쉬이이이 소리뿐이다.

나는 한참을 기다린다. 바다뿐이다.

도브를 질주하게 한다.

도브는 신이 나서 꼬리를 찰싹 튀기며 앞으로 튀어 나간다. 우리 옆에서 파도는 길고 검은 자국으로 번지고 절벽은 형태 없는 회색 벽으로 바뀐다. 나는 이제 쉬이이이 소리를 듣지 못한다, 오직 도브의 발굽 소리와 도브의 숨소리뿐이다.

묶었던 머리가 풀려 작은 채찍 가닥처럼 내 얼굴을 때린다. 도브는 달리는 기쁨에 겨워 한 번, 두 번, 껑충껑충 뛰고 나는 웃는다. 우리는 잠깐 멈췄다가 온 길을 다시 돌아간다.

절벽 꼭대기에서 누군가 우리를 보는 것 같아서 쳐다보니 아무도 없다.

오늘 아침 훈련을 돌이켜본다. 도브는 숨이 차고, 나도 숨이 차고, 바다는 물러난다. 다른 기수들은 아직 해변에 오지 않았지만, 우리는 오늘 할 일을 이미 마쳤다.

이 방법은 효과가 있을 것이다.

우리가 얼마나 빠른지는 알 수 없지만, 지금은 그게 문제가 아니다. 한 번에 한 걸음씩.

22

션

이 시간 찻집 2층에는 아무도 없다. 나, 그리고 천을 씌우고 자주색 엉겅퀴 꽃이 담긴 꽃병을 놓은 탁자들뿐이다. 그곳은 길고 좁고 천장이 낮아서 쾌적한 관이나 답답한 교회처럼 느껴진다. 뒤쪽 작은 창에 드리운 분홍빛 레이스 커튼 때문에 모든 것은 장밋빛을 머금는다. 내가 이 방에서 가장 칙칙하다.

찻집 주인의 어린 딸 에블린이 다가와서 무엇을 주문할지 묻는다. 에블린은 나를 쳐다보지 않지만, 괜찮다. 나도 그 애를 쳐다보지 않으니까. 나는 탁자 위에 놓인 인쇄된 종이를 본다.

메뉴판에는 프랑스 단어들이 이따금 눈에 띈다. 영어로 써놓은 항목은 길고 장황하다. 차를 주문하려고 했더라도 메뉴를 알아볼 수 있었을지 모르겠다.

"나중에 할게요."

나는 말한다.

에블린이 머뭇거린다. 낯선 물체를 대하는 조심스러운 말처럼, 에블린의 눈길이 잠깐 나한테 와 닿더니 떠난다.

"코트 걸어 드릴까요?"

"괜찮아요."

밤새 라디에이터에 말린 내 재킷은 소금기로 버석거리고 진흙과 피가 묻어 있다. 해변에서 보낸 모든 나날이 거기 새겨져 있다. 에블린이 작고 하얀 손으로 이 옷을 만지는 것을 상상할 수 없다.

에블린은 탁자 저편에서 냅킨과 접시로 뭔가 복잡하고 쓸모 있어 보이는 일을 하더니 아래층으로 향하는 좁은 계단으로 다시 사라진다. 한 발 한 발 삐걱거리는 소리가 들린다. 이 높고 좁은 찻집은 스카마우스에서 가장 오래된 건물 중 하나로 식료품점과 우체국에 붙어 있다. '쁘띠 빵'을 팔기 전에는 무슨 건물이었을지 궁금하다.

맬번 씨는 자기가 정해 놓은 약속 시각에 늦는다. 이쯤이면 맬번 씨가 보자고 할 줄 예상했지만, 장소는 뜻밖이다. 나는 장밋빛 커튼이 드리워진 창밖으로 거리를 내려다본다. 축제 전인데도 벌써 고개를 빼고 돌아다니는 관광객들이 있고, 길 몇 개 건너에서는 연습하는 북소리가 들려온다. 며칠 뒤에는 길거리처럼 찻집 2층에도 탁자마다 사람이 가득 찰 것이다. 축제가 끝날 때쯤 다른 기수들과 나는 군중 사이로 행진할 것이다. 그때까지 내 일자리가 있다면.

나는 소매를 살짝 걷어 손목을 본다. 아침 훈련을 하는 동안 딱딱한 재킷에 피부가 쓸렸다. 오늘 아침에 말끼리 싸움이 붙어서 내가 말려야만 했다. 고리가 그 얼룩말 파는 일을 포기했으면 좋겠다. 그 얼룩말이 다른 말한테까지 나쁜 영향을 끼친다.

에블린보다 덩치 큰 누군가가 올라오며 계단이 삐걱거린다. 맬번 씨가 방을 가로질러 오더니 탁자 옆에 서서 내가 일어나 인사하기를 기다린다. 평생 부유하게 살아온 맬번 씨는 마치 값비싼 대머리 경주마처럼 추한 외모를 감추기 위해 잘 꾸민 티가 난다. 광택이 흐르는 코트, 빛나는 눈빛, 너무 두툼한 입술과 둥글납작한 코.

"션 켄드릭, 어떻게 지내나?"

"견딜 만합니다."

"바다는 좀 어때?"

맬번 씨는 나한테 친근감을 표시하려고 농담을 하고, 나는 월급에 감사하는 마음을 보여 주기 위해 재미있어하는 척한다.

나는 살짝 웃는다.

"늘 잘 있죠."

"좀 앉을까?"

나는 맬번 씨가 먼저 앉기를 기다렸다가 앉는다. 맬번 씨는 메뉴판을 집지만 읽지는 않는다.

"그래 이번 주 축제 준비는 다 했고?"

계단이 다시 삐걱거리더니 에블린이 나타난다. 에블린은 거품이 가득한 음료 한 잔을 맬번 씨 앞에 놓는다.

"뭘 드시겠어요?"

에블린이 다시 나한테 묻는다.

"저는 괜찮아요."

"네 친절함을 사양하지는 않을 거다, 얘야. 차 한잔 갖다 주렴."

맬번 씨가 에블린한테 말한다.

나는 에블린한테 고개를 끄덕한다. 맬번 씨는 에블린이 가는 것에 신경 쓰지 않는다.

"내키지 않는 일이 있다고 피해 봐야 소용없지."

맬번 씨가 이상한 거품 음료를 마신다.

나는 말없이 가만히 있는다.

"과묵한 남자로구나, 션 켄드릭."

창밖에서는, 우리가 있는 이 부드러운 분홍빛 세상과 어울리지 않게, 연습 중인 스콜피오 북소리가 경쾌하게 울리며 점점 커진다. 맬번 씨가 탁자에 팔을 괴며 몸을 숙인다.

"내가 어쩌다가 말을 다루게 되었는지 얘기한 적 있던가?"

나는 맬번 씨의 눈을 마주 본다.

"나는 가난한 섬 청년이었지. 이 섬은 아니었지만. 내 이름으로 되어 있는 건 신발 한 켤레와 온몸의 멍뿐이었단다. 우리 집에서 길을 따라 내려가면 말을 파는 사람이 있었어. 왕실용 기마와 경주마, 장애물 경기용 말과 식용 말까지. 달마다 경매가 열리고 네가 평생 가본 곳보다 더 먼 곳에서도 사람들이 구경하러 몰려왔지."

맬번 씨는 혹시 내가 벌써 이 섬에 뿌리박혔다는 사실에 슬퍼하는지 보려고 잠깐 멈췄다가 찾던 것을 찾지 못하자 이야기를 계속한다.

"말 장수는 미다스의 손이 닿은 것처럼 황금색을 띤 수컷 종마 한 마리를 어디선가 얻었어. 키가 170에서 180센티미터 사이쯤 되고 사자 같은 갈기와 꼬리를 가진 말이었지. 그 말이 뜰에 서 있는 모습은 말이란 어때야 하는지를 알려 줬어. 하지만 문제가 하나 있었지. 아무도 그 말에 탈 수가 없었어. 그 말은 네 사람을 떨어뜨리고 한 사람을 죽게 하고, 하루에 건초 네다섯 더미를 먹어 치웠어. 경매가 열렸지만, 탈 수도 없고 사람을 죽인 말에 손댈 사람은 아무도 없었어. 그래서 나는 말 장수한테 내가 그 말을 길들일 테니, 만약 내가 성공하면 다시는 가난해지지 않도록 나한테 일자리를 달라고 했지. 말 장수는 내가 다시는 가난해지지 않으리라는 보장은 할 수 없지만, 자기가 살아 있는 동안은 일자리를 주겠다고 약속했어. 그래서 나는 그 황금색 말에 굴레를 씌운 다음 처녀의 드레스에서 잘라 낸 눈가리개로 말 눈을 가리고 올라탔지. 말은 눈멀고 나는 왕이 되어 우리는 시골 전역을 질주했어. 마침내 돌아왔을 때 말은 길들어 있었고 나는 일자리를 구했지. 어떻게 생각하나?"

나는 맬번 씨를 쳐다본다. 맬번 씨가 낯선 차를 입에 대고 기울인다. 안에 든 버터 향이 여기까지 난다.

"믿을 수 없어요."

맬번 씨가 눈썹을 치켜들자 나는 덧붙인다.

"맬번 씨한테 젊은 시절이 있었다니요."

"유머 감각이라고는 없는 줄 알았는데, 켄드릭 군."

에블린이 내 앞에 찻잔을 놓는 동안 맬번 씨는 말을 멈춘다. 에블린이 우유와 설탕을 내밀지만 나는 고개를 젓는다. 맬번 씨는 에블린이 계단을 내려가기를 기다렸다가 다시 이야기를 꺼낸다.

"우리 아들이 네가 말 한 마리를 죽였다고 말하더구나."

맬번 씨는 빈 찻잔이 시체인 양, 찻잔 위에 냅킨을 덮는다.

분노가 불붙은 손으로 내 입과 가슴을 건드린다.

"놀라지 않는구나."

맬번 씨가 덧붙인다.

"놀라지 않았어요."

바깥에서는 스콜피오 북소리가 점점 더 가까이 점점 더 크게 들리고 웃음소리도 섞여 있다. 특히 어떤 웃음소리는 나지막하게 낄낄거리는 비웃음으로, 모르는 사람이라면 얼굴을 찌푸리고 남을 정도다. 맬번 씨가 추켜올린 눈썹을 내리고 내 얼굴보다 바깥 광경이 더 선명하게 떠오른다는 듯 머리를 곧추세운다. 북소리는 이제 의도적으로 말발굽 소리를 흉내 내고, 나는 혹시 맬번 씨가 어떤 낯선 섬의 시골 지역을 질주하던 그 헛간만 한 크기의 황금색 말을 다시 떠올리는지 궁금하다.

"달리가 자기가 본 것을 얘기해 줬다. 네가 만에서 펀더멘털을 어떻게 훈련하였는지. 네가 산만해 보였다고 하더구나. 네 마음이 딴 데 가 있어서 물속의 위험을 전혀 눈치채지 못했을 거라고 말이야."

물론 나는 산만했다. 그 연갈색 머리 소녀와 소녀의 토종 조랑말과 사나운 말들이 모래밭에 만들어 낸 핏자국. 나는 이 일로 맬번 씨가 나를 해고하리라고는, 아니 어떤 일 때문이라도 나를 해고하리라고는 상상할 수 없지만, 하지만 또한, 나는 상상할 수 있다. 나는 칼날 위에 서 있다.

나는 맬번 씨의 눈을 마주 본다.

"달리가 또 무슨 얘기를 하던가요?"

"머트가 달리더러 맡은 자리에서 벗어나도 좋다고 자기가 망을 보겠다고 했다더구나. 그다음에는 물속으로 끌려가는 펀더멘털과 펀더멘털을 뒤쫓아 물로 뛰어드는 너를 봤고."

맬번 씨가 탁자 위에서 손을 포갠다.

"하지만 내 아들이 한 얘기는 다르다. 서로 말이 다르지. 너는 무슨 얘기를 할 테냐?"

나는 이를 다문다. 이길 수 없는 게임이다. 나는 억지로 단어들을 입 밖으로 끄집어낸다.

"저는 맬번 씨의 아들과 반대되는 이야기를 할 수 없어요."

"해도 된다. 어떤 이야기가 진짜인지 네 재킷이 알려 줄 거야."

우리는 둘 다 말이 없다.

마침내 맬번 씨가 말한다.

"네 뜻을 알겠다. 너는 삶에서 원하는 것이 무엇이냐?"

허를 찌르는 질문이다. 내가 내 심장을 열어서 보여 줄 수 있는 사람도 있겠지만 맬번 씨가 그런 사람이었던 적은 없다. 맬번 씨한테 내가 원하는 것을 고백하는 일은 맬번 씨가 자신이 원하는 것을 나한테 고백하는 일만큼이나 상상하기 어렵다.

맬번 씨의 시선을 받으며 나는 말한다.

"머리를 덮을 지붕과 손에 쥘 고삐와 발밑의 모래밭이요."

줄이고 생략한 진실이다.

맬번 씨가 차를 마신다.

"오, 그럼 너는 원하는 것을 이미 가졌구나."

이곳에 앉아 차를 마시면서 나는 당신한테서 벗어나기를 원한다고 말할 수는 없다.

"내 첫 번째 말을 길들인 뒤로 오랜 세월이 지났다. 바다 한가운데 있는 이 황폐한 섬에서 내가 걸어온 이 길이, 바깥에서는 어떻게 보일지 나는 모르겠다. 머트가 걸어갈 길은 또 어떨지 비교할 수 없어."

머트가 걸어갈 수 있는 수많은 길이 있지만, 그 길이 국제적으로 유명한 한 마장의 실력자가 되는 길은 아닐 거라는 사실을, 우리 둘 다 안다.

"오, 그래. 말들이 어떨지 충분히 알아는 봤니?"

그 말은 어떤 바다 말이 가장 빠르냐는 뜻이다.

"첫째 날 이미 알았어요."

맬번 씨가 미소 짓는다. 유쾌한 웃음은 아니지만, 그 불쾌함이 나를 향한 것은 아니다.

"그래, 어떤 말이 가장 느리더냐?"

"흰 털 하나 없는 밤색 암말이요."

나는 주저 없이 말한다. 그 말은 아직 이름을 얻을 때가 아니라서 이름을 지어 주지 않았다. 변덕스럽고 바다처럼 거친 말이다. 그 말이 빠르지 않은 것은 기수가 원하는 것에 관심이 없기 때문이다.

"그럼 어떤 말이 가장 빠르지?"

나는 대답하기 전에 잠깐 멈춘다. 내 대답에 따라 돌아오는 11월에 머트가 탈 말이 정해진다는 것을 나는 안다. 사실대로 대답하고 싶지 않지만, 결국 맬번 씨도 알게 될 테니 거짓말을 할 수도 없다.

"코어요. 빨간 수말이요."

"그럼 어떤 말이 가장 안전하지?"

"에다나요. 흰 점이 있는 밤색 말이요."

그러자 맬번 씨는 나를 바라본다. 처음으로, 진짜로 나를 바라본다. 나를, 여러 해를 자신의 마구간에서 자라며 자신의 말을 길러 온 소년을, 마치 처음 보듯이 눈살을 찌푸린다. 나는 내 찻잔을 본다.

"왜 펀더멘털을 쫓아 물에 뛰어들었니?"

"제가 맡은 말이니까요."

"네가 맡았지만 맬번 마장 말이지. 내 아들 거였어."

맬번 씨가 의자를 뒤로 밀며 일어선다.

"머트는 에다나를 탈 거다. 네가 보기에 그 흰 털 없는 밤색 암말이 내년에도 나아질 것 같지 않으면 놓아주어라."

맬번 씨는 다시 확인하려는 듯 나를 바라본다. 나는 고개를 젓는다.

"그럼 놓아주어라. 그리고 너는……."

맬번 씨는 동전 몇 개를 찻잔 옆에 놓는다.

"너는 코어를 타거라."

해마다 맬번 씨가 이 말을 하기를 기다리고 또 기다렸다. 그리고 맬번 씨가 이렇게 결정을 내리면 마음이 놓였다.

하지만 올해는, 여전히 기다려야 할 것 같은 느낌이다.

23

퍽

다음 날 점심때까지 나는 풀이 죽어 있다. 일어나 보니 이미 오빠가 사라진 뒤였다. 나는 직접 스카마우스 호텔에 가서 오빠를 찾아 문제를 해결하기로 마음먹는다. 호텔에 가니 사람들이 오빠는 부두에 있다고 한다. 그래서 부두에 가니 이번엔 배를 타고 나갔다고 하고, 어느 배냐고 물으니 술을 잔뜩 실은 배가 아닐까 하며 낄낄거린다.

가끔, 남자들은 정말 짜증 난다.

나는 집에 돌아와서 도대체 오빠와 대화를 할 수도 없다고 핀한테 툴툴거린다. 그러자 핀이 말한다.

"나 오늘 아침에 형이랑 얘기했는데, 형 나가기 전에. 물고기 얘기."

나는 화를 꾹 참으려고 애써 보지만 쉽지는 않다.

"다음번에 오빠 보면, 나도 얘기 좀 할게. 근데 웬 물고기?"

핀은 강아지 모양으로 빚은 옛날 도자기 인형을 보며 미소 짓는다.

"아무것도 아냐."

나는 오후 밀물 시간에 맞춰 도브를 데리고 해변으로 나갔지만, 도브는 훈련하기 싫어서 짜증을 내고 느릿느릿 움직인다. 물론 도브는 전에도 이런 적이 많았지만, 전혀 문제는 아니었다. 오늘도 큰 문제는 아니다. 하지만 만약 경주 날 도브가 이렇게 나온다면, 아예 집 밖에 나오지도 않는 게 나을 것이다.

도브를 집에 데리고 와 방목장에 풀어 주고 울타리 너머로 건초를 약간 건넨다. 섬에서 나는 풀은 질이 나쁘다는 건 알았지만, 지금까지는 별 신경을 써본 적이 없었다. 나는 도브의 헛배 부른 배를 노려보다가 현관문을 연다.

"퍼?"

퍼이 없다. 둔해 빠진 모리스나 손보는 거라면 좋겠다. 이 섬에 있는 이상 아무리 물건이라도 일을 해야지.

"퍼?"

또 한 번 불러도 대답이 없다. 좀 찔리지만 싱크대에서 우리가 동전을 모아 둔 비스킷 깡통을 꺼내 들고 흔들어 본다. 동전을 세어 보고 다시 깡통에 넣는다. 좋은 사료를 먹으면 도브가 어떻게 될지 상상한다. 동전을 다시 꺼낸다. 전 재산을 다 써도 고급 사료 일주일 치나 겨우 살 수 있을 것이다. 동전을 다시 깡통에 넣는다.

내가 뭐라도 하지 않으면 어찌 됐든 우리는 집을 잃을 것이다.

주먹을 꼭 쥐고 깡통을 바라본다.

'도리 아줌마한테 찻주전자 값을 선불로 달라고 해야겠어.'

깡통에 동전을 약간만 남기고 나머지를 주머니에 넣는다. 퍼은 없고 모리스도 아마 고장 나 있을 테니 사료를 파는 해몬드 씨네 가게까지 차를 얻어 탈 수는 없을 것이다. 헛간에 가서 도브를 밀치고 엄마가 타던 자전거를 꺼낸다. 타이어 압력을 확인하고, 바닥에 움푹 팬 곳을 피해 비틀비틀 길을 따라 달린다. 폭풍이 올 거라는 퍼의 예상이 아직 맞아떨어지지 않아서 다행이다. 해몬드 씨네 가게는 스카마우스를 지나 해스터웨이에 있기 때문이다. 비에 흠뻑 젖지 않고 다녀와도 두 다리가 쑤실 것이다.

자갈길을 지나 아스팔트 길에 들어서면서 차가 오지는 않는지 뒤쪽을 확인한다. 섬에 차가 매우 드물긴 하지만, 무니햄 신부님이 마틴 버드가 몰던 트럭에 부딪혀 배수로에 빠진 뒤로 나는 주위를 잘 살핀다.

바람이 언덕을 넘어 페달을 밟는 나한테 곧장 달려온다. 자전거가 기울지 않도록 바람에 몸을 숙인다. 앞쪽에 어마어마하게 드러난 암석을 피해 굽은 길이 나타난다. 아빠가 말하기를 사람들이 이 길을 처음 포장했을 때는 주변에 있는 부드러운 갈색이나 녹색 언덕 사이로 시커멓게 뻗은 도로가 꼭 상처 자국이나 옷에 달린 지퍼처럼 보였다고 한다. 하지만 이제는 아스팔트나 도로 구분 선이나 다 희미해져서 도로도 그저 구불구불하고 황량한 풍광의 일부처럼 보인다. 도로에는 분화구처럼 구멍이 생겨서 더 새카만 타르로 땜질한 자국도 있다. 꼭 보호색 같다. 밤이면 거의 구별할 수가 없다.

뒤에서, 바람 소리와는 구별되는 엔진 소리가 들려서, 나는 멈추고 길가에 비켜선다. 하지만 차는 지나가지 않고 멈춘다. 그래튼 아저씨의 커다란 양 트럭인데, 전조등과 그릴의 생김새가 핀의 개구리 표정을 똑 닮은 차다.

"퍽 코널리, 그거 타고 어디를 가는 게냐?"

언제나처럼 불그레한 얼굴을 한 그래튼 아저씨가 열린 창문으로 내다보며 말한다. 이미 문을 열어 두었다.

"해스터웨이요."

내가 언제 자전거에서 내렸는지도 모르겠는데 어느새 그래튼 아저씨가 자전거를 번쩍 들어 트럭 짐칸 한쪽에 실으며 말한다.

"나도 그쪽에 볼일이 있어 가는 중이야."

나는 행운을 알아보는 사람이기에, 조수석의 깡통과 신문지와 양치기 개를 옆으로 밀어낸 다음 차에 올라탄다.

"비스킷도 좀 먹으렴. 나 혼자 다 먹어 치워 버리지 않게 말이야."

아저씨가 힘이 드는 듯 끙 하는 소리와 함께 트럭에 올라타며 말한다.

길을 따라 차가 내달리는 동안 비스킷 한 조각은 내가 먹고 다른 한 조각은 개한테 준다. 나는 그래튼 아저씨가 눈치채는지, 눈치챘다면 혹시 꺼리는지 보려고 아저씨를 슬쩍 훔쳐보지만, 아저씨는 운전대가 달아나기라도 할 듯이 꾹 쥐고서 콧노래를 흥얼거린다. 아저씨와 페그 아줌마가 내 얘기를 할 생각을 하니 혹시 아저씨 차에 탄 게 내 발로 함정에 걸어 들어온 건 아닐지 기분이 떨떠름해진다.

얼마 동안 우리는 비교적 조용히 달린다. 엔진이 튀어나오기라도 할 것처럼 트럭이 탈탈거려서 그냥 '조용히'라고 하기에는 적절한 표현이 아니지만. 목캔디 포장지와 빈 우유병, 진흙이 묻고 오래돼서 삭아 가는 신문지 쪼가리 같은 것이 널려 있다. 운전석이 너저분한 것을 보니 기분이 좋다. 너무 깔끔하면 나도 모범적인 행동을 해야 할 것 같다. 너저분한 게 나의 본성이다.

"다른 애는 어떠냐?"

그래튼 아저씨가 묻는다.

"누구요?"

"수레 끄는 영웅 말이야."

"아, 핀이요."

내가 얼마나 깊이 한숨을 쉬었는지, 개가 내 얼굴을 핥아서 위로해 준다.

"아주 헌신적인 아이죠. 수습 직원으로 좀 괜찮을 것 같나요?"

정육점의 수습 직원이 된다면 정말 괜찮은 일이다. 그래서 이렇게 덧붙이는 것이 고통스럽다.

"피 보는 걸 견디지 못해요."

그래튼 아저씨가 웃는다.

"섬을 잘못 골랐구먼."

껄끄럽지만, 저번에 찾아냈던 죽은 양 생각이 떠오른다. 그리고 팰슨 빵집에 드나드는 핀 생각도. 핀이 수습 직원이 될 수 있는 곳이 있다면 틀림없이 팰슨 빵집일 것이다. 코코아에 소금을 넣는 곳. 하지만 거기에서는 핀이 주방을 쓴 다음에 청소할 수습 직원을 또 뽑아야 하겠지.

"아니, 저게 누구야?"

그래튼 아저씨가 말한다. 조금 더 늦게, 나도 아저씨가 본 것을 본다. 길을 따라 혼자 걷는 거뭇한 사람 모습을. 아저씨가 트럭을 세우고 유리창을 내린다.

"션 켄드릭!"

아저씨가 외치는 소리에 나는 깜짝 놀란다. 검은 목깃을 세워 바람을 막고 추위에 어깨를 움츠린 션 켄드릭이 맞다.

"말도 안 데리고 혼자 뭐 하는 거야?"

션은 바로 대답하지 않는다. 표정은 그대로지만, 마치 기어를 바꾸듯 얼굴에서 무언가가 변한다.

"그냥 생각 정리해요."

"그래, 생각 정리하면서 어디로 가는데?"

"모르겠어요. 해스터웨이요."

"아하, 트럭 안에서 생각 정리하렴. 우리도 같은 방향이니까."

잠깐 나는 이 부당한 일에 엄청난 충격을 받는다. 태워 준다고 해서 탔는데 이제 이 권리를 나누라니. 그것도 하필 다른 사람도 아니고, 나한테 '네 조랑말을 데리고 해변을 떠나.'라고 말한 션 켄드릭이라니.

켄드릭도 나를 보고는 트럭에 타야 할지 망설인다. 그 모습에 나는 옳다구나 싶어 겁을 주고 말겠다는 눈빛으로 션을 노려본다.

하지만 그래튼 아저씨 표정은 나랑 반대였음이 틀림없다. 션 켄드릭이 오던 길을 쓱 돌아보더니 트럭 반대편으로 돌아왔기 때문이다. 내가 있는 쪽으로. 그래튼 아저씨가 운전석 문을 열더니 개한테 뒤로 가라고 말하고, 개는 불쌍한 표정을 지어 보이며 뒤로 간다. 나는 개가 있던 자리로 옮긴다. 아저씨 바로 옆자리에 앉으니 아저씨한테서 포장지가 바닥에 굴러다니는 목캔디의 레몬 향이 난다. 그러는 내내 나는, 션이 조수석 문을 열면 쏘아 줄 만한 말, 그 애가 해변에서 나한테 한 말을 내가 기억한다는 것을 보여 주면서, 동시에 내가 그 말에 전혀 겁먹지 않았고 그 말을 신경 쓰지도 않음을 나타내면서, 또한 가능하다면 내가 그 애 생각보다 훨씬 똑똑하다는 것을 알려 줄 말을 생각해 내려고 무진 애를 쓴다.

션 켄드릭이 문을 연다.

그 애가 나를 본다.

나도 그 애를 본다.

이렇게 가까이서 보니 그 애는 잘생겼다고 하기엔 너무 날카롭다. 뾰족한 광대뼈와 깎아 놓은 듯한 코와 진한 눈썹. 손은 이시커와 보낸 시간 때문에 멍들고 상처 나 있다. 그 애 눈은 섬의 어부들처럼 바다와 태양에 맞서 늘 가늘게 떠 버릇한 모양이다. 그 애는 야생 동물처럼 생겼다. 어느 한구석 친근해 보이는 데가 없다.

나는 아무 말 하지 않는다.

그 애가 트럭에 탄다.

션이 문을 닫자, 나는 아마도 다른 곳처럼 불그레할 것만 같은 그래튼 아저씨의 굵은 다리와 션 켄드릭의 단단한 다리 사이에 꼭 낀다. 차폭이 좁아서 어깨와 어깨가 맞닿는데, 그래튼 아저씨의 어깨가 밀가루와 감자로 만들어진 것 같다면 션의 어깨는 돌과 나무, 그리고 가끔 해변에 밀려오는 뾰족뾰족한 말미잘로 만들어진 것 같다.

나는 션의 반대쪽으로 기댄다. 션은 창밖을 본다.

아저씨는 콧노래를 흥얼댄다.

뒷자리에서는 양치기 개가 칭얼댄다. 트럭 진동이 개 울음소리를 딱딱 끊어지는 호루라기 소리처럼 만든다.

"네가 머트한테 골라 준 말 때문에 머트가 좀 불만인 것 같던데."

그래튼 아저씨가 쾌활하게 말한다. 션 켄드릭이 아저씨를 날카롭게 쳐다본다.

"누가 그런 소릴 해요?"

그 애가 말할 때 내는 목소리가, 바람이 불 때 말 등 너머로 소리치던 목소리와 달라서 나는 깜짝 놀란다. 그 애가 조금이나마 부드럽게 느껴진다. 그 애한테서 건초 냄새와 말 냄새가 나서, 나는 아주 조금 그 애가 좋아진다.

"아, 머트가. 저번에 가게 바로 앞에서 발끈했잖니. 네가 머트가 떨어지기를 바라고, 경쟁을 피한다고 말이야."

"아, 그거요."

션이 경멸하듯 대답한 뒤 다시 창밖을 본다. 우리는 맬번 씨가 소유한 들판 한 군데를 지나간다. 어마어마하게 많은 번식용 암말들이 풀밭에서 풀을 뜯는다.

그래튼 아저씨는 손가락으로 운전대를 톡톡 친다.

"물론 우리 마누라가 머트한테 한마디했지."

션이 다시 돌아본다. 션은 아무 말도 하지 않고, 그저 기다린다. 나는 션이 그런 식으로 아저씨한테서 이야기를 끌어내고, 그럼으로써 션이 은근히 우위에 서는 것을 보고, 이 기술을 반드시 배우고 말리라 다짐한다.

"음, 머트 말로는 자기가 네 그 빨간 말을 탔더라면 자기도 네 번 우승했을 거래. 그래서 우리 마누라가 머트한테, 어떤 말을 타는지가 경주의 전부라고 생각한다면, 말을 쥐뿔도 모르는 거라고 해줬지. 마누라가 그날 아침부터 좀 발끈하더라고, 왜냐면 그 무슨 날이었거든, 알지?"

내가 웃자, 아저씨는 내가 있다는 사실을 다시 깨닫고 이렇게 말한다.

"그리고 당연히, 머트가 없어도 경쟁자는 충분하긴 하지. 바로 여기 있는 퍽만으로도 상대하기 벅차잖아."

나는 나중에 천천히, 그래튼 아저씨한테 독을 먹이겠노라고 맹세한다. 의자 속으로 가라앉아서 사라져 버리고 싶다. 하지만 그러는 대신에 뭐라도 말할 테면 해보라는 기세로 션을 노려본다.

그러나 션은 아무 말 하지 않는다. 그 애는 자기 훈련을 방해했던 이유를 이제야 알았다는 듯이 살짝 눈살을 찌푸리며 내 얼굴을 바라볼 뿐이다. 그러고는 다시 창밖으로 눈길을 돌린다.

나는 이게 모욕적인 일인지 아닌지 구별할 수가 없다. 하지만 뭔가 못된 말을 하는 것보다 아무 말도 안 하는 게 더 기분 나쁘긴 하다. 나는 션 켄드릭을 무시하고 그래튼 아저씨를 돌아본다.

"수습 직원을 찾는다고 하셨죠?"

"맞는 말이야."

"비치가 어때서요?"

"비치는 경주가 끝나면 본토로 갈 거야."

나는 소리 없이 입만 떡 벌린다.

"비치랑 토미 포크, 그리고 네 오빠 게이브, 셋이 같이 떠날 거야. 몇 주 늦춰 주어서 퍽 너한테 고마워해야겠구나. 네가 경주에 나가는 바람에 네 오빠가 경주 끝날 때까지 남겠다고 했고 그래서 다들 미뤘거든."

가끔 보면 다른 사람들이 나보다 내 일을 더 잘 아는 것 같다.

"맞는 말이에요."

나는 아저씨가 했던 말을 따라 한다. 오빠가 혼자 떠나는 게 아니라는 사실을 알자 나는 왠지 울적해진다.

"하지만 토미 오빠도 경주에 나가잖아요. 아닌가요?"

"그래, 그러기로 했지, 어차피 경주 때까지 있어야 하니까."

"비치한테 서운하셨어요?"

말해 놓고 나니 너무 눈치 없는 질문이 아닌가 싶지만, 이미 뱉어 버린 걸 어쩔 수가 없다.

"뭐, 그게 이 섬 방식이지. 모두가 섬에 남을 순 없어, 그랬다가는 좁아터져서 땅 밖으로 밀려날걸?"

그래튼 아저씨는 가볍게 이야기하지만, 목소리가 마냥 밝지는 않다. 아저씨가 이어 말한다.

"모든 사람이 이 섬에 맞는 건 아니야. 하지만 너는 섬사람이지, 안 그러냐?"

"전 절대로 섬을 떠나지 않을 거예요. 섬은, 뭐랄까, 제 심장 같은 거니까요."

이렇게 감상적으로 굴다니 바보 같다. 창밖 바다 너머로 사람이 살기에는 너무 작은 바위섬이 푸르스름한 윤곽으로 보인다. 아무리 보아도 질리지 않는 아름다운 풍경이다.

차 안은 조용하다, 지나치게 조용하다. 문득 션 켄드릭이 말한다.

"케이트 코널리, 나한테 한 마리 더 있어. 네가 이시커를 타고 싶다면 말이야."

퍽

핀이 손가락으로 천천히 비스킷을 부숴서 조각을 쌓으며 나를 살핀다.

"그래서 션 켄드릭이 누나한테 바다 말 한 마리를 판다는 거야?"

우리는 '패덤과 아들들' 뒷방에 앉아 있다. 이 방은 흠집 난 탁자 한 개가 겨우 들어갈 정도만 남기고 갈색 상자가 들어찬 선반이 늘어서 있어서 밀실 공포증을 부른다. 이 방에서는, 가게 안에서 풍기는 버터 향보다 퀴퀴한 판지 냄새와 오래 묵은 치즈 냄새가 더 진하게 난다. 어렸을 때, 엄마는 우리를 이곳에 데려와서 비스킷을 조금 안겨 주고 가게 앞쪽에서 도리 아줌마랑 수다를 떨곤 했다. 핀과 나는 돌아가면서 갈색 상자 안에 뭐가 들었을지 맞추곤 했다. 기계. 과자. 토끼 발. 보이지 않는 도리 아줌마 애인들의 은밀한 부분.

"꼭 그렇다는 건 아니고."

나는 일하느라 고개를 들지 않고 말한다. 나는 아쉽게도 식어 버린 찻잔을 어루만지며, 찻주전자에 서명하고 번호를 매긴다.

"일단 봐야지. 그 애가 정확히 팔겠다고 말한 건 아니야."

핀이 나를 쳐다본다. 나는 쏘아붙인다.

"나도 사겠다고 말한 건 아니고."

"도브를 탈 줄 알았는데."

나는 주전자 바닥에 내 이름을 쓴다. 케이트 코널리. 학교 시험지에 서명하는 것 같다. 좀 더 화려할 필요가 있다. 나는 '리' 자 끝을 길게 늘여 쓰다가 끝을 구부러뜨린다.

"아마 그럴 거야. 그냥 볼 거라고!"

왠지 모르지만 나는 얼굴에 열이 나고, 그래서 화가 난다. 머리 위 전구 불빛과 선반 위 좁은 창문으로 들어오는 빛에 티가 나지 말아야 할 텐데. 나는 덧붙인다.

"말을 바꾸려면 앞으로 이틀밖에 없어. 확실히 해야지."

"기수 행진에 나갈 거야?"

핀이 묻는다. 이번에는 나를 쳐다보지 않고 비스킷에 온 정신을 쏟은 채, 조각을 으깨고 다시 모아 작은 덩어리로 만들기 시작한다.

해마다 말이 나오기 시작한 지 일주일 뒤에 스콜피오 축제가 열린다. 나는 딱 한 번 구경해 봤지만 기수 행진이 있을 때까지 오래 있지는 않았다. 기수 행진은 밤에 하는 가장 중요한, 기수들이 공식적으로 참가를 선언하고 사람들이 돈을 거느라 열광하는 행사이다.

그 생각을 하니 속이 좀 뒤틀리는 느낌이 든다.

"그래, 행진에 갈 거니?"

도리 아줌마 목소리다. 아줌마는 문간에 서서 한쪽 눈썹을 추켜올린다. 아줌마는 꼭 어디서 훔친 것 같은 드레스를 입었다. 옷소매에 레이스가 달렸는데 아줌마의 팔뚝은 레이스에 어울리지 않기 때문이다.

나는 언짢은 기분이 들어 아줌마한테 얼굴을 찌푸린다.

"그만두라는 말씀을 하시려는 건 아니죠?"

"행진 말이야, 경주 말이야?"

도리 아줌마가 빈 의자를 잡아당겨 탁자 앞에 앉는다.

"난 이해가 안 돼. 퍽, 너처럼 똑똑하고 쓸모 있는 여자애가 왜 죽거나 바보처럼 보일 일에 그렇게 시간을 낭비하는 건지."

퓐이 비스킷을 바라보며 웃는다.

나는 대답한다.

"그럴 이유가 있어요. 그리고 부모님이 슬퍼하실 거라는 말도 하지 마세요. 이미 들었으니까요. 들을 말은 다 들었으니까요."

"이번 주 내내 이렇게 툴툴대든?"

도리 아줌마가 퓐한테 묻고, 퓐은 고개를 끄덕인다. 아줌마가 나한테 덧붙여 말한다.

"네 아버지는 슬퍼하시겠지만, 너희 엄마는 글쎄, 너한테 뭐라고 할 처지가 아닐 것 같은데. 네 엄마는 말괄량이라 이 섬에서 안 해본 유일한 일이 경주에 나가는 거였지."

"정말요?"

나는 뭔가 더 듣고 싶어 묻는다.

"아마도. 퓐, 왜 그걸 먹니? 꼭 고양이 사료 같은데."

"집에서 가져온 거예요."

퓐이 큰 소리로, 한숨을 쉬고 나서 덧붙인다.

"팰슨 빵집에서 계피 꽈배기를 내놓던데."

"아, 그랬구나. 그 냄새는 하늘까지 닿을 거야."

도리 아줌마는 이렇게 말하고 종잇조각에 뭔가를 끄적이기 시작한다.

어쩌나 알아보기가 힘든지, 아무래도 일부러 그렇게 글씨를 쓰는 것 같다.

핀은 아쉬워하는 표정을 짓는다.

나는 내가 산 건초와 곡식 더미를 생각하며 죄책감을 느낀다. 그게 계피 꽈배기를 사는 것보다 더 나은 일이었는지 나도 모르겠다.

"도리 아줌마, 찻주전자 몇 개 치만 선불로 받을 수 있을까요? 말 사료가 비싸서요."

내가 묻는다. 나는 서명하고 번호를 붙인 주전자 하나를 아줌마 쪽으로 밀어서 내가 할 일을 했다는 것을 보여 준다.

"나는 은행이 아니야. 금요일 오후에 축제용 부스 설치하는 걸 도와준다면 그렇게 해줄게."

"고맙습니다."

나는 그렇게까지 고맙다는 생각은 들지 않지만 그래도 인사한다.

조금 뒤에 핀이 말한다.

"왜 도브를 안 타는지 도대체 모르겠어."

"핀."

"뭐? 그렇게 말했잖아."

"상금을 탈 가능성을 높이려는 거야. 바다 말 경주니까 바다 말을 타는 게 더 도움이 되겠지."

"으음."

도리 아줌마 소리다.

"바다 말이 더 빠른지 어떻게 알아?"

핀이 따져 묻는다.

"아, 좀!"

"왜? 바다 말은 직선으로만 달리지 않는다고 누나 입으로 그랬잖아. 어떤 돌팔이가 한마디했다고 이제 와서 왜 마음을 바꾸는지 모르겠어."

내 얼굴이 다시 붉어진다.

"돌팔이라니. 그리고 걔는 아무 말도 안 했어. 그냥 좀 볼 거라니까."

핀이 과자 뭉치를 엄지로 꾹 눌러서 손끝이 하얗게 된다.

"바다 말은 안 타는 게 원칙이라고 얘기했잖아. 엄마 아빠 때문에."

도리 아줌마도 있고 또 핀은 원래 그런 애이기에 목소리는 한결같다. 그러나 나는 핀이 불안해한다는 것을 알아챈다.

"음, 원칙이 밥 먹여 주는 건 아니니까."

"그렇게 막 바꿀 거면 그게 무슨 원칙이야. 하루 만에. 꼭 무슨……!"

"뭐? 뭔데?"

핀은 더 할 말을 생각해 내지 못하는 게 틀림없다. 벌떡 일어나서 도리 아줌마를 지나 방 밖으로 뛰쳐나가는 걸 보면.

나는 뒤에서 눈을 깜박인다.

남자들이란 이 지구에서 가장 이해할 수 없는 종족이다.

도리 아줌마는 종이 위에서 보이지도 않는 가루를 쓸어 내더니 글씨를 들여다본다.

"남자들이란 그저, 걱정하는 법에 서투른 거란다."

션

그날 저녁, 나는 맬번 마장의 작은 기적이라는 뜻에서 미라클이라는 이름이 붙은 암망아지에 안장을 얹는다. 그런 이름이 붙은 것은 이 말이 태어났을 때 너무 조용하고 움직이지도 않아서 모두가 사산인 줄 알았기 때문이다.

나는 지치고 피곤하다. 아까 어떤 말에 부딪혔던 오른팔이 약간 불편하다. 침대에 드러누워 내일 케이트 코널리를 만나기로 한 것이 잘한 짓인지 곰곰이 따져 보고 싶은 마음뿐이다. 하지만 여기 막 배에서 내린 바이어 두 사람이 있고, 아직 어둡지 않을 때 세 살배기 말 두 마리를 보여 주라는 지시가 있었다. 왜 내일까지 기다릴 수 없는지 모르겠다.

바이어를 맞으러 황금빛 저녁놀이 진 목장으로 걸어 나오다가, 스위터라는 이름의 다른 회색 암말이 등에 누구를 태운 채 벌써 나와 있는 것을 보고 놀란다. 그게 머트라는 것을 알아보는 데는 오래 걸리지 않고, 내 속에서 무언가가 비틀린다. 세 사람이 말 옆에 서서 머트한테 주목한다. 머트가 고개를 돌려 그늘진 얼굴로 나를 바라보며, 자신의 존재를 나한테 알린다. 자기가 스위터를 보여 줄 자격이 있다고 생각하는 것만 해도 기분이 나쁘지만, 바이어한테 자기가 이 망아지를 얼마나 사랑하는지 얘기하는 걸 들으니, 펀더멘털이 물속에 끌려 들어가기를 기다리며 만 입구에 서 있던 모습만이 떠오른다.

미라클은 힘이 넘친다. 재빠르게 옆으로 달리다가 쏜살같이 목장을 가로질러 머트가 서 있는 곳에 도착하자 그 기세에 스위터가 길을 비킨다. 미라클과 나의 푸른 그림자가 옆에 드리운다.

"션 켄드릭."

홀리 씨가 반갑게 부른다. 내 이름을 듣고 다른 두 바이어가 나를 보려고 몸을 돌린다. 둘 다 모르는 사람이다. 새로 온 사람들인가 보다.

"션이 다른 말을 타고 시범을 보일 겁니다."

머트가 아버지 같은 표정으로 말한다. 그리고 미소 짓는다.

"제가 동시에 두 마리를 탈 수는 없으니까요."

동시에 한 마리라도 탈 수는 있는지 의문이다. 연습로에서 머트를 본 지가 언제인지 기억도 나지 않는다.

바이어 한 사람이 다른 사람한테 내 이름을 중얼거리자 머트가 몸을 기울이고 묻는다.

"뭐라고요?"

"켄드릭. 어디서 들어 본 이름인데요."

머트가 나를 본다.

"그냥 말 타는 사람입니다."

내가 말한다.

조지 홀리 씨가 어둠 속에서 밝게 웃는다.

"경주에도 나갑니까?"

바이어 한 사람이 묻는다. 나는 고개를 끄덕인다.

"그 붉은 수말을 탑니다. 저번에 보셨죠."

홀리 씨가 바이어한테 말한다.

바이어들이 감탄사를 내뱉더니 머트는 경주에서 어떤 말을 타느냐고 묻는다. 머트가 이를 앙다문다. 에다나의 이름이나 기억할지 모르겠다. 아직 타보지도 않았다.

나는 이 시점이 맬번 가의 고용인으로서 머트의 얼굴에 먹칠하지 않도록 한발 물러서 겸손하게 굴어야 할 때라는 것을 안다. 바로 그게 이제껏 살면서 내가 해온 일이다. 지금도 머트의 체면을 살려 줄 수 있는 말이 입가에 맴도는 것을 느낀다. 이 손님들한테 맬번 마장에서 나의 위치를 다시 알려 줄 말.

하지만 나는 이렇게 말한다.

"제가 에다나라는 밤색 암말을 골라 줬습니다. 둘이 잘 맞을 것 같아서요."

목장이 고요하다. 나를 뚫어져라 바라보는 머트의 자세에서 혐오와 함께 무언가 응어리진 것이 느껴진다. 바이어들은 눈짓을 주고받고 홀리 씨는 제자리에서 몸을 꿈틀한다.

머트는 내 말을 속 깊이 담아 두고도 남을 것이다. 나는 해방감과 불안감을 동시에 느낀다.

미라클이 별 이유 없이 힝힝대며 제 자리에서 꿈틀댄다. 따각따각. 발굽 소리가 돌벽에 메아리친다. 나는 머트를 돌아본다. 펀더멘털 대신 물속에 잠기는 머트를 상상한다. 코어한테 물리는 모습을. 우리 아버지처럼 발굽에 깔리는 모습을.

"곧 해가 질 거야. 그럼, 네 말들 데리고 나갈까?"

내가 말한다. 머트는 말 한마디 없이 스위터를 돌린다.

연습로는 직선으로 약 1.5킬로미터다. 그곳에 이르자 말들은 무슨 일이 일어날지 알고서 활기를 띤다. 머트의 시선을 느끼고 내가 마주 보자, 머트가 입꼬리를 비튼다. 미라클과 스위터를 시합하게 할 필요는 없지만, 이제 그러지 않을 도리가 없다.

스위터가 뛰어나간다. 내가 고삐를 늦추자 미라클도 곧바로 뒤따른다. 우리는 푸르스름한 그림자가 줄무늬처럼 깔린 흰 연습로를 따라 달린다. 귓가에서 바람이 차갑고 따갑게 소리 지른다. 그림자가 너무 짙어서 두 마리 말 모두 진짜 물체인 줄 알고 무릎을 번쩍 들어 보이지 않는 장애물을 뛰어넘는다.

머트는 내가 얼마나 멀리 있는지 뒤돌아보지만, 굳이 그럴 필요는 없다. 우리는 바짝 붙어 있다. 말들은 어깨를 나란히 하고 길을 달려 내려간다. 속도로 따지면 두 말이 엇비슷하지만, 경주에서 말의 빠르기는 절반의 역할밖에 하지 않는다. 나는 수백 마리 말에 올라 수백 번 이곳을 달려 보았고, 어디에서 비탈이 시작되는지, 울타리에서 얼마나 떨어져야 땅이 부드러운지, 어디쯤 가면 말이 길가에 세워 놓은 트랙터에 한눈을 파느라 속도를 늦추는지 안다. 나는 미라클이 어떤 말인지도 알아야 할 것은 모조리 안다. 제어하지 않고 놓아두면 어떤 식으로 달리는지, 얼마나 강하게 밀어붙여야 비탈길을 힘차게 오르는지, 채찍을 어떻게 사용하면 트랙터가 아닌 자기 할 일에 집중하는지.

머트가 아는 것이라고는 그저 뒤처질 때마다 말에 채찍을 휘두르는 것뿐이다.

나는 미라클을 뒤로 물러서게 해야 한다는 것을 안다. 머트와 스위터가 먼저 들어가게 해야 한다는 것을 안다.

나를 바라보는 바이어들의 시선이 느껴진다.

나는 몸을 앞으로 기울이고 미라클한테 속삭인다. 미라클이 나한테 귀를 쫑긋 세우자 나는 고삐를 늦춘다.

이건 시합도 아니다.

미라클은 스위터를 앞지르며 거리를 벌린다. 1마신, 2마신, 3마신, 4마신, 숨도 가빠하지 않는다. 머트는 울타리에 바짝 붙은 젖은 땅 어디쯤에서 진창에 빠져 스위터의 속도와 집중력을 잃고 만다.

나는 뒤돌아 등자를 밟고 일어선 채 채찍을 흔들어 머트한테 인사한다.

나는 내가 위험한 게임을 시작했다는 것을 안다.

"기수가 아니라고?"

내가 미라클을 데리고 목장으로 걸어 들어가자 홀리 씨가 말한다.

"말 애호가일 뿐이죠."

내가 대답한다.

26

퍽

션 켄드릭은 만 위쪽 절벽에서 만나자고 했다. 그런데 내가 도착했을 때 션은 어디에도 보이지 않았다.

이곳 절벽은 경주가 열리는 해변에 있는 절벽만큼 높지는 않고, 그만큼 새하얗지도 않다. 이 곳 해변은 이상하고 낯설다. 도브와 함께 해변으로 이어지는 좁고 울퉁불퉁한 길을 겨우겨우 내려와 보니 말을 타기에 좋지 않다. 바위가 많고 바닥이 고르지 않으며 물이 가까이 들어온다. 썰물인데도 제멋대로인 바다가 바위에 부딪치는 곳까지는 겨우 5미터다. 바다에서 말이 튀어나와서 밀려온 파도가 물러가기도 전에 사람을 끌고 들어갈 수 있는 장소다.

문득, 혹시 션 켄드릭이 날 놀리려고 여기로 불렀나 하는 생각이 든다.

션이 그럴 만한 사람인지 따져 보다가 내가 그 애를 두고 정말 못된 생각을 품기 직전에, 발굽 소리가 들린다. 처음에는 어디서 나는 소리인지 알 수 없었지만, 곧 위에서 들려오는 소리란 걸 깨닫는다. 나는 목을 빼고 바라본다.

말 한 마리가 몸을 쭉 뻗어 절벽 가장자리를 따라 질주하며 발굽으로 잔디를 파헤치는 것이 보인다. 말을 발견하고 조금 뒤에야 나는 기수를, 그 수말 등에 바짝 엎드려 말과 한 몸처럼 움직이는 션 켄드릭을 알아본다. 피처럼 붉은 이시커가 내 바로 위쪽을 박차고 지나갈 때, 션이 안장 없이 타는 것이 보인다. 무엇보다도 위험한 방법이다. 아무런 보호장구 없이 살과 살을 맞대고 서로의 맥박을 느끼며 달린다면 말의 마법에 사로잡히고 말 것이다.

나는 저 둘을 우러러보고 싶지 않다. 이제껏 내가 봐온 어떤 말과 기수와도 다르다는 점을 인정하고 싶지 않다. 하지만 그러지 않을 수가 없다. 그 붉은 수말이 어찌나 빠른지 나는 숨이 막히고, 짜릿해서 심장이 빨리 뛴다. 첫째 날 훈련하면서 보았던 말들이 빠르다고 생각하긴 했지만, 이렇게 움직이는 말은 이제껏 본 적이 없다. 그리고 안장 없이 말을 타는 션 켄드릭. 분명 대단하지만, 정육점에서 만난 노인의 말이 맞다. 저 애한테는 뭔가가 있다. 말을 잘 아는 것, 그것 말고도 무언가 다른 것이.

내가 션을 물 밖으로 끌어낼 때 내 손에 닿았던 그 애 얼굴의 느낌을 다시 떠올린다.

저런 말을 타고 달리는 느낌이 어떨지도 생각해 본다. 비록 집 문제가 끼어들면서 점점 사라지기 시작했지만, 핀과 핀의 원칙, 아니 나의 원칙을 떠올리니 가슴속에서 말 못할 죄책감이 나를 쿡쿡 찌른다. 나도 이런 생각을 좀 편하게 할 수 있으면 좋을 텐데.

다시 절벽 위로 올라가면서 도브는 약간 껑충껑충 뛴다. 오르막길이고, 며칠 동안 달렸는데도, 도브는 여전히 신이 나서 달리고 싶어 한다. 도브가 꼬리를 파닥일 때 귓가에 핀의 목소리가 울린다.

절벽 위에 다다를 때쯤, 나는 션한테 무엇을 부탁해야 할지 떠올린다.

션

절벽 위 약속 장소에 도착했을 때 케이트 코널리의 자취는 없었지만, 나는 몇 분, 낭비할 수 없는 몇 분을 들여 기다려 본다. 나는 밤색 암말을 묶어 놓고 주위에 원을 그려 그 안에 침을 뱉고는, 달리려고 코어를 끌고 나온다. 만약 케이트가 나타나지 않는다 해도, 적어도 코어의 몸은 풀 수 있을 것이다. 코어는 오늘 들뜨고 힘이 넘치며 질주하고 싶어서 나만큼이나 흥이 나 있다.

절벽 꼭대기에서 전속력으로 달리려면 갈매기 같은 심장과 상어 같은 운동신경이 필요하다. 물론 경주가 열리는 해변에 있는 절벽만큼 높지는 않지만, 떨어지면 죽는다는 것은 똑같다. 그리고 30미터 위에 있든 아래에 있든 해변에서부터 거리만 같으면, 이시커한테 바다의 부름은 똑같이 강력하다. 절벽 끝에서 바다로 뛰어내리는 말을 탔다가 바위 위로 추락한 사람들도 있다.

이 낮은 절벽은 아버지가 처음으로 나를 이시커에 태웠던 장소다. 아버지가 배웠던 해변이 아니라. 왜냐면 아버지는 언제나 높은 곳보다 바다를 더 두려워했기 때문이다.

나는 둘 다 위험하다고 생각하지만, 위험과 두려움은 다르다.

절벽 위에서 길게 자란 풀을 코어의 발굽으로 가르며 되돌아 달려올 때, 케이트 코널리가 자기의 작은 회갈색 조랑말 옆에 서 있는 것이 보인다. 케이트의 머리카락은 가을이면 붉게 물드는 절벽 위 풀 색 같다. 얼굴에 주근깨가 있어서 언뜻 보기에는 나이보다 훨씬 어려 보인다. 한 순간 그 애는 골난 어린애였다가 다음 순간 문득 더 거칠고 나이 든 무언가, 이 거친 땅에서 자라난 무언가가 된다. 이상한 마법이다. 그 애는 내가 짐을 놓아둔 곳에서 내 물건을 본다. 안장 머리에 걸쳐 놓은 안장, 배낭, 보온병, 방울. 나는 왠지 바람에 날리는 모래에 피부가 쓸린 듯 따끔하고 이상한 기분이 든다.

케이트는 나를 보자, 인상을 찌푸리는 것 같기도 하고 눈을 가늘게 뜨는 것 같기도 하다. 친하지 않아서 어느 쪽인지 구별할 수가 없다. 만에서와 같은 불안한 느낌이 든다. 또다시, 물에 잠기는 펀더멘탈과 뒤를 쫓는 나. 하지만 나는 지금 물속이 아니다. 나는 숨을 내쉰다.

코어는 암말이 있는 것을 보고 흥분했는지, 걸음을 늦추는 대신 들떠서 몸을 떨며 제자리에서 뛰다시피 한다. 나는 예의 바르게 너무 가까이 다가가지 않고 1.5미터 거리를 두고서, 몸을 들썩이는 코어 위에서 바람을 뚫고 들리도록 큰 소리로 말한다.

"뭐라고 부르면 될까?"

"뭐라고?"

"네 이름이 케이트야? 아니면 다른 거야?"

"무슨 말이야?"

"정육점 칠판에는 케이트라고 적혀 있지만, 그래튼 아저씨는 그렇게 부르지 않던데."

"퍽. 별명이야. 그렇게 부르는 사람이 몇 명 있어."

레몬 주스에 담근 것 같은 톡 쏘는 목소리다. 그렇게 부르는 몇 명에 나를 끼워 주지는 않겠지. 발 언저리에서 바람이 낮고 길게 불어오며 풀을 눕히고 말갈기를 헝클어 놓는다. 무슨 이유에선지 여기 위쪽에서는 물고기 냄새가 더 강하게 풍긴다. 조금 뒤에 그 애가 덧붙인다.

"규정에 따라 해변에서 훈련하는 줄 알았는데."

나는 잠깐 그게 무슨 말인가 하다가, 곧 알아듣고 정확히 말한다.

"해변에서 150미터 이내야."

그 애의 얼굴에 무언가가 떠오른다. 자신만의 어떤 깨달음을 얻은 듯하다. 나는 시계를 본다.

"다른 말은 어디에 있어?"

그 애가 묻는다. 조랑말이 그 애 머리를 잘근잘근 씹으려고 하자, 무심히 찰싹 때린다. 조랑말이 불쾌해하며 머리를 쳐든다. 가족처럼 자란 사이에 하는 장난을 보니 내 마음이 따뜻해진다.

"조금 안쪽에 있어."

케이트가 우리를 쳐다본다.

"그 말은 늘 그래?"

코어는 아까부터 가만히 있질 않는다. 목을 구부린다. 잔뜩 폼을 잡는 코어의 모습이 분명 우스워 보일 거다. 수컷 이시커는 육지 말을 암컷보다는 먹잇감으로 볼 때가 많지만, 가끔씩 어떤 암말에 관심을 보이면서 우스꽝스러운 짓을 하는 수컷도 있다.

"다른 말은 더해."

케이트가 재미있어하는 표정을 짓는다.

"좀 더 말해 줘."

"변덕스럽고 미끈거리고 바다를 사랑해."

그 말을 잡았던 날은 비바람이 몰아쳤다. 짙은 구름 때문에 하늘과 바다가 뒤섞였고 가죽끈은 소금물에 흠뻑 젖어 미끄러웠으며 손가락은 추위로 얼얼했다. 내가 해변 가까운 곳에서 파도를 막 훑었을 때 배 뒤에 매단 그물에 말이 걸렸다. 전해오는 이야기에 따르면 비 오는 날 잡힌 이시커는 늘 젖어 있기를 원한다는데, 내가 직접 경험하기 전까지는 그 말을 믿지 않았다.

"안 좋은 얘기 같은데."

"맞아."

"그럼 난 뭐 하러 여기 온 거지?"

나는 케이트를 쳐다본다. 그거야말로 해변에서 처음 그 애를 봤을 때부터 나를 떠나지 않는 질문이다.

"그 말은 이시커를 위해 만들어진 경주에서 탈 수 있는 이시커이기 때문이지."

그러자 케이트는 눈을 지그시 뜨고 내 뒤쪽 절벽 끝을 바라보며 입을 꼭 다문다. 케이트한테는 사춘기의 분노 같은, 뭔가 단호한 구석이 있다.

"그 말이 도브보다 나을 거라는 확신 없이는, 이런 시도를 하고 싶지 않아."

그 애는 오랫동안 말없이 나를 쳐다본다. 그제야 나는 그 애가 내 대답을 기다린다는 것을 깨닫는다.

내가 무슨 말을 하기를 바라는지 모르겠다. 그 애도 이미 알겠지만 나는 말한다.

"이시커보다 빠른 말은 없어. 그게 다야. 네가 어떤 훈련용 식이요법을 하는지, 파도 속에서 어떤 훈련을 하는지 나는 몰라. 그런 건 네 말에 살을 찌우고 힘을 길러 주겠지. 하지만 네 말은 풀을 먹고 달려. 이시커는 피를 먹고 달려, 케이트 코널리. 너한텐 가능성이 없어."

그 애가 고개를 한 번 끄덕, 하는 걸 보니 마음을 굳힌 것 같다.

"알았어. 그럼, 너랑 나랑 시합해 봐도 되겠네, 안 할 거야?"

그 애가 말하는 방식이 희한하다. "안 할 거야?"라니 내가 동의하면 안 될 것처럼 들린다.

"시합? 내가 그 말을 타고, 너는 도브를 타고 말이야?"

케이트가 고개를 끄덕인다.

바람이 다시 한번 우리를 뒤흔들자 코어가 마침내 그 냄새를 맡으며 잠잠해진다. 멀리서부터 비 냄새가 난다.

"이유가 이해가 안 되는데."

그 애가 나를 바라본다.

목장에 돌아가면 데리고 나가 달려야 할 말들이 수두룩하다. 홀리 씨와 다른 바이어 두 명이 고향에 있는 자기 마장을 빛낼, 적어도 일 년은 빛나게 해줄 말을 찾아 마구간을 뒤진다. 해가 짧은 10월이라 빠듯한 시간에 해야 할 일이 너무도 많다. 코어의 눈도 마주 보지 못하는 조랑말과 이시커의 대결이라니, 이런 바보 같은 시합을 할 시간이 없다.

케이트가 말한다.

"나를 그 말에 태워 보는 것보다 시간이 오래 걸리지도 않을 거야. 그러니까 네가 거절한다면, 너는 그냥 내 생각이 맘에 안 드는 거야."

결국 우리는 시합을 하기로 한다.

가방에서 쇠고기 한 덩이를 꺼내 코어와 함께 두고 밤색 암컷 이시커를 끌고 나오니, 케이트는 조랑말 뒤쪽에서 등자를 조절하고 있다. 말을 믿지 않으면 할 수 없는 행동이고, 어떤 이시커한테든 내가 과연 할 수 있을지 모를 행동이다.

내가 탄 밤색 암말이 몸을 비틀며 초조해한다. 이 말은 그 얼룩말처럼 다루기 힘들지만, 악의는 없다. 사람을 잡아먹기보다는 차라리 사람을 태운 채 물로 뛰어들 것이다.

"준비됐어?"

내가 물어야 할 말인 것 같은데 케이트가 묻는다. 내가 탄 이 말을 그 애가 타고 싶어 할 가능성은 조금도 없어 보인다.

"저기 큰 바위가 불거진 곳까지?"

나는 고개를 끄덕인다.

이렇게 나 자신을 설득한다. 이건 꼭 시간 낭비만은 아니다. 만약 내가 이 밤색 암말을 5분간 일직선으로 달리게 할 수 있다면, 내가 맬번 씨한테 했던 말을 다시 생각해 볼 것이다. 나는 내가 시간을 투자한 말을 놓아주는 것을 싫어하고 이 말은 이미 내 시간을 많이 잡아먹었다. 어쩌면 내가 잘못 판단했을 뿐, 내년에는 이 말도 나아질지 모른다. 코어도 안정되기까지는 몇 년이 걸렸다.

"출발 신호 기다리는 거야?"

케이트가 말하더니 들판을 가르며 뛰어나간다. 내가 탄 밤색 암말이 포식자의 기세로 총알처럼 뒤를 쫓고, 나는 케이트를 따라잡을 때까지 말을 내버려 둔다. 케이트가 도브의 갈기를 크게 한 움큼 쥐는 건 말을 붙들기 위해서지 싶었지만, 다시 보니 그게 아니라 긴 말갈기가 얼굴과 손을 때리지 않게 하려는 것이다. 나는 이 밤색 암말을 두고 그런 걱정을 할 필요가 없다. 바다를 그리워하며 마방 문틀에 하도 목을 문질러 대서 털이 다 빠져 버렸기 때문이다.

두 말은 고르지 않은 땅 위로, 절벽 위 풀밭 사이로, 재빠르게 질주한다.

내가 탄 밤색 암말은 열심히 달리지도 않는다. 나는 도브와 거리를 벌려 시합을 얼른 끝내려고, 속도를 더 높이도록 말에 박차를 가한다. 하지만 암말은 내가 의도한 방향이 아니라 반대쪽으로 몸을 튼다. 말은 앞쪽이 아니라 옆으로 움직이며 절벽 가장자리로 달려 나간다.

그러자 바로 도브가 직선으로 달려 우리를 지나친다.

말을 다시 추스르는 데 몇 초나 걸리지만, 일단 다시 달리기 시작하니 금세 따라잡는다. 케이트의 회갈색 조랑말은 계속 즐겁게 질주한다. 달리는 기쁨으로 귀가 쫑긋 서고 장난스럽게 껑충껑충 뛸 때마다 신이 나서 꼬리가 펄럭인다. 내 말도 집중하지 않지만, 도브도 그렇다.

케이트는 나를 슬쩍 살핀다. 나는 밤색 암말을 밀어붙인다. 내가 말 귀에 대고 속도를 내라고 속삭이자, 말은 알았다는 듯 가차 없이 앞으로 밀고 나간다. 저 회갈색 조랑말이 이길 가능성은 없다.

그때 바람을 타고 무엇을 가르는 소리가 들려와서 보니 케이트가 도브의 엉덩이를 손으로 세게 찰싹 때리며 바짝 따라붙는다. 그 바람에 조랑말은 집중하며 온 힘을 다해 앞으로 달려 나간다.

하지만 소용없다. 내 이시커는 어떤 토종 조랑말이 꿈꿀 속도, 그 이상으로 빠르다. 우리는 빠르게 앞으로 달려 나간다. 솟아오른 바위에 도착할 때쯤이면 우리 사이 거리가 30마신은 될 것이다.

밤색 암말은 발을 헛디디지만 흐트러지지 않는다. 내 팔에 진흙이 조금 튄다. 나는 케이트가 어디 있는지 팔 아래로 슬쩍 굽어본다. 케이트와 조랑말은 멀리, 한참 멀리 있다. 이 시합에는 긴장감이 없다. 이렇게 쉽게 이기면 즐겁지도 않다. 무엇보다, 이기려는 생각도 없는 말한테 이겨 봤자 기쁘지 않다.

그때 바람이 바다의 향기를 실어 나른다. 밤색 암말은 힘이 풀리는지 고개를 쳐들고 콧구멍을 벌름거리며 몸을 비튼다. 나는 말 귀에 속삭이고 어깨에 글자를 써보지만, 말은 진정하지 않는다.

이제 말이 원하는 것은, 절벽 끝이다. 바람 속에 진하게 풍기는 바다 냄새에 말은 저항하지 못한다. 나는 주머니를 뒤져서 쇠막대를 꺼내 말의 정맥을 따라 문지르지만, 소용없다. 말은 뒷다리로 일어서서 허공에 발길질하고, 그래도 내가 떨어져 나가지 않자, 나를 태운 채 가기로 한다. 다리에 닿는 말의 피부가 뜨거워 전기가 오른다. 내가 어떤 짓을 해도 말의 고개를 틀지 못할 것이다.

우리 앞에 절벽이, 무성한 풀밭이 보이고, 그 뒤로는 하늘뿐이다. 나는 고삐를 확 당기며 말을 멈추게 하는 위험한 방법을 써보지만, 이 밤색 말한테는 효과가 없다. 말은 재갈을 꽉 문 채 폐로 바다를 들이킨다.

절벽 끝까지 5미터.

심장이 채 한번 뛰기도 전에 결단을 내려야 한다.

나는 말에서 몸을 날려 땅바닥에 어깨로 떨어지며 충격을 줄이려고 옆으로 구른다. 붉게 물든 풀, 파란 하늘, 다시 붉게 물든 풀이 보인다. 팔꿈치를 짚고 몸을 일으키자 밤색 암말이 근육을 꿈틀거리며 막 뛰어오르는 모습이 보인다.

나는 절벽 끝으로 최대한 몸을 내민다. 말이 바위에 부딪히는 모습을 보게 된다면 견딜 수 있을지 모르겠지만 그렇다고 보지 않을 수도 없다.

밤색 암말은 그저 평범한 장애물을 뛰어넘듯 두려움 없이 허공을 가른다. 말의 몸은 유선형으로 쭉 뻗어 이미 말처럼 보이지 않는다.

차마 볼 수가 없다.

요란한 소리가 들린다. 말은 파도 속으로 사라지고, 나는 마지막으로 말의 꼬리를 본다.

나는 한숨을 쉬며 주머니에 손을 넣는다. 말이 입수할 때 충격을 견뎠는지 견디지 못했는지 모르겠다. 내 안장도 함께 사라졌다. 헛간에 걸어둔 아버지의 안장이 아니어서 다행이다. 그래도 그것도 2년 전에 맞춤 제작한 비싼 안장으로, 나한테는 드문 사치품이었다. 나는 욕을 내뱉지는 않고 입속으로 욕한다.

어깨에 뜨거운 숨결이 확 와 닿는다. 도브다. 그 옆에 케이트가 묶었던 연갈색 머리를 풀어 헤친 채 서 있다. 도브는 숨을 몰아쉬지만 내 예상만큼 숨차 하지는 않는다. 케이트는 아무 말도 하지 않는다.

케이트가 절벽 너머를 보며 잠깐 눈을 찌푸리더니, 한곳을 가리킨다.

케이트의 시선을 따라가니 바다로 헤엄쳐 나가는 윤기 흐르는 검은 등이 보인다. 나는 입을 연다.

"네가 이긴 것 같네, 케이트 코널리."

케이트가 도브의 어깨를 툭툭 두들기며 말한다.

"퍽이라고 불러."

션

마장으로 돌아와 보니 엉망이다. 말들이 절반쯤은 제시간에 운동하지 못했다. 메틀은 마구간 옆 방목장에 나와 울타리 꼭대기에 있는 판자를 물어뜯고 있다. 에다나는 아예 밖에 나오지도 못했고 머트는 코빼기도 안 보인다. 만약 머트가 올해 경주에서 나와 코어한테 도전할 생각이라면, 단단히 잘못하는 거다.

나는 뭔가 할 일을 잊어버린 것 같은 느낌에 시달리다가, 내가 말 두 마리를 데리고 나갔다가 한 마리만 데리고 온 탓임을 깨닫는다. 데리고 가서 넣을 말도 없고, 다시 걸어 놓을 안장도 없다.

이시커 먹이를 주고 나서 피 묻은 양동이를 들고 다시 안뜰로 걸어가다가 홀리 씨를 만난다. 홀리 씨는 밝은 빨간색 납작모자를 눌러쓰고 미소 띤 얼굴로 나를 본다. 그리고 안뜰 자갈길을 가로지르는 내 걸음에 보조를 맞추며 반갑게 인사한다.

"안녕하신가, 켄드릭 군. 기분이 좋아 보이네."

"제가요?"

"음, 얼굴에 미소를 지은 흔적이 있는데."

홀리 씨가 내 차림새를 살펴본다. 몸 왼쪽이 흙투성이다. 나는 무릎으로 펌프를 켜고 배수구 위에서 양동이를 헹구기 시작한다.

"오늘 말을 한 마리 잃었어요."

"저런, 부주의했구나. 무슨 일이 있었니?"

"말이 절벽에서 뛰어내렸어요."

"절벽에서! 그게 흔한 일이야?"

마구간에서 바다에 굶주린 에다나가 참지 못하고 날카로운 울음을 내뱉는다. 작년 이맘때, 머트는 해변에 나가 자기가 타기로 한 말에 마구 채찍을 휘둘렀다. 올해는, 머트 없는 마장이 폭풍 직전 푸른 하늘처럼 고요하다. 나는 내일 있을 스콜피오 축제와 기수 행진을 생각한다. 그리고 나와 머트와 정신이 나간 케이트 코널리를 생각한다.

나는 수도 펌프를 잠그고 홀리 씨를 바라본다.

"홀리 씨, 이번 달에는 흔하지 않은 일만 일어날 것 같아요."

펵

드디어 오늘 밤, 그 위대한 스콜피오 축제가 열린다.

나는 스콜피오 축제에 딱 한 번 가봤다. 아빠가 배를 타고 나가고 없었던 그해에 엄마가 우리를 데리고 갔다. 아빠는 축제와 경주를 그다지 탐탁지 않게 여겼다. 한 사람이 소란을 피우면 그게 두 사람 세 사람 늘어나면서 광란의 도가니가 된다고 말했다. 우리는 엄마도 축제와 경주를 싫어하는 줄 알았다. 하지만 그해에, 아빠가 그날 저녁에 돌아오지 못하는 게 확실해지자, 엄마는 우리한테 모자와 외투를 챙기라고 하고 게이브 오빠한테 모리스에 시동을 걸라고 했다. 모리스는 그때도 위태위태했지만. 우리는 금지된 열정에 불타서 차에 올라탔다. 핀과 내가 뒷좌석에서 치고받고 싸우는 동안 게이브 오빠는 부러운 조수석을 차지했다. 엄마는 우리한테 떨어지라고 소리 지르며 까다로운 말을 모는 것처럼 운전대에 몸을 잔뜩 구부리고 스카마우스로 난 좁은 길을 달렸다.

그러고는, 스카마우스였다! 사방이 전통 의상과 스콜피오 북소리와 가수가 부르는 노랫소리로 가득했다. 엄마는 우리한테 방울과 리본과 11월의 케이크를 사주었고, 덕분에 내 손은 여러 날 끈적거렸다. 사방이 시끌벅적한 소리로 가득해서, 아직 어렸던 핀은 낯선 분위기에 그만 울음을 터뜨렸다. 그때 도리 아줌마가 어디선가 홀쩍 나타나서 무시무시한 가면을 핀한테 씌워 주었다. 이를 드러낸 괴물 가면을 쓰자, 핀은 엄마처럼 용감해졌다.

엄마와 함께 산 여러 해 동안, 나는 엄마가 마구간을 청소하거나 주전자를 씻거나 도자기에 그림을 그리거나 지붕에 널빤지를 덧대려고 망치질하는 모습을 훨씬 많이 보았다. 하지만 지금 엄마를 떠올리면, 왠지 그 축젯날 밤 모닥불에 비친 낯선 얼굴로 하얀 이를 다 드러내고 11월의 노래를 부르며 우리와 함께 빙글빙글 활기차게 춤을 추던 모습이 떠오른다.

몇 년이 지난 지금, 오늘이 바로 그 축제 날이다. 우리한테 가지 말라고 할 사람이 없으니 우리가 원하면 얼마든지 축제에 갈 수 있다. 이상하고도 텅 빈 기분이다.

"모리스 시동 걸어 놨어."

핀이 집 안으로 들어오며 말한다. 핀은 무슨 설거지 인증서 발급이라도 할 것처럼 내가 설거지하는 모습을 바라본다.

"시간 좀 걸렸어."

그래 보인다. 핀은 검댕이 묻어 지저분하다.

"숯검정 같잖아. 뭐 해?"

씻으러 욕실로 가는 대신 핀은 난롯가에 있는 아빠의 팔걸이의자 뒤에 떨어진 자기 외투를 주우러 간다.

핀은 이마를 문질러 검은 자국을 남긴다.

"모리스 시동 끄는 게 두려워, 다시 안 켜질까 봐."

"밤새도록 켜놓을 수는 없잖아."

핀이 모자를 쓴다.

"엄마가 누나를 똑똑한 애라고 했다는 게 안 믿기네."

"안 그랬어. 게이브 오빠한테 똑똑한 애라고 했지."

핀이 문에 손을 대자, 그제야 나는 핀이 어디로 가려고 하는지 알아차린다.

"잠깐, 너 축제에 가려는 거야?"

핀이 돌아서서 나를 물끄러미 본다.

"오빠도 없는데 우리가 왜 축제에 가? 나 일찍 일어나야 한다고."

"누나가 참가 신청을 마쳐야 하니까. 규정에 그렇게 쓰여 있던데."

핀 말이 맞다. 그걸 까먹다니 바보 같다. 나는 이내 가슴이 철렁한다. 이제까지는 내가 경주에 참가하는 걸 두고 수군대는 사람들과 나 사이에 폭이 몇 미터쯤 되는 바닷물이 있었다. 이제 그 사람들과 나 사이에 맥주잔밖에 없을 것이다.

하지만 달리 도리가 없다. 그리고 어쩌면, 혹시 어쩌면, 게이브 오빠도 거기 있을지 모른다. 섬사람 모두 거기 모일 테니까.

핀이 문을 활짝 열어젖힌다. 나는 내켜하면서 설거지 거리를 내버려두고, 내키지 않아 하며 내 지저분한 녹색 외투와 모자를 집는다. 이제야 찬찬히 살펴보니 핀은 은근히 들뜬 것 같다. 물론 겉으로는 전혀 들떠 보이지 않는다. 그저 좀 더 재빠르게 움직일 뿐이다. 평소에는 느릿느릿 움직이는 생물체인데.

검은 구름이 저녁놀을 가르는 붉고 어둑한 하늘 아래에서 모리스는 칙칙해 보이지만 운전석에 앉은 핀은 얼굴이 달덩이처럼 빛난다. 나는 도리 아줌마가 준 무시무시한 가면을 썼던 핀을 떠올린다. 며칠 동안 끈적이는 손가락을 하고서 다시 그렇게 즐거워할 핀을 상상해 본다.

"잠깐만."

나는 집 안으로 달려 들어가 이제는 휑하니 비어 버린 싱크대 위 비스킷 깡통에서 동전 몇 개를 꺼낸다. 다시 벌 수 있을 거다. 어쩌면 이번 주 내내 11월의 케이크밖에 먹을 수 없다고 해도 할 수 없다. 나는 다시 달려가 차에 탄다. 핀이 수선한 의자가 다리를 푹신하게 감싼다.

"이거 가다가 멈추는 거야? 해가 진 뒤에 외딴 벌판에 멈춰 서는 바람에 말이 들여다보고 그럼 곤란한데."

"히터만 안 켜면 돼."

핀이 어떻게 시동을 걸었는지는 알고 싶지 않다. 지난번에는 핀이 운전석에 앉고 두 사람이 뒤에서 차를 밀어야 했다. 덜컹거리며 길로 나서면서 핀이 말한다.

"게이브 형은 거기 있을 거야. 분명히 축제하는 곳에 있을 거야."

그 말을 듣자 오빠를 만날 생각에 신경이 더욱 바짝 곤두선다. 맬번 씨가 집을 비우라고 협박한 다음부터 그 생각이 떠나지 않는다. 오빠가 축제에 나타난다면, 나를 피할 수 없을 거다.

"호오!"

핀이 낸 소리가 아니다. 핀이 살면서 이제껏 '호오!' 하는 소리를 내는 걸 본 적이 없는데도, 나는 처음에 그게 핀이 낸 소리인 줄 알았다. 하지만 곧 그 소리는 캐롤 형제가 냈다는 걸 알게 된다. 황혼 속에 두 사람이 검은 오리 한 쌍처럼 걸어가다가, 조너선이 소리를 질러 우리를 불렀던 거다.

핀이 덜컹거리며 차를 세운다. 나는 유리창을 내린다.

"마을까지 우리 좀 태워 줄래?"

조너선이 묻는다. 핀이 대답으로 주차 브레이크를 당긴다. 나는 핀이 선선해서 좀 놀란다. 물론 나는 캐롤 형제를 태워 주겠지만, 핀은 더 낯을 가릴 줄 알았다. 내가 모르는 사이에 핀은 어른이 되어 간다.

두 소년을 태우려고 나는 차에서 내린다. 조너선이 먼저 차에 타서 핀의 의자 등받이를 발로 차자, 핀이 거울로 친근한 눈길을 던진다. 브라이언이 나한테 고맙다고 말한다. 태워 줘서 고마운 건지 자리를 비켜 주느라 내려서 고마운 건지는 모르겠다. 온 가족이 다 모였던 때처럼, 차가 사람으로 가득하다.

차가 다시 움직이자 조너선이 운전석을 붙잡고 앞으로 바짝 붙으며 묻는다.

"모닥불 언제 피우는지 알아?"

"몰라."

핀이 대답한다.

손 하나가 내 의자 등받이를 잡자 몸이 덜컹한다. 물고기 비린내도 난다.

"안녕, 케이트."

나는 그 손을 흘끗 돌아본다. 비린내가 좀 나지만, 큼직하고 멋진 브라이언의 손이다.

"안녕."

나도 인사한다. 조너선이 운전석을 흔들며 묻는다.

"나도 올해는 돈을 걸 수 있을 것 같아. 열여섯 살인지 열일곱 살인지 알아? 돈 걸 수 있는 나이?"

"몰라."

핀이 대답한다.

"에이, 넌 하나도 쓸모없네. 퍽 누나, 어제 아침에 도리 아줌마네 부스 설치하는 거 봤어. 요새는 뭘 팔아? 물건을 팔겠지."

조너선이 명랑하게 말한다. 어차피 자기가 대답할 거면서 왜 물어보는지 모르겠다.

"경주에 나간다는 말이 들리던데. 진짜야?"

브라이언이 몸을 창 쪽으로 기울이는 동시에 내 쪽으로 기울이며 묻자 목소리가 좀 더 가깝게 들린다. 손처럼 큼직하고 멋진 목소리에, 날씨가 어떤지 또는 그저께 바위 위에 새가 몇 마리나 있었는지 같은 대화에서 기분 좋게 들었던 이 섬의 옛날 말투이다. 어렸을 때 나는 목소리가 울리는 욕실에서 그 말투를 흉내 내곤 했다. 우리 엄마 아빠 말투와는 'ㄹ' 발음이 많이 다르다.

조너선이 핀한테 계속 수다를 떠는 와중에 핀이 전조등을 켠다. 엷은 구름층 위로 밤이 재빨리 찾아온다. 무엇이 타는 냄새가 난다. 모리스가 아니기를.

"진짜야."

내가 대답한다. 브라이언은 아무 말 않고서, 그저 놀라거나 감탄할 때 쓰는 나지막한 휘파람 소리를 내더니 뒷좌석에 다시 기대앉는다. 그러는 동안 조너선은 혼자서 만담을 늘어놓는다. 핀이 고개를 살짝 기울이기만 해도 조너선은 신이 나서 다시 수다를 떨기 시작한다. 사실 핀이 실제로 고개를 끄덕이는지 나는 잘 모르겠다. 길이 울퉁불퉁해서 흔들리는 것뿐인지도 모른다. 지대가 높은 길에 들어서자 조너선마저도 입을 다문다. 이곳에서는 잠깐 바다가 보인다. 회색빛 드넓은 바다가 똑같이 드넓은 하늘 아래 펼쳐지고, 파도가 갈라지고 부서지는 모습이 보인다. 이곳에는 비가 잦고 폭풍도 잦지만, 극단적인 날씨는 없다. 그런데 바위 가까이 이는 흰 소용돌이 거품이 심상치 않다.

"호오! 저거! 저거 봐! 머리야!"

얼결에 우리는 모두 그곳을 본다. 물이 검은색에서 청회색으로, 그리고 다시 검게 변하고 하얀 거품이 부글부글 올라오더니, 거품 속에서 턱을 딱 벌린 채 물 위로 솟아오른 검은 말 머리. 그리고 그 머리가 사라지기도 전에 파도를 가르는 적갈색 갈기와 거기에 이어진 갈색 등이 물속에 언뜻 보인다. 곧 둘 다 물속으로 사라졌지만 내 팔에는 소름이 돋는다.

"뭍에 있기에 좋은 밤이군."

브라이언이 말한다. 동생처럼 가벼운 목소리로 하는 말이 아니다. 브라이언이 풍기는 물고기 비린내와, 나한테 경주에 나가느냐고 아무렇지 않게 묻던 목소리를 생각해 본다. 먹고살기 위해 11월 바다에서 낚시하는 사람한테는 경주에 나가는 것이 엄청나게 용감한 일로 보이지는 않을 것이다.

"내가 한 마리 잡는다면, 붉은 말로 할래. 붉은 말이 늘 이기니까."

조너선이 말한다.

"션 켄드릭이 늘 이기는 거겠지."

브라이언이 대꾸한다.

"붉은 말이 더 빨라 보여."

조너선이 앉은 채로 발을 구른다.

"션 켄드릭 때문에 붉은 말이 더 빨라 보이는 거야. 케이트, 션을 본 적 있니?"

'케이트'라고 불러서 핀이 재미있어하는 것 같다. 브라이언이 그렇게 부르니 내가 실제보다 어른스러운 사람인 것처럼 들려서 그럴 거다.

"응."

나는 웅얼거린다. 그때 시합을 한 뒤로 두 번이나 더 봤지만, 그 애가 나한테 말을 걸고 싶어 하는 기미는 전혀 없었다. 실은, 그 반대였다. 그 애는 다른 사람한테 "호오!" 할 사람도 아니다.

"이상한 사람이야."

조너선이 말한다.

"션보다 이시커를 더 잘 아는 건 같은 바다 말뿐이야. 지금 상황에 션은 친구로 나쁘지 않아, 케이트. 물론 이미 너도 알겠지만."

브라이언의 목소리에는 존경심이 담겨 있다.

내가 아는 거라곤 션 켄드릭이 밤색 암말을 타다가 절벽 끝에서 3미터 전에야 목숨을 구하기 위해 뛰어내렸으며, 죽은 사람보다도 말수가 적다는 것뿐이다.

"내가 션한테 안 걸게 되면 누나한테 걸게."

조너선이 선심 쓰듯이 말한다.

"조너선."

브라이언이 경고하는 투로 말한다. 둔한 자기 동생이 누구한테 돈을 걸지 내가 신경 쓰기라도 하는 것처럼.

"아니면 프리벳. 작년에 악마처럼 빠른 회색 말을 얻었거든."

조너선이 마지못한 듯 말한다. 그리고 운전석 등받이를 스콜피오 북소리 박자에 맞춰 두들기더니 앞으로 몸을 쭉 빼고 나한테 말을 건다.

"술집에서 누나 가지고 막 내기하던데. 오늘 행진에 누나가 나올지 안 나올지. 게리 올드가 그러는데, 누나가 며칠 동안 해변에 안 나왔고 포기했대. 어떤 사람은 누나가 죽었대, 근데 그건 확실히 아니고. 그래서 누나는, 누나가 이길 거 같아?"

브라이언이 크게 한숨을 쉰다.

"네 입하고 경주하라면, 절대 못 이기겠다."

내가 말한다. 브라이언과 핀이 웃는다. 조너선이 나보고 바보 똥이란다. 나는 칭찬으로 받아들인다.

창밖을 본다. 구름이 길게 줄지어 선 하늘이 금세 캄캄해진다. 웅크린 스카마우스 저 멀리에서 붉은빛이 어른거리지만 섬의 다른 곳은 새까맣고 비밀스럽다. 어둠 속에서는 땅과 바다가 다를 것이 없다. 오늘 아침 절벽 위에서 도브를 탔을 때를 떠올린다. 얼굴을 찰싹이던 바람과 심장을 뛰게 하던 바다 냄새. 오늘 밤 나는 겁에 질려 있다. 내일도, 그다음 날도 두려워하겠지만, 그것이 다는 아니다. 짜릿하다.

29

퍽

"기수 행진은 11시야. 이미 알겠지만."

브라이언이 말한다.

사실 몰랐지만, 이제 안다. 11시라니, 시끌벅적한 축제 속에서 갈 길이 먼 것 같다.

"오빠를 찾아봐야겠어."

나는 브라이언한테 말한다. 사실 내가 찾아봐야 할 것은 어디 발붙이고 서 있을 곳이다. 엄마가 좋아하던 이 축제에 왔지만, 엄마는 없다. 핀과 조너선은 금세 인파 속으로 사라져서 브라이언과 나만 남았다. 나는 브라이언을 떠올리면 폐밖에 아는 게 없으며 배 속에서 뭔가 꿈틀대는 것 같은 느낌이 든다.

나는 작별 인사로 한 말인데 브라이언이 묻는다.

"그래. 어디 있을 것 같은데?"

내가 그걸 알았으면 3일 전에 미리 대답했을 거다. 실은 요즘 오빠가 어떤지 아는 게 하나도 없다. 브라이언이 목을 쭉 빼고 게이브 오빠를 찾아 사람들을 둘러본다. 우리는 스카마우스 중앙 도로가 시작하는 곳에 서 있어서 부두까지 다 내려다보인다. 사람들이 빼곡하다. 바다 가까이, 스콜피오 북을 치는 고수들이 지나가는 곳에만 살짝 빈틈이 있다. 어디선가 맛있는 냄새가 풍겨와 배가 꼬르륵거린다.

"아마 몇 곳은 찾아보지 않아도 될 것 같아. 너는 형제가 더 있어?"

"누나 셋."

"누나들은 오늘 밤 어디에 있어?"

"본토에."

브라이언이 아무렇지 않게 말해서 나는 브라이언이 이제 힘들지 않은 건지, 아니면 힘든 적이 없었는지 궁금하다.

"그렇구나. 만약 누나들이 오늘 밤 여기 있었다면, 어딜 갔을까?"

"음, 부두나 술집에. 가볼래?"

브라이언이 천천히, 생각에 잠긴 목소리로 말한다. 주변 시끄러운 말소리에 묻혀 알아듣기가 힘들다.

문득 브라이언 캐롤과 이런 대화를 한다는 게 이상하게 느껴진다. 브라이언은 목소리가 들릴 만큼 가까이 서서 나를 쳐다본다. 곱슬머리와 어부다운 근육질 몸매가 크고 늠름한 어른 같은 데다, 나를 지그시 바라보는 눈빛이 낯설다. 한편으로는 어른이 다 된 브라이언이 나를 어린애처럼 달래 주는 거라는 생각이 든다. 그런데 눈앞에 내 손이 보인다. 그 손은 어린아이 손이 아니라 우리 엄마 같은 어른 손이고, 내 얼굴도 엄마 같은 어른 얼굴이라는 것을 이제 안다. 겉은 어른인데 속도 어른스러워지려면 얼마나 더 걸릴지 모르겠다.

"좋아."

우리는 거리를 걸어 내려간다. 브라이언은 넓은 어깨로 사람들 물결을 가른다. 많은 수가 관광객인데, 그들의 얼굴은 낯설다. 마치 다른 인종인 것처럼 무언가가 미묘하게 다르다. 코는 조금 더 반듯하고 눈 사이가 조금 더 붙어 있으며 입술은 더 얇다. 관광객과 섬사람을 비유하자면 도브와 바다 말이라고 할 수 있다.

게이브 오빠의 흔적은 없다. 이렇게 많은 사람 중에서 오빠를 어떻게 찾을 수 있을까? 하지만 브라이언은 부두 쪽으로 계속 나아간다.

시끌, 시끌, 시끄럽다. 북소리와 환호성, 웃음소리와 노랫소리, 오토바이 소리와 바이올린 소리.

우리는 한쪽이 사람 대신 바다인 덕분에 조금 더 조용한 부둣가로 내려간다. 물은 끊임없이 벽에 부딪치며, 평소보다 더 가깝게 우리를 향해 달려든다. 이곳이 워낙 조용해서, 마을 위로 솟은 절벽 위에서 소란스러운 소리가 여기까지 들린다.

"저 위에서 뭐 하는 거야? 모닥불?"

브라이언은 비탈에 다닥다닥 붙은 건물 말고도 뭐가 보이는 것처럼 눈을 찡그리며 위를 본다.

"응, 모닥불. 그리고 바다에 소원 빌기."

바다에 소원 빌기라면, 무니햄 신부님이 하지 말라고 한 것밖에 아는 것이 없다. 엄마한테서도 더 알아낼 수 있는 정보가 없었다.

"브라이언, 바다에 소원 빌어 봤어?"

내 질문에 브라이언은 깜짝 놀란 것 같다.

"아니, 전혀."

"그걸 어떻게 하는 거야?"

"모닥불에서 나온 숯으로 종이에 뭘 쓰는 거야. 그리고 종이를 절벽 위에서 던지는 거지."

"나쁜 일 같지는 않은데."

"그건 저주야, 케이트. 저주를 쓰는 거야. 글자를 거꾸로 쓰고 바다에 던지는 거야."

나는 겁이 나면서도 끌린다. 곧바로 내가 절벽에서 던질 만한 저주가 있는지 생각해 본다. 바다에 나쁜 것을 던져 넣는, 모닥불에 검게 비치는, 무시무시한 모습이 마음속에 떠오른다.

"너는 제멋대로구나, 케이트 코널리. 네 얼굴에 그렇게 쓰여 있어."

그 말이 맞는지는 모르겠지만, 브라이언을 올려다보니 브라이언이 내 얼굴을 유심히 바라본다. 불쑥 두렵게도 브라이언이 나한테 키스할 거라는 생각이 머리를 스쳐서 나는 수줍게 몇 발짝 물러서지만, 정신 차려 보니 브라이언은 꼼짝도 하지 않았다. 브라이언이 나를 보며 웃는다. 친절하고 편안한 웃음이다. 진짜 나는 제멋대로인지도 모르겠다.

"이리 와, 이쪽에 있나 보자."

브라이언이 말한다. 우리는 계속 부두를 따라 내려간다. 상인들이 천막을 치고 음식을 파는 곳, 게이브 오빠가 있을지도 모른다고 브라이언이 생각한 곳이 바로 이곳이다. 장사가 한창이라서 우리는 줄지어 선 사람들 틈을 헤집고 들어가야 한다. 브라이언이 목을 길게 빼고 오빠를 찾고 또 찾는데, 나는 가족 아닌 누군가가 이런 개인적인 일을 해주는 것이 이상하게 느껴진다. 축제를 즐기는 대신 게이브 오빠를 찾느라 시간을 보내다니, 브라이언이 무슨 상관이라고.

"이러느라고 저녁 시간 다 가겠다. 가서 즐겨. 내가 찾아볼게."

브라이언이 나를 내려다본다. 오늘 저녁에 갑자기 브라이언 키가 더 커진 것 같다. 게이브 오빠를 찾을 때쯤이면 언덕 위에 있는 컬럼바 성당만큼 커져서 대화하려면 사다리를 타고 올라가야 할지도 모르겠다.

"지금도 즐거워, 케이트. 내가 갔으면 좋겠니?"

거짓말이다. 내가 아는 즐거움은 떠들썩하게 웃고 빙글빙글 돌며 뛰다가 무릎이 까지기도 하는 거다. 이 일은 흥미로울지는 몰라도 즐거운 일은 아니다.

"그냥 붙잡아 두는 게 미안해서."

내 말에 브라이언은 별다른 대꾸를 하지 않는다. 그러고는 말없이 계속 게이브 오빠를 찾아내려는 듯 사람들을 둘러본다.

"막내 누나가 본토로 떠난 게 작년이야. 안 그랬으면 누나랑 같이 여기 있었을 거야."

"게이브 오빠가 떠난대."

나도 모르게 말을 내뱉었다. 왜 그런 말을 했는지 모르겠다. 핀하고도 제대로 나눠 보지 않은 이야기를 왜 브라이언한테 했을까? 이제껏 살면서 브라이언과 나눴던 가장 긴 얘기는 브라이언 무덤에 침을 뱉겠다는 얘기뿐인데, 이제 갑자기 우리 가족의 비밀을 털어놓다니.

"그렇게 말하더라."

브라이언이 대답한다.

'오빠는 우리한테 미리 얘기도 하지 않았어.'라고 소리치고 싶지만, 그거야말로 정말 가족끼리 비밀이라서 나는 입을 굳게 다문다. 오지 말걸. 집에 있을걸. 브라이언이 점점 키가 커져서 나를 바라볼 수 없으면 좋겠다. 나는 팔짱을 끼고 옆구리에 손을 넣는다. 게이브 오빠를 만나면 얼굴에 정통으로 주먹을 한 방 날릴 거다.

브라이언은 괴로운 내 마음을 눈치채지 못한 것 같다.

"게이브가 토미랑 비치랑 같이 간다고 했던 것 같은데."

나는 열이 받아서 화를 내비친다.

"그렇겠지! 모두가 아네! 모두가 떠나고. 너도 본토로 갈 거야?"

"아니. 우리 고조할아버지가 만든 이 부두를 떠나지 않을 거야."

브라이언이 진지하게 말한다. 브라이언이 부두와 결혼이라도 한 것처럼 말해서, 나는 괜히 맥이 풀리고 화가 난다. 브라이언이 이제야 내 짜증을 눈치챈 듯이 말한다.

"자, 술집에 가보자. 내가 원래 가려고 했던 데야. 게이브가 거기 있을지도 몰라. 사람들이 이따금 거기에 숨곤 하거든. 혹시 거기 게이브가 없더라도, 우린 잠깐 추위를 피할 수 있을 거야."

우리는 다시 사람들을 헤치고, 녹색 현관에 문이 활짝 열린 건물, '검은 눈의 소녀'로 향한다. 매끈한 목재와 잘 다듬은 가죽과 놋쇠로 된 물건들, 술집치고는 너무 화려해서 볼 때마다 깜짝깜짝 놀란다. 흠잡을 데 없이 깨끗하고, 하루 중 대부분은 깨끗하게 비어 있다. 그러다가 밤이 되어서 선원들이 맑은 정신이 지겨워질 때쯤이면, 술집은 가득 차서 북적이는 소리가 거리로 새어 나오다가 부두까지 넘쳐흐른다.

밤이 되어 변신한 술집에는 아직 한 번도 들어가 본 적이 없다. 길거리하고는 차원이 다르게 사람이 많다. 빽빽하고 후끈하고 연기가 가득해서 폐쇄 공포증에 걸릴 것 같은 데다 고성과 웃음이 가득하다. 대화 속에는 당황스럽게도 내 이름이 섞여 있다.

"어이, 우리 케이트 코널리 아니야?"

문간에 서 있던 어떤 남자가 말한다. 내 이름을 부르는 소리에 몇 사람이 더 우리 쪽으로 돌아본다. 다들 눈이 두 개보다 많은 것만 같다.

"케이트 코널리!"

바 옆에서 다른 사람이 반갑게 외친다. 그 사람은 작은 의자를 밀치며 일어서서 이쪽으로 다가온다. 연갈색 머리에 가슴이 떡 벌어진, 마늘과 맥주 냄새를 풍기는 사람이다.

"수탉 속의 암탉이로구먼!"

브라이언이 내 팔을 꽉 잡더니 다른 손으로는 술집 뒤편을 가리킨다. 그리고 그 남자를 돌아보며 말한다.

"그렇지. 그런데 말이야, 존. 이번 밀물은 어떻게 생각해? 폭풍이 올 것 같나?"

나는 구원의 손길을 놓치지 않고 술집 안으로 밀고 들어가서 뒤편을 둘러보다가 구석 자리에 있는 게이브 오빠를 찾아낸다. 오빠는 맥주 한 잔을 앞에 놓고 몸을 앞으로 숙인 채, 탁자 위에 긴 손가락을 거미처럼 활짝 펼치고 무언가를 설명하는 것 같다. 소리 없이 웃는 오빠 표정이 내 기억 속에서보다 부드럽고 느슨해 보인다. 화가 치밀어 오른다.

브라이언이 방해꾼을 막아 주는 동안, 나는 연기 속을 헤치고 나아가 오빠 옆에 선다. 그리고 오빠가 나를 발견하기를 기다린다. 탁자 맞은편에 앉은 토미 오빠는, 게이브 오빠의 빌어먹을 공모자는, 이미 나를 발견하고 예쁜 미소를 짓는다. 하지만 게이브 오빠는 여전히 손짓을 멈추지 않는다.

"오빠."

나는 팔걸이의자에 앉아 신문을 읽는 아빠 옆에서 보채는 어린아이가 된 것 같은 짜증스러운 느낌이 든다.

오빠가 돌아본다. 오빠가 찔린 표정을 지을까. 얼굴을 보니 전혀 아닌 것 같다. 오빠는 그저 이렇게 말할 뿐이다.

"어, 퍽."

"응, 어, 퍽이야."

"경주에 나가다니 믿을 수가 없는데."

토미 오빠가 끼어든다. 토미 오빠 앞에는 빈 잔이 두 개나 있고, 그래서 말소리가 높낮이도 없고 띄어 읽기도 없고 쇳소리가 섞여 있다.

"첫째 날 거기 있는 거 봤어. 사상 최초의 여자 선수. 여기 오셨네."

"띄워 주지 마."

게이브 오빠 목소리가 쾌활하다. 술 냄새가 난다.

"오빠 취했네."

게이브 오빠가 토미 오빠를 봤다가 다시 나를 본다.

"바보 같은 소리 마, 케이트. 겨우 한 잔이라고."

"아빠가 술 마시지 말랬잖아. 오빠가 안 마신다고 했잖아!"

"왜 이리 신경질이야."

나는 신경질 부리는 게 아니다.

"얘기 좀 해."

"그래."

오빠는 움직이지 않는다. 앉은 자세만 봐도, 오빠가 토미 오빠의 눈을 꽤 의식하고 체면을 차리며 대화한다는 걸 알겠다. 나는 몸을 숙이고 말한다.

"우리끼리."

나한테 가장 상처를 주는 건 오빠의 표정이다. 오빠는 아직도 내가 과민 반응을 한다는 듯이 한쪽 눈썹을 추켜올린다.

오빠는 손바닥을 위로 하고 어깨를 으쓱한다.

"여기에 우리끼리 있을 만한 공간은 없어. 나중에 얘기하면 안 될까?"

나는 오빠 팔에 손을 올리고 오빠 셔츠를 움켜잡는다.

"아니. 더는 안 돼. 지금 얘기해."

"잠깐 가봐야겠다, 토미. 다시 올게."

"본때를 보여 줘, 퍽!"

토미 오빠가 허공에 주먹을 휘두르며 말한다. 지금 이 순간은 그 예쁜 토미 오빠도 꼴 보기 싫다. 나는 토미 오빠를 쳐다보지도 않고, 게이브 오빠를 술집 맨 뒤에 있는 문 쪽으로 데려간다. 작은 화장실이 있고 방금 누가 토한 것 같은 냄새가 살짝 난다. 나는 오빠 뒤에서 문을 닫는다. 오빠를 어떻게 상대하면 좋을지 곰곰이 따져 볼 시간을 가졌더라면 좋았을 텐데, 내가 하려던 말을 모조리 문밖에 두고 온 것만 같다.

"아늑하네."

게이브 오빠가 말한다. 세면대 위로 책 한 권만 한 거울이 달려 있는데, 내 얼굴이 거기 비치지 않아서 다행이다.

"그동안 어디 있었어?"

오빠는 바보 같은 질문을 다 한다는 듯이 나를 본다.

"일했지."

"일했다고? 내내? 밤새?"

오빠는 천장을 쳐다보며 자세를 바꾼다.

"밤새 밖에 있진 않았어. 그게 다야?"

그게 다가 아니지만 내가 오빠한테 무엇을 따지려고 했는지 정확히 기억나지 않는다. 내 생각들이 산산조각 나 발밑에 떨어진다. 얼굴에 주먹을 날려 주고 싶던 욕망만이 선명하게 떠오르다가 불쑥, 가장 중요한 것이 생각난다.

"맬번 씨가 이번 주에 집에 왔었어."

"흠."

"흠이라니! 우리 집을 빼앗겠다고 했어!"

"아."

"아라니! 왜 우리한테 얘기하지 않았어?"

내가 아직도 오빠 팔을 놓지 않았다니 싫다. 하지만 내가 붙잡지 않으면 또 사라져 버릴지 누가 알겠는가?

"어떻게 그러겠어? 핀은 무서워서 죽을 듯이 벌벌 떨 거고 너는 신경질이나 부렸겠지."

게이브 오빠는 무시하듯 말한다.

"난 아니야."

내가 쏘아붙인다. 어쩌면 내가 지금 신경질을 부리는 건지도 모르겠다. 내가 하는 말은 전부 논리적인데, 다만 목소리가 좀 통제가 안 되는 것 같다.

"확실하네."

"우리는 얘기를 들을 자격이 있어, 오빠."

"그래서 나아질 게 있어? 너희 둘이 돈을 더 벌어 오지도 못할 거고. 내가 요즘 밤새도록 뭘 했을 거라고 생각해? 나는 최선을 다했어."

"그리고 떠나겠지."

나를 바라보는 오빠 표정에서 미소가 사라졌다. 그렇다고 불쾌한 표정도 아니다. 오빠는 무표정한 얼굴로 나한테는 느껴지지 않는 바람이라도 불어오는 듯 눈을 가늘게 뜬다. 이러면 오빠 감정에 아무것도 호소할 수가 없다. 감정이란 게 있는지도 알 수가 없으니까.

"그저 열심히 하는 수밖에 없지. 난 최선을 다했어."

"그걸로는 부족해, 오빠."

오빠는 내 손에서 팔을 빼더니 문을 연다. 술집 안에서 이 답답한 곳으로 소음과 냄새가 왈칵 쏟아져 들어온다.

"유감이다. 그게 내 최선이었는데."

오빠가 나가며 문을 닫는다. 나는 있는 힘껏 슬픔을 삼킨다. 슬픔은 겨우 목에서 반쯤 내려가다 만다.

전부 나한테 달렸다. 그렇게 되어 버렸다.

오빠가 나간 뒤에도 나는 화장실 문틀에 이마를 기대고 오랜 시간을 보낸다. 당장 나갈 수는 없다. 토미 오빠가 나를 보고 웃으며 바보 같은 농담을 던질 게 분명하다. 그럼 나는 사람들 앞에서 울음을 터뜨릴 텐데 그러고 싶지 않으니까. 아마 브라이언은 술집 앞에서 아직도 나를 기다릴 거고 그게 미안하지만, 그래도 지금 밖으로 나갈 수는 없다.

조금 뒤에, 나는 심호흡을 한다. 게이브 오빠가 떠나지 않도록 설득할 수 있을 거라고 조금은 믿었던 것 같다. 이 모든 일로 인해, 오빠가 마음을 바꿀지도 모른다고. 하지만 이제는 막을 수 없을 것 같다. 오빠는 이미 배에 올라탄 것 같다.

나는 화장실을 빠져나와 거기서 얼마 안 떨어진 뒷문을 찾는다. 잠깐 동안 마음이 두 갈래로 나뉘어 싸운다. 앞쪽으로 가서 게이브 오빠와 토미 오빠와 나를 쳐다보는 사람들을 지나 브라이언이 기다리는 곳으로 갈지. 아니면 뒷문으로 빠져나가 골목길에서 내 상처를 다독이며 기수 행진 때까지 기다릴지. 사실은 집으로 가서 침대에 기어올라 베개를 뒤집어쓰고 12월, 아니면 3월이 될 때까지 그저 파묻혀 있고 싶다.

부끄러움과 죄책감이 물밀 듯이 밀려오지만, 나는 뒷문을 택하고 브라이언을 두고 떠난다.

술집 뒤편으로 난 좁은 돌담길에 바람이 몰아친다. 큰 거리로 나오면서 나는 시무룩하게 코코아와 더는 집 같지 않은 집을 떠올린다. 이제 거리는 훨씬 더 밀도 높은 사람 바다가 되었고, 나는 지금 거기에 끼어들어 헤엄치고 싶은 마음 따위는 들지 않는다. 그때 핀의 목소리가 들린다.

"누나!"

핀이 내 팔을 잡는데 잠깐 손이 미끄러진다. 이제 가족이 무슨 짓을 했다 해도 믿어 버릴 나는 '핀이 취했구나.' 하고 생각한다. 하지만 알고 보니 핀은 그저 바글대는 인파에 확 밀쳐진 거였다. 핀이 내 왼손을 잡아 손가락을 펼치더니 11월의 케이크를 올려놓는다. 꿀과 버터가 녹아내리고 꿀 섞인 크림 장식이 내 손바닥 움푹한 곳에 개울처럼 흘러 고인다. 핥아 먹어야 한다. 가까이에서 누군가가 바다 말처럼 소리를 지른다. 내 가슴이 놀란 토끼처럼 뛴다.

나는 케이크가 흘러내리도록 두고 핀을 마주 본다. 낯선 얼굴, 새까만 악마가 하얀 이를 드러내며 으스스하게 웃는다. 얼굴에 숯과 분필을 잔뜩 칠해서 핀을 알아보는 데 잠깐 시간이 걸린다. 11월의 케이크 크림을 핥아 먹은 입술만 분홍색이다. 핀은 나무 막대기로 만든 가짜 창을 가죽끈으로 묶어 둘러메었다.

"그건 어디서 났어?"

사람이 너무 많아서 소리를 질러야 겨우 들린다.

핀이 내 다른 손을 잡더니 무언가를 쥐여 준다. 그게 뭔지 보려고 손을 펼치며 들어 올리자 핀이 내 팔을 끌어당겨 다른 사람들 눈에 띄지 않게 한다. 나는 손바닥에 있는 돈뭉치를 보고 눈을 깜박인다.

핀이 몸을 기울인다. 핀의 숨결에서 꿀처럼 달콤한 냄새가 난다. 케이크를 한두 개 먹은 게 아니다.

"모리스를 팔았어."

나는 얼른 돈을 감춘다.

"누가 이렇게 많이 준 거야!"

"그 차가 귀엽다고 생각한 어떤 바보 같은 여자 관광객이."

머리가 삐죽삐죽한 핀이 숯검정으로 새까만 얼굴에 들쑥날쑥한 하얀 이를 드러낸 채 나를 보며 웃고, 내 얼굴도 미소로 바뀐다.

"네가 귀엽다고 생각한 거겠지."

핀이 미소를 거둔다. 핀의 내부 프로그램에는 어떤 경우에도 핀이 이성한테 매력적이라는 뜻을 담은 얘기를 해서는 안 된다는 규칙이 포함되어 있다. 정확히 어떤 원리인지는 잘 모르겠지만, 핀한테 고맙다고 말하면 안 된다는 규칙과 밀접한 관계가 있다. 칭찬이 섞이면 핀은 작동을 멈춘다.

"아무 말도 아니야. 잘했어."

"딱 하나 걱정되는 건, 이제 집에 어떻게 가느냐 하는 거야."

핀이 손을 핥으며 말한다.

"내가 기수 행진을 무사히 마치고 나면, 널 데리고 집까지 날아갈게."

션

심장 박동처럼 거친 스콜피오 북소리가 울려 퍼지는 스카마우스 거리에서 나는 빽빽한 사람들 사이로 구불구불 길을 헤쳐 나간다. 숨을 들이마시자 찬 공기에 속이 쓰리다. 바람은 온갖 낯선 냄새를 실어 나른다. 11월에만 만드는 음식. 본토 여자들만이 뿌리는 향수. 쓰레기 태우는 냄새, 뭔가가 녹는 냄새, 돌바닥에 쏟아진 맥주 냄새. 오늘 스카마우스는 춥고 배고프고 분주하고 알 수 없다. 경주, 하면 마음에 떠오르는 모든 것이 오늘 밤 이 거리로 쏟아져 나온다.

내 앞에 술에 취해 움직임이 느리고 들떠서 시끄러운 사람들이 어깨동무를 한 채 관광객 사이로 지나간다. 하지만 어떤 태도를 유지하면 술 취한 사람조차도 길을 비켜 준다. 나는 눈을 크게 뜨고서 인파를 헤치며 정육점으로 향한다. 거기서 머트를 찾아본다. 오늘 밤에 머트가 무슨 짓을 할지 모르니, 먼저 머트의 눈에 뜨이는 것보다 내가 머트를 찾아내는 편이 낫다.

"션 켄드릭이다."

내 이름을 속삭이는 소리가, 곧이어 부르는 소리가 들리지만, 나는 계속 걷는다. 오늘 밤에는 내 얼굴을 알아보는 사람이 많다.

나는 걸으면서 다른 사람을 보지 않는다. 사람들이 밟고 선 마을을 본다. 가로등 아래에서 돌바닥은 금빛과 붉은빛으로, 그림자는 검은색과 갈색과 죽음처럼 어두운 푸른색으로, 11월 바다가 지니는 온갖 색깔로 물든다. 파도가 밀어 올려놓고서 사라진 것처럼 자전거들이 벽에 기대어 놓여 있다. 발목에 달린 방울 소리를 걸음걸음 울리며 소녀들이 옆으로 지나간다. 거리 한쪽에서는 폭죽이 번쩍이고 소년들이 둘러싼 커다란 통에서 불꽃이 솟아오른다. 나는 스카마우스를 바라보고 스카마우스는 나를 바라본다. 스카마우스의 눈빛은 거칠다.

어느 벽에는 맬번 마장의 광고가 붙어 있다.

스콜피오 경주 4회 우승
경주에서 한몫 챙겨 보세요.
망아지 경매, 토요일 아침 7시.

광고에 적힌 모든 일이 내가 하는 일이지만, 내 이름은 어디에도 없다.

바다로 이어지는 옆길에서 스콜피오 고수들이 쿵쾅거리며 나타나자 나는 멈춰 선다. 고수들은 모두 14명인데, 힘이 세고 재능보다는 열정이 넘친다. 모두 검은 옷을 입었다. 스콜피오 북은 내 팔 길이만 한데, 피를 뿌린 가죽을 씌우고 밧줄로 묶었다. 북소리가 둥둥둥 내 심장 대신 울린다. 고수 뒤에는 말 머리를 쓴, 피처럼 붉은 튜닉을 입은 여인이 있다. 뒤에 꼬리가 굽이치는데 밧줄인지 가죽인지 진짜 꼬리인지 구별하기 어렵다. 전통에 따라 여인은 맨발이다. 여인이 누구인지는 알 수 없다.

북소리가 쿵쿵 울리고 우리는 고수들이 지나가도록 벽으로 붙는다. 몇몇 관광객이 손뼉을 친다. 섬 토박이들은 발을 구른다. 큼직한 말 머리 때문에 몸집이 작아 보이는 말의 여신이 천천히 군중을 훑어본다. 어떤 사람이 가슴에 성호를 긋더니, 다시, 성호를 거꾸로 긋는 모습이 보인다. 길 한복판에서 말의 여신이 손을 내밀자 아주 작은 조약돌이 거리에 쏟아져 내린다. 전통에 따르면 말의 여신은 행사 중에 조가비 하나를 떨어뜨리고, 그 조가비를 주운 사람은 소원을 빌 수 있다.

이번에 말의 여신 손에는 모래밖에 없다.

여러 해 전 어느 밤에 있었던 일이다. 내가 아버지 옆에 서 있을 때, 말의 여신이 나를 보더니 손에 쥔 모래와 조약돌을 떨어뜨렸다. 조가비 하나가 내 앞으로 굴러왔다. 나는 아버지 옆에 있다가 멈춘 조가비를 집으려고 잽싸게 튀어 나갔다. 손가락이 조가비를 감아쥐기도 전에 나는 소원을 정했다.

나는 고개를 옆으로 돌리고서 여신이 지나가기를, 기억이 지나가기를 기다린다.

사람 소리이면서 동시에 말 소리인 한숨 소리가 들려와, 나는 고개를 돌린다. 말의 여신이 바로 내 앞에, 코앞에 서 있다. 낡고 거대한 회색 말 머리가 방향을 틀어 왼쪽 눈으로 나를 본다, 한쪽 눈이 잘 안 보이는 코어가 그러듯이. 다만 이 말 머리의 눈은 매끄럽고 광이 나는 돌인데, 그 얼룩말처럼 눈을 깜박이고 눈물도 흘릴 수 있다. 이렇게 가까이 있으니 여신이 입은 튜닉에 있는, 접힌 주름 부분에 피가 더 많이 고여서 생긴, 어두운 줄무늬까지 보인다. 무시무시하게 만들어진 의상이다. 이렇게 가까이에서도 여자의 몸과 말의 머리가 어디에서 갈라지는지 구분

할 수가 없고 여자가 어떻게 앞을 보는지도 도무지 알 수가 없다. 나는 말 콧구멍에서 뿜어져 나오는 뜨거운 숨결이 내 얼굴에 와 닿는 상상을 한다. 내 심장이 빠르게 뛴다.

나는 다시 어린 소녀이 되어 말의 여신이 손을 펼쳐 모래와 조약돌을 쏟는 모습을 바라본다. 섬, 해변, 삶이 내 앞에 펼쳐진다.

말의 여신이 손으로 내 턱을 쥔다. 돌로 된 눈이 나를 응시한다. 죽은 지 오래되어, 눈 주변 털은 세월에 윤기를 잃었다.

"션 켄드릭. 소원을 이루었니?"

말의 여신이 거의 사람 같지 않은 쉰 소리로 묻는다. 나는 그 목소리에서 바다를 듣는다. 눈길을 돌릴 수가 없다.

"네. 여러 번이나요."

돌 눈이 반짝이며 깜박인다. 다시 들려오는 목소리에 나는 깜짝 놀란다.

"그래서 행복해졌니?"

평소에 그다지 생각해 보지 않은 질문이다. 불행하지는 않다. 바위투성이 땅에 햇빛이 적어 풍요롭지 않은 이 섬에서, 행복이란 쉽사리 가질 수 있는 것이 아니다.

"그럭저럭요."

여신의 손이 내 턱을 꽉, 꽉, 꽉 조인다. 피 냄새가 나서 보니, 그제야 신선한 피에 젖은 옷에서 여신의 손으로 피가 뚝뚝 떨어진 게 보인다.

"바다는 네 이름을 안다, 션 켄드릭. 다른 소원을 빌어라."

여신은 손을 뻗어 손등으로 내 양쪽 뺨을 문지른다.

그러고 나서 말의 여신은 몸을 휙 돌려 고수들을 따라간다. 여신의 뒷

모습은 그저 죽은 말 머리를 쓴 여인이다. 하지만 내 안에서는 무언가 텅 비어 버린 듯하고, 난생처음으로, 우승만이 다가 아닌 것처럼 느껴진다.

나는 말의 여신을 머릿속에서 떨쳐 낼 수가 없다. 여신의 음색, 내 피부에 와 닿는 상상 속의 숨결. 바닷물을 삼킨 것처럼 목이 탄다. 말의 여신과 만남이 끝나고 다시 속세로 돌아와, 나는 이제 인파 속을 헤엄친다. 그러다가 정육점에 가서 해야 할 일을 기억해 내고 다시 땅에 발붙인다. 외상을 갚고 바다 말한테 먹이로 줄 고기를 또 주문해야 한다. 하지만 내 마음은 자꾸 말 머리를 쓴 여인한테로 쏠린다. 그 손이 누구의 손일지 알아보려 애쓴다. 그 여인이 누군지 알아낸다면 내 안의 빈 곳을 채울 수 있을 것 같다. 죽은 해골 안에서 울리던 그 쉰 목소리가 누구의 목소리인지만 안다면 쉬운 게임이 될 것이다. 손에 피를 묻히는 데 익숙하고, 말 머리를 뒤집어썼는데도 나보다 크지 않은 키는, 어쩌면 페그 아줌마일지도 모르겠다.

나는 정육점으로 들어간다. 언제나처럼 이곳은 스카마우스에서 가장 깨끗하고, 조명이 대낮처럼 밝다. 어찌 된 일인지 새 두 마리가 건물 안으로 들어와서, 내가 안쪽으로 걸어가는 동안 전구 앞에서 날개를 퍼덕여서 그때마다 불빛이 깜박거리며 가려진다.

계산대에는 페그 아줌마가 보이지 않는다. 그러니 말 의상을 입은 게 페그 아줌마일 수도 있다. 마음이 가벼워진다. 부름에서 벗어난 느낌이다.

계산대 앞에 서자 비치가 무뚝뚝하게 주문을 받는다. 나한테 화난 것이 아니라 축제에 참여하지도 못하게 하는 자기 일을 싫어하는 거다.

"얼굴이 엉망이네. 악마 같다."

비치가 부러운 듯이 툴툴거리고, 나는 내 얼굴에 피를 칠한 여인을 떠올린다. 나는 대답하지 않는다.

"20분 뒤에 나도 여기서 나갈 거야."

묻지도 않았는데 비치가 말한다.

"30분이야!"

가게 안쪽에서 페그 아줌마가 말한다.

입안에서 피 맛이 난다. 돌로 된 눈이 나를 보며 깜박거린다.

비치가 내 주문을 받아 적는 동안 나는 계산대 뒤에 칠판을 바라본다. 내 이름과 코어 이름이 있고 그 옆에 현재 배당률이 적혀 있다. 1 대 5. 우리 밑으로는 본토에서 와서 훈련 초반 며칠 사이에 말을 구한 신입 출전자들 이름이 있다. 서투르고 무모하게, 훈련 첫째 날처럼 해변을 채울 사람들이다. 나는 케이트 코널리를 찾아 목록을 훑어 내린다. 먼저 도브를 찾고 그다음 그 애 이름을 본다. 케이트는 배당률이 45 대 1이다. 그중 얼마만큼이 그 조랑말 때문이고 얼마만큼이 그 애 성별 때문인지 궁금하다.

나는 또 머트를 찾아 목록을 살펴 내려간다. 머트의 이름이 있고, 말 이름이 그 옆에 있다. 말 이름은 물론, 머트가 이틀 동안 손도 대지 않은, 흰 반점이 있는 밤색 암말 에다나여야 한다. 내가 머트의 아버지한테 추천해 준 그 말.

하지만 에다나가 아니다.

머트 이름 옆 글자는 '스카타'다. 짧고 강해서, 말 이름으로 좋은 이름이다. 스카타는 까치를 가리키는 이 지방 말이다. 똑똑하고, 반짝이는 것을 좋아하며, 흰색과 검은색 무늬를 띤 새. 이 해변에서 흰색과 검은색 무늬를 지닌 바다 말은 하나뿐이다.

스카타는 그 얼룩말이다.

31

션

나는 모닥불 가에서 머트를 발견한다.

새까만 하늘에 불꽃이 너울거리며 치솟는다. 입안에 매캐한 연기 향이 느껴진다.

"머트."

내 목소리는 코어가 모래밭에서 내지르는 울음소리만큼이나 친절하지 않다. 으르렁대는 소리나 선전포고처럼 들릴지도 모르겠다. 모닥불 앞에서 검은 윤곽으로 보이는 머트는 신화 속 인물처럼 거대한 몸집을 하고서 한 손에는 숯을, 한 손에는 종잇조각을 쥐었다. 바다에 소원 빌기다. 머트가 어떤 표정인지 보이지 않는다. 내가 소리친다.

"거기에 죽고 싶다고 적었어?"

머트는 종이를 비틀어 내 이름이 거꾸로 적힌 부분을 보여 준다. 그러고는 절벽 가에서 종이를 날려 보낸다. 종이가 어둠 속으로 사라진다.

"그 말은 널 죽일 거야."

머트가 으스대며 내 쪽으로 걸어온다. 숨결이 심해처럼 어둡다.

"션 켄드릭, 언제부터 내 안위를 그렇게나 걱정하셨지?"

머트는 가까이, 더 가까이, 우리 그림자가 하나가 될 때까지 다가온다.

나는 움츠러들지 않는다. 오늘 밤 머트가 싸움을 건다면 나도 맞서 싸울 생각이다. 폭풍은 내 마음속에 이미 몰아치기 시작했고, 펀더멘털이 물속에 잠기던 모습이 다시 눈앞에 선하다.

"그 말이 죽이는 게 네가 아닐 수도 있지. 아무도 너 때문에 죽어서는 안 돼."

피부에 불꽃 열기가 뜨겁게 닿는다. 머트가 웃음을 터뜨린다.

"난 네가 왜 내가 그 말에 타는 걸 싫어하는지 알아. 그 말이 코어보다 더 빠르다는 걸 아는 거지."

몇 년이나, 나는 머트의 아버지한테 그 애를 무사하게 하라는 분부를 받았다. 가장 안전한 말에 태울 것, 그 말이 바다에 휘둘리지 않도록 혹독히 훈련할 것, 머트가 훈련할 때 아무도 머트를 다치게 하지 못하도록 지켜볼 것. 부러졌던 내 갈비뼈 두 개는 원래 머트 몫이었다.

이제 머트 스스로 내가 보호해 줄 수 있는 영역 밖으로 저렇게 멀리 나가니, 해방된 느낌이 들 지경이다. 그 얼룩말을 타는 한, 내가 머트를 위해 할 수 있는 일은 없다.

나는 두 손을 든다.

"맘대로 해. 난 이걸로 끝이야."

시야 한구석에 사람 모습이 보인다. 우리를 기수 행진에 데려가려고 온 사람들이다. 이 밤이 거의 끝나가고, 그럼 진짜 훈련이 시작된다. 지금 당장은, 영원할 것만 같은 오늘 밤이 지난 뒤를 상상하기 어렵다.

"그래. 넌 끝이야."

머트가 말한다.

32

퍽

기수 행진은 사실 행진이 아니다.

어떤 남자가 사람들한테 소리 지른다.

"기수들? 기수들! 바위로!"

따라오라는 뜻이다. 나는 좀 질서 정연해질 때까지 기다려 보려 하지만 그럴 기미가 전혀 보이지 않는다. 그나마 어느 정도 행진처럼 보이는 건 기수 몇 명이 절벽 꼭대기로 올라가느라 같은 방향으로 걷는 모습뿐이다. 사람들이 기수를 위해 갈라서고 나도 허겁지겁 그 뒤를 쫓는다. 핀도 힘껏 뒤를 따른다. 하지만 나한테는 아무도 길을 비켜 주지 않아서, 꿈쩍도 않는 어깨에 입이 막히고 사람 팔꿈치로 만든 새장에 몸이 갇힌다.

이제 밤은 칠흑보다 더 새카맣고 불빛이라고는 모닥불 두 개뿐. 활활 타오르며 치솟는 불 하나와 불씨만 날리는 작은 불이 하나 있다. 어느 쪽으로 가야 할지 모르겠다.

"케이트 코널리다."

누군가가 썩 듣기 좋지 않은 어조로 말한다. 고개를 획 돌리니 누군가가 쳐다보다가 얼굴을 돌린다. 이야기를 나누는 것이 아니라 이야기 소재가 되다니 낯선 경험이다.

누가 손으로 내 팔을 붙들어서 돌아보니 도리 아줌마 동생 엘리자베스 언니가 '쉬잇' 하는 소리를 낸다. 언니의 머리카락은 이런 희미한 불빛 아래에서도 빛나는 금발이다. 언니는 무니햄 신부님 차처럼 새빨간 드레스를 입었다. 어딘가 언짢은 표정에 입술도 무니햄 신부님 차처럼 새빨갛다. 이런 데서 엘리자베스 언니를 만나다니 좀 의외다. '패덤과 아들들' 부스 바깥에서는 한 번도 못 봤고, 나는 언니가 실제 세상에 나오면 녹아 없어질지도 모른다고 생각했기 때문이다. 세 자매는 각자의 영역이 있다. 도리 아줌마의 영역은 제일 넓어서 섬 전체를 아우르고, 엘리자베스 언니는 딱 가게 건물만큼이고, 막내 애니 언니의 영역은 제일 좁아서 '패덤과 아들들' 2층이 전부다.

"너 길을 잃었지? 도리 언니가 너는 길을 잃지 않을 거라고 했지만 난 네가 그럴 줄 알았지."

엘리자베스 언니는 깔보는 표정이다.

"길을 잃는다는 건 갈 길을 알 때나 쓰는 말이죠. 전 한 번도 행진에 와본 적이 없다고요."

내가 쏘아붙인다.

"흥분하지 마. 이쪽이야. 핀, 너 파리 잡니? 입 다물고 얼른 따라와."

엘리자베스 언니가 내 팔을 잡고 앞장서서 경주가 열리는 해변 위 절벽을 오르고, 오르고, 오른다. 핀이 강아지처럼 헥헥거리며 우리 뒤를 쫓는다.

"도리 아줌마는요?"

내가 외친다.

"당연히 도박 중이지. 나는 일하는데."

엘리자베스 언니가 툴툴댄다. 나를 절벽 꼭대기로 안내하는 게 일인지는 모르겠지만, 어쨌든 고맙다. 경주에 돈을 거는 도리 아줌마 모습이 잘 상상이 안 된다. 특히나 엘리자베스 언니가 당연하다고 말할 정도라면 어떤 모습일지. 정육점에서 돈을 거는 도리 아줌마 모습을 떠올려 보려고 애쓰지만, 기껏해야 '검은 눈의 소녀'에 있는 모습밖에 못 떠올리겠다. 내 상상 속에서 도리 아줌마는 나보다 더 당당하게 술집 안을 남자처럼 활보한다.

엘리자베스 언니가 나한테 정신 차리라고 톡 쏘더니 대단한 기세로 절벽 위에 모인 인파를 헤치고 나를 이끈다. 한참 뒤에야 방향을 잡으려고 잠깐 멈춰 섰을 뿐이다. 하지만 이제 나도 우리가 맞게 찾아왔다는 사실을 알겠다. 들끓는 인파 속에서 고요한 한 점을 찾았기 때문이다. 션 켄드릭. 션의 옷은 어두운 색이고, 표정은 더 어두우며, 눈길은 바다 쪽 어둠을 향한다. 션은 분명 무언가를 기다린다.

"저기군요."

내가 말한다.

"아니. 네가 갈 곳은 저기가 아니야. 저런 거 안 해도 경주는 충분히 위험해, 알았니? 이쪽으로 와."

엘리자베스 언니가 반대쪽으로 나를 홱 당기는 순간 션이 돌아보고 우리 눈길이 마주친다. 션의 표정에는 날카롭고도 무방비한 어떤 것이 있다. 나는 나를 잡아끄는 언니를 따르느라 바닥으로 시선을 돌린다.

핀은 추워서 손을 주머니에 찌른 채 허둥지둥 따라온다. 불쌍한 표정으로 엘리자베스 언니를 쳐다보며.

내가 고개를 돌리고 퓐한테 속삭인다.

"언니가 너무 빨라서 이게 경주 같다."

퓐의 입은 웃지 않지만, 눈은 웃는다. 그때 엘리자베스 언니가 멈춘다.

"여기야."

세 번째 모닥불 앞이다. 그 앞에는 커다랗고 평평하며 갈색 무늬가 얼룩덜룩한 바위가 있다. 그게 뭔지 알아차리는 데는 시간이 좀 걸린다. 그것, 바위 위에 얼룩진 무늬는, 무척 오래된 피다. 퓐의 얼굴이 해쓱하다. 그 바위를 엄청나게 많은 사람이 둘러싸고서 섬처럼 무언가를 기다린다. 나는 몇 미터 떨어진 곳에 있는 기수 몇 명을 알아본다. 할살 의사 선생님, 토미 오빠, 머트, 프리벳. 몇몇은 서로 이야기를 나누며 웃는다. 그들은 전에도 이걸 해보았고 유대감이 있다. 문득 씁쓸해진다.

"저 피는 뭐예요?"

나는 엘리자베스 언니한테 속삭인다.

"강아지 피."

엘리자베스 언니는 프리벳이 자기를 쳐다보는 것을 발견하고는 미소 같지는 않은 어떤 표정을 지으며 이를 드러낸다. 언니는 내 양쪽 팔을 잡더니 방패처럼 나를 자기 앞에 세운다.

"저건 기수들 피야. 저 위에 올라가 피를 한 방울 흘려서 경주에 나간다고 선언하는 거야."

나는 바위를 바라본다. 기수마다 한 방울씩 피를 흘린 것치고는 엄청나게 많아 보인다.

이제 한 남자가 바위에 올라선다. 우리 아빠가 알던 농부인 프랭크 이튼 씨다. 이튼 씨는 관광객들이 즐겨 사는 독특한 전통 스카프를 둘렀다. 어깨를 감싼 뒤 엉덩이에 걸쳐진 스카프는 코듀로이 바지와 어우러져 매우 우스꽝스러워 보인다. 나는 전통 의상을 생각하면 땀 냄새가 강하게 연상되는데, 이튼 씨가 그 생각을 바꿔줄 것 같지는 않다. 이튼 씨는 손에 작은 그릇을 들고서, 이제 조금 잠잠해진 사람들한테 외친다.

"참가하지 않는 사람을 대신하여 제가 여기 섰습니다."

이튼 씨가 그릇을 기울이자 피가 발밑 바위에 떨어져 튄다. 물러서지 않아서 핏방울이 바지에도 튀었지만 이튼 씨는 신경 쓰지 않는 것 같다.

"이름 없는 기수와 이름 없는 말. 피로써 맹세합니다."

"양 피일 거야. 말 피거나. 기억이 안 나네."

"야만스러워요!"

나는 경악한다. 펀은 금방이라도 토할 것 같은 모습이다.

엘리자베스 언니는 한쪽 어깨를 으쓱한다. 프리벳이 그런 언니를 지켜본다.

"50년 전에는 저기서 사람을 죽였어, 해마다 그랬지. 경주에 나가지 않는 남자를."

"왜요?"

"그야 남자들은 죽이는 걸 좋아하니까. 이제 안 그래서 다행이야. 남자 씨가 마를 뻔했는데."

따분한 목소리다. 아마 진짜 이유가 있겠지만 엘리자베스 언니는 흥미가 없어 보인다.

"경주가 시작하기 전에 섬에 미리 피를 뿌리면, 경주하는 동안 피를 덜 흘리게 될 거라는 거지."

많이 들어 본 목소리가 끼어든다.

엘리자베스 언니가 뚱한 표정으로 페그 아줌마를 돌아본다. 화려한 머리쓰개를 한 페그 아줌마를 금방 알아보기가 힘들다. 섬에서 간간이 눈에 띄는 무섭게 생긴 털 많은 강아지를 조금 닮은 것도 같다. 머리쓰개에는 커다란 챙이 부리처럼 삐죽 달렸고 싸구려 노란 술이 긴 뿔처럼 늘어져 귀를 덮는다. 페그 아줌마의 곱슬머리를 찾아보려 했지만 머리쓰개 안감에 꼭꼭 숨어 있다.

"저 사람들한테 친절을 기대하지 마라, 퍽."

페그 아줌마가 엘리자베스 언니를 무시하고 말한다.

"경주에 여자가 끼면 재수 없다고 생각하는 사람들이 많아. 그런 사람들이 너를 보면 좋아하지 않을 거다."

나는 입술을 깨문다.

"그 사람들 친절은 필요 없어요. 내 볼일을 볼 수 있게만 해주면 돼요."

"그것도 친절함이야."

페그 아줌마가 고개를 돌리는데, 머리 꼭대기에서 새 머리가 부리를 홱 돌리니 이상야릇하다. 그 모습은 오늘 밤 본 것 중에 나를 가장 불안하게 한다. 페그 아줌마가 말한다.

"나는 가봐야겠다."

바위 위에는 진짜 말 머리를 쓴 여자가 아까 이튼 씨가 피를 쏟았던 자리에 서 있다. 여자가 입은 튜닉은 피에 젖었고, 손에는 그 피가 흐른다. 여자는 사람들을 마주 보지만 그 거대한 머리 탓에 허공 어딘가를 보는 것처럼 보인다. 나는 모닥불의 열기와 피 때문에 열이 오르고 현기증이 난다. 꿈속 같지만 꿈이 아니다.

모인 사람들이 웅성거린다. 나는 무슨 말인지 알아듣지 못하고, 엘리자베스 언니가 말해 준다.

"아무도 조가비를 줍지 못했다고 하네. 올해는 조가비를 떨어뜨리지 않았대."

"조가비요?"

"소원 말이야."

언니가 특유의 짜증 어린 말투로 덧붙인다.

"저 여자가 조가비를 떨어뜨리면 소원을 비는 거야. 아마 스카마우스 어딘가에 떨어뜨리긴 했는데 사람들이 못 주운 거겠지."

"누구예요? 말 머리 쓴 사람?"

핀이 오랜만에 입을 열어 묻는다.

"모든 말의 어머니. 에포나. 디스비와 절벽의 영혼이야."

핀이 참을성 있게 다시 묻는다.

"그러니까, 저 여자 누군데요?"

"너보다 가슴 큰 누군가."

엘리자베스 언니가 대답한다. 핀의 눈이 순간 말 머리 여자의 가슴으로 향하자 언니가 높은 소리로 웃음을 터뜨린다. 나는 핀의 도덕성을 편들어 주려고 언니를 노려본다. 언니가 나를 세게 툭 민다.

"기수들 부른다."

그랬다. 말 머리를 쓴 여자는 내가 보지 못한 사이에 사라지고, 페그 아줌마가 바위 위에 올라 서 있다. 바위 한쪽 끝에 남자들 열 몇 명이 모여들어 올라가려고 기다리고, 다른 사람들도 그쪽으로 슬슬 움직인다. 나는 움츠러든 채 꼼짝 않는다.

엘리자베스 언니가 혀를 찬다.

"원한다면 기다려도 돼. 한 번에 한 사람씩 올라가거든."

손이 가만 있지 않아서, 나는 주먹을 꽉 쥔다. 내가 뭘 해야 할지 꼼꼼하게 지켜본다. 첫 번째 기수가 바위 끝에 계단처럼 생긴 부분을 밟고 올라간다. 어렸을 때 이미 머리가 세어 버려서 더 나이 들어 보이는 프리벳이다. 프리벳이 바위를 휙 가로질러 페그 아줌마한테 간다.

"참가합니다."

프리벳이 우리한테 똑똑히 들릴 만큼 큰 목소리로 형식을 갖추어 말한다. 그러고는 아줌마한테 손을 내밀자 아줌마가 작은 칼로 손가락을 베는데, 너무 빨라서 제대로 보이지 않는다. 프리벳은 바위 위에 손을 내밀고 서 있는데, 멀어서 보이지는 않지만 분명 피가 떨어질 거다.

프리벳이 아파하는 것 같지는 않다.

"프리벳. 펜다. 피로써 맹세합니다."

페그 아줌마가 아줌마답지 않은 낮은 목소리로 대답한다.

"감사합니다."

그러자 프리벳은 바위에서 내려가고 다음 기수가 계단을 오른다. 머트 맬번이 같은 과정을 되풀이하고 아줌마가 손을 베자 손을 내밀어 피를 흘린다.

"머트 맬번. 스카타. 피로써 맹세합니다."

머트는 이 말을 할 때 무리 속에서 누군가를 찾는 듯이 바위 밖으로 눈길을 돌리더니, 미소가 아닌 어떤 입 모양으로, 내가 그 표정을 받는 사람이 아니라 다행인 표정을 짓는다.

또 한 사람, 그리고 한 사람, 기수들이 바위에 올라, 손을 내밀고, 자기 이름과 말 이름을 부르고, 페그 아줌마는 기수가 내려가기 전에 감사를 표한다. 참 많기도 하다! 40명은 되겠다. 전에 경주를 다룬 신문 기사를 읽어 봤지만, 최종 경주 때에는 늘 40명에 훨씬 못 미치는 사람들이 남아 있었다. 그사이에 무슨 일이 벌어지는 걸까?

바위에 흐르는 피 냄새가 이곳까지 나는 것만 같다.

아직도 기수들은 바위 꼭대기로 올라가 손가락을 베이고 참여 의지를 밝힌다.

올라가야 할 때가 가까워져 올수록 나는 떨리고 초조해진다. 또한 나는 의식적으로 션 켄드릭이 바위에 오르기를 기다린다. 그 이유가, 그 애가 나와 시합을 했기 때문인지, 그 애가 그 말을 잃는 것을 보았기 때문인지, 아무도 나한테 말 걸지 않는데 그 애가 나한테 해변을 떠나라고 했기 때문인지, 그 애의 빨간 말이 내가 이제껏 본 말 중에 가장 아름답기 때문인지, 나도 모르겠다. 어쨌든 나도 알 수 없는 이유로 나는 그 애한테 호기심이 생긴다.

거의 모든 사람이 오르고 내린 뒤에, 션이 바위를 오른다. 그 애를 거의 알아볼 수가 없다. 뾰족한 양쪽 광대뼈에 피가 묻었다. 그 애 눈빛에는 놀람과 불쾌함, 냉정함과 실망, 조심성과 공격성이 동시에 다 담겨 있다. 만약 그곳에 양의 피 한 그릇이 아니라 진짜 사람의 피를 뿌렸다면 다시 바위를 내려갈 사람 같다.

문득 무니햄 신부님은 오늘 밤 뭘 하는지 궁금하다. 컬럼바 성당에 은둔해서 내일까지 신도들이 분별력을 잃고 토속 신인 말의 여신한테 빠지는 일이 없도록 기도를 할까. 그런데 우리 섬에 여신이 있다면, 혹은 있다가 없어졌을지라도, 어떤 여신이기에 사람 대신 동물 피 한 사발로도 만족하는 걸까. 양 피도 보고 죽은 사람도 봐서, 그 차이를 나도 아는데.

션 켄드릭이 손을 내민다.

"참가합니다."

션이 그 말을 할 때, 내가 올라선 바위가 발을 잡아끄는 것처럼 몸이 무거워진다.

페그 아줌마가 션의 손가락을 슥 벤다. 저기 올라가 머리쓰개 챙 그늘에 얼굴을 감춘 채 모닥불 불빛 속에 선 페그 아줌마는 완전히 딴 사람 같다. 션의 목소리는 거의 들리지 않는다.

"션 켄드릭. 코어. 피로써 맹세합니다."

사람들 속에서 큰 함성이 일고, 거기에는 그런 짓을 하기엔 너무 콧대 높아 보였던 엘리자베스 언니도 있다. 하지만 션은 환호성을 고마워하지도, 쳐다보지도 않는다. 션이 다시 입술을 움직이는 것 같지만, 너무 작은 움직임이라서 확실하지 않다. 그리고 션이 바위를 내려온다.

"이제 네 차례야. 정신 차리고 올라가. 이름 잊어버리지 말고."

엘리자베스 언니가 말한다.

조금 전만 해도 추웠는데, 지금은 타오를 듯이 열이 난다. 나는 고개를 빳빳이 들고서 다른 사람들처럼 바위를 올라가려고 계단이 있는 쪽으로 걸어간다. 페그 아줌마를 향해 걸어가는 길이 바다처럼 넓어 보인다. 분명 바위는 딱딱할 텐데, 내가 걸어가는 동안 표면이 울렁거리는 것처럼 보인다. 발밑에 세 가지 색깔의 피가 보인다. 나는 머릿속으로 계속 중얼거린다. '참가합니다. 피로써 맹세합니다.' 긴장해서 잊어버리고 싶지 않다.

이제 머리쓰개 챙 아래로 페그 아줌마의 날카롭게 빛나는 눈빛이 보인다. 아줌마는 거칠고 강해 보인다.

스카마우스의 모든 사람, 디스비의 모든 사람, 그리고 본토에서 온 모든 관광객의 관심이 나한테 쏟아지는 것을 느낀다. 나는 최대한 똑바로 선다. 거대한 새 머리 모양 머리쓰개 없이도 나는 페그 아줌마처럼 강해 보일 것이다. 나한테는 이름이 있고, 그거면 늘 충분했다.

손을 내민다. 작은 칼이 얼마나 아플지 궁금하다. 내 목소리는 생각보다 크게 나온다.

"참가합니다."

페그 아줌마가 칼을 든다. 나는 마음의 준비를 한다. 지금까지 아무도 움츠러들지 않았고, 내가 첫 번째로 움츠러드는 사람이 되지는 않을 것이다.

"잠깐!"

어떤 목소리가 들린다. 페그 아줌마는 아니다.

우리 둘 다 고개를 돌린다. 이튼 씨가 땀에 젖은 전통 의상을 입고 바위 아래에 서서 목을 쭉 빼고 우리를 본다. 조끼를 입고 주머니에 손을 찌른 남자들 한 무리가 이튼 씨 주위에 서 있다. 그중 몇 명은 피가 멎도록 아직 조심스럽게 손을 받친 기수들이다. 몇 명은 이튼 씨처럼 전통 스카프를 둘렀다. 그 사람들은 인상을 찌푸린다.

내가 뭔가 잘못 말한 거다. 내 차례가 아닌데 올라온 거다. 내가 뭔가 잘못한 거다. 무슨 잘못인지는 모르겠지만, 가슴속에서 불안이 꿈틀거린다.

"그 애는 참가할 수 없소."

이튼 씨가 말한다.

내 심장이 쿵 떨어진다. 도브! 도브 때문일 것이다. 기회가 있었을 때 그 얼룩말을 가졌어야 했다.

"경주가 시작된 이래로 여자가 참가한 적은 없었소. 올해 들어 그걸 바꿀 수는 없소."

나는 이튼 씨와 그 주변 남자들을 바라본다. 그 사람들이 서 있는 모양새가 서로 한 가족 같고 동지 같다. 바람을 피해 모여든 한 무리 조랑말처럼. 혹은 자기들을 움직이려는 양치기 개를 주의 깊게 쳐다보는 한 무리 양처럼. 나는 이방인이다. 여자다.

내가 경주에 나가는 것을 막을 하고많은 장애물 중에, 이런 게 있을 줄은 몰랐다.

내 얼굴이 붉어진다. 이 바위 위에 서 있는 나를 수백 명이 지켜본다. 하지만 나는 목소리를 낸다.

"경주 규정에 그런 얘기는 없었어요. 읽어 봤어요. 한 글자 한 글자."

이튼 씨가 옆 사람을 쳐다보자 그 사람이 입술을 핥더니 말한다.

"종이에 써놓은 규정이 있고, 써놓지 않은 규정이 있는 법이오."

그 말이 무슨 뜻인지 내가 알아차리기까지 시간이 걸린다. 그건, 내가 참가해서는 안 된다는 규정은 없지만, 어쨌거나 나를 참가시키지 않겠다는 뜻이다. 게이브 오빠와 내가 어려서 게임을 할 때와 마찬가지다. 내가 이길 것 같으면 오빠는 규칙을 바꿨다.

그리고 그때와 마찬가지로, 그 불공정함에, 내 가슴이 뜨거워진다.

"그렇다면 대체 뭐 하러 규정을 종이에 써놓는 거죠?"

"써놓기엔 너무 당연한 것들이 있지."

이튼 씨 옆에 있는, 깔끔한 스리피스 정장에서 재킷만 스카프로 바꿔 두른 남자가 말한다. 얼굴보다도 흰 셔츠에 깔끔하게 갖춰 입은 진회색 조끼가 눈에 더 선명하게 들어온다.

"이제 내려와라."

이튼 씨가 말한다.

내가 올라온 계단 쪽에 있는 다른 남자가 내 쪽으로 손을 뻗는다. 내가 자기 손을 잡고 내려가기라도 할 것처럼. 하지만 나는 움직이지 않는다.

"저한텐 당연하지 않은데요."

이튼 씨는 잠깐 얼굴을 찡그리더니, 이윽고 설명이 떠오른 듯 천천히 말을 이어간다.

"여자는 섬이고, 섬은 우리를 기르지. 중요한 일이야. 하지만 섬이 바다로 흘러가 버리지 않도록 제자리에 있게 하는 건 남자들이야. 그날 해변에 여자는 안 된다. 그게 자연의 섭리야."

"그러니까 미신 때문에 제 자격을 박탈하겠다는 거군요. 제가 경주에 나가면 배가 가라앉기라도 한다는 건가요?"

"음, 노골적으로 말하자면 그런 셈이지."

"그러니까 그냥 제가 문제군요. 제가 경주에 나가는 게 잘못된 거라고 생각하시네요."

다른 사람들도 모두 내가 까다롭게 군다고 생각할 거라고 확신하면서 믿을 수 없다는 표정으로 사람들을 돌아보는 이튼 씨를 보니, 아까 술집에서 만난 게이브 오빠가 떠오른다. 이튼 씨를 볼수록 싫은 점이 눈에 띈다. 이튼 씨 부인은 이튼 씨의 저 두꺼운 아랫입술이 끔찍하지 않을까? 꼭 저렇게 가르마를 타서 숱 없는 두피를 드러내야 하나? 말하는 사이사이에 턱을 저렇게 오물거려야 하나?

"어허, 개인적으로 받아들이지 마라. 그런 게 아니야."

"개인적으로 들려요."

이제 그 사람들은 짜증이 났다. 그 사람들은 '안 돼.' 하고 속삭이기만 해도 내가 내려올 줄 알았는데 그러지 않으니, 나는 훗날 술자리 안줏감이 아니라 지금 당장 골칫덩이가 된 것이다.

"10월에는 네가 너뿐만 아니라 다른 많은 사람을 기쁘게 할 수 있는 일이 많이 있다, 케이트 코널리. 넌 경주에 나가지 않아도 돼."

이튼 씨가 말한다.

나는 우리 주방 식탁에 앉아서, 집을 지키기 위해 너희가 뭘 할 거냐고 묻던 맬번 씨를 떠올린다. 내가 지금 당장 이 바위를 내려간다면 게이브 오빠를 잡아 둘 핑계가 더는 아무것도 없다. 오빠한테 얼마나 화가 나 있는지와 별개로 이렇게 아까 그 대화를 우리의 마지막 대화로 남길 수는 없다. 나는 어디로 튈지 모르는 이시커를 탄 션 켄드릭과 시합하던 느낌을 떠올린다.

"경주에 참가할 저만의 이유가 있어요. 이 바위에 올라왔던 다른 남자들과 마찬가지로요. 단지 제가 여자라고 그 이유가 사라지진 않아요."

몇 미터 떨어진 곳에서 프리벳이 말한다.

"케이트 코널리, 여기 네 편이 누가 있지? 여자가 우리 피를 흐르게 해. 여자한테 우리 소원을 빌어. 하지만 그 바위를 적시는 피는 남자의 피다. 대대로 남자의 피였어. 네가 거기 올라가고 싶으냐 아니냐를 묻는 게 아니야. 너는 거기 있을 자격이 없어. 이제 그만해. 어린애처럼 굴지 말고 내려와."

프리벳이 뭔데 나한테 뭐라고 지껄이는 거지? 또다시, 나는 전혀 과민

하다고 느끼지 않을 때 나한테 과민 반응은 하지 말라고 하던 게이브 오빠가 떠오른다. 나는 나한테 말타기를 가르쳐 주었던, 말과 거의 한 몸이었던 엄마를 떠올린다. 저 사람들은 나한테 이곳에 있을 자격이 없다고 말할 수 없다. 내가 뭐라 말하든 저 사람들은 나를 끌어내리겠지만, 나한테 자격이 없다고 말할 수는 없다.

"저는 규정을 따르겠습니다. 적혀 있지 않은 건 따르지 않겠습니다."

그러자 조끼 입은 남자가 말한다.

"케이트 코널리, 이제껏 한 번도 여자가 발 디딘 적 없는 경주에, 올해 처음으로 여자를 들여 보자고 얘기하는 거냐? 누가 너더러 굳이 나서 달랬지?"

나한테 내려오라고 손짓을 하던 남자가 계단을 오르기 시작한다. 소리 없는 신호다. 내가 내려가지 않으면 그들이 나를 끌어내릴 것이다.

끝이다.

이렇게 끝이 나다니 믿을 수가 없다.

"저는 찬성합니다."

모든 사람이 돌아본다. 무리에서 조금 떨어진 곳에 팔짱을 낀 션 켄드릭이 서 있다.

"이 섬은 피가 아니라, 용기 위에 서 있으니까요."

션이 말한다. 션의 얼굴은 내 쪽을 향하지만, 눈은 이튼 씨와 주변 무리를 본다. 션의 말이 끝나자 고요해진다. 내 귓속에서 심장이 쿵쿵 뛴다.

사람들이 션의 말을 곱씹는 것이 보인다. 사람들 표정은 읽기 쉽다. 션을 무시하고 싶지만, 경주에서 그렇게나 여러 번 죽음을 물리친 사람

말에 어느 만큼 무게를 두어야 할지 고민한다.

그래튼 아저씨의 트럭에 탔을 때처럼, 션은 더는 아무 말도 하지 않는다. 대신 션의 침묵이 사람들한테서 말을 끌어내고 자신을 바라보게 한다.

"그러니까 너는 저 애를 참가하게 하자는 말이구나. 이 모든 것을 무릅쓰고 말이다."

마침내 이튼 씨가 말한다.

"이 모든 것이란 게 뭔가요. 무엇이 옳은지 그른지 바다가 결정하게 하죠."

션이 대답한다. 길고 긴 침묵이 이어진다.

"그럼 참가하게 하지."

이튼 씨가 말한다. 이튼 씨 주위에서 고개를 흔드는 사람이 있지만, 아무도 말을 꺼내지는 않는다. 션의 말이 이어진다.

"피를 흘려."

페그 아줌마는 내가 손을 내밀기를 기다리지 않는다. 아줌마는 내 손을 잡아채더니 손가락을 베고, 나는 아픔 대신 뜨거움이 어깨까지 확 솟아오른다. 피가 맺히더니 바위 위에 방울져 떨어진다.

아까 션이 이곳에 올라섰을 때와 같은 느낌이 든다. 내 발이 바위에 뿌리내려서 섬의 일부가 되고 내가 거기에서 자라난 듯한 느낌. 바람이 내 머리를 머리끈 밖으로 끄집어내자 내 머리카락이 얼굴에 부딪친다. 바위에 부딪치는 파도 냄새가 난다.

나는 턱을 들고 말한다.

"케이트 코널리. 도브. 피로써 맹세합니다."

나는 사람들 속에서 다시 션 켄드릭을 찾는다. 션은 자리를 뜰 것처럼 몸을 돌렸지만 어깨 너머로 나를 본다. 나는 션의 눈을 바라본다. 모든 사람이 지금 이 순간을 지켜보는 것만 같다. 션 켄드릭의 눈을 마주 보면 무슨 일이 일어나거나 내가 알 수 없는 어떤 것에 끌려 들어갈 것 같지만, 그래도 나는 눈길을 돌리지 않는다.

"그들의 피로써, 경주를 시작합시다. 여기 우리 기수들이 있으니, 경주를 시작합시다."

페그 아줌마가 어둠을 향해, 사람들을 향해 말하지만, 사람들은 아줌마를 쳐다보지 않는다.

션 켄드릭은 잠깐 더 내 눈을 마주 보다가, 이윽고 사람들을 벗어나 성큼성큼 걸어간다.

경주까지는 2주 남았다. 모든 것은 오늘 밤에 시작된다. 나는 그것을 심장으로 느낀다.

션

다음 날 아침, 섬은 으스스할 정도로 고요하다. 어젯밤 광란을 생각하면 오늘부터 열띤 훈련이 시작될 것만 같지만, 마구간은 고요하고 거리도 조용하다. 그래서 기분이 좋다. 오늘 하루 내내 할 일이 많다. 나는 시선을 하늘로 돌린다. 누비이불 같은 구름이 해를 가리고, 그 아래 작은 구름은 점점이 바삐 갈 길을 간다. 폭풍이 언제쯤 올지 바다를 보면 더 잘 알 수 있다.

이상하게도 고요한 아침, 나는 날씨가 나빠지기 전에 운동을 좀 시키고 풀을 뜯기려고 어린 경주마들을 끌어내고 해변에 가져갈 준비물을 챙긴다. 양동이 두 개, 그리고 약한 마법으로 묵직한 내 주머니.

막 나가려는데 누군가 말을 건다.

"교회에는 안 가나 보구나."

홀리 씨다.

"안녕하세요, 홀리 씨."

홀리 씨는 아마 미국에서 일요일에 입는 옷차림이지 싶은, 화려한 옷을 입었다. 흰색 브이넥 스웨터에 가벼운 재킷, 주름을 세운 카키색 바지. 본토 신문 사회면에 실릴 사진을 찍어도 될 것 같다.

"안녕."

홀리 씨가 대답한다. 홀리 씨는 내 양동이를 들여다보더니 움찔 놀라 물러난다. 나조차도 그 냄새에 익숙해지기가 쉽지 않은, 코어의 악취 나는 배설물이다.

"성모 마리아나 코카콜라나, 둘 다 참기 어렵지."

내가 양동이를 든 채 문을 열려고 애쓰는 것을 보더니 홀리 씨가 친절하게 따라와 문을 대신 여닫아 준다.

"그래서, 신자는 아니야?"

"저도 사람들이 믿는 거 똑같이 믿어요. 다만 그게 건물 안에 있을 거라고는 믿지 않는 거죠."

나는 턱을 들어 컬럼바 성당을 가리킨다.

땅은 부드럽다. 해변으로 난 길을 걸어가자 말똥 냄새가 은은하게 퍼진다. 맬번 마장 경계선 대부분을 이루는 이 해변은 경주가 열리는 해변 반대편이다. 절벽이 있긴 하지만 더 낮고 바닥이 고르지 않으며, 바다가 가까워 좀 더 위험하고, 바닷속에 사는 생물들이 많이 기어오른다.

홀리 씨가 빠른 걸음으로 나를 따라잡더니 내 손에서 양동이 하나를 가져간다. 홀리 씨는 무게에 끙 소리를 내지만 별다른 말은 없다.

"뭐 하시는 거예요?"

"신을 찾으려고. 네가 신이 밖에 있다고 하니, 나도 구경 좀 하려고."

내 일을 나누어 한다고 홀리 씨가 신을 찾을 수 있을지는 모르겠지만 나는 반대하지 않는다. 절벽까지는 꽤 걸어야 하고 동행이 있는 것도 나쁘지 않다. 바람을 막아 주던 마장 건물에서 멀어질수록 바람은 장애물 하나 없는 들판을 가로질러 더 거세게 불어온다. 문명의 흔적이라고는 맬번 목초지임을 표시하는 돌담뿐이다. 돌담은 맬번 씨가 말을 기르기 전부터 있던 것이다. 많은 이들이 잊어버린 디스비의 모습이다.

홀리 씨는 고맙게도 꽤 오랫동안 말없이 걷다가 묻는다.

"근데 우리가 정확히 뭘 하는 거지?"

"폭풍이 와요. 바다 쪽은 벌써 상황이 나쁘고, 말들이 몰려올 거예요."

"말이라는 게…… 이시커를 말하는 거구나."

홀리 씨는 또 조심스럽게 말을 멈췄다가 발음한다.

나는 고개를 끄덕인다.

"말이 몰려오다니, 어디로 말이니? 와우, 야호!"

마지막 고함은 우리가 막 높은 곳에 올라와서 바다와 주변 지대를 훤히 내려다보게 되어 터져나온 것이다. 땅은 낮은 절벽이거나 초원이라도 깊게 갈라진 틈이 있어 어디나 위험하다. 풀밭이다가 갑자기 허공이 나오고 또다시 풀밭이 나오는 식이다. 우리 바로 아래에서 저 너머까지 검은 바위가 이빨처럼 솟아 있고 바다는 그 이빨 사이에서 거품이 되어 부글거린다. 바다도 바쁘다. 내일이면 지옥이 될 것이다. 나는 홀리 씨가 경치를 음미할 수 있게 시간을 꽤 오래 주고 나서 질문에 대답한다.

"땅 위로 몰려와요. 이시커가 섬 주변 얕은 물로 밀려 나오면 해류와 바위를 만나 쉽게 뭍으로 올라오거든요. 막 뭍에 올라온 이시커는 보고 싶지 않으실 거예요."

"굶주려 있어서?"

나는 양동이를 기울여 길에 냄새 고약한 물질을 얼마간 쏟고는 다시 길을 걷는다.

"굶주려 있어서, 맞아요. 그리고 불안정해서 더 위험해요."

"그래서 똥을 버림으로써……."

"영역을 표시하는 거죠. 이쪽 해변으로 올라오면 코어를 마주치게 될 거라고 생각하게 하려고요."

"맬번 씨의 번식용 암말들이 아니고 말이지."

홀리 씨가 마무리한다. 우리는 말없이, 높은 곳에서 낮은 곳으로 움직이며 말이 올라올 만한 장소에 표시를 한다. 마침내 바위투성이 해변만이 남는다.

"여기 남아 계시는 게 나을 거예요."

나는 바닷물 바로 옆에서 홀리 씨의 안전을 보장할 수가 없다. 바다는 벌써 거칠고 위험하며, 저 아래 쪽에서 이시커가 벌써 나오지 않으리란 보장도 없다. 내가 말을 잃어버린 지 이틀 만에 똑같은 방식으로 바이어를 잃어버린다면 맬번 씨가 좋아하지 않을 것이다.

홀리 씨는 나를 이해한다는 듯이 고개를 끄덕이지만, 내가 아래로 내려가는 길로 향하자 따라온다. 용기가 좀 필요한 일이라는 점에서 나는 홀리 씨를 존경한다. 나는 빈 양동이를 홀리 씨가 든 양동이와 맞바꾼다. 홀리 씨는 양동이 손잡이가 파고들었던 손바닥을 문지른다.

이곳, 길 맨 아래쪽은, 해변을 채우는 가장 고운 돌이 내 주먹만 하고 나머지는 다 굵직한 바위나 절벽이 부서져 내린 덩어리이다. 바다가 내 발밑으로 애타게 손길을 뻗는다. 바다에서 죽은 것들 냄새가 난다.

"만약 다른 말을 잡으려면, 지금이 딱 좋을 때예요."

파도가 우리 발치에 얕은 웅덩이를 만들어 놓았다. 홀리 씨는 왠지 모르지만, 그 물에 손가락을 담근다. 그 웅덩이에는 물속에서 촉수를 뻗어 사람을 감염시킬 수도 있는 말미잘과 밟았다가 찔릴 수도 있는 성게, 먹기에는 너무 작은 게가 가득하다.

"생각보다 따뜻하네. 그런데 왜 다른 말을 잡지 않니? 지난번에 한 마리 잃었다면서?"

머트가 스카타를 타기로 한 이상 다른 이시커를 잡아야 할 특별한 이유는 없다. 사실 이렇게 된 이상 에다나를 잡아 둘 이유도 없다.

"다른 말은 필요 없어요. 코어가 있으니까요."

홀리 씨가 돌로 성게 하나를 쿡 찌른다.

"혹시 코어보다 더 빠른 말이 어딘가 있을지 어떻게 알아? 잡히기만을 기다리는?"

나는 엄청난 속도로 달리던 그 얼룩말을 떠올린다.

"있을지도 모르죠. 굳이 알 필요는 없어요. 별로 내키지 않아요."

물론, 우승이 다가 아니다. 내가 그 누구보다 코어 마음을 잘 알고 코어는 누구보다 내 마음을 잘 안다는 사실을 어떻게 설명할지 모르겠다.

"다른 말은 필요 없어요. 저는 그저……."

나는 입을 다물고서, 사람은 접근하기 어려운 이 해변에서 말이 접근하기 쉬운 다른 지점으로 발을 옮긴다. 나는 주머니에서 소금 한 줌을 꺼내 침을 뱉고 모래 바닥에 뿌린다. 코어의 똥을 조금 흘린다. 그러고는 별말 없이 다시 돌아온다.

홀리 씨가 내 뒤를 따라오며 말을 하고, 나는 뒤를 돌아보지 않아도 홀리 씨의 목소리가 또렷하게 들린다.

"그런데 네 말이 아니구나."

내가 이 대화를 계속하고 싶은지 잘 모르겠다.

"제 말이 아닌 게 아니에요. 맬번 씨 말이죠."

"그게 뭐가 다르지?"

"이 세상에서는, 이 섬에서는 달라요. 이런 문제예요. 저는 맬번 씨 소속이고, 홀리 씨는 아니죠."

디스비는 맬번 씨 소유거나 아니거나 둘 중 하나로 나뉜다.

"그럼, 자유를 원하는 거구나."

나는 하던 일을 멈추고 홀리 씨를 본다. 홀리 씨는 내가 있는 길 아래쪽에 서서 나를 바라본다. 깔끔한 스웨터와 잘 다려진 바지를 말쑥하게 차려입은 홀리 씨는 무척 순하고 부드러워 보인다. 하지만 홀리 씨의 표정은 밍밍하지 않다. 지금도 내 생각에는, 이 미국에서 온 자유분방한 투자자 홀리 씨가 미국에서 온 자유분방한 투자자 아닌 다른 삶을 살아본 것 같지 않지만, 처음으로 그건 아무런 문제가 되지 않는다. 그와 상관없이 홀리 씨는 나를 이해한다.

"그럼 맬번 씨한테서 코어를 사지그래?"

나는 희미하게 웃는다.

홀리 씨가 내 표정을 읽는다.

"돈 때문이니? 아, 맬번 씨가 팔지 않는댔지. 넌 내세울 게 없니? 경주에 이기는 것 말고도 분명 네가 필요할 텐데. 미안. 내가 너무 나갔구나. 내가 상관할 일이 아닌데. 가자. 내가 아무 말도 안 한 걸로 치자꾸나."

하지만 홀리 씨는 이미 말을 했다. 아무 말도 안 한 것이 될 수는 없다. 내막은 이렇다. 1년 중 11개월, 나는 맬번 씨한테 쓸모 있겠지만, 남은 1개월은 쓸모가 없을 것이다. 맬번 씨가 11개월을 위해 1개월을 기꺼이 포기하려 할까? 나는 그 위험한 내기에 나설 생각이 있나?

우리는 다시 높은 지대에 선다. 초원을 배경으로 홀리 씨는 하얗고 나는 까맣다. 나는 내용물을 비우고 가는 걸 흐뭇해하며 양동이를 탈탈 턴다. 내가 깨끗한 흙을 한 줌 집어서 속삭인 다음 다시 땅에 뿌리는 모습을 홀리 씨가 말없이 지켜본다.

"마법이구나."

"재갈도 마법인가요?"

"내가 흙에 대고 속삭이면 그건 별 힘이 없다는 것만 안단다."

홀리 씨는 내가 절벽에서 뻗은 다른 두 길에다가도 똑같이 하는 것을 지켜본다. 내가 무얼 하는지 홀리 씨는 묻지 않고, 나도 말하지 않는다. 다시 길을 되돌아가며 홀리 씨한테는 침묵이 꽤 길겠다 싶을 때에야 나는 말한다.

"그냥 생각하시는 대로 얘기하셔도 돼요."

"어, 아니야. 내가 상관할 일이 아니니까. 벌써 한 번 끼어들었는데 또 그러고 싶진 않구나."

홀리 씨는 말을 걸어 준 것에 반가워하며 곧바로 대답한다.

나는 눈썹을 쓱 추켜올린다.

홀리 씨는 아까 그 웅덩이 물보다 더 더러운 것을 만지기라도 한 것처럼 손을 문질러 닦는다.

"그래, 그렇다면 말이야. 그 여자애랑은 무슨 일이 있었니? 케이트 코널리, 맞지?"

나는 숨을 내쉬고 양동이를 포갠 뒤 마장으로 가는 길을 따라 내려간다.

"혹시 대답을 안 한다고 아무 일도 없다고 받아들일 거라고 생각한다면, 그건 아니란다."

"그래서 대답 안 한 건 아니에요. 아무 일도 없었다고는 말 안 해요. 하지만 무슨 일인지는 저도 모르겠어요."

홀리 씨가 다시 나를 따라잡자 나는 대답한다.

바위 위, 페그 아줌마 곁에 서서 이튼 씨나 다른 운영 위원들한테 주눅이 들지 않던 그 애 모습이 생생하게 떠오른다. 내가 그렇게 용감한 적이 있었는지 기억이 나지 않고, 그래서 부끄럽다. 사실은, 그 애한테 끌리면서도 거부감이 든다. 그 애는 내 모습을 비추는 거울이면서 동시에 이 섬에서 내가 속하지 않은 어느 한 부분으로 가는 문이다. 말의 여신이 내 눈을 들여다보았을 때와 비슷하다. 나도 모르는 내 일부가 있는 느낌이다.

"미국인이 볼 때 그게 무슨 일인지 얘기해 주마. 하지만 듣기 싫으면 안 들어도 돼."

내가 홀리 씨한테 날카로운 눈빛을 보내자 홀리 씨가 유쾌하게 웃는다.

"날마다 고향을 떠나온 보람을 느끼네. 그래서, 내가 그 여자애한테 돈을 걸어도 될까?"

"건초 값 아끼셔야죠. 겨울은 기니까."

나는 투덜거린다.

"캘리포니아에서는 안 길어."

그러고 홀리 씨가 웃는데, 웃음소리가 들려오는 거리로 보아 홀리 씨가 멈춰 섰나 보다. 나는 돌아본다.

"네 말이 맞아, 켄드릭."

홀리 씨가 눈을 감은 채 말한다. 홀리 씨는 바람이 불어오는 쪽을 바라보며, 흔들리지 않도록 몸을 살짝 앞으로 기울인다. 홀리 씨의 바지는 앞쪽에 진흙과 말똥이 튀어 이제 새것 같지 않다. 우스꽝스러운 빨간 모자가 바람에 날려 뒤로 넘어갔지만 홀리 씨는 눈치채지 못하는 것 같다. 바람의 손가락이 홀리 씨의 금발을 파고들고 바다가 홀리 씨한테 노래를 부른다. 가만히 있으면, 이 섬한테 사로잡힌다.

"무슨 말이 맞아요?"

"여기 밖에서 신이 느껴져."

나는 바지에 손을 문질러 닦는다.

"지금부터 2주 뒤에, 해변에 널린 시체를 보고 난 뒤에 다시 얘기해 주세요."

홀리 씨는 눈을 뜨지 않는다.

"션 켄드릭이 낙관론자가 아니라는 걸 아무한테도 알리지 마라."

조금 있다가 홀리 씨가 덧붙인다.

"웃은 거 다 아니까 아닌 척하지 마."

홀리 씨 말이 맞아서 나는 아무 대꾸도 하지 않는다.

"맬번 씨와 그 말을 놓고 얘기해 볼 거지, 그렇지?"

나는 오래된 살인 바위 위에 제물처럼 서서, 이튼 씨에 맞서던 용감한 케이트 코널리를 생각한다. 내 얼굴에 말의 여신이 뿜어내는 숨결이 느껴진다. 거기엔 천둥 내음이 스며들어 있다.

나는 대답한다.

"네."

퍽

미사가 끝난 일요일, 나는 굳이 도브한테 마구를 씌우지 않는다. 미사가 끝나면 너 나 할 것 없이 이시커를 타려고 나설 테니, 경쟁자들을 보기에 좋은 기회이지 싶다. 나는 저녁때 도브를 데리고 절벽 위에 갈 생각이다. 도브가 온종일 비싼 건초를 먹으며 빨리 달려야 할 상황에 좀 적응한 다음에 말이다.

나는 핀과 게이브 오빠를 두고 집을 나선다. 오빠는 오늘 우리랑 같이 미사에 갔다. 그런데 시계를 들여다보다가 중간에 나가 버리는 바람에 무니햄 신부님이 오빠를, 그리고 우리를 쳐다보았다. 무니햄 신부님 설교는 대체로 썩 나쁘지는 않지만, 듣기에는 괴롭다. 그나마 다리까지 잠에 빠지면 움직이지 않을 수 있는데, 미사 전에 마신 차가 깨달음 대신 화장실을 갈구하게 하면 허벅지를 꼬집으며 참아야 한다. 만약 브라이언처럼 밤낚시를 했다면 고개를 뒤로 젖히고 눈꺼풀을 살짝 벌린 채 조는 것도 가능하다.

그래도 아무도 일어나서 나가지는 않는다. 하지만 게이브 오빠는 그랬다. 비치 그래튼도 그랬다. 예쁜 토미 오빠가 성당에 안 왔으니 망정이지, 왔다면 틀림없이 똑같이 했을 거다.

이러니 나는 고해성사를 하러 가서 가족을 보고 나쁜 생각을 했을 뿐만 아니라 그 나쁜 생각을 미사 중에 했다고 털어놓아야만 한다. 이대로 몇 시간 안에 죽는다면 지옥에 떨어질 거라고 생각하니 기분이 썩 좋지는 않지만, 나는 밀물이 들어와 기수들이 다 들어가 버리기 전에 해변에 나가야 한다.

어쨌든 경주가 열릴 해변이 보이는 절벽 위에 올라오니 그런 생각도 멀어진다. 바람 부는 절벽에서 말을 타고 싶지는 않지만, 거기에 그냥 앉아 있는 건 괜찮다. 나는 울 담요를 차곡차곡 접어 넣은 짐을 등에 메고 어슬렁거리다가, 절벽 끝 가까이 훈련하는 모습을 훤히 내려다볼 수 있으면서도 안전한 보금자리에 짐을 펼친다. 그러고는 어깨에 담요를 두르고 보온병에 담아 온 차를 홀짝홀짝 마시며 11월의 케이크를 먹기 시작한다. 오늘 아침에 케이크 세 개와 돌 몇 개를 오븐에 데웠고, 그 돌이 지금까지 케이크를 따뜻하게 유지해 주었다. 종이와 연필, 그리고 핀이 찾아 준 초시계를 꺼내면서 꽤 뿌듯함을 느낀다. 이곳에 오래 앉아 있다 보면 틀림없이 다른 말들이 드러내는 비밀을 볼 수 있을 것이다. 다른 말들이 얼마나 빠르게 달리는지 알고 싶다. 그러고 나면 도브를 그 시간과 거리에 맞춰 훈련할 계획이다. 내 약점이 무엇인지 안다면 더 잘 준비할 수 있을 것이다.

10분 정도 앉아 있는데 곁눈에 무언가가 흘끗 보인다. 몇 발짝 옆에 누군가가 한 무릎을 세우고 앉아 팔을 괸다.

“그래서 우승 비결을 찾아낸 거야, 케이트 코널리?”

나는 고개를 돌리지 않고도 목소리를 알아듣는다. 심장이 순간 멈췄다가 다시 뛰어 보려고 하지만 잘 안 된다.

"퍽이라고 불러도 된다니까."

션 켄드릭은 아무 말 하지 않지만 일어나지도 않는다. 이렇게 앉아 아래쪽에 있는 말들을 보면서 나는 션이 무슨 생각을 하는지 궁금하다. 훈련하는 광경을 이렇게 위에서 보니 사뭇 다르다. 아래쪽에 있을 때처럼 혼란스러워 보이는 것이 아니라 질서 있고 조용하며 목적이 분명해 보인다. 말 두 마리가 싸우려고 뒷다리로 일어서고 주인들이 말을 떼어놓으려고 하는 모습조차, 거리가 멀고 또 바람이 부는 탓에 소리가 죽는다. 장난감 군대 같다.

나는 프리벳과 회색 말 펜다가 물가를 따라 질주하는 것을 관찰한다. 초시계로 시간을 재고 기록한다.

"나중에는 더 빠르게 달릴 거야. 아직 몰아붙이지 않았어."

적어 봤자 소용없는 시간을 적는다고 무시하는 건지, 아니면 내가 알지 못했던 귀한 정보를 알려 주는 건지 모르겠다. 그래서 나는 연필로 이미 적은 글자를 다시 꾹꾹 눌러 따라 쓴다. 나는 션한테, 어젯밤에 왜 내 편을 들어 주었는지 물어보고 싶지만, 엄마가 칭찬을 듣고 이유를 캐묻는 건 무례한 거라고 했고, 이 경우도 그런 경우인 것만 같아서 묻지 않는다. 너무너무, 물어보고 싶지만.

그래서 우리는 한동안 침묵 속에 앉아 있다. 질풍이 내 담요와 모자를 파고들고 내 종이를 펄럭인다. 나는 가방에서 아직도 따뜻한 내 소중한 11월의 케이크를 하나 꺼내 션한테 권한다.

그 애는 고맙다는 인사 한마디 없이 케이크를 받는다. 하지만 고마워하는 느낌은 살짝 풍긴다. 케이크를 건네면서 그 애 얼굴을 쳐다보지 않아서 확실하지는 않지만.

조금 뒤에 션이 말한다.

"저 검은 말 보여? 토미 포크가 탄 말. 저 말은 추격을 좋아해. 만약 내가 저 말을 탄다면 말을 선두 뒤에 머무르게 해서 의욕을 유지시킬 거야. 앞지르는 건 나중이야."

나는 해변을 향해 눈을 찌푸리며 션이 보는 걸 찾으려고 애쓴다. 해변은 모의 시합을 하는 사람들, 달리다가 마는 사람들로 아수라장이다. 나는 토미 오빠와 검은 암말을 찾아 잠깐 지켜본다. 검은 암말은 이시커치고는 다리가 가느다란데, 걸으면서 왼쪽 뒷발굽이 땅에 닿을 때마다 고개를 까딱까딱한다. 나는 뭔가 말해야 할 것 같아서 말을 꺼낸다.

"그리고, 왼쪽 뒷다리를 좀 저네."

"오른쪽인 것 같은데."

션 켄드릭이 말하지만, 곧 정정한다.

"아니, 왼쪽이네, 네 말이 맞아."

내가 이미 아는 걸 수긍했을 뿐인데도 나는 흐뭇하다.

이제 나는 질문을 던질 용기를 얻는다.

"너는 왜 말 안 타?"

그러고는 고개를 돌려 그 애의 날카로운 옆얼굴을 찬찬히 살핀다. 션은 저 아래쪽 움직임에 따라 이리저리 눈만 움직일 뿐 다른 부분은 꼼짝 않는다.

"경주는 말 타는 게 다가 아니니까."

"뭘 보는데?"

내 질문과 그 애의 대답 사이에는 다시 엄청나게 긴 침묵이 흘러서, 나는 그 애가 대답을 안 하려나 보다고 생각하다가, 곧이어 내가 질문을 생각만 하고 입 밖으로 꺼내지 않았는지도 모르겠다고 생각하다가, 결국엔 내 말에 뭔가 기분이 나빴나 보다고 생각하지만, 이제 내가 한 말을 다시 따져 보려 해도 정확히 기억도 안 난다.

그때 션이 말한다.

"누가 물을 두려워하는지 알고 싶어. 누가 똑바로 달릴 수 있는지 알고 싶어. 누가 코어가 추월하면 물어뜯을지 알고 싶어. 누가 말을 다루지 못하는지 알고 싶어. 누가 어떻게 달리는 걸 좋아하는지 알고 싶어. 누가 왼쪽 뒷다리를 저는지 알고 싶어. 올해는 해변이 어떻게 달라졌는지 알고 싶어. 경주가 어떤 식으로 펼쳐질지 미리 알고 싶어."

그때 아래쪽에서 얼룩말이 울부짖고, 그 소리가 얼마나 큰지 절벽 위에 있는 우리 둘한테까지 들린다. 어젯밤에 내가, 기회가 있을 때 저 말을 타야 했다고 후회했다니. 나는 션의 눈길을 따라간다.

"그리고, 너는 저 얼룩말을 잘 지켜봐야겠다고 생각하는구나."

"너나 나나 둘 다."

바로 그때, 그 얼룩말이 폭발하듯 튀어 나가 사나운 파도가 그리는 선을 따라 달린다. 얼룩말은 바다 쪽으로 휙 향했다가 다시 절벽 쪽으로 홱 방향을 튼다. 너무 빨라서, 내가 초시계를 들여다볼 생각을 미처 하기도 전에 이미 해변이 끝나는 곳에 도착한다.

"네 오빠가 본토로 간다며."

션이 말한다.

나는 한참 동안 말문이 막혔다가 마침내 말한다.

"경주가 끝나자마자."

비밀인 척할 이유가 없다. 누구나 아는데. 션은 이미 그래튼 아저씨

트릭에서 내가 그 얘기를 하는 걸 들었다.

"너는 같이 가지 않고."

나는 '오빠는 나한테 물어보지도 않았어.' 하고 대답하려다가, 내가 떠나지 않는 이유는 그게 아니라는 사실을 깨닫는다. 다른 어떤 곳도 아닌, 바로 여기가 내 고향이니까 함께 가지 않는 거다.

"응."

"왜 안 가는데?"

나는 그 질문에 화가 난다.

"왜 가는 게 기준이 되는 건데? 사람들이 너한테도 왜 여기 남아 있느냐고 묻니, 션 켄드릭?"

"응."

"그럼 넌 왜 남아 있는데?"

"하늘, 모래, 바다, 그리고 코어."

멋진 대답에 그만 놀라고 만다. 나는 우리가 진지한 대화를 하는지 몰랐다. 알았다면 묻는 말에 좀 더 나은 대답을 했을 텐데. 나는 또한 션의 대답에 그 수말이 포함되어 있다는 데 놀란다. 내가 도브 얘기를 할 때 다른 사람들은 과연 내 목소리에서, 션이 코어 얘기를 할 때 목소리에 묻어나는 정도의 애정을 느낄 수 있을까. 하지만 그 말이 아무리 아름답다 한들 괴물을 사랑하다니 나로서는 상상하기 어렵다. 나는 전에 정육점에서 만난 그 할아버지가 션 켄드릭을 보고 한 발은 땅에 한 발은 바다에 있다고 말한 것을 기억한다. 그런 말한테서 피에 굶주린 성향 말고 다른 것을 보려면 한 발은 바다에 담가야 하나 보다.

나는 좀 고민하다가 이윽고 말한다.

"욕망 문제인 것 같아. 관광객들은 늘 무언가를 갖고 싶어 하는 것 같아. 하지만 디스비에서는 무엇을 가지는 것보다 무엇을 하느냐가 중요하지."

말하고 나니 혹시 내가 욕망이나 야망이 없는 것처럼 들리지 않을까 싶다. 션에 비하면 분명 그래 보일 것이다. 내가 생각하는 바는 있는 그대로 이야기하고 그 애가 무슨 생각을 하는지는 알 수 없다니, 아무래도 나는 저주에 걸린 것 같다.

션은 아무 말이 없다. 우리는 아래쪽에서 말들이 달리고 발을 구르는 모습을 바라본다. 마침내 션이 나를 보지 않고 말한다.

"사람들은 여전히 너를 해변에서 끌어내려고 할 거야. 어젯밤으로 끝난 게 아니야."

"왜 그러는지 모르겠어."

"다른 사람한테 네 무언가를 보여 주기 위해 경주하는 거라면, 어떤 사람들과 싸워야 하는지가 어떤 말을 타는지 만큼 중요해."

션의 눈은 얼룩말을 떠나지 않는다.

"하지만 너는 그러려고 경주하는 거 아니잖아."

션이 몸을 일으켜 선다. 나는 그 애의 흙 묻은 장화를 보며, '내가 기분을 상하게 했구나.' 하고 생각한다. 션이 말한다.

"나는 다른 사람들이 중요한 적은 한 번도 없었어, 케이트 코널리. 퍽 코널리."

나는 고개를 들어 션을 쳐다본다. 담요가 어깨에서 미끄러지고 모자도 바람에 날려 벗겨진다. 가늘게 뜬 그 애 눈 때문에 표정을 읽을 수가 없다. 나는 말한다.

"그러면?"

션은 재킷 목깃을 세운다. 웃지 않지만, 늘 그렇듯, 인상을 쓰는 것도 아니다.

"케이크 고마웠어."

그러더니 션은 종이에 연필을 대고 앉아 있는 나를 두고 풀밭을 성큼성큼 가로질러 걸어간다. 나는 다가올 경주를 위해 중요한 것을 배운 느낌이지만, 종이에 무엇을 적어야 할지는 떠오르지 않는다.

션

마장으로 돌아와 맨 먼저, 맬번 씨를 찾는다. 처음 퍽을 봤던 날 펀더멘털을 훈련할 때 느꼈던 것처럼, 왠지 모르게 불안한 기분을 또 느낀다. 말의 여신이 다른 소원을 빌라고 말했을 때 그 느낌. 이 변덕스러운 섬에 사실 얼마나 변화가 없었는지, 나는 섬이 내가 전혀 알지 못했던 다른 것으로 바뀌고 나서야 비로소 깨닫는다.

나는 연습로에서 다른 두 사람과 같이 있는 맬번 씨를 찾아낸다. 맬번 씨는 바이어들과 함께 있을 때면 으레 그러듯이, 마치 구매 협박이라도 할 것처럼 고개를 앞으로 내밀고 서 있다. 다른 두 사람은 몸을 움츠리고 서 있는데, 빗속에 버려진 고양이들처럼 축축하고 추워 보인다.

가까이 가자 먼저 그들이 보는 망아지가 눈에 띈다. 빠르고 튼튼해서 앞날이 기대되는 메틀이라는 망아지다. 메틀은 능력보다 의욕이 넘칠 때가 많지만, 반대 경우보다야 그게 훨씬 낫다.

다음으로 나는 바이어 두 사람 중 한 사람이 홀리 씨라는 걸 알아본다. 홀리 씨는 나를 보자, 얼굴에 반가운 기색이 어린다. 홀리 씨가 다른 바이어와 맬번 씨한테 뭐라고 말한다. 맬번 씨는 고개를 끄덕이며 웃지만 불편한 기색을 띤다. 맬번 씨가 건물 뒤편을 가리키자 홀리 씨가 다른 바이어를 그쪽으로 안내한다.

우리가 서로 지나칠 때 홀리 씨가 내 쪽으로 손을 뻗으며 말한다.

"션 켄드릭, 맞지? 좋은 아침이야."

나는 홀리 씨와 처음 보는 사람처럼 악수하고 홀리 씨의 능청스러움에 눈썹을 추어올린다. 홀리 씨와 다른 바이어는 가고, 맬번 씨와 나만 남는다.

나는 연습로 울타리 옆에 있는 맬번 씨한테 간다. 맬번 씨는 메틀 쪽을 보며 인상을 쓴다. 메틀은 직원 한 사람을 태운 채 게으름을 피우며 장난을 친다. 메틀은 얼굴이 특이하고 못생겼다. 왠지 모르지만, 경주마 중에서도 특히 빠른 녀석들은 못생기거나 거칠게 생긴 경우가 많다. 메틀은 지금 달리면서 당나귀 같은 윗입술을 위로 접어 올린다. 위에 탄 직원도 메틀이 대충 달리도록 내버려 둔다. 저 직원이 메틀의 능력이 얼마나 되는지 몰라서 그러는 건지 아니면 그저 의욕이 없는 건지 모르겠다. 어쨌거나 지금은 메틀이 그 직원을 공원에서 산책시키는 꼴이다.

결국 맬번 씨가 말한다.

"켄드릭 군. 저 망아지는 늘 이런가?"

나는 대답할 말을 고른다.

"페니앤파운드와 로스트레이버의 새끼예요."

페니앤파운드는 맬번 씨가 가장 아끼는 번식용 암말이고, 로스트레이버는 소문에 따르면 본토 장애물 경기에서 워낙 여러 번 우승해서 견줄 말이 없다고 한다.

"핏줄이 언제나 발휘되는 건 아니니까."

맬번 씨가 침을 탁 뱉고 다시 망아지를 쳐다본다.

"발휘됐어요."

"그런데 바이어들 앞에서 농땡이나 쳐?"

나는 맬번 씨한테 물어보고 싶은 것이 있다. 그 생각만 굴뚝같지만, 지금은 때가 아니다. 나는 대답을 하는 대신 울타리를 잡고 아래쪽으로 슥 들어가 연습로로 건너간 다음 직원이 메틀을 타고 원을 그리며 속도를 줄이는 쪽으로 걸어간다. 맬번 씨가 새로 뽑은 직원 중 하나다. 이곳 일과 급여를 오래 견디는 사람이 없다. 나는 메틀한테 걸어가 굴레를 잡는다.

"어, 션 켄드릭!"

직원이 깜짝 놀라 말한다. 나만큼 어리다. 이름이 반스라고 한 것 같은데 확실히 모르겠다. 반스는 성이었던가.

나는 다른 손으로 직원한테서 채찍을 받아 든다. 아직 채찍으로 건드리지도 않았는데 메틀은 안절부절못하며 자기를 붙들고 선 내 주위를 빙빙 돈다.

"맬번 씨가 지켜본다. 다시 데리고 나가서 제대로 달리게 해봐. 이 녀석이 널 속였어."

"나는 시킨다고 시켰는데."

내가 뒷다리에 채찍을 갖다 대자 메틀은 내가 후려치기라도 한 것처럼 펄쩍 뛴다. 메틀은 내 목소리를 알고 내가 굴레를 꽉 잡은 것도 안다.

"그랬겠지. 하지만 말은 그렇게 생각 안 해, 나도 그렇고. 이거 다시 받아."

반스가 채찍을 받아들고는 다시 고삐를 감아쥔다. 내가 굴레를 잡았을 뿐인데도 메틀은 이제 부르르 떨며 의욕에 넘친다. 나를 보는 반스의 눈길에서 메틀의 잠재력과 빠르기에 겁먹은 것이 보인다. 반스는 그걸 즐기는 법을 빨리 배워야 할 것이다.

내가 굴레를 놓고, 다른 손을 마치 아직 채찍을 쥔 것처럼 들어 올리자, 메틀은 쏜살같이 튀어 나가 연습로를 달려 내려간다. 나는 반스가 혼자서도 잘 해내는지, 메틀이 계속 상태를 유지하는지 잠깐 지켜본다. 반스는 겁을 먹었지만, 썩 나쁘지 않다. 나라면 더 잘했겠지만, 어쨌든 이제는 적어도 메틀이 농땡이 치지는 않는다.

나는 다시 울타리 쪽으로 와서 아래로 건너온다. 맬번 씨는 턱을 긁으며 눈으로 메틀을 좇는다. 손톱으로 턱을 긁는 소리가 들린다.

나는 주머니에 손을 찔러 넣는다. 초시계로 재보지 않아도 메틀이 자기 기록을 넘어선 것을 알 수 있다. 잠깐 나는 침묵하며, 내가 이제부터 하려는 말에 무게를 실어 줄 무언가를 찾아보려고 한다. 하지만 찾을 수가 없고 그저 말하는 수밖에 없다.

"코어를 사겠습니다."

맬번 씨는 그게 무슨 말이냐는 듯이 불편한 눈빛으로 나를 흘깃거리고는 다시 연습로로 눈길을 돌린다. 맬번 씨는 늘 손에 쥐고 다니는 초시계를 작동시키고 메틀이 연습로 끝에 도착하자 버튼을 누른다.

"맬번 씨."

"나는 같은 얘기 두 번 하는 거 안 좋아하네. 몇 년 전에 했던 말을 오늘 또 하게 하는군, 그 말은 아무한테도 안 팔아. 개인적인 감정으로 받아들이진 말게."

맬번 씨가 코어를 팔지 않는 이유를 물론 안다. 코어를 팔면 스콜피오 경주에서 가장 강력한 우승 후보를 놓치는 거니까. 코어를 팔면 광고로 내세울 큰 건 하나를 잃는 거니까.

"왜 팔지 않으시는지 이해해요. 하지만 자기 말 하나 없이 다른 사람을 위해 말을 타야 하는 게 어떤 일인지를 잊으신 것 같네요."

맬번 씨는 초시계를 보며 눈살을 찌푸린다. 메틀이 느려서가 아니라 그 반대여서.

"전에도 말했지만, 다른 말이라면 어떤 놈이라도 자네한테 팔겠네."

"다른 말은 제가 키우지 않았어요. 제가 그 말들을 지금 모습으로 키운 게 아니에요."

"자네는 모든 말을 지금 모습으로 키워 냈네."

나는 맬번 씨를 바라보지 않는다.

"그 말들은 저를 지금의 저로 만들지 않았어요."

이런 고백을 내뱉다니. 나는 맬번 씨가 샅샅이 들여다볼 수 있도록 내 심장을 열어 보이고 말았다. 나는 코어와 함께 자랐다. 아버지는 코어를 탔고, 아버지는 코어를 잃었고, 그리고 나는 코어를 다시 찾았다. 코어는 내 유일한 가족이다.

맬번 씨가 뭉툭하고 못생긴 엄지손가락으로 턱을 문지른다. 잠깐 나는 맬번 씨가 진짜로 고려해 보는 거라고 생각한다. 하지만 곧 맬번 씨는 말한다.

"다른 말을 골라 보게."

"다른 말은 계속 훈련할게요. 변하는 건 딱 하나뿐이에요."

"다른 말을 골라 보게, 켄드릭 군."

"다른 말은 원하지 않아요. 코어를 원해요."

맬번 씨는 여전히 나를 보지 않는다. 만약 나를 바라본다면 내가 이길 것이다. 피가 귀에 몰린다.

"이 얘기 다시는 꺼내지 말게. 그 말은 안 팔아."

맬번 씨가 연습로에 나서는 다음 말을 지켜보는 동안, 나는 주머니 속에서 주먹을 꽉 움켜쥐며 기수 행진 때 물러서지 않던 케이트 코널리를 떠올린다. 홀리 씨가 나한테, 맬번 씨가 코어보다 더 원하는 것이 분명 있을 거라고 말한 것을 떠올린다. 나는 말의 여신의 기이한 목소리를 떠올린다. '다른 소원을 빌어라.' 나는 심지어, 명성을 위해 모든 것을 걸고 그 얼룩말을 타는 머트를 떠올린다. 나는 내가 해마다 해변에서 목숨을 걸고 도박을 해왔다고 생각했지만, 사실은 잃을까 봐 두려웠던 딱 한 가지를 결코 걸지 않았다.

나는 이러고 싶지 않다.

나는, 아주 조용히, 말한다.

"그렇다면, 맬번 씨, 저는 그만두겠습니다."

맬번 씨는 한쪽 눈썹을 쓱 추어올리고는 고개를 돌린다.

"뭐라고?"

"그만두겠습니다. 오늘요. 다른 조련사를 찾아보세요. 경주에 나갈 다른 기수를 찾아보세요."

맬번 씨 입가에 희미한 미소가 어린다. 나는 그게 뭔지 안다. 경멸이다.

"지금 나를 협박하는 건가?"

"마음대로 생각하세요. 저한테 코어를 파시면, 올해 마지막으로 맬번 씨를 위해 경주에 나갈 거고, 계속해서 다른 말을 훈련할 겁니다."

연습로에서 어두운 밤색 거세마가 숨을 몰아쉬며 성큼성큼 걷는다. 아직 달릴 상태가 아니다. 맬번 씨가 손으로 다시 입술을 문지르는데,

그 몸짓은 메틀을 떠오르게 한다.

“이 마장에서 자네 역할을 과대평가하는군, 켄드릭 군.”

나는 움츠러들지 않는다. 바닷속에 서 있고, 파도가 다리에 몰아치는 것을 느끼지만, 거기에 휩쓸리지는 않을 것이다.

“내가 자네 대신 그 수말에 태울 사람을 못 찾을 것 같나?”

맬번 씨는 내 대답을 기다리고, 내가 대답하지 않자 말을 잇는다.

“그 말에 올라 보고 싶어 죽을 지경인 애들이 스무 명은 떠오르는군.”

그 모습을 상상하니 가슴을 후벼 파는 것 같지만, 그게 바로 맬번 씨가 의도하는 바일 것이다.

내가 여전히 말이 없자 맬번 씨가 말한다.

“뭐, 그럼 그렇게 하지. 이번 주말까지 짐을 빼게.”

나는 이렇게 침착했던 적이 없다. 이렇게 고요하고 두려움 없었던 적이 없다. 나는 숨도 쉴 수 없지만, 애써 손을 내민다.

“나와 게임하려 하지 말게. 그건 내가 발명한 거야.”

맬번 씨는 나를 보지 않고 말한다.

협상은 끝났다.

나는 코어를 다시는 탈 수 없을 것이다.

코어 없는 내가 누군지 나는 모른다.

퍽

나는 누구보다도 도브를 믿는다. 때때로 도브가 고집을 부리기도 한다. 도브는 무릎보다 깊은 물에 들어가기 싫어하는데, 디스비에서 그런 성향은 겁이 많다기보다는 지혜롭다고 할 수 있다. 또 도브가 망아지일 때 양 떼를 실은 트럭과 다툼이 있었는데, 지금도 둘 사이가 평화롭지는 않다. 그리고 도브는 날씨라고 할 만한 모든 요소에 영향을 받는 편이다. 하지만 내가 도브를 타고 강을 건너거나 양 트럭 뒤를 좇아가거나 돌풍 속에서 스카마우스에 가야 할 일이 자주 있는 건 아니니까, 이런 점들은 괜찮다.

그런데 오후에 다시 절벽 위로 돌아왔을 때, 날씨가 나쁘다. 머리 위를 짓누르는 구름이 풀을 어두운 녹색으로 물들이고, 풀 사이를 비집고 바람이 낮고 곧게 불어온다. 돌풍이 속도를 내지 못할 정도로 세게 몰아치자 도브는 움찔 몸을 떤다. 바람에서 이시커 냄새가 난다. 우리 둘 다 밤처럼 어두워져 버린 오후에 이곳에 있고 싶지 않다.

하지만 우리는 이곳에 머물러야만 한다. 경주 날 바람이 불고 비가 오더라도 도브가 안정된 상태여야 한다. 지금처럼 변덕스럽고 다루기 힘든 동물이어서는 안 된다.

"진정해."

내가 말하지만, 도브는 귀를 빙빙 돌리며 내 목소리 말고 다른 소리에 귀 기울인다.

바람이 휭 몰아치는 소리에 놀라, 도브는 아슬아슬하게 거의 절벽 끝까지 내달린다. 나는 절벽 끝 풀이 수북한 곳에서, 거기만 지나면 저 아래 부서지는 파도 거품으로 뚝 떨어지는 그 곳에서, 잠깐 동안 아래를 바라본다. 하마터면 일어났을지 모를 일을 생각하니, 시간이 멈춘 듯 어질어질한 느낌이 든다. 나는 고삐 한 가닥을 홱 당기며 발로 도브의 배를 찬다.

도브는 여전히 통제가 되지 않는다. 내가 앉아 있지 못할 정도로 몸을 흔들며 육지 쪽으로 달려 나간다.

나는 엄마가 말 타기를 가르칠 때 알려 준 모든 방법을 써본다. 끈이 내 머리에서 척추를 따라 안장까지 연결되었다고 상상한다. 내가 모래로 만들어졌다고 상상한다. 내 발이 도브의 배 양쪽에 달린, 너무 무거워서 움직이지 않는 돌이라고 상상한다.

나는 균형을 잡으며 도브의 속도를 늦추지만 심장이 마구 뛴다.

도브를 두려워하고 싶지 않다.

그때 프리벳이 나타난다. 이런 시커먼 하늘 아래에서 프리벳은 초상집에 가는 사람처럼 어두워 보인다. 프리벳은 잘빠진 회색 말 펜다를 탔는데, 펜다는 날뛰는 바다처럼 하얀 줄무늬가 있지만 그리 얼룩덜룩하지는 않다. 몇 미터 옆에는 적갈색 이시커를 탄 빵집 아들 에이크 팰슨이 있고, 그 옆에는 프리벳의 둘째 사촌인지 뭔지 되는 피니가 밤색 이시커 위에 앉아 있다. 그리고 말을 타지 않은, 바람을 맞으면서 시끄럽게 떠드는 남자들도 한 무리 있다.

이 사람들이 무슨 의도로 이곳까지 올라왔는지 짐작할 수가 없는데, 그때 토미 오빠가 검은 말을 타고 사람들 뒤에서 달려온다. 나를 찾아낸 토미 오빠의 눈빛에는 경고가 담겨 있다.

에이크 팰슨이 앞장서서 내 쪽으로 온다. 빵집 주인인 아버지를 닮았는데, 그건 유감스러운 일일 수 있는 게, 아버지 닐스 팰슨 씨는 흰머리가 삐죽삐죽 나고 눈은 움푹 팬 데다 밀가루 한 포대를 옷 속에 숨긴 듯이 배가 불룩하기 때문이다. 하지만 에이크의 찡그린 눈은 푸른 눈동자를 더 두드러지게 할 뿐이며 회백색 금발은 이상하다기보다는 자유분방해 보인다. 에이크는 무서울 정도로 키가 크며, 나중에는 옷 속에 밀가루 포대를 숨기게 될지 몰라도 지금은 그저 탄탄한 체형이다. 우리 아빠는 늘 에이크를 좋아했다. 에이크는 마무리를 잘한다고 얘기하셨는데, 그렇지 않은 사람이 수두룩한 이 섬에서 그건 칭찬이다.

적갈색 말 등에서 몸을 숙이며 에이크가 명랑하게 말한다.

"코널리 가 셋째 아들은 오늘 좀 어떠신가?"

사람들이 웃음을 터뜨린다. 웃음소리가 멈추고 나서야 나는 셋째 아들이 나를 뜻한다는 것을 깨닫는다.

피니가 가까이 다가가자 피니의 밤색 말이 에이크를 확 물려고 든다. 별일은 아니지만, 이빨이 맞부딪치는 그 소리에 도브가 움찔한다.

"요즘엔 그런 농담이 재미있다니 유감이네."

내가 대답한다. 나는 도브를 가만있게 하는 게 얼마나 힘든지 들키지 않게 애를 쓴다. 바람만으로도 힘들었는데, 지금은 이시커까지 있다.

"이게 요새 유행이야. 해변에서 너는 케빈으로 통한다고."

에이크가 말한다. 어두워서 표정이 잘 보이지 않아 에이크가 재미있어하는 건지 아닌지 알아볼 수가 없다.

대꾸하기 전에 나는 괜히 모자 밖으로 내 머리카락이 빠져나왔는지 손가락을 뻗어 확인해 본다. 몇 년 전, 게이브 오빠가 얼굴만 보면 핀과 내가 똑같다고 놀리곤 했다. 내가 남자애처럼 보일지도 모른다는 사실에 얼마나 스트레스를 받았는지 좀 부끄럽다.

"거참 재밌네. 경주에 나간다는 이유로 남자여야 한다는 게."

에이크와 피니가 더 가까이 다가오자, 나는 도브가 완벽히 가만있지 못하는 걸 들키지 않으려고 원을 그리며 걷게 한다.

에이크는 달리 생각하기라도 했다는 듯이 어깨를 으쓱한다. 뒤에서 피니의 밤색 말이 풀쩍 뛰더니 에이크의 적갈색 말에 몸을 부닥쳐서 적갈색 말이 하마터면 도브한테 부딪칠 뻔한다. 고삐를 타고 도브의 두려움이 전해진다.

피니가 허둥지둥 말을 추스르는 것을 보고 에이크가 웃음을 터뜨린다.

"시끄러워."

피니가 한마디 내뱉고는, 체면을 차리려고 중절모를 다시금 눌러쓴다. 피니는 턱으로 내 쪽을 가리킨다.

"자, 케빈, 솜씨 좀 보자."

"그렇게 부르지 마."

내가 대답한다. 피니와 에이크가 내 주변을 빙글빙글 돈다. 두 사람이 탄 말들 때문에 도브는 더 작아 보인다. 피니와 에이크는 그렇게 하면 도브가 무서워 날뛸 것을 아는 게 틀림없다.

"그리고 나는 훈련 마치려던 중이었어."

내가 덧붙인다.

"에이, 그렇게 빼지 마. 소문에는 쏜살같다던데."

"벌써 너희랑 시합할 생각 없어. 너희 하는 건 지켜봐 주지."

나는 이를 악물고 미소를 지어 보인다.

에이크가 웃는다. 비웃는 웃음은 아니지만, 기분 좋은 웃음도 아니다. 에이크가 말한다.

"네가 우리랑 시합해 줄 거라고 토미가 그랬는데."

나는 에이크와 피니 뒤에 있는 토미 오빠를 본다. 토미 오빠가 고개를 가로젓는다.

"그럼 토미 오빠는 자기가 한 말도 기억 못 하나 보네."

"불알은 어디 두고 이렇게 빼는 거야?"

피니가 묻는다.

빠져나가야 한다. 내 머리 한구석에서는 이런 일이 문제가 될 거라는 생각이 든다. 도브는 경주 날 이보다 더한 일을 해야 하니까. 하지만 그건 먼 이야기다. 더 급한 일은 지금 도브가 벌벌 떨며 도망치기 직전이라는 거다.

"나한테 그게 있다고 우기는 건 너지, 내가 아니야."

나는 뒤를 흘끗 살피며 도브를 피니와 에이크한테서 물러나게 할 공간이 있는지 본다. 얼굴에 비가 몇 방울 떨어진다. 최악인 건, 피니와 에이크한테 악의가 없다는 사실이다. 그저 조지프 베링거처럼 구는 것뿐이다. 다만 조지프는 우악스러운 이시커 등에 타고서 나를 놀리지는 않는다.

"돈을 거는 마권업자들이 여기 있어. 배당률 45 대 1을 뒤엎을 뭔가를 보여 주지그래?"

피니가 뒤쪽 구경꾼들을 팔꿈치로 가리킨다. 피니의 밤색 말이 다시 에이크의 적갈색 말을 확 밀쳐서, 적갈색 말이 도브한테 세게 부딪친다. 도브의 갈기를 파고드는 바람 속에, 이빨이 부딪치는 소리와 도브의 비명이 들린다. 도브가 뒷다리로 일어서고 나는 도브의 등에 매달린다. 도브의 왼쪽 귀 뒤에 이시커의 이빨이 긁어 놓은 얕은 상처가 보인다. 상처에서 작은 핏방울이 몽글몽글 솟아오른다.

"좀 비키란 말이야!"

내가 소리친다.

나는 내 목소리에 흠칫 놀라며 창피함을 느낀다. 겁에 질린 소녀 같은 목소리다.

에이크와 피니도 내 목소리를 듣자 낯빛이 달라진다. 에이크가 고삐를 너무 세게 당기는 바람에 적갈색 말이 거의 일어서다시피 한다. 피니는 말을 발로 차서 도브한테서 떨어지게 한다.

둘은, 특히 에이크는, 미안한 표정으로 나를 바라본다.

도브가 바람을 향해 머리를 치켜들고 겁에 질려 날카롭게 울부짖는다. 에이크는 말을 더 뒤로 물린다. 나는 도브와 이시커 사이에 거리가 생겨서 안도하는 동시에, 갑작스레 나를 둘러싼 이 빈 공간이 뼛속까지 부끄럽다.

몇 미터 떨어진 곳에서 구경하던 마권업자들은 모자에서 빗방울을 털어 내더니 서로 뭐라고 수군거리며 내 쪽으로는 눈길 한번 돌리지 않고 떠난다. 펜다를 탄 채 지켜보던 프리벳은 에이크한테 고개를 까딱하더니 말을 돌린다.

"나중에 보자, 케이트."

에이크는 갑자기 수줍은 듯 내 눈도 마주 보지 못하고서 말한다. 에이크가 고삐를 늦추자 말은 스카마우스를 향해 빙글 돈다. 피니는 모자에 손을 대 인사하더니 뒤따라간다.

이따금 풀밭에 떨어지는 빗방울 소리와 바람 소리, 이제 절벽 위가 고요하게 느껴진다. 내 귀에는 계속해서 아까 내 목소리가 울리고, 그때마다 나는 점점 더 작아진다.

토미 오빠는 걱정 어린 얼굴이다. 잠깐 오빠가 내 쪽으로 오려는 듯 움직이자 토미 오빠가 탄 이시커 때문에 도브가 귀를 뒤로 젖히고 새된 소리를 지른다. 토미 오빠는 고삐 가까이 있는 한 손을 까딱하더니 다른 사람들을 따라간다.

내 입김을 날리는 질풍과 함께, 나는 혼자 남았다. 그토록 겁에 질린 도브한테도 화가 나지만, 나 자신한테 더 화가 난다. 내가 지금까지 얼마나 용감했는지, 혹은 앞으로 얼마나 용감할지는 아무 소용없다. 이곳에 있던 모든 사람한테 내가 해변에 어울리지 않는다는 사실을 보여 주는 데, 아주 잠깐이면 충분했다.

펵

그날 밤 핀과 나는 도브를 키우는, 집에 덧붙여 지은 헛간으로 소풍을 간다. 도브는 아직도 겁에 질려 예민하다. 내가 거기 함께 있지 않으면 먹이에 입도 대지 않을 것 같다. 그리고 핀이 말하기를 폭풍이 불어 며칠간은 집 안에만 있어야 한단다. 우리도 밖에 나갈 수 있을 때 나가는 것이 낫다. 우리가 집 안에서 야단법석을 떨 때면 엄마는 바깥에 소풍을 가라고 말하곤 했는데, 그래서 소풍이란 향수 어린 일이기도 하다.

주위가 점점 어두워진다. 이따금 비가 부슬부슬 뿌리지만, 헛간 지붕 아래는 축축하지 않고 전등이 있어 우리가 먹는 수프를 볼 수 있을 만큼은 밝다. 우리는 헛간 벽에 등을 기대어 앉고, 나는 값싼 건초 더미를 펼쳐 담요처럼 우리 다리를 덮는다. 핀은 우울한 내 기분을 눈치채고 자기 그릇을 내 그릇에 달그락하고 갖다 대며 건배한다. 도브는 반은 헛간 바깥에 반은 헛간 안쪽에 선 채 건초를 씹는다. 여기서도 도브의 목에 난 긁힌 상처가 또렷이 보인다. 또다시 절벽 꼭대기에 울리던 내 목소리가 들린다. 만약 내가 그 애들이 시합하자고 할 때 거절하지 않았다면 무슨 일이 일어났을까 하는 생각이 떠나지 않는다. 그 애들이 도브한테서 물러나며 짓던 표정이 머릿속에서 떠나지 않는다.

몇 분 동안 우리는 말없이 감자 수프를 홀짝거리며, 도브가 비싼 건초를 씹는 소리와 헛간 금속 지붕에 보슬비가 떨어지는 소리를 듣는다. 핀은 다리 위에 건초를 더 덮어서 추위를 막는다. 바깥에서 하늘은 가장자리부터 검푸른 색과 갈색으로 물든다.

"도브가 벌써 더 빨라진 것처럼 보여."

핀이 말한다. 그러고는 그릇 바닥에 남은 수프를 후루룩 들이켜서 내 신경을 거스르더니, 다 먹었다고 입술을 쩝쩝거린다.

나는 내 빈 그릇을 등 뒤 건초 더미 위에 놓아두고 빵 한 조각을 집는다. 아직도 배가 고프다.

"너 그 소리 다시 내볼래? 잘 안 들려서 말이야."

"누나 기분 안 좋네."

나는 대답을 세 가지쯤 생각해 내지만 결국 그냥 고개를 끄덕이고 만다. 무슨 일이 있었는지 입 밖에 내어 말하면, 머릿속에서 더 떠나지 않을 것이다.

핀은 자기 얘기 하는 걸 좋아하지 않기에 나한테도 더는 말하라고 하지 않는다. 대신 다리 위에 덮은 건초를 흩었다 모았다 하며 고르게 편다. 오래 침묵하다가, 핀이 말한다.

"우리는 앞으로 어떻게 될까?"

"앞으로라니, 언제?"

"경주랑. 게이브 형이랑. 우리는 어떻게 될까?"

나는 심술궂게 건초 한 가닥을 도브한테 획 던진다.

"도브는 비싼 사료를 먹고 이시커는 쇠간을 먹고, 우리한테 돈 거는 사람은 없겠지만, 막상 경주 날이 되면 날씨가 화창해서 다른 말들이 이쪽저쪽으로 달리는 동안 도브는 똑바로 달릴 거고, 그래서 우리는 섬에서 제일 가는 부자가 될 거야. 그럼 너는 차 세 대를 몰고 게이브 오빠는 섬에 눌러앉고 우리가 다시 콩을 먹는 일은 없을 거야."

"그런 거 말고."

핀은 마치 재밌는 이야기를 해달라고 했는데 내가 엉뚱한 이야기를 고른 것처럼 말한다.

"진짜 어떻게 될까?"

"나는 점쟁이가 아니야."

"만약 누나가 우승 못 하면? 나 도브 흉보려는 거 아니야. 하지만 도브가 상금 못 타면 어떡해?"

나는 핀이 또 팔을 꼬집는지 슬쩍 보지만 핀은 그냥 건초 한 가닥을 찢는다.

"우리는 집을 잃을 거야. 맬번 씨가 우릴 쫓아낼 거야."

핀은 이미 예상했다는 듯이 고개를 떨어뜨리고 손을 바라본다. 게이브 오빠는 우리를 과소평가했다.

"그리고, 그러면 말이야……."

나는 내가 실패하면 어떨지 상상해 본다.

"그러면 도브를 팔아야 할 것 같아. 그리고 다른 살 곳을 찾아야겠지. 우리가 일을 찾으면 집도 같이 따라올지도 몰라, 그러니까 그런 일……, 청소 같은 거. 아니면 방앗간이나. 방앗간에 숙소 있잖아."

방앗간에서 평생 일하고 싶은 사람은 아무도 없다.

나는 현실적이지만 그렇게 끔찍하지 않은 다른 걸 떠올려 보려고 애쓴다.

"그래튼 아저씨가 견습생으로 널 눈여겨보신다고 했어. 네가 못할 건 아는데, 혹시 대신 나를 써줄지도 모르지……."

"나 그거 할게."

핀이 말한다.

"넌 못 견딜 거야."

핀이 손에 쥔 건초 가닥을 짓이긴다. 가루가 된다.

"누나도 경주에 나가는 거 견딜 수 없었을 텐데, 하잖아. 나도 꼭 해야 하는 일이라면 견디는 법을 배울 수 있을 것 같아."

하지만 나는 핀이 그런 일을 견디는 법을 배우기를 바라지 않는다. 내 순수하고 다정한 동생이 있는 그대로이길 바라고, 내 가장 친한 친구인 도브가 내 곁에 머무르기를 바라고, 내가 자란 이 집을 방앗간 일자리와 거기에 딸린 좁은 숙소와 맞바꾸고 싶지 않다.

"하지만 그런 일은 일어나지 않을 거야. 처음에 말했던 게 앞으로 일어날 일이야."

핀은 다른 건초 한 가닥을 잘게 찢는다. 도브도 똑같이 군다.

그리고, 바로 그때, 이상한 삐걱거리는 소리가 들린다.

이 헛간 금속 지붕은 낡아서 자주 삐걱거린다. 한쪽 벽은 울타리 일부이기도 해서, 울타리 판자와 헛간 기둥이 만나는 곳에서도 삐걱거리는 소리는 날 수 있다. 또한 울타리도 새것은 아니라서 판자가 맞물린 곳 어디에서든 삐걱거리는 소리는 충분히 날 수 있다.

하지만 이건 그런 삐걱 소리가 아니다.

이건 두드리는 듯이 삐걱거리는 소리에 가깝다. 두드리는 것도 아니다. 더 약하다. 건드려 보는 소리다. 생각해 보니 내가 그 소리를 어떻게 들었는지도 잘 모르겠지만, 핀이 숨죽인 채 나를 바라보는 것을 보고, 내가 소리를 들은 것이 아니라 그저 느꼈다는 것을 깨닫는다.

핀과 나는 우리가 기댄 헛간 벽을 돌아본다.

'퍼핀이었나 봐.' 하고 말하고 싶다. 하지만 도브가 건초를 씹다가 멈추고, 아무것도 보이지는 않지만 소리가 난 쪽으로 귀를 세운다. 도브가 고양이 때문에 귀를 쫑긋 세우지는 않을 것이다.

핀과 나는 꼼짝 않고 앉아 있다. 지붕에 빗방울이 톡톡 부딪힌다. 우리는 서로를 보지 않는다. 서로 쳐다보면 소리가 더 잘 안 들릴 테니까. 아무 소리도 들리지 않는다. 아무 소리도. 지붕에 닿는 빗소리뿐이다. 도브는 여전히 귀를 기울이지만, 들을 소리가 없다. 그냥 헛간 이음새 문제였던 거다. 온통 조용하다. 작은 전등이 천장에 노란 동그라미를 그린다. 세상은 고요하다.

그때.

푸르르.

그리고 다른 쪽 벽에서 분명히 울리는 무엇을 밟는 소리.

발소리가 아니다.

발굽 소리다.

우리는 서로를 쳐다본다.

또다시 이상하게 두드리는 소리가 나고, 이번에는 우리 둘 다 그게 무슨 소리인지 안다. 다른 쪽 벽을 한번 두드려 보는 것이 느껴져서, 나는 입술을 꽉 깨문다. 핀이 전등 스위치에 손가락을 올리고서 묻는 표정을 짓는다. 나는 세차게 고개를 젓는다. 비가 부슬부슬 내리는 밤에 이시커를 만나는데 불도 없이 캄캄한 건 더 싫다.

대신 나는 내가 쌓은 건초 담요 밑으로 파고들기 시작한다. 천천히, 부스럭거리는 소리를 내지 않으며. 핀도 바로 나를 따라 한다. 반대편 벽에서 느껴지는 보이지 않는 움직임을 따라 도브는 귀를 움직인다. 귀를 기울이니 발굽이 땅을 한 발, 또 한 발 밟는 소리가 들린다. 다시 한 번, 지붕에 떨어지는 빗소리만큼 조용한, 숨을 내뿜는 소리가 들린다.

저 이시커는 뭘 하려는 걸까. 어쩌면 흥미를 잃을지도 모른다. 우리와 자기 사이 울타리 때문에 의욕을 잃을지도 모른다. 나는 머릿속으로 집 안으로 돌아가는 길을 차근차근 짚어 본다. 헛간 반대편을 돌아 울타리를 따라 내려가서 쇠파이프로 된 문을 넘어가면 몇 미터 앞에 현관이 있다.

적어도 우리 중 한 명은 제때에 현관에 들어설 수 있을 것이다. 하지만 그걸로는 충분하지 않다.

밤은 어둡고 고요하다. 발굽 소리가 다시 들려오는지 귀를 기울인다. 도브는 마지막으로 소리가 들려온 지점을 꼼짝 않고 주시한다. 건초 더미 속으로 거의 들어간 핀이 내 눈을 바라본다. 이를 앙다물고서.

지붕에 쏴 하고 비가 쏟아진다. 지붕 끝에서 빗물이 시차를 두고 땅에 떨어지며 똑, 똑, 하고 들릴 듯 말 듯 소리를 낸다. 저 멀리 어디선가 차 엔진 소리 같은 것이 들린다. 바람이 건초를 흐트러뜨린다. 반대편 벽에는 아무것도 없다.

도브가 흠칫 똑바로 선다.

헛간 틈새를 들여다보는 길고 검은 얼굴.

그 악마다.

나는 온 힘을 다해 헉하는 소리를 참는다. 한밤중 석탄처럼 새까만 그

것은 입술을 말아 올려 무시무시한 웃음을 띤다. 긴 귀를 서로 마주 보게 치켜세운 것이 말보다는 악마처럼 보인다. 상어 알 주머니가 떠오른다. 콧구멍은 바닷물을 뱉어내기 위해 길고 가늘게 생겼다. 눈은 검고 번들거린다. 물고기의 눈이다.

그것한테서 아직도 바다 냄새가 난다. 마치 썰물 때 바위에 걸려 남은 바다 생물처럼. 거의 말이라고 할 수 없다.

그것은 굶주렸다.

이시커는 울타리 안으로 목을 쭉 빼고 헛간에 고개를 들이민다. 이상한 미소를 띤 그것과 우리 사이에는, 엄마가 지켜보는 앞에서 내가 손수 못질한 판자 세 장밖에 없다. 그때 엄마는 "못을 두 개 말고 세 개 박아, 말은 전부 다 건드려 볼 테니까."라고 말했다.

그리고 오늘 밤, 지금, 검은 말이 그 판자를 가슴으로 민다. 세게 밀지는 않는다. 그저 헛간 벽을 두드려 보던 만큼이다.

못이 삐걱거린다.

내 심장 소리가, 아니 핀의 심장 소리가, 아니 아마도 우리 둘 심장 소리가 들리고, 그 소리가 너무 빠르고 커서 나는 숨을 쉴 수가 없다. 건초 위에서 나는 주먹을 너무 꽉 쥐어서 손톱이 손바닥을 파고든다.

'우린 숨어 있어, 넌 우릴 볼 수 없어, 저리 가.'

도브는 숨소리도 없이 고요하다.

이시커가 도브를 보더니 턱을 쫙 벌리고, 내 피를 얼어붙게 만드는 소리를 낸다. 목구멍 깊은 곳에서 뿜어져 나오는 낮은 소리다.

"크아아아아아아아아악."

도브는 귀를 머리에 딱 붙이지만 움직이지는 않는다. 이시커는 움직이는 먹이를 좋아한다는 말을 얼마나 많이 들었던가. 움직이면 죽는다.

도브는 돌처럼 굳었다.

이시커가 다시 한번 판자를 민다. 판자가 또 삐걱거린다.

핀이 숨을 내쉬는 소리가 들린다. 아주 작은 소리여서 나밖에 못 들었고, 또한 그건 내가 오빠와 남동생이 낼 수 있는 모든 소리에 귀를 기울이며 살아왔기에 가능한 일이다. 그건 약하고 겁에 질린 소리로, 나는 오랫동안 핀이 그런 소리를 내는 것을 들어 본 적이 없다.

그때 울음소리가 들린다.

바깥 방목장이다. 도브의 귀와 이시커의 귀가 모두 그쪽으로 파르르 선다.

소리가 다시 들려온다. 내 위에는 경련이 인다. 한 마리가 더 있구나. 반대쪽에서 울타리를 밀던 놈이 지금 방목장에 있는 놈이다. 못 세 개 박힌 판자도 우리 목숨을 지켜 줄 수 없을 것이다.

새카만 괴물이 그 이상하고 기다란 귀를 다시 한번 빙 돌린다.

울음소리가 다시 들린다. 아기 우는 소리와 닮은 소리인데, 순간 핀이 입술을 움직인다. 얼굴만 내놓은 채.

핀은 입을 크게 벌려 글자를 만들어 낸다. '퍼, 핀.'

울음소리가 다시 들리고, 이번에는 나도 곧바로 알아듣는다. 헛간에서 기르는 고양이, 늘 핀을 찾는 퍼핀이 밖에 나갔다가 돌아와 전등 불빛을 보고 이쪽으로 온 것이다. 퍼핀은 핀을 찾을 때 아기 같은 야옹 소리를 낸다. 핀은 기분이 좋으면 그 소리를 똑같이 따라 내고, 퍼핀은 그 소리를 집으로 이끄는 신호로 여긴다.

이제 더 가까이에서, 퍼핀이 다시 울자, 이시커는 울타리에 묵직하게 기댔던 몸을 일으킨다.

비 때문에 자욱하게 일어난 안개와 희미한 불빛 속에, 꼬리를 세운 채 우리 쪽으로 걸어오는 퍼핀이 보인다. 야옹? 퍼핀이 묻는다.

히죽거리던 이시커가 입을 닫는다.

이시커가 움직이자 그제야 퍼핀은 이시커를 본다. 세상이 무너질 듯 판자가 부러지는 소리와 함께 울타리가 종잇장처럼 찢겨 나간다.

퍼핀이 총알처럼 달아나고 이시커는 그 뒤를 쫓으며 더욱 굶주린다. 퍼핀과 이시커 모두 안개 속으로 사라지고, 나는 마지막으로 광분해서 허우적대는 발굽 소리와 퍼핀이 울부짖는 소리를 듣는다.

핀이 손으로 얼굴을 가리자 건초가 옆으로 떨어진다. 핀은 어깨를 들썩인다.

하지만 생각할 겨를이 없다. 그 이시커가 다시 돌아와 내 동생을 죽일지도 모른다.

나는 핀의 어깨를 잡는다.

"가자."

나도 계획은 없지만, 여기 있을 수 없다는 것은 안다.

그때 내 뒤에서 무슨 소리가 들려 홱 돌아보느라 근육이 놀란다. 조금 뒤에 나는 그 소리가 내 이름을 부르는 목소리라는 것을 깨닫는다.

"퍽!"

게이브 오빠다. 오빠는 이시커가 밟아 뭉개 버린 울타리를 넘어온다. 그리고 내 팔을 잡으며 쉿 한다.

"서둘러. 다시 올 거야."

나는 오빠를 보고 놀라서, 이런 순간에 오빠를 보다니 너무 놀라서,

처음에는 입이 떨어지지 않는다.

"도브. 도브는 어떡해?"

"데려가. 핀. 일어나. 어서."

오빠가 겨우 들리는 목소리로 재빨리 말한다.

나는 도브의 굴레를 잡는다. 도브는 고개를 치켜들며 어깨로 내 팔을 민다. 도브는 절벽 위에서처럼 떤다.

"퍼핀 때문에 그래."

내가 오빠한테 말한다.

"고양이잖아. 유감스럽지만, 얼른 가자. 두 마리 더 있어. 곧 올 거야."

오빠가 핀을 잡아끈다.

오빠가 앞장서서 무너진 울타리를 넘어간다. 내가 도브를 울타리로 이끌자 도브는 울타리에 가로막혔던 기억에 사로잡혀 몸을 뒤로 뺀다. 잠깐 동안 나는 도브를 남겨 두어야 하나 생각하며 끔찍한 순간을 보낸다. 내가 부드럽게 혀를 차자, 마침내 도브가 부서진 판자를 밟는다. 집 앞에는 전조등이 켜진 자동차가 서 있고 그 불빛에 토미 오빠 얼굴이 반쯤 보인다. 토미 오빠가 차 문을 벌컥 열고 핀한테 어서 타라는 몸짓을 한다.

게이브 오빠가 밧줄을 들고 내 옆으로 온다.

"창밖으로 빼."

"하지만……!"

"당장!"

오빠가 그 말을 하자마자 아까 내가 냈던 혀 차는 소리가 들려온다. 조금 전까지 우리가 있던 울타리 근처 어딘가에서 나는 소리다. 거기에

답하는 다른 소리가 안개 저 멀리에서 들려온다. 나는 밧줄 한끝을 도브의 굴레에 묶고 차 안으로 들어간다. 토미 오빠는 벌써 운전석에 앉았고 게이브 오빠가 차에 타서 문을 쾅 닫는다.

그러고 나서 우리는 좁은 길로 들어선다. 울퉁불퉁한 길을 따라 흔들리는 전조등 불빛이 안개와 비에 비친다. 뒤에서는 도브가 속보하다가 곧 구보로 달린다. 나는 밧줄을 뺄 공간만 남기고 유리창을 올린다. 토미 오빠는 운전에 온 신경을 기울인다. 끊임없이 거울을 쳐다보면서 우리를 쫓아오는 것은 없는지 확인하고, 도브가 우리를 잘 따라올 수 있도록 신경 쓴다. 집중한 그 얼굴을 보니 문득, 아까 해변에서 오빠를 봤던 일이 떠오른다.

차 안은 고요하고 따뜻하다. 아무도 끌 생각을 하지 못해 내내 히터를 켠 채 달린다. 차에서 새 신발처럼 불쾌하지 않은 냄새가 난다. 뒷좌석 내 옆에는 퍼핀 때문에 넋을 놓은 핀이 앉았다.

게이브 오빠가 토미 오빠를 돌아보며 물어본 게 유일한 대화다.

"너희 집으로?"

"말이 있어서 안 돼. 비치 네로 가야 해."

토미 오빠가 말한다.

그때 핀이 나를 꼬집으며 앞 유리창을 가리킨다. 전조등에 비친 것은 죽은 양이다. 마구 찢긴 양이 길 가 하수구에서 길 한복판까지 늘어져 있다.

거기를 지나치고 나서도 죽은 양이 눈앞에 어른거린다. 우리가 저 꼴이 될 수도 있었다. 하지만 토미 오빠와 게이브 오빠는 그런 얘기를 하지 않는다. 실은 아무 얘기도 하지 않는다. 둘은 그저 친숙하고도 엄숙

한 침묵 속에 앉아 있다. 게이브 오빠는 창밖을 응시하며 모든 것이 무사하다는 뜻을 말없이 전달한다.

토미 오빠는 내 예상과 달리 스카마우스가 아닌 해스터웨이로 가는 길로 들어선다. 건널목에서는 속도를 줄이지만 멈추지는 않고, 토미 오빠와 게이브 오빠 모두 이쪽저쪽을 열심히 둘러본다. 나는 창문에 얼굴을 바짝 붙이고서 도브가 힘들어하지 않는지 살핀다.

"내가 도브를 타고 따라갈게."

내가 말한다.

"이 상황이 다 끝날 때까지 너는 밖으로 못 나가."

게이브 오빠의 목소리에는 타협의 여지가 없다.

다시 침묵, 그리고 밤과 돌벽과 비뿐이다.

그러더니 마침내 게이브 오빠가, 엔진 소리에 묻히지 않으려고 목소리를 높여 말한다.

"핀, 이번에 오는 폭풍 말이야, 얼마나 갈까?"

뒷좌석에서 핀이 눈을 반짝 빛낸다. 질문을 받아서 몹시 기뻐하는 핀을 보니 나는 마음이 아프다.

"오늘 밤하고 내일이면 끝날 거야."

"하루래. 길진 않네."

게이브 오빠가 토미 오빠를 보며 말한다.

"충분히 길지."

토미 오빠가 답한다.

퍽

토미 오빠는 우리를 그래튼 아저씨네 집으로 데려간다. 아저씨네 집은 해스터웨이에서 더 가깝다는데 이런 빗속에서 그것도 폭 좁은 노란 전조등 불빛으로 보자니 뭐가 뭔지 분간이 안 가서 얼마나 가까운지는 모르겠다. 비치가 바람을 피해 어깨를 움츠리고 나와 우리를 맞고, 나한테 도브를 어디다 둘지 알려 준다. 비치가 손전등을 이리저리 움직여서 천장이 낮고 전등이 없는 네 칸짜리 작은 마구간을 보여 준다. 한 칸은 홀딱 젖은 염소들, 또 한 칸은 닭이 차지하고, 다른 한 칸에 있던 거세한 회색 말은 도브가 들어가자 빗장 풀린 마방 문 너머로 고개를 쑥 내민다. 도브는 이 유쾌하지 않은 인사에 답례로 귀를 납작하게 젖히지만, 나는 어쨌거나 그 회색 말 옆 칸에 도브를 넣는다. 도브와 함께 시간을 더 보내고 싶지만, 비치가 마구간에 불빛을 비춰 주느라 저쪽에 서 있는데 더 서성거리면 실례가 될 것 같다. 나는 도브의 목을 툭툭 두들기고는 비치한테 고맙다고 말한다. 비치는 흠 하고 숨을 내뱉고는 손전등으로 집 쪽을 비춘다.

집 안에 들어가니, 토미 오빠는 렌지 위에 있는 냄비 뚜껑을 열어 들여다보고, 게이브 오빠와 페그 아줌마는 편안하게 대화를 나누고, 핀은 보이지 않는다.

주방을 보니 정육점이 떠오르는 것이, 꼭 정육점을 집으로 바꾼 것 같다. 바깥은 어두컴컴하지만, 주방은 깨끗하고 새하얀 벽에 냄비와 칼이 걸려 있어 온통 밝다. 바닥이 흙 묻은 발자국투성이인데도 그 새하얗고 깨끗한 인상은 그대로다. 선반이 여러 개 있고 거기에는 자그마한 장식품들이 있는데 우리 집 장식품과는 완전히 다르다. 나무를 깎아 만든 말이나 사슴, 풀줄기에 붉은 리본을 묶어 만든 빗자루, 페그라는 이름을 새긴 석회석 조각이 있다. 하지만 우리 엄마가 좋아했던 색유리로 만든 작은 조각상이나 양과 여자가 뛰노는 아름다운 풍경화 같은 것은 없다. 물건은 많지만 어수선하지는 않다. 냄비에서 뭐가 끓는지 몰라도 방에 무척 좋은 냄새가 난다.

"네 방에서 재울 거야."

비치가 들어오자마자 페그 아줌마가 말한다. 밝은 데서 보니 비치는 자기 아버지를 똑 닮아 몸집이 크고 얼굴이 붉다. 비치는 마치 나무로 만들어진 것처럼 보이는데, 나무는 그다지 말랑말랑하지 않으니 비치가 표정을 바꾸는 데는 시간이 좀 걸린다. 게다가 바뀐 표정은 기쁜 표정이 아니다.

"절대 안 돼요."

비치가 대답한다.

"그럼 애들을 어디서 재우란 말이니?"

페그 아줌마가 묻는다. 정육점에서 누군가의 심장을 도려내거나, 우리 집 마당에 와서 경주에 나가지 말라고 말하거나, 머리쓰개를 쓰고 내 손가락을 칼로 베는 모습이 아니라, 이런 모습을 한 페그 아줌마가 낮섰다. 아줌마는 붉은 갈색 머리가 여전히 제멋대로 곱슬거리는데도, 왠지 더 작고 좀 더 단정해 보인다. 페그 아줌마와 비치와 게이브 오빠가 너무나 편히 우리가 어디서 자야 할지 이야기 나누는 것에 나는 당혹스럽다. 그러다가 게이브 오빠를 볼 수 없었던 시간 중 어느 만큼은 오빠가 이곳에 와 있었겠구나 싶다. 아마도 아주 많이. 그리고 우리를 이리로 데려온 것은 게이브 오빠가 이곳을 안전한 곳이라고 느끼기 때문이라는 것도 알겠다. 마치 다른 가족과 바꿔치기된 것처럼, 나는 이상하고도 슬픈 기분이 든다.

"핀은 어디 있어요?"

내가 끼어든다.

"물론 손을 씻겠지. 백만 년은 걸릴 거야."

게이브 오빠가 말한다. 내가 늘 사적이라고 생각했던, 코널리 가족만이 안다고 생각했던 핀의 이상한 버릇을 이렇게 아무렇지 않게 말해 버리는 것이 이상하게 느껴진다. 게이브 오빠가 핀을 놀리려고 말한 것은 아니지만 그렇게 느껴진다.

"화장실이 어디예요?"

페그 아줌마나 비치가 아닌 토미 오빠가 주방 옆으로 난 계단 쪽을 손짓해 가리킨다. 그래튼 가족의 집이 아니라 모든 사람의 집인 것 같다. 나는 시무룩한 기분으로 주방을 나온다. 계단을 다 올라가니 좁고 어두운 복도에 문이 세 개 있는데, 그중 하나에서만 아래 틈새로 빛이 새어 나온다. 나는 문을 똑똑 두드린다. 답이 없다가 내가 핀의 이름을 부르고 나서야 문이 열린다. 욕조와 변기와 세면대가 어깨동무하는 단짝처럼 다닥다닥 붙어서 그것만으로도 꽉 차는 작은 욕실이다. 핀은 변기 뚜껑을 내리고 그 위에 앉아 있다. 작은 타일이 깔린 바닥에는 남자 어른의 발자국이 있다.

나는 욕실에 들어가 문을 닫고 욕조가 젖었는지 확인한 뒤 욕조에 들어가 앉는다.

"형은 늘 여기에 오나 봐."

"응. 그래 보이더라."

"형은 그동안 여기 있었던 거야."

우리는 배신감에 젖는다. 자기 형을 숭배하고 형을 위해서라면 무엇이든 할 핀한테 도움이 되는 말을 해주고 싶지만, 아무 말도 생각나지 않는다.

"퍼핀은 죽었을까?"

핀이 묻는다.

"아니, 도망쳤을 거야."

내가 대답한다. 핀이 자기 손을 들여다본다. 하도 씻어 대서 손가락 마디가 조금씩 텄다.

"응, 나도 그렇게 생각해."

나는 고개를 돌려 반짝이는 욕조 손잡이를 본다. 반짝거리는 게 무니햄 신부님 차를 생각나게 한다.

"그래, 폭풍이 하루면 지나간다고?"

내가 말한다.

핀이 진지하게 고개를 끄덕인다.

"하루. 내일 새벽에 제일 심할 거야."

"물론 맞겠지. 근데 어떻게 알아?"

핀은 짜증이 난 것 같다.

"뭘 봐도 그렇지. 사람들이 자기 눈을 쓰기만 하면 다 알 수 있을걸."

그때, 노크도 없이 문이 확 열리고, 문간에 게이브 오빠가 서 있다. 오빠는 요 근래 어느 때보다도 기분이 좋아 보인다.

"여기서 파티라도 하는 거야?"

"응, 욕조 안에서 시작해서 화장실로 퍼졌네. 오빠도 끼고 싶다면, 이제 남은 자리는 세면대뿐이야."

내가 말한다.

"흠, 다들 너희가 어디 있나 궁금해하네. 양고기 스튜가 다 되어 가는데, 화장실에서 나와야 줄 거야."

핀과 나는 눈길을 교환한다. 핀도 나와 같은 생각일까. 게이브 오빠가 그저 아무런 나쁜 감정도 없는 것처럼, 그동안 자리를 비우지 않았던 것처럼, 모든 것이 그저 옛날 그대로인 것처럼, 그렇게 굴어서는 안 된다는 것. 전에는 그저 오빠가 한마디만 해주면 된다고 생각했는데, 이제 나는 오빠가 내 기분을 달래 주기를 바란다. 절절한 사과가 아니면 다른 건 필요 없다.

우리가 계단을 내려갈 때 오빠가 말한다.

"핀, 유감이지만 넌 소파에서 자야 해. 네가 제일 작아서."

"누가 쟀는데?"

내가 묻는다. 오빠가 어깨를 으쓱한다.

"뭐, 정확히 말하면 네가 제일 작지만, 페그 아줌마가 너는 문 달린 방에서 자야 한다고 해서. 그래서 너랑 나는 비치 방에서 잘 거야."

"그럼 비치는 어디로 가?"

"비치랑 토미는 거실에 요를 깔 거야. 페그 아줌마가 그렇게 하면 될 거래."

주방에 돌아오니 토미 오빠와 비치가 손에 뭔가를 들고서 서로한테 뺏기지 않으려고 하느라 왁자지껄하다. 어디선가 양치기 개도 나타나 거기에 끼어든다. 페그 아줌마는 한 손에 스푼을 들고 다른 한 손으로는 고양이 목덜미를 잡은 채 욕을 한다.

"얘 좀 내놔."

아줌마가 게이브 오빠한테 말하자, 오빠는 고양이를 받아서 문밖에 내놓는다. 아줌마가 나를 쳐다보며 얼굴을 찌푸린다.

"가뜩이나 요리하기 싫은데. 고양이까지 훼방을 놓네."

내가 대답할 틈도 없이 게이브 오빠가 묻는다.

"톰 아저씨는요?"

조금 뒤에야 나는 오빠가 찾는 사람이 토머스 그래튼 아저씨라는 것을 깨닫는다. 그래튼 아저씨가 자기 집에서는 톰 아저씨라고 불릴 줄은 꿈에도 생각 못 했다.

"매키 씨 가족이 괜찮은지 보러 나갔어. 비치, 나가. 너희 전부 나가. 내가 이거 끝낼 때까지 거실에 가 있어. 나가라고!"

비치와 토미 오빠가 시끄럽게 굴며 나가고, 개가 나타나서 홍미가 생긴 핀이 그 뒤를 쪼르르 따라간다.

나도 나가려다가, 문간에서 머뭇거리며 어깨 너머로 뒤를 돌아본다. 페그 아줌마는 큼직하고 검은 가스레인지 쪽으로 돌아서서 냄비를 젓고, 게이브 오빠가 아줌마 바로 뒤에 서서 아줌마 귀에 뭐라고 속삭인다. '힘은 충분히 세서'라는 말만 겨우 들린다. 그때, 토미 오빠가 외친다.

"퍽, 그거 받아!"

나는 거실 쪽으로 고개를 돌리고 때맞춰 날아온 콩이 가득 든 양말을 입으로 받는다.

비치는 깔깔대며 웃고 토미 오빠는 억울한 표정으로 사과한다. 개가 이제 내 발치에 와서 그 양말을 뺏으려고 매달리며 장난치고, 나는 이게 바로 아까 비치와 토미 오빠가 갖고 놀던 거란 걸 알게 된다.

"응, 미안하겠지."

나는 아직도 분한 표정으로 핀의 침대가 될 낡은 녹색 소파 반대편에 서 있는 토미 오빠한테 딱딱하게 말한다. 그리고 양말을 다시 토미 오빠한테 던진다.

토미 오빠는 이렇게 쉽게 용서받은 게 기쁜지 씩 웃으며 양말을 곧바로 비치한테 던지고, 비치는 개한테 양말을 빼앗긴다. 토미 오빠는 바보 같은 모습도 아랑곳하지 않고 허우적대며, 신나서 도망치는 개 뒤를 쫓아가고, 핀마저도 웃음을 터뜨린다. 나는 문득 토미 오빠가 왜 섬을 떠나려 하는지 의아하다. 토미 오빠는 게이브 오빠처럼 음울하지도 않고 비치처럼 불만투성이도 아니다. 내가 봐온 토미 오빠는 섬 생활에 완벽히 녹아들어 완벽히 만족하는 사람이다. 토미 오빠는 결국 바닥에 떨어진 양말을 낚아채고, 양말은 다시 개를 포함해 우리 모두를 거쳐 간다. 그러다 핀이 묻는다.

"게이브 형은 어디 있지?"

우리는 그제야 게이브 오빠가 주방에서 나오지 않았다는 것을 깨닫는다.

내가 주방으로 가려는데 토미 오빠가 내 팔을 잡는다.

"내가 갈게."

토미 오빠가 문틈으로 들여다보는데, 안에서 뭐라고 말하는지는 들리지 않는다. 그때 토미 오빠가 함박웃음을 띠고서 우리를 돌아본다.

"기쁜 소식이야. 밥이 다 됐어."

토미 오빠 옆, 문 안쪽에서 게이브 오빠가 나타나 둘이 눈길을 교환한다. 남자들끼리 주고받는 그 비밀스러운 언어에 나는 화가 난다.

마침내 페그 아줌마가 나타나 우리한테 말한다.

"먹고 싶은 사람은 자기가 떠서 먹어라. 그리고 맛이 없으면 아저씨를 탓하렴. 아저씨가 만든 거야."

먹는 동안 우리는 별말이 없다. 다들 나처럼 저녁에 있었던 일을 다시 떠올리는지도 모른다. 강요되지 않은 침묵이다. 폭풍은 우리가 의식할 만큼 거세지 않아서 마치 친목 모임을 갖는 것처럼 여겨도 될 정도다. 페그 아줌마는 나한테 딱 한 번 말을 걸어, 밤이 깊어 폭풍이 심해지기 전에 도브한테 건초를 더 줘도 괜찮다고 얘기한다.

폭풍이 심해질 거라는 아줌마 말이 맞았다. 우리가 잠자리에 들 무렵에는 바람이 변덕스럽고 사나워져서 유리창을 흔들었다. 침대 위에 있는 이불은 깨끗하지만, 방에서는 소금에 절인 햄 같은 비치의 냄새가 난다. 불을 끄기 전에 보니 이 방에는 비치의 방이라고 말할 만한 개인적인 특징이 전혀 없다. 침대와 소박한 책상 하나, 그 위에 빈 꽃병과 동전 몇 개, 모서리가 닳은 좁은 서랍장. 혹시 원래는 비치 물건이 더 있었는데 본토로 가져가려고 짐을 싸놓아서 이런 걸까.

그 생각을 하며 나는 잠을 자려고 노력한다. 내가 침대 한쪽에 눕고 게이브 오빠가 다른 쪽에 눕는다. 실은 1인용 침대고 다른 쪽이란 게 없어서, 오빠 팔꿈치가 내 옆구리 가까이에 닿고 어깨도 서로 맞닿는다. 우리 집보다 이 집이 따뜻한 데다 게이브 오빠까지 옆에 있으니 더 따뜻하지만, 잠들 수 있을지 모르겠다. 숨소리를 들어 보니 게이브 오빠도 잠든 것 같지 않다.

오랫동안 우리는 어둠 속에 누워서 지붕에 떨어지는 빗소리를 듣는다. 나는 우리 집의 부서진 울타리와 퍼핀의 마지막 울음소리와 헛간을 들여다보던 길쭉길쭉한 검은 머리를 떠올린다.

나는 너무 지쳐서 부드럽게 에둘러 말하려는 노력 없이 생각하는 그대로를 내뱉는다.

"왜 우릴 데리러 왔어?"

나는 속삭였지만, 이 작은 방에서는 크게 들린다. 침대 저쪽에서 게이브 오빠가 힘없이 대답한다.

"솔직히 말해서, 퍽, 너는 왜라고 생각해?"

"그게 오빠한테 무슨 상관인데?"

이제 오빠는 화가 났다.

"무슨 질문을 그렇게 해?"

"왜 내가 질문할 때마다 질문으로 대답하는데?"

오빠는 몸을 움직여 우리 사이에 빈틈을 두려 하지만 침대에는 오빠가 더 움직일 공간이 없다. 침대가 바다에 뜬 배처럼 삐걱삐걱 소리를 낸다. 이 바다는 햄 냄새 나는 비치의 방바닥일 뿐이지만.

"나한테 무슨 말을 듣고 싶은지 모르겠다."

나는 과민 반응이라는 누명을 쓰고 싶지 않아서 천천히 조심스럽게 말을 고른다.

"내년이면 오빠는 떠나고 없잖아. 내년 10월에는 핀하고 내가 잡아먹혀도 본토에 있는 오빠는 알지도 못할 텐데, 왜 지금 우리를 보살피는지 알고 싶어."

어둠 속에서 오빠가 깊은 한숨을 쉬는 소리가 들린다.

"너희 둘을 떠나고 싶은 게 아니야."

오빠 말을 들으며 한 가닥 희망을 품는 내가 싫다. 하지만 희망을 품는다. 마음을 바꿨다고 말하며 팔을 활짝 벌려 핀과 도브와 나를 한꺼번에 얼싸안는 오빠 모습을 그려본다.

"그럼 가지 마. 그냥 있어."

"그럴 순 없어."

"왜?"

"그냥 그럴 수 없어."

이게 일주일 동안 우리가 나눈 가장 긴 대화인데, 이대로 멈춰야 할지 말지 모르겠다. 오빠가 질문을 더 받기 싫어서 벌떡 일어나 이불을 던져 버리고 벌컥 방을 나가는 모습이 그려진다. 하지만 오빠가 벗어나려면 거실 바닥에 요를 깔고 누운 토미 오빠와 비치를 넘어가야 하고 또 핀이 자는 소파를 피해서 어두운 주방에 혼자 앉아 있어야 할 테니, 나는 오빠가 그러지는 않으리라 생각한다. 그래서 나는 말한다.

"그건 진짜 이유가 아니잖아."

오랫동안 오빠는 답이 없고, 오빠가 숨을 들이마시고 내쉬고, 또 들이마시고 내쉬는 소리만 들린다. 그러더니 오빠가, 낯설고 가녀린 목소리로 말한다.

"더는 못 참겠어."

나는 이상하게도 그 솔직함이 고마워서 어쩔 줄 모른다. 나는 좋은 질문, 오빠를 계속 이렇게 얘기하도록 할 질문을 찾으려고 애쓴다. 마치 이 진실함이 한 마리 새라서 겁을 주면 날아가 버릴 것만 같다.

"뭘 못 참겠는데?"

"이 섬."

오빠는 한마디 한마디 사이에 오래 침묵한다.

"너와 핀이 있는 그 집. 수군거리는 사람들. 물고기, 그 망할 물고기. 남은 평생 나한테 비린내가 날 거야. 그 말들. 전부 다. 더는 못 참겠어."

오빠의 목소리는 비참하게 들리지만, 아까 우리가 모두 주방에 있었을 때, 그리고 모두 모여 앉아 저녁을 먹을 때, 오빠는 비참해 보이지 않았다. 나는 무슨 말을 해야 할지 모르겠다. 물고기 비린내만 빼면 오빠가 말한 것 모두 섬에서 내가 사랑하는 것들이다. 그 물고기 비린내가 다른 걸 다 덮어 버릴지도 모르지만. 그래도 나는 그게 모든 것을 떠나 다시 시작할 이유가 되는지는 모르겠다.

오빠가 마치 내가 한 번도 들어 본 적 없는 병에 걸려, 내가 볼 수 없는 증상을 겪으며 죽어 가는 중이라고 털어놓은 것 같다. 새로 배운 지식이 머릿속에 자리 잡지 못하고 맴도는 것처럼, 내 머리로는 도무지 이해되지 않는 이 상황을 나는 자꾸만, 자꾸만 곱씹어 본다.

내가 유일하게 이해한 한 가지는, 그것, 그 이상하고 이해할 수 없고 보이지 않는 그 병이, 우리 오빠를 디스비에서 몰아낼 만큼 크고 강하다는 사실이다. 핀과 내가 오빠를 잡아끄는 힘보다도 더.

"퍽?"

오빠 목소리가 핀 목소리와 비슷해서 나는 깜짝 놀란다.

"응?"

"나 이제 잘게."

하지만 오빠는 잠들지 않는다. 오빠는 다른 쪽을 보며 옆으로 돌아눕는다. 오빠의 호흡은 가볍고 조심스럽다. 오빠가 얼마나 오래 깨어 있었는지는 모르겠지만, 내가 먼저 잠들었다는 것은 안다.

39

션

캄캄하고 이른 아침, 폭풍이 나를 깨운다.

바람은 위쪽에서 엔진처럼 으르렁거리고 파도는 바다 생물처럼 울부짖는다. 눈이 어둠에 익숙해지자 밖에서 어른거리는 불빛이 보인다. 비는 거세게, 더 거세게, 파도처럼 밀려와 창문에 부딪친다.

이제 말들 소리가 들린다. 벽을 쿵쿵 치고 힝힝 울고 서로 부르는 소리. 폭풍이 말들을 미쳐 날뛰게 하고, 바깥에서 무언가가 울부짖는다. 나를 깨운 건 바람이 아니라 그 소리였다.

나는 미처 생각해 볼 겨를도 없이 뛰어나갈 작정으로 일어났다가, 곧 멈칫한다. 이 무시무시한 밤 내 말들이 저기 마구간에 있다. 아니, 저 말들은 내 것이 아니다. 일을 그만두었으니 말들은 전보다도 더욱 내 것이 아닌 게 되었다. 나는 여기서 아무것도 하지 않고 이 밤이 역할을 다하게 그냥 두어야 한다. 맬번 씨가 아침 햇살에 드러난 대참사를 보고 내 역할이 얼마나 중요한지 깨닫게 해야 한다.

나는 눈을 감고 주먹으로 이마를 받치고서 바깥 아우성을 듣는다. 더 가까이, 바로 아래층에서, 겁에 질린 말이 마방 벽을 차며 벽과 자기 몸을 상하게 하는 소리가 들린다.

'이 마장에서 자네 역할을 과대평가하는군, 켄드릭 군.'

하지만 나는 과대평가하지 않았다.

맬번 씨와 게임하느라 한 마리 말이라도 죽게 내버려 둘 수는 없다.

장화에 발을 쑤셔 넣고 재킷을 낚아채고 문손잡이를 쥐려는 순간, 나무 문을 누가 두드린다.

달리다. 머리카락이 젖어 얼굴에 잔뜩 달라붙었고 옷소매에는 핏자국이 있다. 달리는 몸을 벌벌 떤다.

"맬번 씨가 너 없이 하라고 했지만 우린 그렇게 못해. 맬번 씨는 몰라. 부탁이야."

나는 재킷을 들어 보이며 내가 이미 나가려던 참이었음을 알린다. 우리는 함께 마구간으로 향하는 좁고 어두운 계단을 달려 내려간다. 모든 것에서 비 냄새가, 그리고 바다 냄새가, 그리고 다시 비 냄새가 난다.

달리가 내 옆에서 달린다.

"말들이 진정이 안 돼. 저기 어딘가에 이시커가 있는데, 이시커가 말 사이에 있는지 아닌지 모르겠어. 소리 때문에 누가 다친 건지 아닌지도 모르겠어. 저 소리 들리지? 말들이 날뛰어서 발을 절어. 한 마리를 진정시켜도 다른 말 때문에 다시 날뛰어."

"저 소리가 계속 나는 한, 진정되지 않을 거야."

내가 말한다. 맬번 씨가 고용한 모든 조련사와 마구간지기와 기수들은 분명 말 중에서도 귀한 말들을 먼저 진정시키려고 애썼을 것이다. 마구간 안으로 파고든 바람 때문에 머리 위에서 전구가 흔들리는 대로 빛줄기가 이리저리 흔들려, 마치 의식을 잃을 때처럼 빛이 가물가물한다. 나는 메틀이 있는 마방을 지나간다. 메틀은 뒷다리로 일어섰다가 앞발로 벽을 찍으며 내려오기를 거듭한다. 지금은 상태가 이상하지만, 곧 괜찮아질 것이다. 코어가 혀를 차며 노래하는 바람에 가까이 있는 말들이 미쳐 날뛴다. 내 뒤 어딘가에서 또 다른 말이 무의미한 박자로 벽에 발굽을 찧는다. 바깥에서는 그 울부짖는 소리가 계속된다.

코어한테 가는 나를 달리가 뒤따른다. 나는 주머니 속에서 구멍이 하나 있는 돌을 감싸 쥔다. 코어가 여느 바다 말이었다면 나는 오늘 밤 이 돌을 굴레에 끼워, 다가오는 11월 바다에서 나는 소리보다 더한 소음을 코어 머릿속에 울리게 할 것이다. 하지만 코어는 여느 바다 말이 아니며, 그런 기술은 코어를 더 화나게 할 뿐이다.

나는 주머니 속에서 돌을 쥐었던 손을 편다.

"모두 비키라고 해. 내가 지나가는 길에서 물러나게 해."

마방 문을 열자 코어가 복도로 튀어나온다. 나는 코어 가슴에 손을 대고 찰싹 때려 코어를 다시 뒤로 밀어붙인다. 경주마 한 마리가 날카롭게 울부짖는다.

"모두 비키라고 해."

나는 달리한테 다시 말한다.

달리가 잽싸게 튀어 나가 내 앞쪽으로 길을 트고, 그제야 나는 코어를 마방에서 꺼내 복도를 따라 안뜰로 향하는 문까지 끌고 간다. 비와 비보다 더한 것을 막기 위해 문이 닫혀 있다.

"거긴 안 돼. 맬번 씨가 밖에 있어."

달리가 내 앞을 막는다.

그것참 유감이다. 그럼 맬번 씨는 내가 아직도 자기 말 사이에 있다는 것을 알게 되겠지. 하지만 밖에서 먼저 문제를 해결하지 않으면 안에서 벌어지는 어떤 일도 막을 수가 없다.

나는 힘이 넘치는 데다 까다롭게 굴기까지 하는 코어의 고삐를 쥔 채, 문을 밀고 나간다. 그리고 곧바로 흠뻑 젖는다. 귀에도, 눈에도 물이 들어간다. 나는 하늘을 마신다. 시야를 확보하려고 이마에서 물을 쓱 닦아낸다. 마구간 지붕널이 안뜰 곳곳에 산산이 흩어져 있다. 안뜰에 불이란 불은 다 켜져 있고 불빛은 모두 물에 젖어 어른거린다. 입구에서 암말 세 마리가 들어오려고 안간힘을 쓰며 문을 밀어 댄다. 해스터웨이로 가는 길까지 멀리 펼쳐진 맬번 씨의 목초지에서 온 번식용 암말이다. 이 말들이 풀려난 것을 보니 그쪽 울타리에 무슨 일이 생긴 거고, 말들은 동료를 찾아 여기로 온 것이다. 그중 한 마리가 심하게 다리를 절어 내 심장이 내려앉는다. 가장 몸집이 큰 말이 내 걸음걸이를 알아본 것이 틀림없다. 몸부림을 멈추더니 나를 향해 길게 애원하는 듯한 울음을 운다. 무엇 때문에 여기로 왔는지 몰라도 내가 구해 줄 거라고 믿는 것이다.

그리고 맬번 씨와 수석 사육사인 프린스가 있다. 맬번 씨는 권총을 들었다. 맬번 씨다운 낙관적인 발상이다.

여기 바깥에서는 그 울부짖는 소리가 사방에서 다가오는 것처럼 들린다. 빗방울마다, 머리 위 구름 덩이마다 그 떨림이 있다. 몸을 마비시키는 독과 같은 소리다. 폭풍이 섬을 미치게 했다.

코어가 몸을 비틀며 울부짖는다. 코어의 발굽이 돌바닥을 구르지만 아무 소리도 들리지 않는다. 오직 그 울부짖음만이 머릿속에 지끈지끈 울린다. 몇 킬로미터 심해에 있는 느낌이다.

나는 코어의 관심을 돌리기 위해 굴레를 홱 잡아당겨 코어 머리를 내 머리 옆까지 힘겹게 끌어당긴다. 코어의 입술이 위로 말려 올라가 섬뜩한 미소를 띤다. 내가 보고 싶어 하는 코어 모습이 아니다. 우리가 함께 한 그 모든 세월에도 불구하고 내 맥박이 빨라진다. 코어는 괴물이다. 나는 한 손으로 코어의 이빨을 멀찌감치 밀고 다른 손으로는 코어의 귀를 내 쪽으로 돌린다.

나는 입술을 오므리고 코어의 귀에 대고 날카롭게 노래를 부른다. 지금 들려오는 울부짖는 소리보다는 낮은 소리다. 점점 다가오는 그 괴성.

코어는 집중하지 못한다. 입술이 점점 더 말려 올라가 이빨을 드러낸다. 코어는 말이 아니다. 나는 코어의 귀를 아플 정도로 세게 비틀고, 다시 코어의 귓속에 콧노래를 한다, 나지막하게 이어지다가 잦아드는.

어둠과 안개 속에서 내가 보지 못한 어떤 것을 보고서, 맬번 씨가 권총을 들어 올린다.

"코어!"

내가 소리친다. 비가 입안에 들이친다. 그리고 나는 다시 노래한다.

맬번 씨가 총을 쏜다, 하지만 점점 다가오는 이시커 울음소리는 여전하다. 더 커질 수 없을 만큼 큰 소리다.

그리고 그때, 마침내, 코어가 내가 이끄는 대로 노래하기 시작한다. 낮게, 으르렁거리는, 내가 쥔 고삐를 타고 전해지는 울림. 신발 밑창을 타고 전해지는 울림. 괴성 아래로 코어가 전하는 울림이 깔린다. 코어는 낮은 신음에서 으르렁거리는 소리로, 건물을 뒤흔드는 바람 같은 드센 포효로 점점 크게 울고, 그 소리가 안뜰을 채우고 빗속에 퍼져 나간다. 울음은 영역 싸움에서 위협이고, 선포다. '이 땅은 이미 내 차지다. 이들은 내 것이다.'

코어가 계속 울자 다른 울음은 점점 작아지고 그 빈자리를 코어의 울음이 채운다. 입구에 있는 암말 세 마리가 두려움에 날뛴다. 아마 마구간 안에 있는 말들은 더할 것이다. 높고 깨끗한 코어의 울음소리는 아까 그 소리와 다를 것이 없다. 내가 멈출 수 있다는 점만 빼고는.

나는 코어의 울음소리만 남을 때까지 귀를 기울이고 또 기울인다. 코어 쪽에 있는 내 오른쪽 고막이 먹먹하다. 하지만 왼쪽 귀에는 더 이상 다른 울음소리가 들리지 않는다.

이제 나는 굴레를 더 단단히 움켜쥐고, 손가락을 코어의 어깨 쪽 정맥에 대고 시계 반대 방향으로 움직인다. 울음소리가 흔들린다. 나는 코어의 어깨에 입술을 대고 비에 젖은 코어한테 속삭인다.

밤이 고요해진다. 내 오른쪽 귀는 주파수를 잘못 맞춘 라디오처럼 여전히 윙윙거린다. 맬번 씨와 프린스가 나를 본다. 입구에서 암말 세 마리는 몸을 떨며 서로 몸을 붙인다. 마구간 안에서 들려오던 발굽 소리가 점차 잦아든다.

빗줄기가 쏟아진다. 온 세상에 젖지 않은 것은 하나도 없다. 안뜰 저쪽 편에서, 맬번 씨가 나를 향해 짧게 손짓한다.

나는 맬번 씨가 서 있는 뿌연 불빛 아래로 코어를 이끈다. 나를 보던 맬번 씨의 눈길이 비에 젖고 밤에 젖어 새까매진 코어한테로 옮겨 간다.

"마음을 바꿨나?"

맬번 씨가 묻는다.

"아니요."

내 대답에 맬번 씨가 무시하는 목소리로 말한다.

"나도 안 바꿨네. 이런다고 달라질 것 없어."

그 말을 믿어도 될지 모르겠다.

펑

핀이 예상한 대로 폭풍은 디스비를 꼬박 하루 밤낮 동안 뒤덮더니, 저녁 무렵이 되자 비가 그치고, 다시 집으로 돌아갈 수 있게 된다. 다행이다. 햄 냄새 나는 좁은 비치의 침대에서 게이브 오빠랑 다시 잠을 자느니 차라리 스콜피오 경주에서 맨발로 달리겠다. 자기 이시커를 섬 저편에 있는 가족들한테 맡겨 놓고 왔던 토미 오빠도 가족들이 잘하고 있는지 보러 집으로 돌아가고 싶어 안달이다. 토미 오빠가 이웃을 구하러 모험에 뛰어드는 동안, 대신 바다 말을 보살펴 달라고 맡겨도 꺼리지 않는 사람들이라니, 토미 오빠네 가족을 만나 보고 싶다. 엄마한테 나 나갔다 올 테니 고양이 밥으로 고기 통조림을 주라고 부탁하는 것과는 다른 일이니까. 분명 언젠가 나는 토미 오빠네 부모님을 본 적이 있을 거다. 디스비에 사는 사람 모두를 분명 언젠가 본 적이 있을 테니까. 하지만 정확히 누군지는 모르겠다. 내 상상 속에서 토미 오빠네 부모님은 두 분 다 오빠처럼 파란 눈에 예쁜 입술을 가졌다. 하는 김에 토미 오빠 동생들도 상상해 본다. 남동생 한 명과 여동생 한 명. 여동생은 못생겼을 것이다. 오빠랑 남동생은 아니지만.

저녁때가 되자 우리는 나갈 태세를 갖춘다. 남자들은 어찌나 남자다운지 다시 토미 오빠 차를 타고 가기로 한다. 하지만 나는 안장 없이 도브를 타고 차 뒤를 따라갈 수 있도록, 올 때 도브를 묶어 끌고 왔던 줄로 임시로 고삐를 만들어 굴레에 묶는다.

현관문이 닫히는 소리가 나더니 조금 뒤에 페그 아줌마가 나와서 내 옆으로 온다. 아줌마는 팔짱을 끼고 서서 말없이 내가 도브의 어깨를 빗질하는 것을 바라본다.

"다시 한번 감사드려요."

뭐라도 말해야겠기에 나는 결국 말한다.

아줌마는 대답 없이 그저 눈썹을 추어올린다. 머리를 움직이지 않고 고개를 끄덕이는 것처럼.

"네가 해변에 나가는 걸 바라지 않는 사람이 아직도 많아."

나는 아줌마한테 화내지 않으려고 애쓴다.

"그만두라고 한다고 그만둘 생각 없다고 말씀드렸잖아요."

그러자 페그 아줌마가 깍깍거리는 까마귀처럼 웃는다.

"내가 그렇다는 게 아니야. 여자가 경주에 나오는 걸 싫어하는 남자들을 말하는 거야."

"아하."

나는 감탄사를 사용하지만 감탄하는 목소리는 안 나온다.

"네가 조심하는 수밖에 없어. 아무한테나 뱃대끈 조이는 거 맡기지 마. 아무나 네 말에 먹이를 주게 하지도 말고."

나는 고개를 끄덕이면서도, 내가 경주에 나간다고 화낼 사람은 떠오르지만 설마 비도덕적인 일까지 저지를 사람이 있을까 생각한다.

"션 켄드릭은 어때요?"

페그 아줌마를 쳐다보자 아줌마는 새 모양 머리쓰개를 둘러썼을 때처럼 비밀스러운 미소를 살짝 띤다.

"넌 정말 쉬운 길로는 가지 않는구나, 그렇지?"

나는 솔직히 말한다.

"시작할 때는 어려운 길인지 몰랐어요."

페그 아줌마가 도브의 갈기에서 지푸라기 한 가닥을 떼어 낸다.

"남자한테 사랑받는 건 쉬워, 퍽. 남자가 올라야 하는 산이 되거나 남자가 이해할 수 없는 한 편의 시가 되렴. 강하고 똑똑하다고 남자가 느낄 만한 무언가. 그게 남자가 바다를 사랑하는 이유란다."

션 켄드릭이 그래서 바다를 사랑하는지는 모르겠다.

"남자와 너무 비슷해지면 신비가 사라지지. 이미 가진 찻잔과 다를 바가 없다면 성배를 찾을 이유가 없는 거야."

"저는 찾아지길 바라는 게 아니에요."

아줌마가 입술을 오므린다.

"내 말은 네가 다른 사람들한테 너를 남자처럼 대해 달라고 요구한다는 거야. 너나 그 사람들이나 과연 그걸 원하는 걸까."

아줌마 말을 들으니 뭔가 혼란스럽다. 내가 그 말에 수긍해서 그런 건지 수긍하지 못해서 그런 건지 모르겠다. 자기 말을 뒤로 물리던 에이크가 떠오르고, 그 기억과 아줌마 얘기가 섞여서 내 마음속에 불편하게 자리 잡는다.

"그냥 절 내버려 뒀으면 좋겠어요."

"내가 말했듯이, 넌 남자처럼 대해 주길 원하는구나."

내가 도브에 올라탈 수 있도록 아줌마가 깍지 낀 손으로 발판을 만들어 준다. 그러고는 도브의 엉덩이를 두들겨서 막 출발하는 토미 오빠 차를 뒤쫓도록 한다. 출발하며 나는 돌아본다. 페그 아줌마는 우리를 보며 그 자리에 서 있지만, 손을 흔들지는 않는다.

그래튼 아저씨네 깔끔하고 하얀 집에서 멀어지자 천천히 기분이 좋아진다. 하도 오래 집 안에 갇혀 있었더니 바깥 공기가 깨끗하고 상쾌하게 느껴진다. 섬이 우리 집 주방처럼 보인다. 이것저것 물건이 너무 많고 정리되지 않았다. 부서진 울타리 조각이 날아와 흩어졌고, 지붕에 얹는 판자와 타일이 산울타리에 걸렸고, 들판에서 멀리 떨어진 곳에 있던 나뭇가지가 날아와 들 한복판에 널려 있다. 도로를 자유롭게 왔다 갔다 하는 양 떼는 썩 보기 드문 일이 아니다. 하지만 잘 관리된 말 몇 마리가 울타리 바깥에서 풀을 뜯는 모습도 보인다. 물기를 머금은 저녁 불빛은 조심스레 떠오른 눈물 어린 미소 같다.

폭풍에 밀려 올라왔던 이시커들은 흔적도 보이지 않는데, 모두 다시 바다로 돌아간 건지 궁금하다. 지금 이 순간, 바다 말도 없고 날씨도 좋고, 소란스럽지 않은 섬은 완벽히 평화롭다. 디스비가 늘 이런 모습이라면 전혀 다른 관광객을 맞이할 것 같다.

다만 나는 이 모습이 진짜 디스비가 아님을 안다. 진짜 디스비는 내일 아침 해가 떠오를 때 다시 시작된다. 경주까지 일주일하고 조금 더 남았다. 나는 아직 준비가 덜 된 것 같다. 핀한테 얘기했던 대로 일이 잘 펼쳐지리라 상상하기는 어렵다. 요즘 행운의 여신은 우리 코널리 가 손을 들어 주지 않는 것 같다.

그런데 집에 도착해서 보니, 핀 얼굴에 기쁨이 넘쳐흐른다. 주방에 있는 핀 뒤에는 고양이 퍼핀이 있다. 퍼핀은 꼬리를 물어 뜯겨 보기 흉하고, 그런 자신 때문에 몹시 화가 나고 슬퍼 보이지만, 그래도 무척 씩씩하게 살아 있다.

이 섬은 비밀스럽고 교활하다. 섬이 나를 위해 어떤 계획을 세워 놓았는지 나는 알 수 없다.

션

그날 저녁, 마지막 햇빛이 스러져 갈 무렵, 나는 아버지가 그랬던 것처럼 들판을 가로질러 서쪽 해안으로 간다. 바닷물 저쪽에서 햇빛이 낮고 붉게 비치는 동안, 나는 물속을 헤치고 걷는다. 폭풍이 남긴 흔적으로 물은 아직 높고 거무죽죽하니 탁해서, 물속에 뭐가 있어도 알 수 없다. 하지만 그것이 이 일을 할 때 감내해야 할 부분이다, 알 수 없다는 점. 미지의 수면 아래에 나를 맡기는 것. 어쨌든 아버지를 죽인 것은 바다가 아니다.

물이 무척 차서 곧바로 발이 얼얼해진다. 나는 두 팔을 쭉 펼치고 눈을 감는다. 물이 물을 때리는 소리가 들린다. 바닷가 바위에서는 제비갈매기와 바다오리의 요란한 울음소리가 들린다. 머리 위에서 무엇을 묻는 듯한 갈매기의 거칠고 날카로운 울음소리. 해초와 물고기, 그리고 바닷가에 둥지를 튼 새들한테서 희미한 냄새가 난다. 소금기가 입술을 덮고 속눈썹이 까슬까슬하다. 차가움이 내 몸을 조여 온다. 발밑에서 모래가 파도에 쓸려 이리저리 뒤척인다. 나는 완벽하게 고요하다. 감은 눈꺼풀 속에 해가 붉다. 바다는 나를 흔들지 않을 것이며 추위는 나를 사로잡지 않을 것이다. 500년 전 디스비, 사제가 시커멓고 얼음처럼 찬 바다에 서서 섬에 자신을 바쳤다. 지금 내 모습이 그와 똑같다.

나는 내면도 외면처럼 고요하게 하려고 노력한다. 지금 이 순간, 그리고 다음 순간, 살아남는 것만을 생각한다. 내 머리 위를 맴도는 갈매기처럼. 그 이상 다른 상념은 없다.

나는 바다에 세 번 속삭인다. 한 번은 코어가 온순하게 말을 잘 들어서, 그들이 코어가 그토록 싫어하는 방울과 부적을 사용할 일이 없기를.

나머지 두 번은, 코어가 까다롭게 굴어서 그들이 나한테 돌아와 달라고 부탁하기를.

퍽

섬은 흥분으로 가득하다.

어제저녁에 해스터웨이에서부터 도브를 타고 돌아왔기에, 아침에는 도브를 쉬게 하고 비싼 건초를 준다. 곡물도 약간 많이, 많아 봐야 먹고 아플 테니까 너무 많지는 않게, 준다. 도브를 집에 두고서 나 혼자 훈련을 관찰하고 기록하기 위해 나선다. 이제 11월의 케이크도 떨어졌고 집을 비우고 피해 있느라 뭘 만들 새도 없었기에, 그저 눅눅한 비스킷을 호주머니 한가득 채우는 것에 만족해야만 한다.

오래지 않아 나는 축제가 끝나고 폭풍이 지나간 디스비가 완전히 달라졌다는 사실을 알아차린다. 여기저기 널브러진 지붕널과 나뭇가지 말고도, 사람과 천막까지 바람에 날려 온 것만 같다. 스카마우스에서 절벽으로 이어지는 길에 온갖 천막과 간이 식탁이 줄지어 있다. 도리 아줌마를 도와 부스를 설치했던 곳이 이제는 부스로 이루어진 도시가 되었고, 관광객을 유혹해 물건을 파는 섬 주민들로 붐빈다. 축제 때 브라이언과 함께 길을 헤치고 다니며 보았던 노점상들도 있다. 그리고 못 보던 노점상들도 있다. 기수들이 경주할 때 쓰는 안장깔개와 똑같이 생긴 깔개, 급히 그린 듯 조잡하기 그지없는 우승 후보 말을 그린 그림, 절벽에서 경주를 구경할 때 엉덩이가 젖지 않도록 깔고 앉을 돗자리.

문득, 경주가 무척 가까워졌음을 느끼고 놀란다. 도브를 데리고 저 아래 해변으로 내려갈 날이 며칠 안 남았는데, 아직 나는 아무것도 준비되지 않은 것만 같다. 나는 경주를 전혀 모른다. 전혀.

나는 조지프 베링거 때문에 걱정에서 깨어난다. 조지프는 내 뒤에서 춤추며 내 우승 확률과 치마를 비웃는 조잡하고 더러운 가사에 엉망으로 가락을 붙여 노래한다.

"치마는 입지도 않거든!"

내가 쏘아붙인다.

"내 상상 속에서는 입거든!"

조지프가 말한다.

사실 나는 스콜피오 경주에 나가는 기수가 되면 조금은 존경받을 줄 알았는데, 전혀 달라진 게 없다는 점이 그저 놀라울 뿐이다.

단지 낯익은 사람이라서 조금이나마 위안이 되었을 뿐인 조지프를 무시하고 지나간다. 바닥에 고인 물웅덩이와 뒤따라오는 조지프를 최대한 피하며, 사람들 사이를 비집고 도리 아줌마네 부스로 간다. 부스마다 바글거리는 사람들 속에서도 해변에서 무슨 일인가 일어나는 소리가 들린다. 평소 훈련할 때 나는 소리와는 좀 다른 소리. 어쩌면 경주가 가까워지며 사람들이 전부 해변에 몰려와서 그런 건지도 모르겠다.

"퍽!"

나보다 먼저 도리 아줌마가 나를 본다. 아줌마는 전통 스카프를 두른, 축제 분위기 나는 차림에다 고무장화를 신었는데, 우스꽝스럽지만 안타깝게도 디스비를 더할 수 없이 잘 표현한 조합이다.

"퍽!"

아줌마가 이번에는 11월의 종을 치며 다시 나를 부르는 바람에 내 근처에 있던 두어 사람도 그쪽을 쳐다본다. 아줌마는 가격표가 보이도록 조심스럽게 앞에 있는 테이블에 종을 내려놓는다.

"안녕하세요?"

내가 인사한다. 해변 쪽에서 유난히 불안하게 들리는 커다란 함성이 일어난다.

"네 말은 어디 있니? 설마 저기서 말도 없이 혼자 훈련하려는 거야?"

"어제 저녁에 해스터웨이에서부터 말을 타고 왔어요. 말은 좀 쉬게 하고 저는 절벽에서 훈련 구경 좀 하려고요."

도리 아줌마가 나를 살펴본다.

"전략이에요, 전략. 경주는 말 타는 게 다가 아닌 거 아시잖아요."

내가 뾰로통하게 덧붙인다.

"내가 뭘 알겠니. 만약 프리벳이 작년에 탔던 말을 탄다면 그 말은 가장 바깥쪽에서 달리기를 좋아한다는 것 빼고는 말이야."

엘리자베스 언니가 전에 도리 아줌마가 경주로 도박을 한다고 말했던 것이 떠오른다. 엄마는 아빠한테 나쁜 일이 나쁜 일인 건 사회적 기준으로 봤을 때뿐이라고 했다. 나는 도리 아줌마가 하는 나쁜 일에서 나와 동맹을 맺을 가능성을 본다.

"또 아시는 게 있나요?"

도리 아줌마는 팔을 뻗어 펄럭거리는 천막 자락을 손본 후에 말한다.

"이따가 와서 내가 점심 먹을 동안 한 시간만 부스 좀 봐준다면 내가 너한테 뭔가 좀 더 얘기해 줄 거라는 사실을 알지."

나는 아줌마를 음험하게 쳐다본다. 이런 건 경주에 나서는 기수로서 해야 한다고 생각했던 일은 아니다.

"생각해 볼게요. 그나저나 저게 웬 소란인지 아세요?"

도리 아줌마가 해변으로 가는 길을 부러운 듯이 쳐다본다.

"아, 션 켄드릭인데."

호기심이 치솟는다.

"션 켄드릭이 뭐요?"

"그 애들이 그 붉은 수말을 데리고 나왔거든. 머트랑 다른 몇 명이."

"션도 함께요?"

도리 아줌마는 가서 구경하지 못하고 부스 안에 갇혀 있어서 아쉬워하는 듯이 보인다.

"션은 못 봤어. 경주에 나가지 않을 거라는 소문이 돌던데. 맬번 씨하고 그 말을 두고 다투다가 그만뒀대. 션 켄드릭이 말이야."

"그만뒀다고요!"

"귀먹었니?"

도리 아줌마가 내 귓가에 대고 종을 울린다. 그리고 내 바로 뒤에 있는 사람한테 소리친다.

"11월의 종 있어요! 섬에서 제일 싼 가격!"

가끔 도리 아줌마를 보면 엘리자베스 언니가 떠오르는데, 그 이유가 썩 유쾌한 건 아니다. 아줌마가 말한다.

"다 소문이야. 켄드릭이 그 말을 사고 싶어 했는데 맬번 씨가 거절했대. 그래서 그만뒀다고 하더라."

나는 션이 그 붉은 수말에 안장도 없이 납작 엎드려 타고 절벽 위를 달리던 모습을 떠올린다. 내가 또 다른 암컷 이시커를 살펴보려고 션과 만났던 날에 션과 그 붉은 수말이 서로를 편히 대하던 모습과 축제 때 바위 위에 서서 자기 이름에 이어서 당연하다는 듯이 코어를 외치던 모습도 떠오른다. '하늘, 모래, 바다, 그리고 코어.'라고 나한테 말했던 것도. 서류상 이름만 빼고는, 어떤 점에서 보아도 코어 주인은 션이기에, 이건 좀 부당하게 느껴진다.

"그래서 그 말 데리고 뭘 한대요?"

"내가 어떻게 알겠니? 머트가 생일이라도 맞은 것처럼 뽐내며 지나가는 것만 봤다."

이제 정말 부당하다는 느낌이 치솟는다. 나는 절벽 위에서 지켜보려던 계획을 급히 바꿔 해변에서 무슨 일이 일어나는지 알아보러 내려가기로 한다.

"그리 가봐야겠어요."

"맬번 씨 아들한텐 말 걸지 마."

도리 아줌마가 경고한다.

나는 이미 걸음을 뗐지만 어깨 너머로 뒤돌아본다.

"그건 왜요?"

"걔가 되받아칠 테니까!"

나는 다른 천막들을 지나 절벽에 난 길을 급히 내려간다. 길이 가파른 내리막이라 노점상들이 탁자를 세울 수가 없는 탓에 점점 조용해진다. 그리고 저기 저 아래 쪽에, 붉은 수말과 그 주변을 둘러싼 남자 넷이 보인다. 나는 몸집이 떡 벌어진 머트와 고삐를 쥔 프린스를 알아본다. 프린스는 전에 우리 집 근처 해몬드 씨네 농장에서 일했기 때문에 안다.

하지만 나머지는 누군지 모르겠다. 그 애들 주위를 멀찌감치 둘러싸고 구경하며 웃고 소리치는 다른 사람들도 있다. 머트가 사람들한테 뭐라고 소리친다. 코어가 고개를 쳐들자 고삐를 쥔 프린스의 팔이 홱 당겨지고, 코어는 바다를 향해 높고 날카롭게 운다.

"고삐 잡기 힘들어, 프린스?"

머트가 웃는다.

"내가 잡을게!"

모인 사람 중에 누군가가 소리치자 사람들이 더 큰 소리로 웃는다.

도브가 이런 꼴을 당한다고 상상하자 속에서 화가 치밀어 오른다.

분명 이곳 어딘가에 션이 있을 거다. 션을 찾으려면 시간이 좀 걸리긴 하겠지만, 이제 방법을 안다. 다른 사람들한테서 조금 떨어져 꼼짝하지 않는 사람을 찾으면 된다. 아니나 다를까 저기, 절벽에 등을 기대고 한쪽 팔은 턱을 괴고 한쪽 팔은 다른 팔을 받치고, 션이 서 있다. 션은 손가락으로 입술을 꽉 누르지만, 얼굴에는 표정이 없다. 가만히 서서 바라만 봐야 하다니 참혹하다. 그래도 션은 얼음장처럼 고요하지는 않다.

멀리 해변에서, 코어가 다시 한번 울고, 머트는 방울이 달린 붉은 리본을 코어의 발굽 바로 위에 묶는다. 방울 소리가 나고, 코어는 방울이 실제로 때려서 아프기라도 한 것처럼 몸을 움찔한다. 나는 나도 모르게 눈을 깜박여 눈물을 참는다.

션 켄드릭이 고개를 돌린다.

그 모습이 너무 안돼 보여서 나는 션을 거기 그대로 혼자 내버려 둘 수가 없다. 나는 이 광경을 구경하는 관광객들과 섬 주민들 사이를 헤집고 나아간다. 심장이 쿵쿵 뛴다. 션이 나한테 했던 말이 떠오른다. '네 조랑말을 데리고 해변을 떠나.' 션은 나를 보고 싶지 않을 수도 있다.

나는 팔짱을 끼고 션 옆에 선다. 우리는 말이 없다. 션이 고개를 들지 않아서 다행이다. 왜냐면 머트가 코어한테 안장을 얹더니, 이제는 코어의 어깨에 방울과 비늘이 잔뜩 달린 가슴걸이를 씌우려 하기 때문이다. 피부에 금속이 닿을 때마다 코어는 몸을 떤다.

조금 뒤에, 션이 여전히 땅을 보면서 낮은 목소리로 말한다.

"네 말은 어디 있어?"

"어젯밤 비가 그친 다음에 운동시켰어. 네 말은?"

션이 침을 삼킨다.

"저 애들은 어떻게 저럴 수 있어?"

내가 따지듯 묻는다.

코어는 흥분한 듯, 울음소리 같지만 나오다 마는 이상한 소리를 낸다. 그러고는 가만히 있다가, 파리를 쫓으려는 것처럼 머리를 홱 쳐든다.

"네가 네 말을 타기로 한 건 잘한 것 같아, 퍽. 그게 섬 토종말이라고 해도. 네 심장은 네 것이어야 하니까."

션이 아까처럼 낮은 목소리로 말한다.

"더 큰 줄 알았는데 말이야."

머트가 말한다.

고삐는 여전히 프린스가 쥐었지만 머트가 코어의 등에 올라탔다. 그리고 바다 사이에 또 한 사람이 울타리처럼 양팔을 벌리고 서 있다. 머트는 조랑말을 탄 어린아이처럼 다리를 휘저으며 땅을 내려다본다.

"이게 머트가 나한테 주는 선물이야. 내 잘못이야."

션이 말한다. 그 말에 담긴 쓰라린 맛이 나한테도 느껴진다.

나는 션을 달랠 만한 말을 생각하려고 애쓴다. 션이 그런 걸 바라는지도 잘 모르면서. 솔직히 말해서 나라면 누가 달래 주기를 바라지 않을 것 같다. 만약 내가 억지로 쓰레기를 먹어야 한다면, 나는 이 세상 어딘가에 쓰레기를 먹어야 하는 사람이 또 있다는 사실을 알고 싶을 거다. 쓰레기 맛은 형편없다는 사실도. 쓰레기가 소화가 잘된다는 얘기 따위는 듣고 싶지 않을 거다. 물론 여기서 쓰레기란, 콩이다.

"그럴 수도 있지. 하지만 이삼십 분, 혹은 한 시간 뒤엔, 머트도 지겨워질 거야. 그러고 나면 정육점 칠판에 자기 이름 옆에 써놓은 그 하얗고 까만 몹쓸 생물을 다시 타겠지. 그리고 그 얼룩말은 누구한테든 충분한 벌이 될 거야."

내가 말하자 션이 나를 쳐다본다. 그 빛나는 눈빛에 나는 뭔가 편치 않다. 션이 묻는다.

"네 말이 어디 있다고 했지?"

"집에. 어제저녁에 훈련했어. 넌 왜 그만뒀다고 했지?"

션은 후회스럽다는 듯이 숨을 내쉬며 고개를 돌린다.

"도박이었어. 너와 네 조랑말처럼."

"말이라니까."

"맞아. 너는 왜 경주에 나간다고 했지?"

션은 다시 코어를 본다.

물론, 나는 말한 적이 없다. 내가 이런 결정을 내린 진짜 이유를 고백하는 것에 온몸으로 거부감이 든다. 도리 아줌마가 나한테 션 켄드릭이 코어 때문에 그만두었다고 아무렇지 않게 얘기했듯이 내 이야기가 스카마우스를 돌고 돌 게 뻔하다. 내 편을 들어 주는 것 같은 페그 아줌마한테도 얘기하지 않았고, 거의 가족이나 다름없는 도리 아줌마한테도 얘기하지 않았다. 하지만 곧 나는 이렇게 말하는 내 목소리를 듣는다.

"내가 우승하지 않으면 우리 부모님 집을 뺏겨."

말을 내뱉고서야 나는, 그게 얼마나 바보 같은 말인지 깨닫는다. 션 켄드릭이 소문을 퍼뜨릴 거라서가 아니다. 션은 이제 내가 그저 경주에 나가기만 하려는 게 아니라 상금을 타려 한다는 걸 알아 버렸다. 션 켄드릭이, 스콜피오 경주에서 네 번이나 우승한 사람이 듣기에는 말도 안 되게 허황한 얘기일 텐데. 션은 코어와 코어를 탄 머트한테 눈길을 둔 채 오랫동안 말이 없다.

"도박을 할 만한 이유네."

션이 말한다. 바보라고 말하는 대신 그렇게 말해 줘서 나는 션한테 어마어마하게 따스함을 느낀다. 그래서 나도 털어놓는다.

"너도 마찬가지야."

"그렇게 생각해?"

"법이 뭐라고 하든 코어는 네 거야. 맬번 씨는 그걸 질투하는 것 같아. 그리고 맬번 씨는 사람을 가지고 게임하는 걸 좋아하는 것 같아."

션은 특유의 날카로운 눈빛으로 나를 바라본다. 그 눈빛이 얼마나 찌르는 것처럼 날카로운지 자기는 모르는 것 같다.

"맬번 씨를 잘 아네."

나는 맬번 씨가 차에 버터와 소금을 넣어 마신다는 사실을 알고, 안에 도토리를 숨겨도 될 만큼 코가 크다는 사실을 안다. 맬번 씨는 즐기고 싶어 하지만 맬번 씨를 즐겁게 하는 것은 몇 가지 없다는 것을 안다. 하지만 그렇다고 내가 맬번 씨를 안다고 할 수 있는지는 모르겠다.

"필요한 만큼은 알지."

"나는 게임을 좋아하지 않아."

우리는 다시 코어를 본다. 코어는 내 생각과 달리 잠잠해졌다. 사람들을 바라보며 귀를 세우고 꼼짝 않고 서 있다. 이따금 몸을 부르르 떨긴 하지만 움직이지는 않는다.

"얼마나 빠른지도 봐야겠지?"

머트가 말하고는 안장에 앉은 채 몸을 돌려 션을 본다. 션은 움츠러들지 않는다. 여전히 고삐를 쥔 프린스는 우리 쪽을 바라보며 복잡한 표정을 띤다. 약간은 죄책감이 들고 약간은 미안하고 약간은 들뜬 표정.

"호오, 션 켄드릭."

프린스는 우리가, 아니 션이 막 해변에 나타난 것처럼 이름을 부른다.

"뭐 조언해 줄 얘기라도?"

프린스가 말한다.

"바다를 명심해."

션이 말한다. 그 말에 머트와 프린스가 웃음을 주고받는다.

"봐, 얼마나 길이 잘 들었는지."

머트가 션한테 말한다. 확실히, 코어는 귀를 쫑긋 세우고 관심을 보인다. 코어는 그저 평소와 달라서 놀랍다는 듯이, 새로운 일에 호기심이 이는 듯이 안장과 머트의 다리를 킁킁거린다. 코어가 움직일 때마다 굴레에 달린 방울이 떨리지만, 소리는 거의 들리지 않는다.

"그 유명한 션 켄드릭 표 마법 따위 필요도 없네. 코어가 의리가 없어서 기분이 별로야?"

션은 대답하지 않는다. 머트는 오만하게 나를 훑어본다. 이렇게나 다른 사람을 비참하게 만들며 즐거워하는 사람은 처음 본다. 술집 밖에서 두 사람을 처음 보았던 날 밤, 두 사람의 표정에 도사린 증오를 기억한다. 지금도 그것은 추한 상처처럼 숨김없이 드러난다. 대부분 관광객인 구경꾼들을 향해 머트가 발표한다.

"어떻게 생각하세요? 섬에서 가장 빠른 말을 타고 달려 보려고 합니다만. 전설적인 말이죠, 맞나요? 영웅이라고 해야 하나? 국가적 보물이죠. 이 말 이름을 모르는 사람이 있습니까?"

사람들이 박수를 치며 환호한다. 션은 절벽 일부가 된 것처럼 움직이지 않는다.

"알아!"

그때 내가 소리치고는, 너무 큰 목소리에 나조차 놀란다. 머트가 션 옆에 있는 나를 찾아낸다.

"하지만 네 말은 어디 있지?"

나는 오빠와 남동생을 둔 덕에 배울 수 있었던, 내가 지을 수 있는 가장 사악한 미소를 지어 보인다.

나는 머트의 얼굴에 분노가 떠오르는 것을 보고 구경꾼들이 흥미로워하며 수군거리는 소리를 듣다가, 뒤늦게 도리 아줌마의 충고를 떠올린다.

"그럼 네 조랑말은 어디 있지? 밭 갈고 있나?"

머트가 쏘아붙인다.

나는 기분이 나쁘기보다 사람들 관심이 나한테 몰려서 당황한다. 여기서 볼일을 마치고 나면 나는 도리 아줌마네 부스에 가서 관광객한테 싸구려 방울을 팔아야 할 테니까. 그런데 머트는 나를 제대로 공격할 만큼 나를 잘 알지 못한다는 생각이 떠오른다.

게다가 머트가 공격하고 싶은 것은 내가 아니다. 머트가 소리친다.

"켄드릭, 널 보니 내가 다 흐뭇하네. 그 애가 타기에 더 좋아?"

머트는 코어의 엉덩이를 쓰다듬는 흉내를 낸다. 내 얼굴이 빨갛게 달아오른다. 션은 여전히 변함 없는 표정이다. 나는 궁금해진다. 저 표정은 연습한 건가? 이렇게 속 긁는 말을 너무 여러 번 들어 온 걸까?

머트 아래에서 코어가 몸을 꿈틀댄다. 코어는 프린스의 가슴팍에 코를 대고 비빈다. 프린스는 코어의 이마를 긁으며 밀어낸다.

"가만히 있어, 이 녀석아."

프린스가 말하고, 고개를 뒤로 젖혀 머트를 본다.

"그래서, 말 타고 나갈 거야? 물이 들어오기 전에?"

프린스가 말하는 동안 코어가 다시, 좀 더 집요하게 프린스한테 코를 갖다 대자 방울 소리가 울리고, 프린스는 다시 코어를 밀친다.

"그럼 그래야지."

머트가 대답한다. 머트는 코어의 관심을 끌기 위해 고삐 한 가닥을 움직인다. 코어는 여전히 프린스한테 코를 갖다 대고 비빈다. 그들이 씌워 놓은 금속 가슴걸이 아래에서 코어의 피부가 떨리는 것이 보인다.

"좋아, 그럼."

프린스가 말한다. 내가 갈기를 긁어 주면 기분이 좋아진 도브가 그러는 것처럼, 코어가 주둥이를 프린스의 쇄골에 갖다 대고 프린스의 목에 숨을 내뿜는다. 프린스가 코어의 얼굴을 손으로 찰싹 때린다.

"프린스!"

션이 소리치는 동시에 모래를 박차고 튀어 나간다.

프린스가 쳐다본다.

뱀처럼 빠르게, 코어의 평평한 이빨이 프린스의 목에 박힌다.

머트가 고삐를 뒤로 확 당기고, 코어가 뒷발로 일어선다. 구경꾼들이 비명을 지르며 흩어진다. 머트와 함께 있던 다른 두 사람이 펄쩍 뛰어 물러서서, 자기를 지켜야 할지 머트를 도와야 할지 갈팡질팡한다. 뿜어져 나오는 피에 고개를 돌리며 션이 멈춰 선다. 프린스가 모래밭에서 등을 구부린 채 발버둥 친다. 나는 미처 고개를 돌리지도 못한다.

코어가 다시 뒷발로 일어서자, 이번에는 머트가 자리를 지키지 못한다. 머트는 몸을 굴려 코어의 발굽이 닿는 범위에서 벗어나고, 피를 뒤집어쓴다. 자기 피가 아니라 프린스의 피를. 몸을 빙글 돌리는 코어의 눈이 하얗게 뒤집혔다. 코어의 눈길은 파도에 가 있다. 다른 모든 사람들 눈길은 코어와 션한테 가 있지만, 둘 중 아무도 움직이지 않는다.

코어가 다시 한번 몸을 돌리자, 나는 프린스가 쓰러진 곳으로 달려간다. 피가 너무 흥건해서 얼마나 다쳤는지 볼 수가 없다. 나는 코어가 프린스를 밟아 뭉갤까 봐 걱정이지만, 그렇다고 내가 프린스를 옮길 수 있을지 모르겠다. 그나마 내가 할 수 있는 일이라고는 프린스와 코어 사이에 서서 내 안에서 솟아나는 공포를 억누르려고 애쓰는 것뿐이다.

코어가 몸을 돌리며 다시 한번 운다. 이번에는 숨 막히는 흐느낌 같다. 코어의 어깨에 거미줄 같은 정맥이 솟아 있다.

"코어."

션이 말한다.

션은 소리치지 않는다. 발굽 소리와 파도치는 소리와 프린스가 끙끙거리는 소리를 뚫고 들릴 만큼 큰 소리 같지도 않은데, 붉은 수말이 잠잠해진다. 션이 팔을 들어 천천히 코어한테 뻗는다. 코어의 아래턱에는 피가 묻어 있고 입술이 떨린다. 귀는 뒤로 납작하게 젖혀져 있다.

"잠깐만 참아요."

나는 프린스한테 속삭인다. 가까이 와서 보니 프린스는 내가 생각했던 것만큼 어리지 않다. 눈과 입가에 주름이 보인다. 내 목소리가 들릴지 모르겠다. 모래를 움켜쥔 채 나를 바라보는 프린스의 눈은 참으로 끔찍하고, 끔찍하다. 나는 프린스를 만지고 싶지 않지만, 손을 뻗는다. 내 손가락이 닿자 프린스가 내 손을 너무 꽉 움켜쥐어서 아프다.

코어 가까이에서, 션은 재킷을 벗어 모래밭에 던지고 셔츠를 벗는다. 션의 맨몸은 창백하고 여기저기 상처가 있다. 갈비뼈가 부러졌다 붙을 때 곧은 모양이 되는지 아닌지, 나는 이 순간이 오기 전에는 전혀 생각해 본 적이 없다. 션은 코어한테 낮고 낮은 목소리로 말한다. 코어는 몸을 떨며 바다를 향해 눈을 돌린다.

나는 프린스의 피를 뒤집어쓴다. 이렇게 많은 피를 본 적이 없다. 우리 부모님이 이렇게 돌아가셨구나 같은 생각은 하지 말자고 속으로 되뇐다. 하지만 사실 그럴 필요가 없다. 나는 그런 상상을 할 수가 없다. 내 마음에는 그런 상상을 받아들일 여지가 없고, 그래서 유감이다. 왜냐면 그 상상이 아무리 끔찍할지라도, 프린스가 떨리는 손으로 내 손을 붙잡은 이 현실보다는 더 나을 것이기 때문이다.

션은 줄곧 낮은 목소리로 말하며 천천히 코어한테 다가간다. 세 발짝, 두 발짝, 한 발짝. 코어가 고개를 쳐들고 피 묻은 이빨을 드러내며 물러난다. 코어는 프린스처럼 몸을 떤다. 션은 벗은 셔츠를 뭉쳐 코어의 주둥이에 대고 누른다. 그렇게, 션은 코어가 션 켄드릭의 냄새만 맡을 때까지 오래 기다렸다가, 코어의 주둥이에 묻은 피를 닦는다. 코어가 뻣뻣하게 서 있자, 션은 피가 묻은 면이 바깥으로 향하게 셔츠를 접더니 코어의 콧구멍과 눈을 덮는다.

"달리."

션이 말한다. 코어는 셔츠 아래에서 주둥이 윤곽이 드러나도록 셔츠 냄새를 빨아들이더니 다시 숨을 내쉰다. 머트와 함께 왔던 사람 중 하나가 자기 이름을 부르는 소리에 깜짝 놀란다. 달리는 겁에 질려 보인다. 달리의 얼굴을 보더니 션은 실망해서 눈을 돌려 나를 본다.

"퍽."

나는 내 손을 꽉 잡은 프린스를 차마 뿌리칠 수가 없다. 하지만 언제부터인지 나만 프린스의 손을 잡고 있을 뿐 프린스는 내 손을 잡고 있지 않았다는 사실을 불현듯 깨닫는다. 그 순간 소름 끼치게 놀라, 프린스의 손을 놓고 일어선다.

션은 코어의 굴레에 이어진 고삐를 가리킨다.

"그거 좀 잡아 줄래? 누가 필요한데……."

션이 만든 가면 아래에서도 붉은 말은 여전히 몸을 떤다. 두려움이 내 속 깊은 곳 어딘가로 숨어 버린 것처럼, 나는 두렵지 않은 것 같다. 누군가는 저 고삐를 잡아 줘야 한다. 나는 할 수 있다. 나는 손에 묻은 피를 바지에 쓱쓱 문지르고 앞으로 걸어간다. 심호흡하고 손을 내민다.

내가 준비되었든 준비되지 않았든 션은 고삐와 천 뭉치를 내 손에 쥐여 준다. 이렇게 가까이 오니 희미한 금속성 가락이 들리는데, 코어의 굴레와 발목에 달린 방울 소리다. 코어가 약하지만, 끊임없이 몸을 떨어서, 방울 속 금속 공이 끊임없이 구른다. 마치 금속으로 된 메뚜기 같다.

션은 내 손을 확인하더니 잽싸고 확실한 몸놀림으로 말 아래로 몸을 숙인다. 주머니에서 칼을 꺼내고, 손으로 코어의 앞다리를 쓸어내린다.

"나 여기 있어."

션이 말하자, 코어가 귀를 부르르 떨며 그 목소리를 듣는다.

션은 붉은 리본을 솜씨 좋게 잘라 낸다. 그러고는 짤랑거리는 리본을 뒤쪽으로 휙 던져 버린다. 코어가 움직여서 나는 깜짝 놀란다. 발굽이 방울에서 풀려나자 코어는 발을 들었다 놨다 하며 제자리걸음을 한다. 션은 한숨을 내쉰다. 션이 가슴걸이를 떼어 내려고 하는데 코어가 너무 많이 움직인다. 나는 사람을 죽이는 이시커를 다루는 일과 도브를 다루는 일이 어떻게 다른지 몰라서, 그저 도브를 다루듯이 반응한다. 내가 고삐를 찰싹 내리치자 코어가 고개를 홱 든다. 코어는 이제 몸을 덜 떠는 것 같지만, 방울 소리가 없어서 확실히 모르겠다. 나는 내 손이 아직 프린스의 피로 젖어 있다는 사실을 생각하지 않으려고 애쓴다. 대신 션이 말을 다루던 모습을 기억해 내려고 한다.

쉬이이, 쉬이이, 바다처럼 속삭이자, 말 귀가 순간 나를 향해 쫑긋 서며, 처음으로 꼬리가 움직임을 멈춘다. 비록 눈은 가려져 있지만, 그래도 이 말이 나한테 관심을 보이는 것이 썩 반갑지만은 않다.

코어의 어깨 너머로 션이 칭찬인지 아닌지 모를 표정으로 나를 잠깐 바라본다. 그러고는 금속 가슴걸이를 뒤쪽 모래밭, 방울을 던진 곳으로 던져 버린다.

"이제 내가 잡을게."

"저 사람은? 프린스는?"

나는 션이 고삐를 확실히 받을 때까지 고삐를 놓지 않으며 묻는다.

"죽었어."

나는 돌아본다. 션과 내가 코어를 진정시키자 구경하던 사람 중 누군가가 프린스를 안전한 곳으로 옮겼다. 그리고 얼굴에 옷을 덮어 놓았다. 나는 바람에 몸을 떤다.

"죽었다고!"

바보 같은 소리인 걸 알지만 나는 말하고 만다.

"진작 죽은 목숨이었어. 자기도 알았을 거야, 눈 못 봤어? 내 재킷!"

"네 재킷?"

코어가 놀랄 정도로 내 목소리에 힘이 들어간다.

"내 재킷 부탁해라고 하면 어떨까?"

션 켄드릭은 당황한 듯이 나를 보고, 나는 션이 내가 왜 기분이 나쁜지 전혀 모른다는 사실을 깨닫는다. 전혀. 코어의 떨림을 모조리 빨아들인 것처럼 내 몸이 떨림을 멈추지 않는다.

"그렇게 말했는데."

조금 뒤에 션이 말한다.

"안 그랬거든."

"내가 뭐라고 했는데?"

"내 재킷이라고 말했지."

션은 이제 혼란스러워 보인다.

"그게 그거 아닌가."

나는 콧방귀를 뀌며 션의 재킷을 가지러 간다. 션이 여기 다시 오기 전에 파도가 그 옷을 휩쓸어 갈지도 모른다고 생각하지 않았다면 그냥 내버려 두었을 것이다. 내 머릿속은 온통, 내 손을 잡았던 사람이 죽었다는 사실뿐이다. 그 사실을 생각하면 할수록 화가 난다. 하지만 내가 고삐를 잡았던 그 이시커 말고는 누구를 탓해야 할지 모르겠다. 그리고 내가 그 이시커의 고삐를 잡았다는 사실 때문에 왠지 나도 그 일에 연루된 것 같은 기분이 들고, 그래서 더 화가 난다.

션의 재킷은 피와 모래를 뒤집어쓰고 소금기에 딱딱하게 굳은 것이 무척 남루하다. 돛으로 쓰는 천 같다. 나는 재킷을 가져다가 션의 맨팔에 걸쳐 놓을 생각이었지만, 아무래도 셔츠 없이는 살이 쓸릴 것 같다.

"내가 갖다줄게. 내 안장깔개랑 같이 빨아서. 어디로 갖다주면 돼?"

"맬번 마장, 아직은."

나는 프린스를 돌아본다. 프린스는 쭉 뻗어 있다. 누군가가 사망 선고를 내려 줄 할살 의사 선생님을 부르러 간 듯하다. 사람들은 프린스 옆에서 목소리를 낮추는 것이 예의인 것처럼 조용하게 대화한다. 흘끗 주워들으니 경주 우승 확률 얘기다.

"고마워."

션이 말한다.

"뭐라고?"

곧 내 머리가 현실 속으로 돌아오면서 션이 뭐라고 말했는지 깨닫는다. 내 얼굴에서 알아들었다는 표시를 읽었는지 션은 짧게 고개를 끄덕인다. 션이 코어의 머리를 끌어내려 귓가에 속삭이고, 말 옆구리에 손을 댄다. 코어는 불에 덴 것처럼 화들짝 놀라지만 손을 뿌리치지는 않는다. 션은 코어를 해변에서 멀찍이, 다시 절벽 위로 이끈다. 가는 길에 딱 한 번, 머트 바로 앞에서 멈춘다. 이곳에서 보니 셔츠를 입지 않은 션은 피처럼 붉은 말을 끌고 가는 마르고 창백한 소년일 뿐이다.

"머트 맬번 군, 당신 말을 다시 마장으로 데리고 가시겠습니까?"

머트는 말없이 쳐다만 본다.

션이 해변에서 코어를 끌고 떠나고, 나는 손에 쥔 션의 재킷을 만지작거린다. 도무지 실감이 나지 않는다. 10분 전에 내가 죽은 사람 손을 잡았다니. 이제 며칠 뒤면 몇십 마리 이시커들 틈에 끼어 해변에 서야 한다니. 내가 션 켄드릭한테 재킷을 빨아 주겠다고 말하다니.

"미쳤어."

누군가 말하는 소리에 나는 뒤를 돌아본다. 언제 왔는지 달리가 멍한 표정으로 서 있다.

"뭐라고요?"

내가 묻는다.

"미쳤어. 섬 전체가."

달리가 다시 말한다. 더 나은 말을 하고 싶어도 할 수 없는 데서 나오는 무력한 욕이다.

나는 대답하지 않는다. 할 말이 없다. 아직도 떨리는 손으로 션의 재킷을 꽉 쥔다.

달리가 처량한 목소리로 말한다.

"난 고향으로 돌아갈 거야. 어떤 일도 이럴 만한 가치는 없어."

션

맬번 씨는 스카마우스 호텔에서 만나기를 원한다. 그 또한 얼마간은 게임인 것이, 요즘 스카마우스 호텔은 사람들로 붐빈다. 경주를 보러 온 관람객으로 온 방이 꽉꽉 차 있기 때문이다. 정육점이 토박이들이 내기를 하거나 새로운 소식을 접하거나 기수들이 모여 이야기를 나누는 곳이라면, 호텔은 본토에서 온 사람들이 그날 훈련이 어땠는지 이야기를 나누며 기록을 비교하고, 이 말 혹은 저 말이 경주 날 우승할 만큼 안정적인지 머리를 긁적이며 궁금해하는 곳이다. 맬번 씨를 만나기로 한 로비에 서 있다가는 사람들 사이에 파묻힐 것이다.

그래서 나는 추위를 피해 호텔로 들어간 다음 최대한 빨리 로비를 지나쳐서, 조용히 기다릴 만한 계단을 찾아낸다. 계단 위쪽으로는 객실이 몇 개 없으니 방해받을 가능성이 적을 것이다. 외풍이 심해서 나는 팔을 쓰다듬고는 계단 위쪽을 올려다본다. 이 호텔은 섬에서 제일 큰 건물이고, 건물 곳곳은 본토에서 온 사람들이 고향처럼 느낄 수 있도록 설계되었다. 건물 내부는 색을 칠한 기둥, 나무로 된 우아한 아치, 돌림띠, 윤나는 목재로 꾸며져 있다. 발밑에 페르시아 양탄자가 푹신하다. 벽에는 평온한 풍경 속에 굴레를 쓰고 서 있는 경주마 그림이 걸려 있다. 호텔의 모든 것이 이곳에 묵는 사람은 신사이고 학자이며 교양 있고 신중하다고 말한다.

나는 맬번 씨를 찾아 로비 쪽을 훔쳐본다. 경주를 보러 온 관광객들이 두셋씩 모여 담배를 피우고 훈련 얘기를 나눈다. 로비는 그 사람들의 낯설고 강한 억양으로 가득하다. 로비 바깥에 있는 어떤 방에서는 피아노 소리가 흘러나온다. 시간은 천천히 흐른다. 축제와 경주 사이, 지금 이곳은 이상야릇한 네버랜드다. 경주를 좋아하는 사람 중에서도 골수만이 스콜피오 축제 때 섬에 오지만, 스카마우스는 그 사람들을 오래 즐겁게 해줄 만큼 큰 마을이 아니다. 관광객들은 경주가 열리기 전까지 모래밭에서 우리가 죽고 사는 것을 지켜보는 것 말고는 할 일이 없다.

나는 다시 계단으로 돌아와 외풍을 막으며 팔짱을 낀다. 머릿속에서 생각이 정리되지 않고, 이런저런 기억만 떠오른다. 코어를 탄 머트. 코어의 울음소리. 펵 코널리의 뺨에 드리운 저녁놀 빛깔 곱슬머리.

이 느낌은 위험한 영역인 것 같다.

위에서 계단이 삐걱거리며 누가 내려오는 발소리가 들린다. 쳐다보니 홀리 씨가 소년처럼 가볍게 계단을 뛰어 내려오는 모습이 보인다. 홀리 씨는 나를 발견하더니 얼른 옷매무새를 추스르고, 처음부터 거기가 목적지였던 것처럼 벽에 딱 붙어 몸을 수그린다.

"안녕, 안녕."

홀리 씨가 말한다. 홀리 씨는 잠을 못 잔 것 같다. 마치 폭풍에 휩쓸려서 해변으로 밀려나온 뒤 바다로 가야 할지 뭍으로 가야 할지 내내 고민한 것처럼. 이상한 생각이다, 홀리 씨가 말을 구경하지 않을 때는 무슨 일을 하는지 나는 모른다. 하지만 분명, 흰색 스웨터를 입고 할 수 있는 무언가 야단스럽고 열렬한 일일 것이다. 내가 나와는 이토록 다른 사람한테 우정을 느끼게 되다니 이상한 일이다.

나는 고개를 끄덕인다.

"맞아, 늘 그렇게 고개를 끄덕이지. 그래, 맬번 씨를 기다리나 보네."

홀리 씨가 이미 알고 있는 게 놀랍지는 않다. 내가 그만두었다는 소식은 눈 깜짝할 새 섬 전체에 퍼졌고, 아침에 있었던 코어 사건은 분명 그보다도 더 빠르게 퍼졌으리라. 나는 다시 고개를 끄덕인다.

"그리고 맬번 씨는 너를 이 계단에서 만날 거고."

나는 다시 로비를 흘끔 내다본다. 맬번 씨가 어서 와서 할 얘기를 하기를 바라는 동시에, 맬번 씨가 늦어서 그 얘기를 늦게 듣기를 바란다. 나는 옆구리에 낀 두 손을 꼭 쥔다. 내 안의 이 떨림은 긴장 때문이지 추위 때문이 아니다.

"재킷이 필요하구나."

내 자세를 살펴보며 홀리 씨가 말한다.

"재킷 하나 있어요. 파란 거요."

홀리 씨는 잠깐 곰곰이 생각한다.

"아 이제 기억난다. 그 종이처럼 얇은 거 말이지?"

"맞아요."

지금은 펵 코널리가 관리하는 재킷. 아까 내가 본 게 그 재킷의 마지막 모습이 될지도 모른다.

"혹시 궁금했던 적 없니? 그러니까……."

잠깐 쉬었다가 홀리 씨가 말을 잇는다.

"아니, 넌 궁금하지 않겠지. 아마 답을 알 거야. 답을 아는 사람이 있다면 너일 거다. 내가 여기 온 이래로 쭉 궁금했는데, 왜 디스비에만 이시커가 있고 다른 곳에는 없는 거지?"

"우리가 이시커를 사랑하니까요."

"션 켄드릭, 너도 성인이지. 담배 피우니? 나도 안 피워. 우린 여기서 바람이나 쐬는 게 낫겠구나. 아무 일도 안 하면서 바쁘게 구는 사람들을 저렇게 많이 본 적 있니? 그나저나, 네 대답은 그게 다야?"

나는 어깨를 으쓱하고는 대답한다.

"이 섬에 사람이 살았던 세월만큼 오랫동안 말도 살았어요. 디스비 섬 저편 절벽에는 벽에 붉은 수말이 그려진 동굴이 있어요. 아주 오래됐죠. 한곳에 얼마나 오래 머물러야 고향이 될까요? 이 섬은 뭍에 나온 이시커의 고향이에요."

언젠가 이시커를 잡으려고 찾아 나선 날 그 그림을 발견했다. 썰물이었고, 그 동굴은 섬 안으로 무척 길게 뻗어 있어서, 더 깊이 들어가면 섬 반대편으로 빠져나올 것만 같았다. 그런데 불쑥, 밀물이 순식간에 차올라 나는 갇히고 말았다. 자그맣게 툭 튀어나온 검은 바위에 매달려 파도가 밀려올 때마다 물에 젖으며 몇 시간을 보냈다. 물 아래, 동굴 어딘가에서 바다 말의 낮은 울음소리가 들려왔다. 떨어지지 않기 위해 나는 잡고 있던 바위 위로 겨우 몸을 굴려 올라가서 등을 대고 누웠다. 거기, 바닷물이 닿지 않는 훨씬 높은 곳에, 그림이 있었다. 햇빛이 닿지 않아 색이 거의 바래지 않은, 코어보다 밝은 붉은색 수말이었다. 그림 속에는 말의 발치에 머리가 검고 가슴 쪽이 붉은, 죽은 사람도 있었다.

스콜피오 해는 우리 아버지나 우리 아버지의 아버지가 태어나기도 전부터 해변에 이시커를 밀어 올렸다.

"언제나 말을 숭배했니? 잡아먹은 적은 없고?"

나는 뜨악한 표정을 짓는다.

"상어를 먹을 건가요?"

"캘리포니아에서는 상어를 먹어."

"음, 그러니까 캘리포니아에는 이시커가 없는 거예요."

나는 홀리 씨가 다 웃을 때까지 기다렸다가 덧붙인다.

"목깃에 립스틱 묻었어요."

"말들이 묻힌 거야."

홀리 씨는 그렇게 말해 놓고, 자국을 찾으려고 애쓴다. 그리고 목깃 끝 부분에서 립스틱 자국을 발견하고 손가락으로 문지른다.

"앞을 못 보거든. 내 귀를 노렸던 건데."

홀리 씨의 차림이 왜 이렇게 엉망인지 알겠다. 나는 다시 몸을 기울여 로비를 살핀다. 해가 저물고 바깥의 그늘이 식어 가자 사람들이 몰려들어 아까보다 더 붐빈다. 맬번 씨는 아직 보이지 않는다.

"맬번 씨가 무슨 얘기를 할지 알고 있니? 넌 참 침착하구나."

"멀미가 나요."

"그렇게 안 보여."

코어는 천 가지 마음을 품을 수 있지만, 오늘 아침에도 그랬듯이 얼굴에는 한 가지밖에 드러내지 않는다. 코어는 나와 꼭 닮았다.

잠깐, 나는 맬번 씨가 무슨 일로 만나자고 했을지 짐작해 본다. 차가운 바늘이 내 속을 콕콕 찌른다.

"이제 그렇게 보이네."

홀리 씨가 말한다.

눈살을 찌푸리며 나는 다시 한번 살핀다. 이번에는 로비로 걸어 들어오며 문을 닫는 맬번 씨가 보인다. 맬번 씨는 두툼한 외투 주머니에 손을 찌르고, 이곳의 주인인 것처럼 성큼성큼 로비로 걸어 들어온다. 어쩌면 주인인지도 모른다. 외투를 걸친 맬번 씨의 어깨선이나 목에 툭 불거진 울대가 꼭 프로 권투 선수 같다. 머트한테서 맬번 씨의 흔적을 이제껏 본 적이 없는데, 드디어 닮은 점을 찾았다.

홀리 씨가 내 눈길을 좇는다.

"나는 가는 게 낫겠다. 맬번 씨가 나를 보면 안 좋아할 거야."

고객을 보고 좋아하지 않는 맬번 씨라니 상상할 수 없다. 아니 적어도, 고객을 보고 좋아하지 않는 티를 내는 맬번 씨 모습은 상상이 안 된다.

"우린 좀 다퉜단다. 섬이 생각보다 좁더라. 하지만 걱정하지 마, 나한테 돈이 있는 한 우리 우정은 계속될 거란다."

우리는 헤어져서, 홀리 씨는 살금살금 피아노 소리가 나는 쪽으로 가고, 나는 로비로 걸어간다. 사람들이 나를 본 순간을 정확히 알 수 있다. 나를 보면 모두 조용히 다른 쪽으로 눈을 돌리기 때문이다.

사람들 속에서 맬번 씨를 찾으려니 시간이 좀 걸리지만, 곧 대회 운영 위원 중 한 사람인 콜린 캘버트 씨와 이야기를 나누는 맬번 씨가 보인다. 캘버트 씨는 퍽이 넘어뜨려야 했던, 고리타분하고 남을 괴롭히는, 이튼 씨보다는 더 친절한 사람이다. 하지만 축제 때는 나오지 않았을 것이다. 캘버트 씨의 아내가 기독교인이기 때문이다. 그 종파는 젊은 여자들이 길거리에서 춤을 추는 것은 금지하지만, 남자들이 죽어 나가는 경주는 금지하지 않는다. 캘버트 씨가 나를 보고 고개를 끄덕이자 나도 답례하지만 내 마음은 이미 맬번 씨와 나눌 대화에 가 있다. 맬번 씨는 나를 만나러 온 것이 아닌 것처럼 천천히 나한테 다가온다.

"오, 션 켄드릭."

맬번 씨가 말한다.

나는 코어를 원한다.

나는 아무 말도 할 수 없다.

맬번 씨는 엄지로 귀를 건드리며 거대한 벽난로 위에 걸린, 경주마 기수 두 사람을 그린 그림을 본다.

"너는 협상에 서투르고, 나는 지는 데 서투르지. 그러니 이렇게 하도록 하자. 네가 우승하면, 너한테 코어를 팔겠다. 네가 우승하지 못하면, 이 얘기는 다시 꺼내지 말자."

바다 너머로 해가 뜬다.

이렇게 될 거라고 믿지 못했다는 것을 이제야 깨닫는다.

나는 네 번이나 우승했다. 나는 또 우승할 수 있다. 우리는 또 우승할 수 있다. 내 눈앞에 해변이 펼쳐지고, 말이 나를 둘러싸고 있다. 코어의 발굽은 파도를 박차고, 그 끝에는 자유가 있다.

"얼마에 팔 생각이세요?"

"300."

맬번 씨의 표정은 교활하다. 내가 받는 돈은 1년에 150이고, 그 돈을 주는 사람은 맬번 씨이기에, 맬번 씨는 그 금액을 한 푼 한 푼 정확하게 알고 있다. 우승한 해에는 상금의 8퍼센트를 받았다. 나는 가능한 많이 돈을 모아 놓았다.

"맬번 씨, 제가 돌아오길 바라는 건가요, 아니면 우리가 아직 게임을 하는 중인가요?"

"바라는 것과 필요한 것은 다르지. 290."

"홀리 씨가 저를 고용하겠다고 했어요."

맬번 씨의 표정이 일그러진다. 나를 잃을까 봐 그런 건지 홀리 씨의 이름을 언급했기 때문인지는 모르겠다.

"250."

나는 팔짱을 낀다. 250은 불가능하다.

"오늘 이후로 누가 코어를 만지겠어요?"

"어떤 이시커든 사람을 죽여."

"당신 아들을 등에 태운 채 사람을 죽이지는 않았죠."

맬번 씨의 표정이 깨진 유리 같다.

"원하는 가격을 불러."

"200."

비싸지만, 낼 수 있는 금액이다. 딱 거기까지다. 모아 놓은 돈에 아직 받지 않은 올해 임금까지 다 합쳐야 한다.

"이제 내가 떠날 차례군, 켄드릭 군."

하지만 맬번 씨는 그러지 않는다. 나는 서서 기다린다. 침묵 속에서, 나는 호텔 로비가 조용해진 것을 깨닫는다. 우리가 찻집이나 마장이나 맬번 씨의 사무실이 아닌 이곳에서 만난 이유가 바로 이것이구나 싶다. 이곳에서, 맬번 씨는 최대의 광고 효과를 얻었다. 이제 많은 사람의 입에 맬번 씨 이야기가 오르내릴 것이다.

맬번 씨가 한숨을 쉰다.

"200. 그럼 경주를 즐기시게, 제군."

맬번 씨는 주머니에 손을 찔러 넣고 걸어간다. 캘버트 씨가 맬번 씨한테 문을 열어 주자, 그 틈으로 눈부시게 붉은 오후 햇살 한 줄기가 스며든다.

나는 반드시, 우승해야만 한다.

퍽

"케이트, 너는 너한테 죄가 없다는 것을 안다."

무니햄 신부님 목소리에서 살짝 피로가 묻어난다. 고해성사하러 갈 때마다 늘 그렇다. 나는 손으로 겉옷을 쓸어 본다. 바지를 입고 성당에 오는 게 내키지 않았지만, 치마를 입고 도브를 탈 수는 없으니까, 결국 바지 위에 원피스처럼 긴 셔츠를 걸쳤다. 이 정도면 괜찮은 타협인 것 같다.

"하지만 저는 죄를 지은 느낌이에요. 제가 그 사람 손을 잡은 마지막 사람이에요. 제가 손을 놓았을 때, 그 사람은 죽었어요."

"그 사람은 어쨌든 죽었을 거다."

"아닐 수도 있어요. 만약 제가 계속 손을 잡고 있었다면요? 이제는 알 수 없는 일이죠. 늘 궁금할 거예요."

나는 제단 위의 화려한 스테인드글라스 창을 바라본다. 고해성사실은 특이하게 생겨서 내가 있는 자리에서 성당 건물의 다른 부분을 모두 둘러볼 수 있다. 고해성사나 사제나 혹은 죄보다도 먼저 성 컬럼바 성당이 있었기 때문에, 고해성사실은 한참 나중에야 지어졌다. 고해성사실은 성당의 나머지 부분이 다 보이도록 뻥 뚫려 있고, 참회자와 사제 사이에만 커튼이 있다. 커튼은 두 가지 이유로 우스꽝스럽다. 하나는 참회자가 신도석을 가로질러 고해성사실로 걸어오는 모습을 무니햄 신부님이 그대로 볼 수 있기 때문이고, 또 하나는 신부님이 섬에 사는 모든 사람의 목소리를 알고 있어서 설령 눈이 멀었더라도 누가 어떤 죄를 지었는지 알 수 있기 때문이다. 커튼의 유일한 이점이라면 신부님 몰래 코를 팔 수 있다는 점 정도인데, 전에 조지프 베링거가 그 점을 이용하는 모습을 본 적이 있다.

이제 신부님 목소리에 살짝 짜증이 밴다.

"그 말은 자기중심적으로 들리는구나, 케이트. 그냥 네 두 손일 뿐인데 거기에 너무 많은 힘을 부여하는구나."

"하느님은 저희를 통해 역사하신다고 신부님께서 말씀하셨잖아요. 어쩌면 그 사람은 제가 거기 남아 손을 붙들어 주길 바랐을지도 몰라요."

커튼 저편이 잠깐 조용하다. 이윽고 신부님이 말한다.

"모든 사람의 손이 언제나 기적을 일으키진 않는다. 그럼 어떤 것도 만지기 두려울 거야. 그 사람 옆에 머무르도록 부름을 받았니? 아니지? 이제 그만 죄책감을 내려놓아라."

신부님은 죄책감이 포장지로 싸서 문가에 내놓는 고양이 밥 같은 것처럼 말씀하신다. 나는 의자에 구부정하게 앉아 성당 천장을 바라본다.

"그리고 저는 가족한테 무척 화가 나요. 화는 죄 맞죠?"

하지만 하느님도 가끔 정당한 분노를 품으시고, 정당한 분노는 괜찮다는 생각이 든다. 섬을 떠나겠다는 게이브 오빠의 결정에 내가 화를 내는 건 정당하다는 느낌이 좀 든다. 그러니 어쩌면 이것도 죄가 아닐지도 모른다.

"왜 화가 나니?"

나는 볼에 흐르는 눈물을 닦는다. 미처 나오는지도 몰랐는데, 정말 사기꾼 같은 눈물이다.

"우리를 남겨 두고 떠나니까요, 게다가 그럴듯한 이유가 있는 것도 아니에요. 제가 바꿀 수 있는 게 없어요."

"게이브 말이구나."

신부님은 이제 내가 어느 가족을 말하는지 안다.

신부님은 몇 분 동안 아무 말 않고 내가 울도록 편히 내버려 둔다. 스테인드글라스 창으로 주황색과 푸른색 빛이 들어와 내 얼굴을 감싼 손에 와서 머무른다. 성당 안은 매우 고요하다. 마침내 나는 옷소매로 얼굴을 문지른다.

커튼이 살짝 흔들리고, 무니햄 신부님이 내미는 손수건이 보인다. 나는 손수건을 받아 얼굴을 닦고, 신부님 손은 사라진다.

"나는 게이브가 이곳에 와서 한 얘기를 너한테 말해 줄 수가 없단다, 케이트. 네가 지금 앉은 의자에 게이브도 앉았고, 그 애도 울었다는 사실을 알면 네 기분이 좀 나아질지 모르겠구나."

나는 오빠가 우는 모습을 상상해 보려고 하지만 잘 안 된다. 우리 부모님 장례식 때도, 핀과 내가 오빠한테 기대어 흐느끼는 동안, 오빠는 그저 바람에 몸을 떨며 땅에 판 구덩이를 메마른 눈으로 쳐다보았다. 그럼에도 불구하고 이 의자에 앉아 우는 오빠의 모습이 내 머릿속에 조금씩 스며들고, 오빠를 향한 마음이 누그러진다. 이런, 가짜 게이브 오빠가 나한테 마법을 부리다니 억울하다.

"하지만 오빠는 떠나지 않아도 되잖아요."

"음. 게이브가 했던 얘기 하나만 하마, 케이트. 게이브는 네가 경주에 나가지 않아도 된다고 하더구나."

"저는 나가야만 해요! 우리는 돈이 필요하다고요."

"그 문제를 해결하기 위해 네가 찾은 방법은 경주였지. 너는 그렇게 해서 문제를 해결할 수 있다고 생각했어. 게이브도 문제가 있고. 게이브는 자기가 떠남으로써 그 문제를 해결할 수 있다고 생각하는 거란다."

우리 사이에서 있었던 일을 꿰뚫어 보는 무섭도록 현명한 시선에, 나는 화가 난다.

"과부와 고아를 보살피는 것이 성스러운 일 아닌가요? 오빠는 우리를 보살펴야 하는 거 아닌가요?"

하지만 말을 내뱉는 순간에도, 나는 오빠 말이 생각난다. '더는 못 참겠어.' 오빠는 그동안 우리를 보살폈다. 우리가 슬퍼하며 오빠한테 기댔던 장례식 날부터, 오빠는 메마른 눈을 한 채 맬번 씨한테서 우리를 지키려고 밤늦게까지 부두에서 일했다. 나는 오빠가 떠난다고 못마땅해하는 내가 문득 이기적으로 느껴진다. 한숨이 나온다.

"그런데, 왜 떠나야만 한대요? 다른 해답을 찾을 수 없을까요? 제가 오빠 마음을 돌릴 수는 없을까요?"

무니햄 신부님은 곰곰이 생각한다.

"떠난다는 게 돌아오지 않는다는 뜻은 아니야. 돌아온 탕아의 이야기를 깊이 생각해 보는 것도 나쁘지 않을 거다."

외로울 때 차가운 벽돌에 기댄 것처럼 눈곱만큼은 위안이 된다. 커튼 뒤로 무니햄 신부님 손수건을 다시 돌려 드린다. 신부님이 손수건을 받자, 나는 제단 위의 스테인드글라스 창을 노려본다. 창 가운데에는 빨간

색유리가 열세 장 있는데, 엄마였는지 잘 기억나진 않지만, 아무튼 누군가가 말하기를 그건 컬럼바 성인의 피를 표현한 거라고 했다. 성 컬럼바는 이곳에서 순교했다. 그때는 원주민들이 고해성사나 사제나 죄가 도움이 된다는 사실을 몰랐던 시기로, 그래서 원주민들은 컬럼바를 찔러 죽여 서쪽 어느 절벽에서 던져 버렸다. 그런데 10월 어느 날 이시커와 함께 컬럼바의 사체가 파도에 밀려 올라왔고, 그렇게 오래 바다에 있었는데도 사체가 상하지 않아서 성인으로 추대되었다. 제단 뒤에는 아직도 성 컬럼바의 턱뼈가 보관되어 있을 것 같다.

이런 생각을 하다 보니 불현듯, 게이브 오빠가 열다섯 살 때 사제가 되겠다고 했던 일이 떠오른다. 오빠는 2주 정도 정말 재미가 없었다. 성 컬럼바 얘기를 해준 것도 오빠였다. 그때 신도석에 오빠와 함께 앉았던 기억이 난다. 오빠는 머리에 물을 묻혀 뒤로 쫙 넘겼는데, 그게 좀 더 천상의 모습에 가깝다고 생각했기 때문이다. 바보스러울 정도로 진지하던 게이브 오빠와 오빠의 믿음, 그리고 언제나 불만스러웠던 나, 퍽, 불쑥 그리움이 치민다.

"저한테 벌을 주지 않으실 건가요, 신부님?"

"케이트, 더 고백할 죄가 있으면 하렴."

나는 마음속으로 지난 한 주를 돌이켜본다.

"월요일에 주의 이름을 남용할 뻔했어요. 음, '하느님 맙소사'가 아니라 '하느님 제기랄' 하고 말할 뻔했어요. 그리고 핀이 화낼 걸 알면서도, 핀한테 말도 없이 오렌지를 통째로 먹었어요."

"집에 가거라, 케이트."

무니햄 신부님이 말한다.

"저는 못되게 굴고 싶어요. 다만 당장 생각이 잘 안 날 뿐이에요. 신부님이 저를 좋게 생각하지 않으셨으면 좋겠어요."

"성모송 두 번과 성 컬럼바 교리 한 번. 외워 오렴. 그럼 마음이 좀 편해지겠니?"

"네, 고맙습니다."

신부님이 내 죄를 용서한다. 나는 용서받은 느낌이다. 자리에서 일어설 때, 신도석에서 누군가가 고해성사를 하려고 기다리는 것이 보인다. 도리 아줌마의 막내 여동생 애니 언니다. 애니 언니의 립스틱이 좀 번져 있지만, 앞을 보지 못하는 여자한테 그런 얘기를 하기에는 잔인한 것 같아서 나는 아무 말 하지 않는다. 머리핀을 꽂고 팔짱을 낀 채 같은 줄 끝에 앉아 있는 엘리자베스 언니를 하마터면 못 볼 뻔한다. 둘 중 누가 고해성사를 하려는지 모르겠다. 애니 언니는 꿈꾸는 듯한 표정인데, 1미터 밖을 못 보는 애니 언니는 늘 그런 표정이다. 엘리자베스 언니는 살짝 화가 난 표정인데, 1미터 밖도 볼 수 있기 때문에 늘 그런 표정이다.

"퍽."

엘리자베스 언니가 부른다. 애니 언니가 여린 목소리로 나한테 인사를 한다.

"어디 가니?"

엘리자베스 언니가 묻는다. 나는 마음이 좀 가벼워진다.

"재킷 돌려주러 가요."

퍽

황혼이 깔린 길을 따라 맬번 마장에 도착하기도 전에, 나는 마장의 흔적을 눈으로 보고 코로 맡는다. 펼쳐진 목초지와 말 떼, 좋은 말이 좋은 건초를 먹고 싼 건강한 말똥 냄새. 나는 말똥과 고양이가 긁은 자국이 비슷하다고 생각한다. 너무 많지 않고 이제 막 싸놓은 것만 아니면 그다지 불쾌할 게 없다. 그리고 맬번 목초지에서 풍기는 건초 먹은 말똥 냄새는 괜찮다. 오늘 하루는 길었고, 또 더 길어지지 않으리란 보장도 없으므로, 나는 나한테 소박한 기쁨을 허락한다. 길 양쪽으로 펼쳐진 비탈진 목초지와 윤기 흐르는 말들이 내 것이라고 상상하며 내 마장으로 유쾌하게 걸어가는 것이다. 확실한 재산이 있고 저녁밥이 쇠고기라는 걸 아는 데서 오는 만족스러움에 한껏 부풀어서 말이다.

왼쪽 연습로에서 깡마른 남자가 거세된 경주마를 타고 속보를 한다. 등자를 바짝 올려 맨 자세가 기수 같다. 속보할 때 말을 타는 것이 아니라 말 위를 날고 있는 것처럼 보인다. 그 광경을 어떤 남자가 울타리에 기대 지켜보고 있다. 만약 내가 도리 아줌마처럼 도박하는 사람이라면 저 남자가 디스비 출신이 아니라는 데 돈을 걸겠다. 남자는 선수용 흰색 신발을 신고 있는데 디스비에 흰색 신발을 파는 곳은 없다. 중앙 건물에 더 가까이 가자 어떤 조련사가 몸이 흠뻑 젖은 어두운 회색 말을 이끌고 목초지로 나간다. 말은 생각보다 더 깨끗하고 굉장히 좋은 사료를 먹은 것처럼 보인다. 그때 마구간 열린 문틈으로, 복도 양쪽에 연결한 끈으로 적갈색 말을 묶어 놓고 빗질해 주는 소년이 보인다. 저녁 햇살이 비치면서 뒤쪽 바닥에 말과 소년의 보라색 그림자를 드리운다. 말 울음소리가 안뜰을 가로질러 크게 울리자, 마구간 안에서 다른 말이 대답한다.

내가 상상한 유명한 경주마 마장의 모습과 거의 비슷해서 좀 재미있다. 나는 스스로 야망에 찬 사람이 아니라고 생각하는 게 아니라 진짜 야망이 없다. 이제껏 내 목장을 가지는 상상을 하면서 시간을 보낸 적도 없다. 아빠는 필요한 것과 원하는 것의 차이를 알아야 한다고 확고하게 믿었다. 나도 자기가 갖고 있지 않고 앞으로도 가질 수 없는 것들 때문에 한숨 쉬고 투덜거리고 열에 받치는 사람들을 그리 좋게 보지 않는 편이다. 하지만 맬번 마장의 중심부를 들여다보고 있으려니, 나는 영영 내 목장을 가질 수 없으리라는 생각에, 잠깐 찌르는 듯 슬프다.

이런 곳에서 살 수 있다면 맬번 씨 같은 사람이 되어도 상관없을지 곰곰이 따져 본다.

"누구를 찾아?"

나는 목소리가 나는 곳을 쳐다보기 전에 내 그림자를 쏘아 본다. 방금 목욕을 마친 회색 말을 끌고 가던 그 조련사가 안뜰을 가로질러 가다가 멈춰 서 있다. 말이 목욕하는 곳이라니. 이런 곳에서 말이 더러워지기는 할까? 회색 말이 조련사의 등을 떠밀지만, 조련사는 무시한다.

"션 켄드릭요."

큰 소리로 말하니 기분이 이상하다. 나는 초대장이라도 되는 양 션의 재킷을 들어 보인다. 심장이 갈비뼈를 콩콩 두드린다.

"켄드릭 어디 있어?"

조련사가 작은 건물에서 막 나오는 다른 남자한테 묻는다. 둘이 이야기를 나눈다. 나는 안절부절못한다. 이렇게 진지하게 나올 줄 몰랐다.

"아마 마구간에 있을 거야. 중앙 마구간."

조련사가 말한다. 그들은 호기심 어린 표정으로 내가 어떻게 할지 기다린다. 도와주려는 표정이긴 하지만, 나한테 션을 왜 찾는지 물어보거나 나가라고 말하지는 않는다. 나는 그저 고맙다고 말하고, 안뜰로 들어가서, 문을 찾으면 꼭 닫아야지 하고 단단히 다짐한다. 목장에서 문을 열어 놓는 것은 최악의 범죄라는 사실을 알기 때문이다.

내 뒤를 좇는 조련사들의 눈길을 모르는 척하고 마구간에 들어선다. 건물이 성 컬럼바 성당만큼이나 웅장해서, 안에 분명 말이 있는데도 썩 마구간처럼 보이지가 않는다. 성당처럼 천장이 높고 돌에 조각이 되어 있으며 소리가 울린다. 추가로 지은 고해성사실과 우스꽝스러운 커튼이 없다는 것만 성당과 다를 뿐이다. 이 마구간은 왠지 기수들이 피를 흘리던 그 거대한 바위를 생각나게 한다.

나는 애써 시선을 돌린다. 복도에는 아직도 적갈색 말을 빗질하는 소년이 있다. 괜히 여기저기 쳐다보다가는 눈을 동그랗게 뜨고 흘끔거리는 핀처럼 보일 것 같다. 소년과 적갈색 말은 둘 다 깔끔하고 단정해 보이는데, 내가 입은 바지에 긴 셔츠, 모자 달린 웃옷은 서로 어울리지도 않고 지저분하게 느껴진다. 말을 묶은, 벽까지 연결되어 있는 끈을 손가락으로 가리키면서 '여기 아래로 지나가도 될까?'라는 뜻을 담은 전 세계 공통어를 사용하자 소년이 고개를 끄덕인다. 소년도 다른 조련사들처럼 노골적으로 호기심 어린 표정을 띤다. 단지 내가 외부인이라서 그런 관심을 받는 줄 알았는데, 옆을 지나칠 때 소년이 말한다.

"경주에서 그 말을 타다니, 난 제대로 된 판단이라고 생각해."

말투로 봐서는 칭찬 같은데 확신은 못 하겠다.

"고마워."

칭찬일 경우를 대비해서 내가 말한다.

"션 켄드릭이 어디 있는지 알아?"

나는 다시 션의 재킷을 들어 보인다. 내가 션을 찾아온 데는 분명한 목적이 있다는 사실을 모든 사람한테 알리는 일이 굉장히 중요하게 느껴진다. 소년은 턱으로 자기 뒤로 뻗은 복도 안쪽을 가리킨다. 복도에는 마방이 늘어서 있는데, 마방마다 아름답고 빛나는 문이 있고 문 위로는 돌로 깎은 아치가 장식되어 있어서, 마치 마방마다 안에 있는 말을 신으로 모시는 사원 같다. 마방을 쭉 지나쳐 끝까지 걸어가자 쇠로 된 빗장 대신 희뿌연 빗장이 있는 마방이 나오고 그 안에 붉은 수말의 머리가 뚜렷이 보인다.

조용히 마방 앞으로 다가갔는데 처음에는 션이 없는 줄 알았다. 나는 왠지 화가 난다. 그때 어둡게 그늘진 마방 아래쪽, 코어의 다리 곁에 웅크리고 앉아 코어의 무릎 아래에 무얼 두르는 션이 보인다. 션은 굉장히 천천히 움직인다. 코어의 다리를 한 번 감싸고, 손가락에 침을 뱉어 코어의 몸을 한 번 쓰다듬는다. 그러고는 다시 한번 다리를 감싸고 침을 뱉는다. 그러는 내내 코어는 목을 구부리고 마방의 작은 창밖을 내다본다. 창밖에는 온통 바위와 바위 끝에 조금씩 다닥다닥 붙은 잔디뿐이다. 나는 황량한 풍경이라고 생각하지만, 코어는 그것을 바라보면서 충분히 즐기는 것처럼 보인다. 벽보다 그게 낫긴 하다.

잠깐 션이 코어의 다리를 싸는 모습을 그저 지켜본다. 재킷으로 가리지 않은 어깨가 움직이는 모습과, 일에 열중해서 고개를 기울이는 모습을 본다. 션이 내가 온 것을 알아차리지 못했든지, 알아차리지 못한 척하든지, 어느 쪽이든 나는 괜찮다. 일을 잘하는 모습, 아니 적어도 최선을 다해 일하는 모습을 보는 것은 뭔가 보람차다. 나는 션 켄드릭이 다른 사람들과 왜 그리 달라 보이는지, 무엇이 션을 그토록 강렬하면서도 동시에 고요해 보이도록 하는지 생각해 내려고 애쓰고, 마침내 그것이 머뭇거림 때문이라는 결론을 내린다. 사람들은 대부분 어떤 일을 할 때 도중에 머뭇거리거나 멈추거나, 어떤 식으로든 고르게 행동하지 않는다. 다리를 무엇으로 감싸든 샌드위치를 먹든 그저 살아가든. 하지만 션은 확신을 가지고 움직인다. 심지어 가만히 있을 때조차도.

코어가 고개를 돌려 왼쪽 눈으로 나를 보자 그제야 션이 고개를 든다. 션은 아무 말 하지 않고, 나는 재킷을 션이 볼 수 있도록 높이 든다.

"핏자국을 다 빼지는 못했어."

재킷을 든 나를 거기 세워 놓은 채 션은 다시 고개를 숙인다. 나는 마방 앞에 재킷을 놓고 가야 할지 아니면 션이 무슨 다른 말을 할 때까지 기다릴지 고민에 빠진다. 미처 결정하기 전에 션이 하던 일을 마치고 일어서서 나를 마주 본다. 손으로 코어의 목 옆쪽을 누르면서.

"친절하구나."

션이 말한다.

"알아."

내가 대답한다. 도브의 안장깔개를 꼭 빨 필요는 없었지만 션의 재킷을 빠는 김에 어쨌든 같이 빨았다. 손가락이 물에 불어 쭈글쭈글해질 때까지 빨래를 하느라, 자비로운 마음은 짜증으로 바뀌었다.

"뭐 하고 있어?"

"다리에 해초를 두르고 있어."

말의 다리에 해초를 감는다니 한 번도 들어 본 적 없지만 션이 매우 확신을 가지고 하는 걸 보니, 분명 뭔가 좋은 효과가 있을 것이다.

나는 재킷을 가리킨다.

"이거 어디에, 놓고 갈까?"

그저 예의상 물어본다. 그러라고 하지 않았으면 좋겠다. 션이 정확히 뭐라고 말했으면 좋겠는지 나도 모르겠지만, 뭔가 좀 더 여기서 션을 지켜볼 핑곗거리를 주었으면 좋겠다. 이런 내 마음은, 여섯 살 때 할살의사 선생님과 결혼하고 싶다고 한 뒤로, 내가 나 자신 말고 누군가한테 끌리는 일은 없을 거라고 생각해 온 내 자존심에 강력한 한 방을 날린다.

션은 마방 문 너머에서 마치 재킷을 걸어 둘 장소를 물색하는 것처럼 복도를 쭉 살펴보더니, 다시 그런 걸 찾고 있는 게 아니라는 듯 나를 향해 눈살을 찌푸리며 말한다.

"거의 다 끝났어. 기다릴 수 있니?"

나는 붉은 말의 목 위에 있는 션의 손을 빤히 쳐다보지 않으려고 노력한다. 션이 코어한테 손가락을 짚어서 전하는 신호는 거리를 두라는 경고이기도 하지만, 내가 도브한테 손을 짚어 나 여기 있다는 것을 알려줄 때처럼 안정감을 주는 것이기도 하다. 차이점은, 코어는 어제 아침에 사람을 죽였다는 것이다.

"몇 분 정도는 시간 낼 수 있을 것 같아."

내가 말한다.

션이 눈으로 내 머리에서 발끝까지 훑어 보는데, 마치 내 영혼의 깊이를 재고 나를 이끄는 동기와 내가 저지른 죄를 끄집어내는 것만 같다. 무니햄 신부님께 고해성사할 때보다 더 심하다. 션이 말한다.

"네가 도와주면 더 빨리 끝날 거야."

말끝에 션의 눈이 살짝 가늘어진다. 그제야 나는 이것이 시험이라는 것을 알아챈다. 어제 아침 일을 겪은 뒤에, 무슨 일이 벌어진 건지 생각할 시간을 가지고 나서도 코어의 마방에 들어갈 용기가 있는지 알아보는 시험이다. 그 생각을 하자 심장이 뛴다. 코어를 믿는지 묻는 것이 아니다. 션을 믿는지 묻는 것이다.

"어떻게 도와주면 되는데?"

내가 대답하자 션의 얼굴이 스카마우스의 화창한 날처럼 갠다. 션이 손에 다시 침을 뱉더니 코어를 뒤쪽 벽으로 밀어 내가 문을 열 공간을 만든다. 나는 마방 안에 들어간다.

"코어를 믿지 마."

션이 말한다. 나는 눈을 가늘게 뜬다.

"그럼 너는?"

션의 표정은 바뀌지 않는다.

"나는 너를 해치지 않을 거야. 다리를 어떻게 싸는지 아니?"

"태어날 때부터 했던 일이야."

나는 좀 기분이 상해서 딱딱하게 말한다.

"힘든 출산이었겠네."

션이 말하더니 벽에 바짝 붙여 놓아 둔 양동이를 가리킨다. 그 안은 석탄처럼 까맣다.

"저걸 발라서 감싸는 거야. 고르게 발라야 해."

나는 코어에 주의하며 양동이를 집어 든다.

"해초를 납작하게 펴 발라야 해."

"알았어."

"무릎 아래로 몇 센티 남겨."

"알았어."

"위로 손가락 하나 들어갈 만큼."

"션 켄드릭."

하도 힘주어 말해서 말 귀가 내 쪽으로 쫑긋한다. 나를 의식하지 않아야 좋은데. 코어가 나한테 관심을 보이자 헛간에서 핀과 나를 찾아낸 그 검은 이시커가 떠오른다.

션은 조금도 미안해하는 것 같지 않다.

"아무래도 내가 하는 쪽이 나을 것 같아."

"애초에 나를 들어오라고 한 건 너거든. 너야말로 나를 믿지 않는 것 같네."

내가 말한다.

"너만 못 믿는 건 아니야."

션이 대답한다. 나는 션을 노려본다.

"흠, 그럼 이렇게 하자. 내가 말을 잡고 있을 테니 네가 싸. 그럼 뭐가 잘못돼도 네 탓이니까. 그리고 재킷 받아. 들고 있기 지친다."

션은 내가 진심인지 알아보려는 듯 나를 천천히 뜯어본다. 아니면 내가 말을 진짜 잡을 수 있을지 알아보려는 건지도 모른다.

"좋아."

션이 코어의 얼굴 앞쪽에 경고의 뜻으로 한 손을 올린다. 우리는 물품을 교환한다. 션이 다른 손으로 재킷을 받고 나는 고삐를 건네받는다. 재킷을 걸치자 순간 마법처럼 내가 정육점에서 본 그 션 켄드릭이 나타난다.

"이빨을 지켜봐야 해."

션이 말한다.

"나도 봤어."

나도 모르게 씁쓸한 목소리로 말한다.

"그건 코어가 아니었어. 이시커를 알아야 해. 너는 필요한 걸 이용하기만 하면 돼. 바다 말에 디스비에 있는 아무 종이나 달아서는 안돼. 이시커는 저마다 다르게 반응해. 기계가 아니야."

"그러니까 네가 코어에 타고 있었다면 프린스가 여전히 살아 있을 거라는 얘기지?"

하지만 그건 우리 둘 다 이미 답을 아는 질문이다. 그래서 나는 덧붙인다.

"왜?"

션이 코어의 다리 곁에 쭈그려 앉으면서, 코어를 짚은 손을 아래쪽으로 쓸어내려, 코어한테 자기 위치를 알린다.

"너도 네 말이 흥분하면 알아차리지 않니?"

물론 그렇다. 나는 도브를 타고 도브와 놀면서 자랐다. 나는 도브가 언짢을 때를 알고 물론 도브도 내가 언짢을 때를 안다.

"다시 일하기로 한 거야?"

마구간 전등에 불이 들어오자 나는 위를 흘끔 본다. 전구에서 노란빛이 흘러나와 마방을 비추지만, 바닥까지 충분히 닿지는 않는다. 션은 이제 훨씬 빠르게 다리를 감싼다. 사이사이 침을 뱉지 않고 끊임없이 손을 놀린다. 그렇다면 아무도 잡아 주지 않을 때는 코어를 가만히 있게 하려고 침을 뱉었나 보다. 이 멋진 마구간에, 션이 일하는 동안 코어의 고삐를 잡아 줄 사람이 아무도 없을까? 코어의 눈은 염소처럼 교활하긴 하지만, 내내 양처럼 순하게 서 있다. 션은 위를 쳐다보지 않고 대답한다.

"만약 내가 우승하면 맬번 씨가 코어를 팔겠다고 했어."

"그게 다시 일하라는 뜻이야?"

"응."

"만약 우승하지 못하면?"

션이 나를 올려다본다.

"너는 만약 우승하지 못하면?"

나는 대답하기 싫어서 다른 질문을 한다.

"우승하면 어떡할 건데?"

션은 다리를 전부 쌌지만, 계속 앉아 있다.

"그동안 모은 돈과 내 몫의 상금으로 코어를 사고, 서쪽 바위에 있는 우리 집으로 돌아가서 바람 따라 살 거야."

아마도 내가 맬번 마구간의 어마어마한 아름다움을 이제 막 봐서 그렇겠지만, 나는 좀 의아하다.

"이 모든 게 그립지 않겠어?"

이제 션이 나를 올려다보고, 이 각도에서 보니 마치 누가 션의 눈 밑에 목탄을 문질러 놓은 것처럼 보인다.

"그리울 게 뭐가 있지? 여긴 그리워할 만한 내 것이 아무것도 없어."

이 말을 하며 션은 깊은 한숨을 내쉰다. 이제껏 션한테 들은 말 중에 고해성사에 가장 가까운 말이다. 션은 일어선다.

"너는 어때, 케이트 코널리? 퍽 코널리?"

션의 말을 들으며, 내 이름을 두 번 말할 때 느끼는 무게감이 좋아서 일부러 내 이름을 틀리게 부르는 게 분명하다고 느낀 나는 마음이 따스하고 또 초조하고 또 흐뭇하다.

"내가 뭘 어때?"

우리는 다시 물건을 교환한다. 양동이와 고삐를. 그리고 나는 뒤로 물러선다.

"너는 만약 스콜피오 경주에서 우승하면 뭘 할 거야?"

나는 양동이를 들여다본다.

"아, 난 드레스 열네 벌을 사고, 길을 새로 깔아서 내 이름을 붙이고, 팰슨 빵집에 있는 빵을 다 먹어 볼 거야."

나는 시선을 들지 않고도 아직 나를 향한 션의 시선을 느낀다. 션의 그런 눈길은 무겁다. 션이 말한다.

"진짜 답은 뭔데?"

나는 진짜 대답을 생각해 내려고 애쓰다가, 무니햄 신부님이 게이브 오빠도 고해성사실에 앉아서 울었다고 얘기해 준 게 생각난다. 경주 결과가 어떻게 되든지 오빠는 배를 타고 떠나는 쪽을 선택할 거라는 생각이 든다. 그래서 나는 쏘아붙인다.

"내가 아무한테나 비밀을 다 털어놓을 줄 알아?"

션은 당황하지 않는다.

"비밀인 줄 몰랐어. 알았으면 물어보지 않았을 거야."

션이 그렇게 솔직하게 말하니 내가 속 좁게 느껴진다.

"미안해. 우리 엄마가 늘 나는 자궁이 아니라 톡톡 쏘는 식초병에서 태어나서 엄마랑 아빠가 사흘 동안 설탕으로 목욕시켰다고 그랬어. 나도 애는 쓰는데 자꾸 식초로 돌아가네."

아빠는 아주 가끔 무척 기분 좋을 때는 손님들한테, 내가 요정 손가락을 너무 물어뜯는 바람에 요정들이 나를 우리 집 현관 앞에 두고 갔다고 말하곤 했다. 나는 엄마가 해준 이야기를 제일 좋아했는데, 내가 태어나기 전 7일 밤낮으로 쭉 비가 내려서, 엄마가 마당에 나가 하늘을 향해 뭣 때문에 그렇게 울고 있냐고 묻자, 구름 사이에서 내가 엄마 발 옆으로 뚝 떨어지더니 해가 떴다는 이야기이다. 내가 날씨에 영향을 미칠 만큼 골칫덩이라는 이야기가 나는 늘 마음에 들었다.

"사과하지 마. 내가 너무 멋대로였어."

션이 말한다. 이건 전혀 내가 의도했던 바가 아니라서 기분이 더 언짢다.

션 옆에서 코어가 갑자기 무게 중심을 옮기는데, 머리를 움직이는 모양새가 말보다는 이리를 닮았다. 코어의 표정에서 무언가를 보고서 션이 손에 침을 뱉고 다시 코어를 벽 쪽으로 민다.

나는 션이 나보고 이제 나가라고 할까 봐 얼른 묻는다.

"침은 왜 뱉는 거야? 전에도 그러는 거 봤어."

없는 관심을 꾸며 낸 것은 아니다. 살아오면서 어른스럽게 굴려고 꾸준히 노력한 탓에 여러 해 억눌러 온 내 일부가 품은 호기심이다.

션은 침 뱉는 모습을 보여 주려는 듯 손을 들여다보다가 그냥 폈다 오므린다. 그러고는 코어가 대답해 주리라고 여기는지 코어를 쳐다본다.

"그건 침이야. 소금이고. 나야. 내 일부이자, 내가 어딘가에 있는 방식이야. 내 전부가 거기에 있을 수 없을 때."

나는 코어가 해변에서 오직 션한테만 고분고분하던 것을 기억한다. 아무것도 코어를 진정시킬 수 없을 때 션의 셔츠에 밴 냄새가 코어를 진정시킨 것도.

"내 침은 코어한테 네 침만큼 의미 있지는 않을 것 같은데."

내가 대답한다. 션이 입을 열기까지 오래 침묵이 흐른다. 이윽고 션이 말한다.

"아마 아직은."

아직은! 이렇게 멋진 말은 처음 들어 보는 것 같다.

"그리고 그 속삭임. 코어한테 뭐라고 말하는 거야?"

내가 묻는다.

션은 코어의 어깨 옆에 서서 처음으로 나를 향해 미소 짓는다. 아주 살짝 미소 지었을 뿐이지만, 재미있거나 우스울 일도 없는데, 왜 그랬는지 모르겠다. 미소를 띤 션은 더 어려 보이고 내가 쳐다보기에도 더 편한데, 어쩌면 그래서 션이 잘 웃지 않는지도 모른다. 션은 코어의 어깨에 뺨을 대고 말한다.

"코어한테 필요한 말."

코어의 한쪽 귀는 션을 향해 파닥이고, 다른 귀는 내 쪽을 향해 그대로 있다. 코어한테 기댄 션한테서 눈길을 돌리고 싶지 않다. 사람을 죽인 거대하고 붉은 짐승, 그 옆에 친구처럼 서 있는 마르고 가무잡잡한 션 켄드릭, 둘 사이에는 나를 사로잡고 또 두렵게 하는 무언가가 있다.

션이 나를 마주 보며 묻는다.

"코어가 두렵니?"

코어가 악마보다는 말에 가까워 보이는 지금 이 순간 코어가 두렵지는 않기에 두렵다고 대답하고 싶지는 않다. 하지만 어제 아침 해변에서 나는 겁에 질렸고 충격을 받았기에 아니라고 대답하고 싶지도 않다. 나는 어쨌든 그저 아니라고 대답할 수도 있지만, 션은 특유의 날카로운 시선으로 내 대답 너머의 모호함까지 꿰뚫어 볼 것만 같다. 그래서 나는 대신 이렇게 대답한다.

"네가 코어를 믿지 말라고 했잖아."

"나는 바다를 믿지 않아. 바다는 언제든 나를 죽일 수 있지. 하지만 그게 내가 바다를 두려워한다는 뜻은 아니야."

나는 눈살을 찌푸리고 션을 바라본다. 이 붉은 수말 등에 안장 없이 바짝 엎드려 절벽 위를 질주하던 션의 모습을 나는 다시 떠올린다. 코어를 탄 머트를 바라보지 못하던 션의 모습도 떠올린다. 이번만은 션의 찌푸린 눈길을 피하지 않는다.

"넌 그냥 두려워하지 않는 게 아니지. 넌 사랑해, 그렇지 않니? 너는 코어를 사랑해."

내가 놀라게 한 듯 션이 움찔한다. 그러고는 하도 오래 조용해서 마구간 바깥에서 누가 부르는 소리, 말 울음소리, 물 흐르는 소리, 문 닫히는 소리가 다 들린다. 마침내 션이 말한다.

"그리고 너는 섬을 사랑하지. 아니라면 얘기해 봐."

션이 말하자마자 나는 내가 그 말에 반박할 수 없다는 것을 안다. 물론 맞다. 섬은 나를 태어나게 했듯 또한 나를 죽일 것이다. 그럼에도 나는 섬을 사랑한다. 어쩌면 그 때문에 사랑하는 건지도 모른다.

"반박하고 싶지 않아. 시간 낭비일 테니까."

션은 대답인 듯 창밖으로 시선을 돌리더니 그 황량한 풍경을 얼마나 열심히 쳐다보는지, 나는 션이 분명 무언가를 발견했다고 생각하고 나도 같이 바라본다. 얼마 뒤에 나는, 내가 남자들과 함께 자랐기 때문에 알 수도 있는 거지만, 션이 바깥을 내다보는 것이 아니라 오히려 내면을 바라보고 있다는 것, 자기 안의 무언가와 엎치락뒤치락하고 있다는 것을 알아차린다. 기다리는 수밖에 없다.

마침내 션이 묻는다.

"코어를 타보고 싶니?"

잘못 들은 것 같다. 하지만 나는 '뭐라고?' 하고 묻고 싶지는 않다. 왜냐면 제대로 들었는데 그렇게 묻는다면 내가 원하지 않는 것처럼 들릴 테고, 만약 잘못 들은 게 맞다면 내가 관심을 기울이지 않고 있던 것처럼 들릴 테니까.

"내가 같이 탈 거야."

션이 덧붙인다.

머릿속에 오만 가지 생각이 든다. 겨우 하루 전에 이 말이 사람 목을 물어뜯는 것을 봤다. 이 말이 섬에서 가장 빠른 말이다. 내가 우리 부모님 죽음을 욕되게 할 것이다. 내가 거기 빠져들까 봐 두렵다. 내가 두려워할까 봐 두렵다. 션 켄드릭이 나를 좋아했으면 좋겠다. 밤에 침대에 누워서 내가 오늘 한 일을 돌이켜볼 때 나 자신을 받아들일 수 있어야 한다.

"절벽 위에서."

내가 말한다. 밀물이니 그래야 할 것이다. 나는 션이 탔던 다른 이시커가 절벽 끝에서 몸을 던지던 모습을 떠올린다.

션은 오랫동안 나를 관찰한다.

"싫다고 해도 돼."

하지만 션은 내가 그러지 않으리란 것을 안다.

션

내가 아홉 살 때, 10월의 바람이 폭풍을 몰고 와 디스비 인근 바다를 온통 뒤흔들어 놓았다. 비가 오기 여러 날 전부터 구름이 수평선을 뒤덮고 바다는 바위 위로 높이 밀려 올라와 우리 집의 따스함을 탐했다. 지붕널이 맞부딪치는 이빨처럼 딱딱거리며 흔들릴 때 엄마는 눈을 가리고 울었다. 구름이 하늘을 삼키기 전에도 나는 유리창 너머로 엄마의 울음을 들었다. 이것은 다음 봄이 오기 전, 다음 10월이 오기 전, 파도가 엄마를 본토로 데려간 대신 코어를 아버지한테 주기 전에 있었던 일이다.

어둠 속에서 아버지가 문을 열고 나를 집 밖으로, 바다 냄새 가득한 밤 속으로 이끌었다. 둥글게 꽉 찬 달이 머리 위에 용감하게 떠 있었다. 아버지가 나를 이끈 해변은 유리처럼 매끄럽고 젖은 모래엔 달이 비쳤다. 바다가 끝없이 끝없이 끝없이 펼쳐져 있어서, 바라보는 내 심장이 시렸다.

아버지는 나를 절벽 안 틈새로 데려갔다. 우리는 끝 모르게 커다란 바위를 기어올라, 먼 옛날 성난 바다가 아름답고 하얀 소라 껍질과 사람의 다리뼈를 던져 놓은 절벽 안 빈틈에 도착했다. 그곳은 어두웠고, 달도 우리를 볼 수 없었다. 하지만 우리한테는 달이 보였다. 아래로 해변이 뻗어 있었다.

아버지가 나한테 조용히 하라고 말했는지는 기억나지 않지만 나는 조용했다. 달이 하늘을 가로지르고 물이 서서히 차올랐다. 파도는 폭풍에 날뛰고 거품이 일었다.

밀물과 함께 그들이 왔다. 달은 저 멀리에서 파도가 모이고 또 모이며 만드는 긴 거품 띠를 비추었고, 마침내 파도가 모래밭에 부서질 때, 파도와 함께 이시커들이 뭍에 밀려 나왔다. 말들은 바닷물에서 벗어나려고 애쓰며 힘겹게 고개를 치켜들었다. 말들이 바다에서 나올 때, 아버지는 잔뜩 긴장한 손으로 내 팔을 잡았다.

"침착해라."

나는 이미 침착했다.

이시커는 모래밭에 거꾸러지고, 부딪치고, 뛰어오르며, 갈기에서 바다 거품을, 발굽에서 대서양을 털어 냈다. 이시커는 아직 물속에 있는 동료들을 향해 울부짖고, 그 높은 울음소리에 내 팔의 털이 곤두섰다. 이시커는 날렵하고 위험하며 야만스럽고 아름다웠다. 이시커는 거대하고, 바다와 섬도 거대하고, 그 순간 나는 그들을 사랑하게 되었다.

지금 퍽과 나는 어두운 푸른 하늘 아래에서 내 말을 데리고 절벽으로 간다. 퍽의 표정은 강렬하고 단호하며, 미지의 바다에 나선 작은 배처럼 두려움 모르는 용기로 가득하다. 우리 위에는 그 오래전 밤바다를 비추었던 바로 그 보름달이 떠 있다.

나는 내 팔을 잡던 아버지의 긴장한 손을 기억한다. '침착해라.'

퍽이 코어 곁에 서서 코어를 올려다본다.

퍽이 코어를 사랑하면 좋겠다.

퍽

절벽에 올라오니 붉은 수말은 끊임없이 몸을 움직인다. 바닷바람을 잡으려 코를 벌름거리고, 바람은 내 앞머리를 들추며 달아난다. 어릴 적 안장도 굴레도 없이 도브를 타며 방목장에서 지저분하게 뒹굴 때, 나는 도브 등에 올라타기 위해 울타리나 툭 튀어나온 바위를 이용했다. 오늘 코어의 등에 탈 때도 다르지 않다. 다만 도브를 탈 때보다 더 큰 바위 옆에 서 있을 뿐이다. 션이 자리를 잡고 서서 말한다.

"이 정도면 타도 돼."

내 심장은 이미 질주한다. 내가 진짜로 이시커를 타려 하다니. 그냥 이시커도 아니고, 정육점 칠판 맨 윗줄에 이름이 적힌 이시커를, 스콜피오 경주에서 네 번이나 우승한 이시커를, 어제 아침에 프린스의 목을 물어뜯은 이시커를. 나는 갈기를 움켜쥐고서, 코어가 움직이더라도 바위에서 미끄러지지 않으려고 애쓴다. 어린아이처럼 두 손으로 갈기를 움켜잡으며 마침내 코어의 등에 올라탄다.

"이제 너한테 고삐를 줄게. 널 혼자 태우지 않으려면, 내가 올라탈 동안 네가 고삐를 잡고 있어야 해. 할 수 있겠어?"

션의 말투에서 나는, 지금 션이 나를 자기 말에 태우고 고삐를 맡기면서 얼마나 위험을 무릅쓰고 있는지 깨닫는다.

"다른 사람들은 잘했어?"

션의 표정은 그대로다.

"다른 사람을 태워 준 적은 없어. 너뿐이야."

나는 꿀꺽 침을 삼킨다.

"할 수 있어."

션은 발로 코어 앞에 반원을 그리고 그 안에 침을 뱉는다. 그러고 나서 재빨리 고삐를 감아쥐더니 코어의 머리 위로 나한테 건네준다. 내가 만약 한 번도 코어를 보거나 만진 적이 없다면, 지금이 바로 코어가 얼마나 크고 도브와 얼마나 다른지 깨닫는 순간이 되었을 것이다. 고삐를 통해 코어의 힘이 전해져 온다. 고삐는 마치 배를 멈춰 있게 하려고 거미줄을 감아 놓은 것 같다. 코어가 고삐를 쥔 나를 시험하고 나는 응수한다. 코어가 나를 더 강하게 시험해 보지 않기를 바란다.

션이 잽싸게 내 뒤에 자리 잡고 앉자 우리 둘 몸이 갑자기 가까워져서 나는 깜짝 놀란다. 션의 몸이 내 허리에 와 닿고, 내 등에 션의 가슴이 닿아 따뜻해진다.

내가 질문을 하려고 돌아보자, 션이 고개를 획 돌려 아슬아슬하게 내 얼굴을 피한다.

"앗, 미안."

내가 말한다.

"고삐 쥐고 있는 거 괜찮니?"

션이 말한다. 달빛 아래에서 션은 온통 흑백이고, 눈썹 그늘에 가려 눈이 보이지 않는다.

나는 고개를 끄덕인다. 하지만 코어는 앞으로 가지 않는다. 고개를 흔들며 뒤로 물러날 뿐이다. 내가 밀어붙이자 코어는 앞발을 살짝 땅에서 뗀다. 아예 뒷발로 일어선 건 아니지만, 나한테 경고하는 거다. 션이 뭐라고 말하지만 바람에 날려가 버린다.

"뭐라고?"

"내가 그린 원."

션이 내 귀에 입술을 바짝 대고 말한다. 숨결이 따스하다. 바람이 더 차가워진 것도 아닌데 나는 몸을 부르르 떤다.

"그 원을 넘어가지 않을 거야. 돌아서 가."

원을 벗어나자마자, 코어는 거센 바람 속 새 같다. 나는 코어가 걷는지 달리는지도 알 수가 없고 그저 우리가 어떤 방향으로든 움직인다는 것만 안다. 코어가 홱 옆으로 몸을 틀자 나는 코어를 똑바로 가게 하려고 코어의 옆구리에 다리를 조이고, 션은 나를 감싸며 팔을 뻗어 코어의 갈기를 붙잡는다.

션이 나를 보호하기 위해서가 아니라 그저 자세를 잡으려고 그랬다는 것을 나는 안다. 그래도 나는 훨씬 안전한 느낌을 받는다. 내가 고개를 돌리자, 션이 또 머리를 움직여 거리를 둔다. 그런데 나는 무슨 말을 하려고 했는지 잊어버린다.

"뭐라고?"

제대로 듣지는 못했지만 션의 입 모양이 그렇게 말하는 것 같다.

"……해?"

션이 그만 팔을 빼려고 해서 나는 고개를 흔든다. 내 머리카락이 내 이마에 부딪히더니 션한테까지 날려가서 찰싹 때리자 션이 움찔한다.

션이 다시 뭐라고 말하지만, 또다시 바람에 목소리가 흩날리고 만다.

내가 알아듣지 못했다는 것을 알고, 션이 다시 내 귓가로 몸을 숙인다. 다른 사람과 이토록 가까이 있어 본 적이 언제인지 모르겠다. 션이 숨을 쉴 때마다 가슴이 오르내리는 것이 느껴진다. 귓속에 션의 말이 따뜻하게 와 닿는다.

"두렵니?"

지금 이 순간 내가 무엇을 느끼고 있는지 모르지만, 두려움은 아니다.

나는 고개를 흔든다.

묶은 내 머리카락을 션이 잡을 때 내 목에 션의 손가락이 스친다. 션은 바람이 닿지 않는 내 목깃 안으로 머리카락을 집어넣는다. 션이 내 눈을 피한다. 그러고는 다시 팔을 뻗어 나를 감싸며 갈기를 쥐고 다리로 코어의 옆구리를 조인다.

코어가 하늘로 솟아오른다.

도브가 구보에서 질주로 바꿀 때, 나는 발굽 소리가 삼박자에서 사박자로 바뀌는 것을 듣고 그 차이를 알아챘다.

하지만 코어가 질주로 바꿀 때는, 어떤 보법보다도 훨씬 빨라서 반드시 다른 이름으로 불려야만 하는, 완전히 새로운 보법을 막 만들어 낸 것 같다. 바람이 내 귓가에 거세게 몰아친다. 들판에는 망을 보듯 툭 튀어나온 돌들이 있지만 코어한테는 아무것도 아니다. 그저 무릎을 살짝 들었을 뿐인데 돌은 어느새 저만치 뒤에 있다. 발을 한번 뗄 때마다 1킬로미터씩은 나가는 것만 같다. 코어가 지치기 전에 우리는 섬을 벗어나고 말 것이다.

코어의 등에서, 우리는 거인이 된다.

션이 내 귓가에 말한다.

"더 빨리 달리게 해."

내가 다리를 조이자 코어는 마치 우리가 이제까지는 미적거리고 있었다는 듯, 다시 한번 앞으로 튀어 나간다. 해변에서 어떤 말도 이보다 빠를 수 없으리라. 이 세상에 이보다 빠른 말이 있으리라고는 믿을 수가 없다. 게다가 지금은 두 사람을 태운 채다. 경주에서 션만 태우고서, 어떻게 우승하지 않을 수 있을까.

우리는 날아간다.

파도가 밀려오면 발가락이 모래 속에 더 깊이 파묻히듯이, 코어의 살갗이 내 다리에 뜨겁게 달라붙는다. 코어의 심장이 뛸 때 내 심장도 뛰고 코어의 힘이 내 안에 느껴진다. 이것이 그 무섭고도 신비한 이시커의 힘이라는 것을 나는 안다. 우리는 모두 안다, 이시커가 우리를 사로잡고 우리를 현혹하고, 어느새 우리는 자기도 모르게 바닷속에 들어가고. 하지만 션은 코어의 갈기를 붙잡기 위해 나를 누르며 앞으로 몸을 깊이 숙이고, 갈기로 매듭을 만든다. 세 개. 그리고 일곱 개. 다시 세 개. 내 머리카락에 닿는 션의 뺨과 내 몸을 누르는 션의 몸 대신, 나는 션이 하는 행동에 집중하려고 애쓴다.

목에 고삐를 대자 코어는 절벽 멀리 왼쪽으로 달려 나간다. 션은 여전히 나한테 몸을 바짝 붙인 채, 한 손으로는 갈기를 잡고 한 손으로는 코어의 정맥을 짚는다. 내 몸에 흐르는 마법이 흐릿해진다. 내 몸은 내 아래 있는 이 이시커가 위험하다고 경고하고, 하지만 동시에 살아 있다고, 살아 있다고, 이렇게 살아 있다고 외친다.

방향을 바꿔 되돌아간다. 속도가 느려진다든가 코어가 지친 낌새가 있는지 계속 살펴보지만, 잔디를 박차는 발굽 소리와 재갈을 문 입에서 뿜어져 나오는 숨소리, 귓가에 아우성치는 바람 소리뿐이다.

달빛 아래 섬이 펼쳐져 있다. 우리는 절벽 가장자리를 따라 달리고, 그 옆으로 우리와 나란히 하얀 새 한 무리가 날아간다. 갈매기 같은데, 바위에 가까워지자 위쪽으로 휙 치솟는 바람을 타고 미끄러지듯 날아오른다. '이것이 디스비다. 이것이 내가 사랑하는 섬이다.' 문득 나는 섬의 모든 것, 그리고 동시에 나의 모든 것을 안다는 느낌에 휩싸이지만, 실은 우리가 멈추는 순간 이 느낌이 사라지리라는 것을 안다.

마침내 출발했던 곳에 돌아온다. 내키지 않지만, 코어의 속도를 늦춘다. 코어가 멈춰 섰는데도 내 심장은 귓속에서 쿵쿵 울리며 질주한다.

나는 미끄러져 내려와 몇 걸음 걸어간 다음 돌아서서 션이 말에서 내리는 모습을 지켜본다. 션은 주머니에서 소금인지 모래인지 한 줌 꺼내더니 코어를 둘러싼 원 안에 뿌리고 침을 뱉는다. 그러고 나서 그늘진 얼굴로 조용히 내 앞으로 걸어온다. 축제 때처럼 션이 나를 바라보고, 나도 션을 바라본다. 거칠고도 오래된 무언가가 내 안에 소용돌이치지만, 표현할 말이 없다.

션이 팔을 뻗어 내 손목을 잡는다. 그리고 맥박이 뛰는 곳에 엄지손가락을 짚는다. 션의 살갗에 내 맥박이 뛰어 부딪친다. 나는 무서운 마법에 걸린 것처럼, 그 손길에 못 박힌다.

우리는 가만히, 가만히 서 있다. 나는 션의 손가락에 가닿는 내 맥박이 느려지기를 기다리지만, 느려지지 않는다.

마침내 션이 내 손목을 놓고 말한다.

"내일 절벽에서 만나."

펔

집에 돌아와 보니 집 안이 티끌 하나 없이 깔끔하다. 부모님이 돌아가신 뒤로 이런 적이 없었는데. 나는 깜짝 놀라 잠깐 멍하게 현관에 서 있는다. 그때 핀이 복도에서 불쑥 튀어나온다. 핀은 불 속에서 막 튀어나온 사람처럼 보인다. 평소보다 훨씬 엉망이다. 나는 무슨 일이 일어난 건지 알아보려고 생각 속에서 빠져나온다.

"무슨 일이야?"

내가 묻는다.

핀은 말을 하려고 몇 번 입을 열지만, 손만 파닥인다. 그러다 마침내 핀이 한 말은 이랬다.

"별생각 다 했잖아! 누나한테 무슨 일이 있을지 어떻게 알아?"

"왜 나한테 무슨 일이 일어난다는 거야?"

"누나, 밤이잖아. 어디 있었던 거야? 나는 혹시라도……!"

천천히 이해가 간다. 핀은 내가 고해성사를 하러 가기 전에 나를 봤으니, 내가 금방 돌아올 거라고 생각했을 것이다.

"미안해."

핀은 쿵쾅거리며 방 안을 왔다 갔다 하고, 나는 핀이 나 때문에 초조해서 온 집안 청소를 다 했다는 것을 깨닫는다.

"집이 끝내주네."

내가 칭찬한다.

"당연하지! 그 더러운 꼴을 다 청소했으니까! 혹시 누나가 죽어도, 그걸 내가 언제쯤에나 알 수 있을까. 누가 나한테 알려 주겠어?"

"미안해, 깜빡했어. 시간 가는 줄 몰랐어."

내 말에 핀이 더욱 화를 낸다. 이런 핀을 본 적이 없다. 엄마가 어떤 농부한테 회색 거세마 한 마리를 산 걸 알았을 때 아빠 같다. 아빠는 사방이 벽으로 둘러싸인 곳에 갇힌 거칠지만 조용한 폭풍처럼, 엄마가 그 말을 다시 팔겠다고 할 때까지 의자 등받이를 움켜쥐고 천장을 노려보면서 화를 냈다.

"시간 가는 줄 몰랐다고?"

핀이 말한다.

"미안하다고 더 말할 수는 있는데, 그게 소용이 있을지 모르겠다."

"아무 소용이 없지!"

"그럼 내가 어떡했으면 좋겠어?"

사실은, 아까까지는 무척 미안했는데, 이제 내 인내심이 한계에 이른다. 되돌아가서 과거를 바꿀 수도 없는 노릇이고.

핀이 아빠의 팔걸이의자 등받이에 기대서서 등받이 위쪽을 꽉 쥔다.

"못 참겠어."

그렇게 말하는 핀한테서 문득 게이브 오빠의 모습을 본다.

"무슨 일이 일어날지 모르는 거, 더는 못 참겠어."

나는 팔걸이의자로 살며시 다가가 그 앞에 쭈그려 앉는다. 의자 위에 팔을 올리고 핀의 얼굴을 올려다본다. 핀이 왜 이렇게 어려 보이는지 모르겠다. 걱정이 핀한테서 나이를 빼앗아 가는 걸까, 아니면 내가 션 켄드릭의 얼굴을 보다 와서 그런 걸까.

"거의 다 왔어. 우리는 괜찮을 거야. 나한테 아무 일도 일어나지 않을 거야. 내가 우승하지 못하더라도, 우린 괜찮을 거야, 알았어?"

핀의 얼굴은 창백하게 질려 있다. 내 말을 믿지 않는 것 같다.

"퍼핀도 살아 돌아왔잖아, 안 그래?"

"꼬리를 반 토막이나 잃었잖아. 누나는 남는 꼬리도 없고."

"도브는 꼬리 있어. 비싼 사료를 먹으면 다시 금세 자랄 거고."

핀한테 위로가 되었는지는 모르겠지만, 핀은 더는 화내지 않는다. 한참 뒤에 핀은 자기 매트리스를 내 방으로 끌고 오더니 반대편 벽 쪽에 놓는다. 그러자 아빠가 집 옆에 엄마와 아빠가 쓸 방을 하나 더 만들기 전에, 게이브 오빠와 핀과 내가 모두 한방을 쓰던 어린 시절이 손에 잡힐 듯 떠오른다.

불을 끄고 한참 동안 우리는 조용하다. 그리고 핀이 말을 꺼낸다.

"무니햄 신부님이 무슨 벌 주셨어?"

"성모송 두 번에 성 컬럼바 교리 한 번."

"맙소사, 너무 약하잖아."

핀이 어둠 속에서 말한다.

"나는 최대한 말씀드렸어."

"내가 내일 가면 다시 말씀드려야겠다. 다 얘기했지?"

"당연하지. 다 얘기했는데도 성모송 두 번이랑 교리 한 번이야."

핀이 어둠 속에서 뒤척인다.

"너 요즘도 잠꼬대해?"

내가 묻는다.

"내가 어떻게 알아?"

"잠꼬대하면 내가 때려 줄게."

핀이 다시 몸을 뒤척이며 베개를 친다.

"영원히 그럴 거 아니라고. 지금뿐이지."

"알았어."

창밖으로 달이 보이고, 내 손목을 쥔 션의 손이 떠오른다. 나는 핀이 얘기를 멈추고 나면 다시 한번 음미하려고 그 생각을 머릿속에 꼭꼭 넣어 둔다. 하지만 잠들기를 기다리는 동안 나는 어느새 핀이 얘기한 내 죽음에 대한 생각을 한다. 내가 죽어도 언제쯤에나 알 수 있을지 모르고, 누가 얘기해 주겠느냐는 말. 나는 우리 부모님이 돌아가신 걸 우리가 어떻게 알게 되었는지 기억이 나지 않는다는 것을 깨닫는다. 그저 부모님이 무척 드문 일이지만 함께 배를 타고 나갔다는 것, 그러고는 돌아가셨다는 사실을 알게 되었다는 것만 기억난다. 우리한테 얘기해 준 사람의 얼굴만 기억나지 않는 것이 아니라, 그 얘기를 들었다는 사실도 기억이 나지 않는다. 나는 눈을 꼭 감고 누워 그때를 돌이켜보려고 노력하지만, 션의 얼굴과 코어 아래로 땅이 휙휙 지나가던 느낌만 떠오를 뿐이다.

나쁜 기억은 오래 남겨 두지 않고 좋은 기억은 우리가 원하는 만큼 오래 남겨 주는 것이, 이 섬이 베풀어 주는 자비인 것 같다.

션

맬번 마장 망아지 경매 날 아침, 10월치고는 유달리 화창하다. 어젯밤 퍽과 헤어진 뒤 잠을 많이 자지 못했기에, 오늘 일을 위해 30분쯤 잠을 보충하고 나서 옷을 갖춰 입고 안뜰로 나선다. 오늘 아침에는 코어를 타지 못하고, 평소 하던 마구간 일도 없다. 해변에서 보내기 좋은 따뜻한 날씨를 경매에 빼앗겼다.

마장 안뜰은 아침 9시부터 샴페인을 든 본토 남자들과 따뜻한 날씨에 우스꽝스럽게도 모피를 걸친 부인들로 바글바글하다. 이따금 말 울음소리가 사람들 목소리를 덮는다. 이 사람들은 스콜피오 경주에 맞춰 도착하는 관광객보다 더 깔끔하고, 섬사람보다는 내가 호텔에서 봤던 신사들에 더 가까운 부류다. 오늘은 맬번 마장에서 일하는 모든 직원이 나왔다. 오늘 경매 수익으로 1년 동안 마장이 굴러간다.

내가 땅에 발을 디딘 지 얼마 되지 않아 홀리 씨가 내 팔을 잡는다.

"션 켄드릭. 오늘은 그 야수들 틈에 있을 줄 알았는데."

"오늘은 아니에요."

사실 나는 다른 조련사들과 함께 바이어들이 볼 수 있도록 말을 원형 무대로 데리고 오는 일을 하고 싶다. 하지만 나는 맬번 씨가 내 눈을 쳐다보거나 내 쪽으로 샴페인을 기울이면, 원형 무대에 올라간 말에 대해 칭찬을 늘어놓을 수 있도록, 맬번 씨의 목소리가 들리는 거리에 계속 머물러야 한다.

"오늘은 말이 아니라 저를 팔아야 해요. 제가 장식품이죠."

"오, 그래서 이런 멋진 차림이군. 정장 재킷을 입어서 몰라볼 뻔했어."

"수의로 입으려고 샀어요."

홀리 씨가 내 어깨를 탁 친다.

"폼 나게 살든가 일찍 죽든가. 나이는 어린데 지혜롭단 말이야. 케이트 코널리가 네 정장 입은 모습을 아직 못 봤다면, 꼭 봐야 할 텐데."

회중시계만 있으면 완벽할 것 같은 내 모습을 퍽이 본다고 과연 영향을 받을지 의문이다. 하지만 만약 퍽이 이런 모습을 한 나를 더 좋아한다면 어쨌든 좀 유감스러울 것 같다. 나는 조끼에 손바닥을 대고 버튼을 쓰다듬는다.

"네가 불편해하는 걸 보니 참 좋은걸, 켄드릭. 그 애를 신경 쓰는구나! 이제 내가 사야 할 말을 알려 주렴."

신경 쓰다니, 적절하지 않은 표현이다. 집중할 수가 없다. 이런 옷을 입고 꼼지락대는 대신 코어를 타고 싶다.

"메틀과 핀데바요."

"핀, 데, 바? 기억하기는커녕 발음도 못하겠는데. 맬번 씨가 나한테 보여 줬나?"

"아마 아닐 거예요. 번식용 암말이에요. 나이가 좀 드니까 팔려는 거예요."

고개를 드니 마침 맬번 씨가 바이어가 될지도 모를 사람들 한 무리를 데리고 도착한다. 그 사람들은 이 섬의 날씨와 기수와 기수의 우스꽝스러운 주인을 보고 신이 난 것 같다. 맬번 씨는 나를 보고는 나중을 위해 내가 있는 위치를 눈여겨본다. 홀리 씨와 맬번 씨가 썩 반갑지만은 않은 눈인사를 주고받는다.

"오, 나는 새끼 낳는 말한테는 관심 없는데."

"그 말은 우승마만 낳아요. 그 표정은 뭔가요?"

어떤 조련사가 한 살배기 망아지를 이끌고 나오자 홀리 씨가 인상을 찌푸린다.

"번식용 암말을 보는 내 표정이지."

"아니요, 맬번 씨하고 말이에요. 왜 다투신 거예요?"

홀리 씨는 뒷목을 주무르며 샴페인 잔을 나르는 쟁반이 다가오자 사양한다.

"내가 다 벗고 돌아다니다가 맬번 씨의 옛 애인 하나를 발견했거든. 미처 몰랐던 거지. 맬번 씨는 나를 바람둥이라고 생각하는 것 같아."

홀리 씨는 상처 입은 표정이다. 나는 나도 그런 인상을 받았다는 사실은 얘기하지 않는다.

"여기 경매에 오셨으니 다 괜찮아진 줄 알았어요."

"내가 뭔가를 사고 나면 다 좋아질 거다."

홀리 씨가 어깨 너머를 흘끗 보며 말한다.

"메틀과 그 새끼 낳는 말. 말했다시피, 나는 번식용 암말은 사지 않아. 충분히 있거든. 네 빨간 수말하고 그 암말을 교배해서 행복한 결합의 산물을 내년에 팔지 않을래?"

"이시커를 혈통에 넣는 건 그렇게 쉬운 일이 아니에요. 이시커한테는 암말이 암컷으로 보일 때도 있지만, 그저 먹이로 보이기도 해요."

수컷 이시커가 보통 말 암컷한테 끌리거나, 암컷 이시커가 보통 말 수컷한테 끌리는 데 어떤 논리적인 이유가 있다 해도, 나는 아직 알아내지 못했다. 맬번 마장에 이시커의 피가 섞인 말이 있지만, 세월이 흘러 피는 옅어졌고 그 피가 드러나는 방식도 제멋대로다. 펀더멘털처럼 헤엄치기를 좋아하는 말도 있고, 소름 끼치는 울음소리를 내는 암망아지도 있고, 길고 뾰족한 귀를 가진 수망아지도 있다.

"사람 사이랑 똑같구나."

홀리 씨가 씁쓸하게 말한다. 홀리 씨의 눈먼 애인이 홀리 씨를 차버린 걸까 아니면 그 반대인 걸까 생각해 보다가 바이어들 틈에서 머트를 발견하고는 그쪽으로 주의를 기울인다. 머트는 원형 무대 위에 서 있는 암망아지를 손짓해 보이면서 자기가 뭐 하나라도 아는 듯이 얘기를 하고, 깃털과 가죽을 두른 본토 사람들은 마장 주인의 아들이니 당연히 뭘 알거라 생각하는지 고개를 끄덕이며 듣는다. 홀리 씨가 내 눈길을 좇고, 잠깐 우리는 어깨를 나란히 하고 그곳에 서 있는다.

"오, 안녕하십니까!"

홀리 씨가 큰 소리로 인사한다. 홀리 씨가 말을 건 사람이 누군가 보니, 머트에 대해 나쁜 얘기를 꺼내지 않아서 다행이라는 생각이 든다. 맬번 씨가 우리 바로 뒤에 와 있다.

"홀리 씨와 켄드릭 군이군요. 흥미로운 걸 좀 찾으셨나요, 홀리 씨?"

맬번 씨가 내 표정을 살핀다.

홀리 씨가 하얗게 빛나는 이를 드러내며 미국인답게 과장된 웃음을 활짝 지어 보인다.

"맬번 씨, 디스비에는 흥미로운 것이 참 많더군요."

"네 발 달린 것들도 있던가요?"

"메틀과 핀데바를 눈여겨보려고요."

홀리 씨는 아까 엄살한 것과는 달리, 조금도 서투르지 않게 핀데바의 이름을 말한다.

"핀데바는 우승마만 낳지요."

맬번 씨가 말한다. 다른 사람 입에서 내가 쓴 표현이 나오자 입이 근질근질하다. 홀리 씨가 내 쪽으로 고개를 끄덕인다.

"그렇게 들었습니다. 그런데 왜 파시는 겁니까?"

"나이가 좀 들었거든요."

"나이 들고 교활해지는 것도 장점이 있지요. 아시겠지만 말입니다, 하하. 아, 여기는 아름다운 사람이 많은 아름다운 곳이에요. 오, 이제 맬번 가족이 모였군요. 아버지를 닮은 머트가 있네요."

마지막 말은 말소리가 들릴 거리에 머트가 다가와서 어떤 남자와 망아지 이야기를 깊이 나누고 있기에 하는 말이다. 머트는 나나 아니면 자기 아버지 앞에서 쓸모 있어 보이려고 애를 쓰는 것 같다. 머트가 하는 말이 내 귀에도 들리는데, 말도 안 되는 소리지만 그 남자는 고개를 끄덕인다.

맬번 씨의 눈길이 머트한테 가서 머무른다. 맬번 씨의 표정은 파악하기 어렵지만, 자랑스러움이라고 할 수 있는 표정은 확실히 아니다.

"제가 여기 있는 션 켄드릭을 꽤 마음에 들어 한다는 사실을 고백해야겠군요. 션을 데리고 계시다니 탁월한 선택이에요."

맬번 씨가 눈썹을 추켜올리고 나를 흘끗 보더니 홀리 씨한테 눈길을 옮긴다.

"션을 데려가려고 꽤 노력하신다고 들었습니다만."

"아, 그런데 충성심이 너무 강하더라고요. 실망스러울 뿐입니다. 아마 대우를 잘해 주시나 봅니다."

홀리 씨가 나를 보며 진심 어린 미소를 띤다.

바로 가까이에서 머트가 내 쪽을 흘끔 보더니 눈을 가늘게 뜨는 것이, 무슨 얘기를 하는지 눈치챈 것 같다.

"켄드릭 군은 10년 가까이 우리와 함께했죠. 켄드릭 군 아버지가 돌아가셔서 제가 데려온 뒤로요."

맬번 씨 말만 들으면 주방 식탁에 머트와 나란히 앉아 맬번 가족의 일원이 된 기쁨을 누리는 고아 소년의 그림이 그려진다.

"그럼 아들이나 다름없는 거군요. 그 유대감이 이해가 되네요. 모든 말에 션의 손길이 닿아 있지 않습니까? 제 개인적인 생각이지만, 논리적으로는 이 소년이 맬번 마장의 후계자로 적합해 보이는군요."

맬번 씨는 자기를 바라보는 아들을 쳐다보다가 홀리 씨가 말을 마치자 정장을 입은 나를 쓱 훑어보더니 입을 오므린다.

"여러 면에서 맞는 말씀입니다, 홀리 씨."

맬번 씨는 머트를 다시 쳐다보더니 덧붙인다.

"거의 모든 면에서요."

맬번 씨가 진심에서 하는 말이라고는 믿을 수 없다. 홀리 씨와 게임을 하는 중이기에 그렇게 말한다고 생각할 수밖에 없다. 아니면 그 말을 들을 게 확실한 머트 들으라고 한 소리거나.

홀리 씨와 눈이 마주치자, 나는 홀리 씨도 나만큼이나 놀랐다는 사실을 짐작한다.

"유감스럽게도 피가 늘 이어지는 것은 아니죠."

맬번 씨가 머트한테서 몸을 돌리며 말한다. 맬번 씨가 나를 살펴본다. 나는 문득 저 움푹 팬 영리한 눈 너머에서 맬번 씨가 진짜로 무슨 생각을 하는지 전혀 알지 못한다는 것을 깨닫는다. 맬번 씨가 소유한 말, 그리고 마구간 위에 덧붙여 지은 작고 추운 숙소 말고는, 나는 맬번 씨에 대해 아는 것이 없다. 맬번 씨가 디스비를 많이 소유하고 있다는 것은 알지만 그게 어디인지는 모른다. 맬번 씨가 한때는 말을 탔으며 지금은 타지 않는다는 것을 알고, 맬번 씨의 아들이 사생아라는 것은 알지만, 그 아들의 엄마가 아직 섬에 사는지는 모른다. 나는 내가 맬번 씨를 위해 경주에 나가고, 다른 직원이 경주에 나갔어도 마찬가지겠지만, 맬번 씨가 해마다 내 상금의 10분의 9도 넘게 가져간다는 것을 안다.

"켄드릭 군은 말을 타기 위해 태어났고 죽을 때까지 말을 탈 거요. 그건 길러서 되는 건 아닌 것 같소. 말한테 일을 시킬 줄 알고, 할 수 있는 이상을 시키지는 않는, 보기 드문 사람이죠. 켄드릭 군이 메틀과 핀데바에 투자하라고 말할 때 투자하지 않는다면 바보일 겁니다. 좋은 하루 보내시오, 홀리 씨."

맬번 씨는 홀리 씨한테 고개를 숙이고는 성큼성큼 걸어간다. 맬번 씨가 떠나고서 홀리 씨가 나한테 뭐라고 말하지만 나는 머트를 쳐다보느라 듣지 못한다. 머트의 얼굴에는 거부당한 데 대한 분노와 불신이 어려 있다. 지금 이 순간에는, 머트도 나도 맬번 씨한테 칭찬 받기 위해 노력했다는 사실은 중요하지 않다. 그 노력이 상처가 된다는 것만이 중요하다.

나는 머트가 내 눈을 마주 보며, 눈빛을 무시무시하게 바꾸는 것을 지켜본다. 무언가 강력하고도 단호한 것이 머트의 내면에 도사린다. 머트는 집 쪽으로 발길을 돌린다.

"션 켄드릭, 무슨 생각을 하니?"

홀리 씨가 묻는다.

"저한테 수월하게 일이 흘러가지는 않겠다는 생각요."

홀리 씨는 머트가 떠난 자리를 보며 충고한다.

"나라면 오늘 밤 방문을 잠글 거야."

퍽

아침, 절벽에서 션을 만나 훈련하기 전에, 나는 핀과 함께 도리 아줌마한테 간다. 핀은 자전거를 타고 나는 도브를 타고서. 속사정이 있는데, 핀은 혹시 거들 일이 있다면 잡일이라도 하려는 거고, 나는 도리 아줌마가 찻주전자를 좀 팔았나 하는 부질없는 희망 때문이다. 이제 우리한테는 버터 한 덩이밖에 없고 그걸 발라먹을 빵도, 빵을 만들 밀가루도 없기에.

스카마우스로 들어갈 때는 터벅터벅 걷는다. 나는 도브가 고르지 않은 자갈길에서 다리를 삐기라도 할까 봐 내려서 도브를 끈다. 핀은 팰슨 빵집을 들여다보다가 자전거에서 떨어질까 봐 내려서 자전거를 끈다.

우리는 빵집을 지나치면서 유리창을 애절하게 바라본다. 그러지 않겠다고 맹세했는데도 말이다. 11월의 케이크가 놓인 쟁반과 갖가지 모양의 쿠키와 유리창에 뽀얗게 김이 서리도록 아직도 따뜻한, 부드럽고 먹음직스러운 빵을 들여다보느라 목이 휘어지는 아이들이라니. 이처럼 고아를 잘 나타내는 모습이 또 있을까. 핀과 나는 동시에 한숨을 쉬고 '패덤과 아들들'로 향하던 우리 갈 길을 간다. 나는 가게 앞에 도브를 묶고는 핀더러 자전거를 지키며 기다리라고 말한다. 가게가 열렸는지 안

열렸는지 모르겠다. 도리 아줌마와 엘리자베스 언니는 여기 말고 절벽 옆에 있는 부스에 있는지도 모른다.

하지만 문 열고, 안으로 들어가자 놀랍게도 도리 아줌마와 엘리자베스 언니가 둘 다 있고, 잘생긴 금발 남자도 있다. 그 남자는 마틴 데블린이 작년에 자기 밭에서 감자를 캐다가 무덤용 돌베개를 발견한 일을 소리 높여 얘기하고 있다.

"……장례식 때 진짜로 거기에 머리를 놓았던 거죠!"

핀이 밖에서 나를 쳐다본다. 나는 낯선 사람을 살핀다. 외국인이고, 후하게 쳐준다면 30대쯤으로 보인다. 나는 멋지다든가 깔끔하다든가, 그 비슷한 말들을 떠올린다. 그 사람은 손에 납작한 빨간 모자를 들고 있다.

"아, 퍽. 퍽 코널리."

도리 아줌마가 말한다.

핀과 나는 다시 눈길을 주고받는다.

"만나서 반갑습니다."

나는 낯선 사람한테 말한다.

"아, 하지만 아직 만나 본 적 없잖니. 홀리 씨, 이 애는 퍽 코널리예요. 퍽, 이분은 조지 홀리 씨란다."

"이제 만나서 반갑습니다."

나는 뾰로통하게 말한다.

"핀을 데려다주려고 왔어요, 그리고……."

엘리자베스 언니가 나한테 옆 걸음으로 다가오더니 손톱을 세워 나를 잡는다.

"잠깐만요! 잠깐 퍽 좀 빌릴게요."

엘리자베스 언니가 지저귄다. 언니가 나를 뒷방으로 획 잡아끌더니 문을 닫는다. 그 바람에 의자 네 개와 바닥보다 넓은 탁자 하나뿐인 뒷방에서 도리 아줌마와 선원들이 주고받은 연애편지가 가득찬 상자들만이 우리 둘의 관객이 된다. 코앞에 서 있으니 언니한테서, 마치 꽃밭에서 나는 것 같은 장미 향이 뿜어져 나온다.

"퍽 코널리, 저 남자한테 극진한 태도를 보이도록 해."

"예의 바르게 굴고 있었는데요."

"아니, 안 그랬어. 네 표정 봐. 내가 바보니! 우린 그 사람을 띄워 줘야 해. 그 미국인은 여왕보다도 부자인 데다, 돌아갈 때 디스비를 한 조각 떼어 가려는 것 같아."

그 사람이 풍요의 여신상이나 가져갔으면 좋겠다.

"그 사람한테 뭘 떠넘기려는데요?"

엘리자베스 언니는 문에 기대서 방해하는 사람이 없는지 확인한다.

"애니."

"애니 언니!"

"내가 하는 말 그대로 다 따라 하면 네 혓바닥도 같이 보내 버린다."

"애니 언니도 그 사실을 알아요?"

"네가 생긴 것만큼 똘똘했어야 하는데."

엘리자베스 언니는 자기가 아직도 내 팔을 잡고 있다는 것을 깨닫고 나를 놓아준다.

"자 이제 나가서 예쁘게 굴도록 해. 최대한."

나는 엘리자베스 언니를 째려보고는 뒤따라 다시 가게로 나간다. 모든 눈길이 나한테 쏠린다. 어찌 된 일인지 핀이 그 돌베개를 들고 있다.

"얘기 끝났나, 아가씨들?"

도리 아줌마가 우리 집에서 기르는 닭들 말고 다른 것을 아가씨들이라고 마지막으로 부른 적이 언제인지 기억도 나지 않는다.

"홀리 씨가 방금 너한테 관심을 보이셨단다, 퍽."

아마도 내 얼굴에 경고 신호가 떠올랐나 보다. 홀리 씨가 재빨리 덧붙인다.

"션 켄드릭이 네 이야길 하더구나."

"그 이야기는 처음 듣네요. 퍽, 홀리 씨를 모시고 가서 아침이라도 먹으면 참 좋지 않겠니?"

도리 아줌마가 나를 보며 말한다.

"엇……."

홀리 씨와 내가 동시에 사양한다.

"밖에 도브가 있어서요."

홀리 씨가 나를 흘끗 보더니 의미심장하게 말한다.

"그리고 저는 훈련을 구경하러 갈 참이었지요."

나는 홀리 씨가 마음에 든다. 깔끔한 것도 좋지만 똑똑한 게 더 마음에 든다.

"그럼 11월의 케이크를 맛보시게 팰슨 빵집에 좀 모셔다 드려. 물론 애니도 만드는 법은 잘 알고 있답니다, 심지어 팰슨 빵집보다 더 나아요. 그 애가 홀리 씨한테 케이크를 좀 만들어 드리고 싶다고 말했어요, 홀리 씨. 물론 그럴 시간이 없었지만요. 팰슨 빵집에서 케이크를 사서 아침거리로 가져가실 수 있을 거예요."

홀리 씨의 미소가 가게 안을 비춘다. 도리 아줌마와 엘리자베스 언니 둘 다 그 광채에 그만 뒤로 훽 날려가 버린다.

"내가 그거 하나 선물해도 될까, 코널리 양? 그리고 동생한테도?"

엘리자베스 언니가 뿜어내는 이제 알겠냐는 강렬한 눈빛이 나를 찔러서 죽을 것만 같다. 그건 '내가 너한테 그 사람은 돈을 쓸 줄 아는 부자 미국인이라고 말했지?'라는 눈빛이다. 나는 엘리자베스 언니와 도리 아줌마를 째려본다.

"물론이죠. 그리고 도리 아줌마, 저한테 잔돈을 좀 주시면, 제가 다른 것도 좀 더 살게요……. 애니 언니를 위해서요."

우리는 잠깐 눈싸움을 하지만, 도리 아줌마가 수그러들더니 나한테 동전 몇 개를 준다. 그리하여 의기양양한 두 코널리, 핀과 내가 홀리 씨 양쪽에서 앞장서서 '패덤과 아들들'에서 나온다. 홀리 씨는 내가 묶어놨던 도브를 데리고 오는 것을 흥미롭게 지켜보고, 나는 나를 지켜보는 홀리 씨를 더욱 흥미롭게 지켜본다. 뒷무릎과 관절 부위에서부터 등과 어깨의 각도까지, 도브를 훑어보는 홀리 씨의 눈길은 그냥 가벼운 관광객이 아니라는 것을 말해 준다. 홀리 씨가 션을 얼마나 아는지 궁금하다.

"애니 누나가 앞을 못 보는 거 아시는 거죠, 맞나요?"

다시 팰슨 빵집으로 가는 길에, 먹을 것이 생긴다는 사실에 들뜬 핀이 말한다.

"완전히는 아니야."

홀리 씨가 고쳐 말한다.

"완전히 못 보는 건 아니라는 뜻이야."

"그렇게 말했군요!"

핀이 소리친다. 나는 두 사람을 바라본다. 핀을 이렇게 짧은 시간에 이렇게 시끄럽게 만든 이 사람은 어떤 사람일까?

"그래."

홀리 씨가 따뜻하게 말한다. 홀리 씨가 핀한테 머리를 기울이며 묻는다.

"자. 이제, 그 11월의 케이크란 걸 정확히 말해 주겠니?"

홀리 씨가 그토록 순수한 호기심을 가지고 묻는 바람에 핀은 더 신이 나서 말을 쏟아 낸다. 그 촉촉한 결과 바닥에서 배어 나오는 꿀과 핥아 먹기도 전에 케이크 안으로 스며드는 설탕 시럽을 묘사한다. 홀리 씨가 내 동생한테 제과류에 관해 물어보는 이 모습은 내가 이제껏 살아오면서 본 가장 훈훈한 광경인 것만 같다. 홀리 씨가 나를 휙 돌아볼 때, 나는 최대한 예쁘게 구는 것과는 거리가 먼 예리한 눈길을 보낸다. 하지만 친절하고 눈치 빠른 홀리 씨가, 도리 아줌마와 엘리자베스 언니 생각처럼 과연 쉽게 놀아날지 모르겠다.

우리는 팰슨 빵집으로 우르르 들어간다. 나는 품위를 유지하려고 안간힘을 쓰지만, 공기 중에 맴도는 이 향긋한 냄새를 극복하기는 쉽지 않다. 계피와 꿀과 이스트 냄새다. 팰슨 빵집은 거리 모퉁이에 있고 유리창과 환한 빛으로 가득하다. 벽에는 뒷면이 뚫린 깨끗한 나무 선반이 줄지어 달렸고, 햇빛이 유리창으로 막힘없이 들어와 바닥에 커다란 황금빛 사각형을 그린다. 선반마다 빵과 쿠키와 계피 꽈배기와 11월의 케이크와 스콘과 비스킷이 수북이 쌓여 있다. 축복받지 않은 유일한 벽은 계산대 뒷벽인데, 거기에는 빵이 되기를 기다리는 밀가루 포대가 층층이 쌓여 있다. 밀가루가 워낙 많아서 밀가루 냄새도 나는데, 냄새만으로도 달콤하고 맛있다. 이곳에서는 모든 것이 하얗거나 금빛이며 꿀처럼 달고 향긋해서, 나는 저 밀가루 포대 사이에서 자면서 이 가게 안에서 살아도 좋을 것만 같다.

팰슨 빵집은 언제나처럼 오늘도 손님들, 빵 만드는 사람 옆에서 대화를 나누는 주부들로 붐빈다. 홀리 씨가 핀과 함께 선반 사이를 지나 계산대로 가는 긴 줄에 들어서는 동안 사람들이 홀리 씨를 쳐다보며 서로 수군거린다. 11월의 케이크 같은 금발의 홀리 씨는 이곳에 완벽하게 어울린다.

"너희 친척 아주머니는 강한 분이시구나."

홀리 씨가 나한테 말한다.

"도리 아줌마요?"

"그래, 그분."

만약 도리 아줌마가 홀리 씨한테 우리가 친척이라고 말했다면 침을 뱉어 줄 테다.

"친척 아주머니 아니에요."

홀리 씨는 정중하게 사과한다.

"오, 미안. 그분하고 무척 친해 보여서. 내가 헛짚었구나."

"디스비 사람들은 전부 친해요. 여기 한 달만 계셔 보세요, 도리 아줌마는 아저씨 친척도 될 거예요."

내 말에 핀이 바닥을 내려다보며 씩 웃는다.

"이런, 그거 꽤 부담스러운 일이겠는걸."

홀리 씨가 말한다.

우리는 줄 앞쪽으로 움직인다. 핀은 어떤 걸 고르는 게 좋을지 고민하느라 선반에서 선반으로, 앞으로 뒤로, 고개를 올빼미처럼 움직인다.

"켄드릭이 그러는데 네 조랑말 다리가 꽤 괜찮다고 하더라."

홀리 씨가 친근하게 말한다. 계산대 뒤에서 누군가가 "새빨간 모자야." 하고 말하는 것이 들린다.

"말이에요."

"응?"

"키가 160센티미터예요. 말이라고요. 션이 그렇게 말하던가요?"

"오, 미안합니다, 부인."

홀리 씨가 말한다. 메리 아줌마가 방금 홀리 씨와 선반 사이에 끼는 바람에 유리창을 열려던 메리 아줌마의 손이 홀리 씨의 중요한 부분에 닿는, 메리 아줌마 입장에서는 운 좋은 사건이 일어난 탓에 하는 말이다. 홀리 씨는 계산대 쪽으로 몸을 옮기고 다시 품위를 찾은 후 나를 돌아본다.

"션은 해변에 떠도는 얘기를 알려 줬어. 다른 이시커들이 오른쪽으로 달릴 때 네 조랑말이, 아니 말이 똑바로 달린다면 성과가 있을 거라고."

션이 진짜로 그 말을 믿는지 궁금하다. 나는 내가 진짜로 그 말을 믿는지 궁금하다. 나는 믿는 게 틀림없다, 그게 아니면 왜 이런 짓을 하겠는가?

"그게 계획이에요. 아저씨와 제가 이제 막 친해지려고 한다 치면, 션 켄드릭하고는 얼마나 잘 아는 사이예요?"

메리 아줌마가 다시 홀리 씨한테 밀려 선반 사이에 끼이고, 그 바람에 스카마우스 사람들이 보내는 환영의 눈빛을 더 받으며 홀리 씨는 주위를 둘러본다. 나는 웃음을 참으려고 애쓴다.

"어, 어. 음, 맬번 마장에서 말을 둘러보려고 이 섬에 왔다가 만났단다. 션은 애늙은이 괴짜더구나. 내가 꽤 좋아한다는 말이야."

퍽이 판매대를 두드려 지금 막 유리 아래 진열된 케이크로 홀리 씨의 주의를 끈다. 잠깐 사이 두 사람의 얼굴에는 무언가를 애처롭게 갈망하는 소년의 표정이 똑같이 떠오른다. 그 갈망은 이제 몇 발짝만 더 가면 케이크를 살 수 있다는 사실에도 누그러지지 않는다.

"친하다면, 너는 션을 얼마나 잘 아니?"

볼이 달아오르는 바람에 나는 화가 난다. 이놈의 연갈색 머리카락과 거기에 따라오는 모든 것을 저주한다. 아빠는 내가 엄마의 연갈색 머리카락을 닮지 않았으면 쉽게 얼굴을 붉히거나 욕을 하지도 않았을 거라고 말한 적이 있다. 나는 그 말이 부당하다고 생각했다. 내가 욕을 하거나 얼굴을 붉힌 적은 별로 없었기 때문이다. 욕하고 얼굴 붉힐만한 상황은 수없이 여러 날 있었는데도 말이다. 내 생각에 나는 꽤 온화한 사람이다, 환경만 갖춰진다면.

퍽은 홀리 씨의 질문에 내가 어떻게 대답할지 지나치게 호기심을 보이면서 눈을 동그랗게 뜨고 나를 본다.

"약간요. 좋은 사이예요."

"친척 아주머니처럼?"

홀리 씨가 묻는다. 내가 째려보자 홀리 씨는 추가로 제시한다.

"사촌처럼? 형제자매처럼?"

"메리 아줌마가 아저씨를 아는 것만큼 잘 알지는 못해요."

홀리 씨가 의아한 표정을 띠자 나는 손으로 꼬집는 모양을 살짝 지어 보이고, 홀리 씨는 마치 아랫도리에 다시 메리 아줌마의 관심을 받는 것처럼 움찔한다.

"비겼네."

홀리 씨가 말한다.

우리는 계산대 앞에 서고 팰슨 아줌마가 돈을 받고 케이크를 내준다. 핀은 도리 아줌마가 준 돈으로 계피 꽈배기를 엄청나게 많이 산다. 이제 우리가 산 것을 실제로 손에 들고 도브를 묶어 놓은 바깥으로 나온다. 핀은 반응을 보려고 홀리 씨한테 케이크 포장을 뜯어 보라고 한다. 홀리 씨가 케이크를 한 입 베어 물더니 입술에 꿀을 묻힌 채 어찌나 흐뭇하게 눈을 감는지, 핀 보라고 일부러 과장한 티가 거의 나지 않는다.

"음식은 기억 속에서 더 맛있는 법이라고 들었지. 하지만 이 맛을 어떻게 더 맛있게 기억해야 할지 모르겠구나."

이 말에 핀이 기뻐한다. 마치 그 케이크를 자기가 만든 것 같다. 하지만 나는 홀리 씨의 표정에서 달콤 쌉싸름한 어떤 것을 본다. 아무래도 이 섬이 홀리 씨를 홀리기 시작한 것 같은데, 그래서 나는 홀리 씨가 더 좋아진다. 디스비가 유혹하기로 선택한 사람은 나쁜 사람일 리 없다.

"핀, 우리가 이걸 둘로 나눠 담을 수 있게 가서 봉지 하나 더 달라고 해주겠니? 그리고 돈을 줄 테니 나한테 숙소에 가져갈 꽈배기 하나만 더 사다 줄래? 두 손 다 가득하게 네 것도 더 사렴."

핀을 심부름 보내고서 홀리 씨가 말한다.

"퍽, 어쩌면 내가 돌이킬 수 없이 지나치게 선을 넘는 건지도 모르겠지만 말이야. 네가 해변에 있는 걸 좋아하지 않는 사람이 꽤 많아. 이미 들었는지도 모르겠지만."

아무나 내 말의 뱃대끈을 조이게 두지 말라던 페그 아줌마를 떠올린다. 나는 내 끈적끈적한 아침거리를 먹을 입맛을 잃는다.

"눈치는 챘어요."

홀리 씨 얼굴에는 순수한 걱정이 어려 있다.

"네가 처음이지, 안 그러니? 첫 여성?"

여성이라고 불리다니 낯설지만 나는 고개를 끄덕인다.

"꽤 안 좋은 말들이 들려. 위험하다고 여기지 않았다면 이런 말 꺼내지 않았을 거다."

수십 마리나 되는 이시커에 맞서 경주에 나가는데, 내가 걱정해야 할 게 남자들이라고 생각하다니, 홀리 씨는 얼마나 빨리 우리 중 한 사람이 된 걸까.

"아무도 믿으면 안 된다는 거 알아요. 한 사람만 빼고……."

홀리 씨가 내 얼굴을 살펴본다.

"그 애를 좋아하는구나, 맞지? 이곳은 얼마나 이상하고, 멋지고, 억압된 곳인지."

얼굴이 빨개지진 않는 것 같다. 휴, 나는 안심하며 홀리 씨를 노려본다. 아니 어쩌면 얼굴이 너무 빨개져서 더 빨개지지 못하는 건지도 모른다.

"저는 눈이 다섯 개인 세 자매한테 놀아나는 사람처럼 되지는 않을 거예요."

홀리 씨가 즐거운 듯이 웃는다.

"정확히 맞는 말이야."

도브가 내 11월의 케이크를 노리며 다가오자 나는 팔꿈치로 도브를 밀어낸다.

"애니 언니는 괜찮아요. 언니가 예쁘다고 생각하세요?"

"그래."

"언니도 아저씨를 마음에 들어 할 것 같아요."

나는 음흉한 미소를 띠며 홀리 씨를 훔쳐본다.

"자기 팔 길이보다 바깥은 못 보거든요. 하지만 언니가 아저씨한테 이 케이크를 구워 줄 거라고는 못 믿겠어요. 팰슨 빵집이 여자들로 붐비는 데는 이유가 있어요. 디스비 여자들은 게으르거든요."

"너도 게으르고?"

"비슷해요."

"그럼 참을 수 있을 것 같네."

홀리 씨가 돌아본다. 핀이 봉지 두 개를 든 채 빵집 문을 막 열고 나와 신이 나서 우리 쪽으로 온다. 홀리 씨가 나한테 말한다.

"행운을 빈다, 코널리 양. 그리고 션 켄드릭이 외로움을 깨달을 때까지 내버려 두지 않았으면 좋겠다."

나는 '뭘 내버려 둔다고요?' 하고 묻고 싶지만, 그때 핀이 바로 앞에 온다. 그 질문은 내가 남동생 앞에서 하고 싶은 질문은 아니다.

우리는 그저 인사를 주고받은 다음, 홀리 씨는 해변에 훈련을 구경하러 가고, 나는 도브를 데리고 절벽으로, 핀은 아르바이트하러 다시 도리 아줌마네 집으로 갈 준비를 한다.

"아저씨 억양 들었어?"

핀이 묻는다.

"나 귀 안 먹었어."

"내가 게이브 형이라면, 본토 말고 미국으로 가겠다."

그 말에, 은근히 피어오르던 좋은 기분을 확 망친다.

"내가 게이브 오빠라면, 너를 때려 줄 거야."

핀은 태연하다. 핀은 갈 길을 가기 전에 도브의 엉덩이를 다정하게 두드린다.

"잠깐."

나는 핀을 세우고 봉지에서 케이크 두 개를 더 꺼낸다.

"이제 가."

먹을 것이 생겼다는 사실에 금세 기분이 좋아져서 핀은 신나게 걸어간다. 나는 한 손으로 케이크를 조심스럽게 들고 다른 손으로는 도브의 고삐를 쥐고 절벽으로 끌고 간다. 음식은 기억 속에서 더 맛있는 법이라던 홀리 씨의 말을 생각해 본다. 그건 낯설고도 사치스러운 말처럼 와닿는다. 한입 베어 무는 짧은 순간만이 아니라, 그 맛이 기억으로 남을 때까지 음식 앞에서 충분한 시간을 보낸다는 뜻이다. 이 맛이 나중에 어떻게 달라질지 궁금해할 수 있는 미래가 나한테 올지는 모르겠다. 어쨌든 지금 이 순간, 11월의 케이크는 무척 달콤하다.

51

션

퍽이 절벽 위에 도착할 즈음 내가 먼저 가서 기다린다. 그런데 나 혼자만이 아니다. 스무 명도 넘는 관광객이 바위틈에 자리를 잡고서 코어와 나를 할 수 있는 한 가까이에서 지켜본다. 퍽은 도착하자마자 구경꾼 몇 명이 깜짝 놀라 움찔할 만큼 강렬한 눈빛으로 모든 사람을 노려본다. 어젯밤 이후, 퍽을 어떻게 대해야 할지 모르겠다. 퍽을 뭐라고 불러야 할지도 모르겠다. 퍽은 나를 어떻게 대할지 또 나는 나를 어떻게 대할지 모르겠다.

퍽은 말없는 인사와 함께 내 손바닥 위에 11월의 케이크를 올려 준다. 우리는 관광객으로 이루어진 관객의 관심 속에 말없이 케이크를 먹고 끈적끈적한 손바닥을 풀에 닦는다.

퍽은 구경꾼들한테 얼굴을 찡그린다.

"도브는 바다 말이 가까이 있으면 위축돼."

"그럴 수밖에 없지."

퍽은 사나운 표정을 한 채 나한테서 얼굴을 돌린다.

"음, 경주에는 도움이 안 되겠지, 그렇지?"

나는 퍽의 회갈색 암말한테 관심을 돌린다. 도브는 코어의 존재를 굉장히 의식하지만 무서워하는 것처럼 보이지는 않는다.

"네 말이 바다 말을 사랑할 필요는 없지. 약간 우러러보는 정도면 속도를 높일 거야. 말이 두려워할까 봐 네가 두려워하지만 않는다면."

퍽이 곰곰이 따져보며 마음먹는 것 같다. 퍽은 눈을 가늘게 뜨고 코어를 살펴본다. 나는 퍽이 혹시 우리가 절벽 위를 달렸던 일을 떠올리는지 궁금하다.

"나는 나를 믿어."

퍽이 말한다. 퍽은 그 말이 마치 질문인 것처럼 나를 바라보지만, 질문이라 해도 그건 퍽 자신만이 대답할 수 있는 질문이다.

"준비됐어?"

내가 묻는다.

우리는 시작한다.

코어는 지난밤 질주에도 전혀 지치지 않았고, 퍽의 말은 바람 속에서 생기와 의욕이 넘친다. 우리는 원을 그리며 돌고, 술래잡기를 하고, 전력 질주를 하고, 몸을 부딪친다. 나와 코어가 앞으로 달려 나가 방심할 즈음이면, 퍽이 귀를 쫑긋 곤두세운 회갈색 말을 타고서 불쑥 옆에 나타난다. 우리는 보폭을 맞추어 걷다가, 시합을 위한 달리기가 아니라 달리기를 위한 달리기를 한다.

나는 훈련 중이라는 사실을 잊고, 경주가 불과 며칠 앞이라는 사실을 잊고, 도브는 섬의 토종말이며 내가 탄 말은 이시커라는 사실을 잊는다. 그저 내 귀를 스치는 공기와 나를 볼 때 살짝 스치는 퍽의 미소와 손에 익은 코어의 무게뿐이다.

나도 모르게 한 시간이 훌쩍 흐르고, 이제 코어를 멈춰 세워야 한다.

코어를 혹사하고 싶지 않다. 퍽도 도브를 세운다. 잠깐, 퍽이 입을 움직이며 무슨 말을 할 것처럼 한다. 하지만 내가 했던 말을 돌려줄 뿐이다.

"내일 절벽에서 만나?"

퍽

다음 날, 그다음 날, 그리고 그 다음 날도, 션은 그곳에 있다. 나는 컬럼바 성당에서 션을 본 적이 없다. 성당이 아니면 션이 어디에 가는지 알 수 없으므로, 일요일에는 션을 못 볼 줄 알았다. 하지만 미사가 끝나고 내가 절벽으로 걸어가자, 거기엔 이미 해변을 내려다보고 있는 션이 있다.

우리는 겨우 몇 마디만을 나누며 아래쪽 훈련을 지켜보고, 그다음 날은 다시 말 등으로 돌아온다. 때로는 몸을 부딪쳐 가며 달리고, 때로는 수백 미터 떨어져서 서로 겨우 보일 정도의 거리에서 달린다. 나는 때때로 내 손목을 짚던 션의 엄지손가락과 내 몸에 닿던 션의 몸을 다시금 떠올린다. 하지만 무엇보다도, 션이 존중을 담아 나를 바라보는 그 눈빛을 떠올리고, 아마 그 눈빛이야말로 다른 어떤 것보다도 귀중할 것이다.

다만, 션과 코어를 보면 볼수록, 코어를 잃는다는 것이 션한테 얼마나 견딜 수 없는 일일지 더 생각하게 된다.

하지만 우리 둘 다 우승할 수는 없다.

션

일주일 동안 우리는 함께 말을 탔다. 이제 내가 원래 해변에서 보내던 일상을 기억하기 힘들다. 아무도 없는 이른 아침 모래밭이 그립지만, 퍽과 함께하는 시간과 맞바꿀 만큼 그립지는 않다. 사실 퍽과 거의 한마디도 나누지 않는 날도 있다. 그런데도 왜 혼자 있는 것과는 다른지 모르겠다. 하기는 코어와 나 또한, 말이 필요했던 적은 전혀 없다.

그동안, 코어를 천천히 달리게 하며 이미 갖추고 있던 능력을 다지는 시간을 보내고, 도브의 관심을 훈련으로 돌리기 위해 퍽이 새로운 놀이를 개발하는 모습을 지켜보는 시간을 보냈다. 꾸준한 훈련과 질 좋은 사료 덕에 도브한테서 헛배는 이미 사라졌다. 퍽도 달라졌다. 이제는 말을 탈 때 자신만의 고요함을 찾는다. 자의식에서 나오는 심술 대신 안정감이 더 생겼다. 말과 기수 둘 다 몇 주 전 파도 속에서 내가 처음 보았던 모습에서 놀랄 만큼 달라졌다. 나는 내가 왜 퍽과 함께 훈련하는지 더는 생각하지 않는다.

코어가 쉬엄쉬엄 달리는 게 아니라는 사실을 알아챈 게 정확히 언제인지 모르겠다. 많이는 아니지만, 코어는 분명 힘을 써서 달리고, 도브는 옆에서 보조를 맞춰 달린다. 한 시간이나 훈련을 한 뒤에도, 이시커 옆에서도 도브는 보조를 맞춘다.

나는 코어를 세운다. 코어는 도브 보라고 일부러 서투른 척 발을 헛디디고, 나는 내가 여기 있다는 사실을 일깨우려고 고삐를 꿈틀거린다. 퍽은 우리가 멈춘 것을 한발 늦게 알아차린다. 퍽이 되돌아온다. 도브는 옆구리를 오르락내리락하며 콧김을 뿜지만, 여전히 귀를 쫑긋 세운 채 즐기는 눈치다.

"너희가 해낼지도 몰라."

퍽은 얼굴을 반쯤 찌푸리고 반쯤 웃는다. 내 말을 제대로 듣지 못했다. 나는 다시 말한다. 이윽고 퍽이 내 말을 알아차리는 순간, 퍽 얼굴에서 미소가 사라진다.

"네가 진심으로 하는 소리인지 모르겠어."

"진심이야. 내일은 해변에 내려가서 다른 말 사이에서도 도브를 제대로 다룰 수 있는지 확인해 봐. 익숙해지도록."

이제 찌푸림이 온통 얼굴을 덮는다.

"이틀은 도브가 익숙해지기에 충분한 시간이 아닌데."

"도브를 위해서가 아니라 널 위해서야. 그리고 이틀이 아니라 하루야."

코어가 꿈틀거려서 나는 다리로 코어를 가만있게 한다.

"마지막 날은 해변에 말을 데려올 수 없어. 내일이 해변에서 하는 마지막 훈련이야."

도브가 뒷다리를 들어 개처럼 배를 긁는다. 도브가 이런 짓을 할 때면 믿을 만해 보이지는 않는다. 짜증 난 표정으로 도브의 옆구리를 발로 툭 차서 그 짓을 멈추게 하는 걸 보니, 퍽도 그 사실을 아는 게 틀림없다.

"내가 케이크 줬다고 이런 얘기 하는 건 아니겠지?"

"아니야, 내가 경주에 참가한 이래로 쭉 규칙에 있었던 거야."

퍽은 내가 진지한지 표정을 살피더니 침울한 얼굴을 한다.

"우리한테 가능성이 있다는 얘기 말이야."

코어는 가만히 서 있기 지겨워하며 내 다리 사이에서 꿈틀거리고 몸을 비튼다. 이러는 걸 보니 코어와 에다나의 마방을 바꿔야겠다는 생각이 든다. 에다나는 해변에서 훈련하지 않는 탓에, 마구간 맨 뒤 일곱 개 마방 가운데 창도 없는 방에서 점점 더 가만있지 못하고 있다. 코어 방의 창도 크지는 않지만, 그래도 경주가 끝나고 내가 에다나를 돌볼 시간이 생길 때까지는 도움이 될 것이다.

"진심이 아니면 말 안 했을 거야."

"진짜로 가능성이 있으면 좋겠어."

그러면서 우리 둘 다 1등을 놓고 경쟁한다는 생각이 내 기분을 상하게 할 거라고 생각하는지 퍽은 나한테서 눈을 돌린다.

"2등과 3등도 상금은 있어."

내가 말한다. 퍽이 도브의 갈기에 손가락을 파묻고 만지작거린다.

"그걸로 충분할까?"

퍽의 목소리에 힘이 없다.

"도움은 될 거야."

그러자 갑자기 퍽은 목소리를 높인다.

"우리 집에 저녁 먹으러 와. 콩, 아니면 엄청나게 맛있는 다른 게 될 수도 있어."

나는 주저한다. 나는 대개 마구간에 돌아가서 남은 일을 마쳐야 하기에 숙소에서 문도 닫지 않고 선 채로 밥을 먹는다. 식탁 앞에 얌전히 앉아 예의를 갖춘 질문에 알맞은 답을 찾으려고 애쓰면서 먹지 않는다. 퍽과 퍽의 형제들과 저녁 식사라? 경주 날까지는 얼마 남지도 않았다. 안장을 청소하고 장화를 닦아야 한다. 반바지도 빨아야 하고, 비가 오거나 바람이 불안정할 때를 대비해 장갑도 찾아 놓아야 한다. 코어와 에다나의 방을 바꾸고 마구간을 청소해야 한다. 코어한테 도움이 될 만한 것이 있는지 다시 정육점에 가봐야 한다.

"괜찮아. 바쁘구나."

퍽이 말한다. 퍽은 잽싸게 실망을 감출 줄 안다. 잘 살펴보지 않으면 다른 사람이 미처 알아차리기도 전에 실망을 어딘가 멀리 숨겨 버린다.

"아니, 아니야. 생각해 볼게. 나갈 수 있을지 확실히 모르겠어."

내가 말한다. 내가 무슨 생각인지 모르겠다. 나갈 시간이 없다. 나는 저녁 식사에 초대하기에 좋은 손님도 아니다. 하지만 그런 생각보다는 퍽이 실망하기 전에 더 빨리 대답할걸 하는 생각을 한다.

퍽은 기운을 차린다.

"안 되면, 내일 해변에서 보는 거지?"

이건 확실히 안다. 말 위에서는, 확실해지기가 쉽다.

"응."

펑

게이브 오빠가 저녁거리로 닭고기를 가져오고 토미 오빠를 데려온다. 솔직히 말해서 반갑지 않은 것은 아니다. 함께 저녁 먹은 지 오래인 게이브 오빠도, 콩이 아닌 닭고기도, 게이브 오빠를 즐거운 바보처럼 만드는 토미 오빠도. 게이브 오빠와 토미 오빠는 털 뽑힌 닭을 내 머리 위로 던지고 받으며 결국 포장지가 벗겨져 나가게 하고, 나는 바닥에 떨어진 닭을 주우며 둘한테 소리를 지른다.

"만약 우리가 마룻바닥에서 묻은 것 때문에 전염병이나 뭐 그런 걸로 다 죽으면, 내 탓이 아니라는 사실은 알아 둬."

닭 등의 오돌토돌한 껍질에 흙이 좀 묻어 있다.

"그냥 털어. 먼지 좀 먹는다고 안 죽어. 게이브 말이 네 닭요리가 끝내준다던데."

토미 오빠가 말한다. 난롯가에 앉아 연기를 피우던 핀이 처음으로 거든다.

"음, 누나가 확실히 닭을 끝내줘."

"입을 다물든가, 직접 만들어 먹어."

닭에 묻은 흙 따위는 걱정할 거리도 아니었다는 게 밝혀진다. 내 손이 흙투성이다. 손을 깨끗이 씻는 데 한참 걸리고, 거의 하얗게 되고 나서도 여전히 도브와 코어로 짐작되는 냄새가 난다.

게이브 오빠는 날씨 좋은 날에만, 그것도 어디든 부술 듯이 때려야만 겨우 돌아가는 라디오 앞에 쭈그리고서 본토 음악 방송 하나를 틀어 보려고 애쓴다. 라디오를 대신해서 토미 오빠가 폭풍이 오기 전에 라디오에서 들었던 노래 한 구절을 부른다. 몇 달 만에 처음으로 집이 가득 찬 느낌이다.

"밴드 음악 틀어 봐, 게이브."

토미 오빠가 말한다. 토미 오빠는 핀 옆에 자리 잡고 앉아 핀이 불 피우는 것을 돕는다. 토미 오빠가 팔을 뻗더니 팔걸이의자 가까이 나뒹굴던 아빠의 손풍금을 집어 든다. 토미 오빠는 방금 불렀던 노래의 가락을 연주한다. 손풍금으로 들으니 더욱 구슬프다.

"상상이 되니? 콘서트 말이야."

물론 토미 오빠는 본토 얘기를 하는 거다. 얼마 남지 않은 건 경주만이 아니니까.

"자동차도. 그리고 오렌지도 날마다 먹을 거고."

게이브 오빠가 덧붙인다.

"그리고 밴드도."

토미 오빠가 말한다.

핀은 불을 들여다본다.

나는 닭을 들여다본다.

내 표정을 보더니 토미 오빠가 벌떡 일어서서 말한다.

"우울해하지 마. 우리 안 돌아오는 거 아니야. 게다가 돈도 보낼 거야. 에스더 퀸이 입은 옷 못 봤어, 퍽? 걔 오빠가 본토에서 누구한테 뭘 판다면서 집으로 돈을 보낸다고. 그 애가 카탈로그에서 빠져나온 것처럼 보이는 이유지. 언제 찾아오는 게 좋을까, 게이브? 아마도 부활절? 부활절이면 돌아오기 좋은 때지. 우리가 닭 더 많이 던져 줄게."

게이브 오빠가 토미 오빠한테서 손풍금을 받더니 곡을 연주한다. 오빠가 얼마나 연주를 잘하는지 잊고 있었다. 토미 오빠가 내 허리를 감싸더니 한 바퀴 빙글 돌린다. 나는 누가 갑자기 내 몸에 손대는 것이 싫어서 발을 질질 끈다. 내 기분을 띄우려면 춤추는 걸로는 턱도 없다.

"자. 어서, 더 빨리 움직일 수 있잖아! 오늘 아침 절벽에서 네가 날아다녔다고 다들 그러던걸."

토미 오빠가 말한다.

"사람들이 그래?"

나는 그 말 때문에 토미 오빠가 나를 빙글 돌리게 둔다.

"너랑 션 켄드릭이 절벽을 불태웠다고 하더라고."

토미 오빠는 나를 한 번 더 돌리고서 나를 보며 씩 웃는다.

"내가 너랑 션 켄드릭이라고 말하는 건 그냥 너랑 션 켄드릭이라는 뜻이야. 불태웠다는 말은 그냥 불태웠다는 뜻이고."

나는 홱 멈춰서 나 대신 토미 오빠를 돌게 한다. 나는 토미 오빠가 경주 이야기를 하는 것처럼 군다.

"그래서 겁나?"

"겁날 사람은 게이브지."

토미 오빠가 말한다. 토미 오빠가 내 손을 잡고 크게 빙빙 돌리는 바람에 나는 싱크대 위의 물건들에 부딪힐까 봐 걱정한다.

“어린 여동생이 이렇게 아름답게 자라고 있으니 말이야.”

엄마가 다른 사람의 달콤한 말에 홀랑 넘어가서 어떤 일을 해서는 안 된다고 말했지만, 토미 오빠는 나한테 뭘 하라고 설득하는 것처럼 보이지는 않기에, 나는 오빠의 칭찬을 그저 편안하고 흐뭇하게 받아들인다. 꽤 듣기 좋은 말이다. 좀 더 들어도 기분 좋을 것 같다.

게이브 오빠가 책을 펼쳐 든 것처럼 손풍금을 쥔 채 중간에 연주를 멈춘다.

“내가 네 주둥이에 한 방 날리게 하지 말아 주라, 토미. 닭은 언제 다 되는 거야, 케이트?”

토미 오빠가 입 모양으로 ‘오오오, 케이트래.’ 하고 말하지만, 게이브 오빠는 미끼에 걸려들지 않는다.

“20분. 어쩌면 30분. 어쩌면 10분.”

내가 대답한다. 그때 문 두드리는 소리가 난다. 우리는 서로 눈길을 주고받는다. 토미 오빠도 우리 가족만큼 의아한 표정이다. 아무도 움직이지 않아서 결국 내가 바지에 손을 닦으며 현관으로 가서 끽 하고 소리를 내는 문을 연다.

맞은편에 션이 서 있다, 한 손은 바지 주머니에 넣고, 다른 손에는 빵 한 덩이를 들고서.

션을 볼 마음의 준비가 미처 되지 않았기에, 내 위장은 배가 고픈 것 같기도 하고 배가 부른 것 같기도 한 이상한 소리를 내며 장난친다. 우리 집 현관에서 어둠 속에 고요하게 서 있는 션을 보다니 뭔가 굉장히 충격적이다.

나는 문밖으로 몸을 기울인다. 밤공기가 쌀쌀해지고 있다.

"빠져나왔구나."

"지금 와도 괜찮은 거야?"

"괜찮아. 나랑 게이브 오빠랑 핀이랑 토미 오빠 있어."

"이거 가져왔어. 이렇게 하는 거 맞나?"

션이 딱 봐도 팰슨 빵집 제품인 빵을 내미는데 갓 구웠는지 따뜻한 냄새가 난다. 빵집에서 곧장 이리로 온 것 같다.

"이미 했는데 그렇다 치지 뭐."

"퍽, 누구야?"

게이브 오빠가 묻는다.

나는 대답으로 문을 활짝 연다. 한 손은 바지 주머니에 넣고 다른 손에는 빵 한 덩이를 들고 서 있는 션의 모습을 모두가 바라본다. 다들 션을 물끄러미 바라보는 그 모습에 나는 그제야 갑자기 션이 약간, 그러니까 아주 약간, 데이트 신청하러 온 것처럼 보인다는 생각이 든다. 내가 자초지종을 설명할 새도 없이 토미 오빠가 웃음을 터뜨리며 벌떡 일어난다.

"션 켄드릭, 이 친구. 잘 지냈지?"

우리는 션을 안으로 맞아들인다. 내가 들뜬 나머지 문 닫는 걸 깜빡하는 바람에 게이브 오빠가 문을 닫는다. 토미 오빠가 날씨 얘기를 하는 동안 게이브 오빠는 션이 재킷을 벗게 도와준다. 게이브 오빠와 토미 오빠, 그리고 이따금 핀, 이렇게 셋만 이야기하는데도 괜히 왁자지껄하게 들린다. 션은 언제나처럼 다른 사람들이 대여섯 마디씩 할 때 한 마디로 버틴다. 시끌벅적한 와중에 션이 재킷을 벗으며 어깨 너머로 나를 보더니 잠깐 희미한 미소를 띠고 다시 토미 오빠를 본다.

나는 그 미소에 무척 행복하다. 아빠가 흔치 않은 선물일수록 고마운 법이라고 했기 때문이다.

몇 분 후, 아무도 말릴 사람이 없기에 토미 오빠와 게이브 오빠가 난로 앞에서 카드놀이를 시작한다. 핀은 그게 나쁜 짓인지 아닌지 미처 몰라서 구경만 한다. 션은 싱크대 옆에 있는 나한테 와서는, 자기한테 묻은 건초와 바닷물과 먼지 냄새를 내가 맡을 수 있을 만큼 가까이 선다.

"뭔가 할 일을 줘."

션이 말한다.

나는 션의 손에 칼을 쥐여 준다.

"뭔가 잘라 줘. 네가 가져온 빵이라든가."

션은 온 정신을 집중하고 빵을 자르면서 낮은 목소리로 말한다.

"네가 가고 나서 프리벳을 봤어. 다른 사람들이 가고 나서 펜다를 끌고 나와 열심히 달리더라. 전에도 빨랐는데 지금도 빨라. 지켜봐야 할 사람이야."

"바깥쪽에서 달리다가 마지막에 치고 나온다고 들었어."

션이 눈썹을 올리며 나를 흘끔 본다.

"맞아. 프리벳은 4년 전 경주 중에 말에서 떨어졌을 때 그 말을 잠깐 잃었지. 그전에 그 말을 타고 나를 두 번 이긴 적이 있고."

"올해는 널 못 이길 거야."

내가 말한다.

션은 아무 말 하지 않는다. 말하지 않아도 안다. 션은 코어를 잃을지도 모른다고 생각한다. 나는 닭고기 요리를 휘젓는다. 요리는 다 됐지만, 아직 식탁에 가서 앉고 싶지 않다.

조금 뒤에 션이 말한다.

"생각해 봤는데, 11월 첫째 날에는 바다가 사나우니까 아무도 안쪽으로 달리고 싶어 하지 않을 거야."

"그럼, 도브는 바다랑 상관없으니 나는 바다를 안고 달려야겠네."

션도 빵을 다 잘랐지만, 빵 조각을 이리저리 옮기며 할 일이 남은 것처럼 군다.

"나도 생각해 봤어, 뒤에서 달려야겠다고. 마지막까지 도브의 힘을 아껴 두도록."

"그럼 앞에 있는 무리는 점점 줄어들 테고?"

션이 따져 본다.

"나라면 너무 오래 뒤에 머무르거나 너무 뒤에 쳐지지는 않을 거야. 도브는 멀리서부터 따라잡을 만큼 강하지 않아."

"그 얼룩말을 피하고 싶은데, 얼룩말은 선두에 있을 거야. 머트가 타는 거 봤어."

션이 눈을 가늘게 뜬다. 내가 제대로 봤다는 사실에 션이 흐뭇해하는 것을 알 수 있다. 나는 션이 흐뭇해해서 흐뭇하다.

"블랙웰도 주의해야 해. 널 공격했던 블랙웰의 말을 다른 말로 바꿨는데, 새 말은 아주 빠른 암컷이야."

션이 악의 없이 말한다.

물론, 경쟁자가 되리라는 걸 나도 아는 말이 한 마리 더 있다. 하지만 그 말이 실제 경주에서 어떻게 달리는지 한 번도 본 적이 없다. 그 말의 기수는 자신이 어떤 식으로 달리는지 나한테 조금도 티를 낸 적이 없다.

"너랑 코어는 어디 있을 거야?"

내가 묻는다.

션은 싱크대 끄트머리에 손가락을 짚고 서서 빵가루를 쓸어 모은다. 션의 손가락이 내 손가락처럼 흙으로 얼룩진 것이 눈에 띈다.

"너랑 도브 바로 옆에."

나는 션을 바라본다.

"우승을 놓칠 위험을 감수해선 안 돼. 나 때문에."

션은 싱크대에서 눈을 들지 않는다.

"너와 도브가 앞으로 나갈 때 우리도 나갈 거야. 너는 안쪽에서, 나는 바깥쪽에서. 코어는 무리 가운데서 빠져나올 수 있어. 전에도 해봤어. 너는 한쪽은 걱정하지 않아도 될 거야."

"나는 네 약점이 되고 싶지 않아, 션 켄드릭."

이제 션이 나를 바라본다. 션이 나지막이 부드럽게 말한다.

"그러기엔 늦었어, 퍽."

싱크대를 내려다보며 내가 뭘 하려고 했는지 기억해 내려고 애쓰는 나를 뒤에 남기고, 션은 식탁으로 빵을 가져간다.

"퍽, 냄비!"

게이브 오빠가 외친다. 음식이 끓어 넘치는 바람에 타오르는 불꽃을 저녁으로 먹어야 할까 싶었지만, 나는 가까스로 냄비 뚜껑을 잡아채고 불을 끈다.

음식이 곧 나올 것처럼 보이자 모두 식탁 주위로 모여든다. 토미 오빠가 말한다.

"네 말이 맞네, 게이브. 마지막에 닭이 달려드는데 끝내 버리네."

"어, 그 정도는 가볍게 끝내준다고."

내가 넘친 국물을 닦는 동안 핀이 그릇에 음식을 나눠 담기 시작한다. 토미 오빠는 자기 이시커가 다른 말에 둘러싸였지만 다른 말 엉덩이를 보더니 정신 차리고 밀고 나가더라는 얘기를 늘어놓는다. 게이브 오빠는 달라고 했건 안 했건 모두한테 물을 한 잔씩 따라 준다. 그러는 내내 나는 내 눈길이 션한테 너무 쏠리지 않도록 무척 애를 쓴다. 이 식탁에 둘러앉은 모든 사람이 내가 션을 바라보고 또 션의 눈길을 받는 장면을 절대 놓치지 않을 것을 내가 너무 잘 알기 때문이다.

션

울음소리에 잠이 깬다. 나는 아주 늦게 돌아왔고, 더 늦어서야 잠이 들었다. 잠깐 나는 그냥 누워 있는다. 피로가 나를 덮어 온전히 깨어나고 싶지 않다. 하지만 또 그 울음소리.

울음은 고통스럽고 날카로운 울부짖음으로 바뀌고, 나는 완전히 깬다. 일어나서 재킷을 입고 장화를 신고 손전등을 들고서 계단에 선다.

마구간은 어둡지만, 무엇이 움직이는 소리가 들린다. 복도가 아니라 마방이다. 말들은 깨어 있다. 저 울음소리에 깼거나, 아니면 누군가가 이곳에 있었던 거다. 나는 손전등을 끄고 어둠 속으로 나아간다.

중앙 복도를 살금살금 따라갈수록 신음이 커진다. 소리는 원래 코어가 있던 마방, 지금은 에다나를 넣어 둔 마방에서 흘러나온다.

나는 소리 없이 가능한 한 빨리 복도를 따라간다. 소리가 잦아들었지만, 에다나의 울음소리가 분명하다. 어둠 속에서 마방 안이 거의 보이지 않는다. 바깥에서 스며오는 희미하고 검푸른 빛에 기대어, 빗장에 바짝 몸을 붙이고 안을 들여다본다.

에다나가 다시 울부짖을 때, 나는 깜짝 놀란다. 에다나는 내 얼굴 바로 옆에 있다. 머리는 빗장에, 목은 벽에 대고 코는 천장을 향한 채 턱을 벌리고 있다.

내가 '에다나' 하고 이름을 속삭이자 에다나가 나를 향해 가냘프게 운다. 나는 에다나의 목에서 어깻죽지, 땅바닥에 거의 붙어 있는 엉덩이로 이어지는 비스듬한 선을 눈으로 훑는다. 이런 자세로 서 있는 말은 본 적이 없다. 문을 열고 마방에 발을 들여놓는데 가슴속이 시큰하다. 이제 창으로 스미는 빛에 에다나의 몸 윤곽이 드러나, 머리와 목을 벽에 기대고 개처럼 엉덩이로 주저앉은 모습이 보인다. 마치 바닥에 미끄러진 것처럼 뒷다리가 축 늘어져 있다.

나는 에다나의 어깨를 짚는다. 떨고 있다. 참담한 기분이 치밀어 오른다. 나는 손바닥으로 에다나의 어깨와 등을 쓸어내리며, 몸을 숙여 경련하는 엉덩이와 뒷다리 오금을 살펴본다. 에다나가 운다.

손이 젖는다. 나는 손을 들어 올려 눈앞에 가까이 가져오기도 전에 손에 묻은 피 냄새를 맡는다. 주머니에서 손전등을 꺼내서 켠다.

에다나의 두 뒷다리 오금 힘줄이 잘려 있다.

섬뜩한 미소처럼 벌어진 상처에서 피가 흘러 관절을 적신다.

나는 에다나의 머리 쪽으로 가고, 에다나는 다리를 끌어당기려 애쓰며 몸을 버둥거린다. 에다나의 앞 갈기를 쓰다듬으며 귀에 속삭인다. 진정해. 두려워하지 마. 나는 에다나의 숨소리가 가라앉기를, 나를 믿기를 기다린다.

에다나는 다시는 걷지 못할 것이다.

이해할 수가 없다. 누가 에다나를, 경주에 나가지도 않는 말을, 아무한테도 위협이 되지 않을 말을 불구로 만들었는지 이해할 수가 없다. 그리고 이런 지독한 잔인함을 이해할 수가 없다. 말을 발견하고 괴로워할 사람은 나다. 나를 이렇게 괴롭히고 싶어 할 만한 사람이 딱 한 명 떠오른다.

마구간 깊숙이 어디선가 부스럭거리는 소리가 들리는 것 같다.

손전등을 끈다.

어둠 속에서, 마방 안에서, 에다나의 밤색 피부는 코어의 피처럼 붉은 피부와 무척 비슷해 보인다. 만약 코어를 노린 거라면, 들키지 않고 마방에 들어오는 일에 집중했다면, 코어와 에다나를 쉽사리 착각할 수 있다.

마구간 안쪽 구석에서 다시 무언가 움직이는 소리가 들린다.

나는 살그머니 마방에서 빠져나간다. 복도에 서서 귀를 기울이며 기다린다. 심장이 나보다 앞서 나간다. 그 소리가 다름 아닌 일곱 개 마방이 있는 뒤쪽 마구간에서 들려오는 것이기를 바란다. 머트가 코어를 노리고 왔다가 헛짚은 것이기를 바란다. 코어 말고 다른 이시커가 들어 있는 마방이 다섯 개 더 있다. 착각해서 에다나를 해친 것을 알고 다른 마방을 살피러 갔을 수 있다.

다시 소란스러운 소리가 난다.

뒤쪽 마구간이다.

이제 나는 달린다.

문에서 가까운 모퉁이를 돌며 불을 켠다. 내가 여기 있다는 것을 알면 분명 그만둘 것이다.

"머트!"

나는 소리친다. 이제, 불빛이 비치자, 바닥에 점점이 찍힌 핏빛 발자국이 보인다. 나는 발자국을 따라 주위를 살피며 달린다.

"넌 도를 넘었어! 머트!"

마구간의 높고 둥근 천장에 내 목소리가 메아리친다. 대답은 없다. 달아났는지도 모른다.

코어가 운다.

나는 이제까지는 달린 것도 아니라는 듯이 내달린다. 머릿속에 에다나, 몸을 벽에 기댄 채 머리는 부자연스럽게 천장 쪽을 향하고 있는, 다쳤지만 뭐가 뭔지도 모르는 에다나의 모습이 떠오른다.

코어를 건드렸으면, 죽여 버릴 거다.

모퉁이를 돈다. 코어의 마방 문이 활짝 열려 있다. 머트가 한 손에는 날카로운 칼을, 한 손에는 물고기나 새를 꿰어 구울 때 쓰는 세 갈래 작살 창을 들고 서 있다. 쇠로 된 창끝이 코어의 어깨를 눌러 벽에 밀어붙이고 있다. 쇠붙이 아래에서 코어의 피부가 물결처럼 떤다. 머트는 이 계획을 위해 머리를 썼다.

"코어한테서 물러나. 코어의 피 한 방울에 네 피 열 방울이야."

"션 켄드릭. 마방을 바꾸는 귀여운 반칙을 썼더군."

코어가 목 깊숙이, 귀로 듣기보다는 발밑 떨림으로 느껴지는 그런 소리로 낮게 으르렁거린다. 작살 창이 코어를 겨누고 있다. 그건 쇠붙이일 뿐만 아니라 끝이 세 갈래로 나뉜 꼬챙이다.

"네가 이곳 말을 털끝만큼이라도 안다면 어둠 속에서도 구별했겠지."

머트는 우리 사이 거리가 좁혀졌다는 것을 알아차릴 때까지 한참 나를 쳐다본다. 머트가 턱으로 창을 가리킨다.

"마방 바깥에 있어, 새끼야."

나는 피 묻은 손을 천천히 재킷에 닦고 주머니에서 접칼을 꺼내 머트한테 보인다.

머트는 우습다는 듯이 쳐다본다.

"그 쪼그만 걸로 날 어떻게 막을 건데?"

착, 하는 소리를 내며 칼이 펴진다. 이 칼끝으로 머트보다 더 큰 것도 죽일 수 있을 것이다.

"널 막을 생각은 없어. 넌 내 말을 해칠 거야. 난 네가 마방에서 나오는 순간 이걸로 네 심장을 도려내서 너한테 건네줄 거고."

나는 머리에서 발끝까지 고통스럽다. 코어의 눈을 바라볼 수가 없다, 본다면 참을 수 없을 것이다.

"내가 이걸 들고 있는데 네가 나한테 손 하나 까딱이라도 할 수 있다고 내가 믿을 거 같으냐?"

하지만 머트는 믿는다. 눈을 보면 안다.

"네가 거기서 보여 주고 싶은 게 뭐야? 네가 더 나은 조련사라는 거? 말이 너를 더 따른다는 거? 이 섬에 있는 이시커란 이시커는 다 타도록 아빠 허락이라도 받고 싶어?"

"아니, 이거면 돼."

머트가 말한다.

"그걸로 되겠어? 다음은 뭔데?"

"다음은 없어. 이놈이 네가 아끼는 유일한 말이니까."

하지만 머트는 확신하지 못한 채 내 얼굴을 쳐다본다. 어쩌면 내가 지켜보는 앞에서 이런 일을 하게 될 줄 몰랐기 때문일 수도 있다. 나는 아침에야 내려와서 방금 에다나를 발견하듯 코어를 발견해야 했으니까. 아니면 나를 쳐다보면서 나를 괴롭힐 더 좋은 방법을 생각하고 있는 건지도 모르겠다.

코어의 다리를 망치는 것보다 머트가 만족할 무언가를 생각해 내야만 한다. 무언가 있을 것이다. 나는 경매 날 머트가 뒤틀린 얼굴을 한 걸 떠올린다.

"네 아버지한테 진짜로 뭔가를 보여 주고 싶다면, 우리를 이겨야 할 거야. 해변에서 우릴 이겨 봐."

머트가 얼굴을 씰룩거린다. 그 악마 같은 얼룩말은 머트를 한껏 사로잡았다. 머트는 나를 다시 흘끗 보고, 코어의 어깨에 겨눈 창끝을 다시 본다.

나는 머트의 머릿속에 무슨 생각이 있는지 안다. 나도 같은 생각을 하고 있으니까. 홀리 씨한테 나야말로 마장의 후계자로 적합하다고 말하는 맬번 씨의 모습. 정육점 칠판에 적힌 스카타라는 이름. 숨 쉴 새도 없는 그 얼룩말의 속도.

그건 사이렌이 부르는 유혹의 노래이고, 그 노래가 머트를 사로잡는다.

머트가 마방 밖으로 물러선다. 머트가 떠난 빈 공간으로 코어가 밀고 나온다. 코어의 눈이 사납다. 나는 코어의 어깨, 창이 겨눴던 자리에 배어 나온 핏방울을 보고, 머트가 마방 문을 닫을 때 머트한테 달려들어 그 툭 튀어나온 두툼한 목에 내 작은 접칼을 갖다 댄다. 맥박에 따라 피부가 오르내리는 것이 보인다. 내 칼은 바로 그 옆에 있다.

"해변에서 널 이기라고, 네가 방금 말한 것 같은데."

머트가 말한다. 코어가 발로 마방 벽을 찬다. 나는 이를 악문 채 목소리를 낸다.

"코어의 피 한 방울에 네 피 열 방울이라고도 말했지."

에다나 주위에 흥건했던 만큼 피를 쏟게 하고 싶다. 에다나처럼 벽에 기대어 늘어진 채 훌쩍이게 하고 싶다. 다시는 일어설 수 없다는 사실을 알게 해주고 싶다. 죽음의 순간에 맞닥뜨려 죽어 가던 프린스의 얼굴을 떠올리게 하고 싶다.

"션 켄드릭."

목소리는 내 뒤에서 들려온다. 머트와 눈이 마주치는 순간 나는 고개를 돌린다.

"이런 놀이를 하기엔 밤이 너무 늦은 것 같구나, 안 그러냐?"

내키지 않는 마음으로 간신히, 칼을 접고 머트한테서 떨어진다. 머트의 손에는 창과 아직 피로 얼룩진 날카로운 칼이 들려 있다. 우리는 둘 다, 복도 입구에 서 있는 달리와 그 옆에 선 머트의 아버지를 마주한다. 맬번 씨는 잠자리에 들 때 입었을 단추 달린 내의를 입고 있지만, 그 위세는 여전하다. 달리는 창피한 얼굴로 내 눈을 마주 보지 못한다.

"머트, 침대로 돌아가거라."

맬번 씨의 목소리는 다정하지만 자세는 그렇지 않다. 맬번 씨가 잠깐 머트의 눈을 마주 보지만, 그뿐이다. 이윽고 맬번 씨의 표정이 굳어지자 머트는 내 쪽을 돌아보거나 말 한마디 하지 않고 맬번 씨를 지나쳐 성큼성큼 걸어간다.

맬번 씨가 나한테 눈을 돌린다. 나는 머트가 코어한테 할 뻔한 짓과 내가 머트한테 하려고 했던 짓에 충격을 받은 채, 아직 부르르 떨면서 서 있다.

"달리 군. 안내 고맙네. 숙소로 돌아가도 좋네."

달리가 고개를 숙이고 사라진다.

맬번 씨가 가까이 서서 나한테서 눈길을 떼지 않는다.

"할 말이 있나?"

"저는……."

나는 잠깐 눈을 감는다. 나를 추슬러야 한다. 내 안의 고요함을 찾아야 한다. 찾을 수가 없다. 나는 망가졌다. 바닷속에 선다, 하늘을 향해 손을 움켜쥔다. 파도에 휩쓸리지 않는다. 눈을 뜬다.

"……후회하지 않았을 겁니다."

맬번 씨가 고개를 곧추세운다. 맬번 씨는 내 손에 쥔 접칼과, 내 얼굴을 한참 동안 바라본다. 그러더니 뒷짐을 진다.

"켄드릭 군, 가서 그 가엾은 말을 편히 해주게."

맬번 씨가 돌아서서 마구간 밖으로 걸어간다.

션

다음 날은 추위가 매섭게 몰아친다. 바람이 말의 발목을 휘감으며 말을 사납게 만든다. 머리 위에서 바람의 숨결에 너덜너덜해진 구름이 추위를 피해 달아난다. 위에도 아래에도 회색 바다가 있다.

절벽 길 입구에서 퍽을 만난다. 나를 보자 퍽이 눈을 찌푸린다. 어젯밤 피로 때문에 내 얼굴은 황무지 같을 거다. 퍽은 뜨개 모자를 눌러 쓰지만, 모자 밑으로 삐져나온 머리카락 몇 가닥이 얼굴을 때린다. 노점 상인들은 바람에 천막이 날아가는 걸 막으려고 분투한다. 절벽 아래로 내려가는 기수들은 늘 하던 일인데도 말을 다루는 데 더 애를 먹는다.

퍽은 한 손으로 모자 끝을 잡아 내린다. 가까이에서 무언가가 으르렁거리는 소리가 바람결에 들려온다. 도브가 고개를 치켜든다. 크게 뜬 눈에 공포가 어려 있다.

"도브를 집에 데려가. 해변에 나올 날이 아니야."

"더는 시간이 없잖아. 해변에 익숙해져야 한다고 네가 말했던 것 같은데. 이제 시간이 없어."

목소리가 바람을 이기도록 나는 크게 소리친다. 그리고 빈손을 허공에 들어 올린다.

"내가 코어를 데려왔니? 익숙해져야 하는 건 이런 해변이 아니야."

죽음의 모래밭. 오늘 같은 날을 아버지는 그렇게 불렀다. 오늘, 기수들은 잘 몰라서 혹은 절박해서 혹은 바보처럼 용감해서, 죽는다.

퍽은 눈을 찌푸리고 절벽 사이로 난 길을 바라본다. 퍽의 미간에 생긴 주름에서 망설임이 보인다.

"나를 조금이라도 믿는다면, 오늘은 피해. 넌 이제까지처럼 잘할 거야. 다른 사람들도 하루를 뺏긴 건 마찬가지야."

퍽은 어둡고 답답한 얼굴로 입술을 깨물며 잠깐 땅을 쳐다보고 나서, 땅처럼, 마음을 굳힌다.

"그래, 그렇겠지. 토미 오빠는 저 아래 있니?"

나는 모른다. 토미 포크는 내 관심사가 아니다.

"도브 좀 데리고 있어. 토미 오빠가 저 아래 있으면 데려올게."

내가 대답하지 못하자 퍽이 말한다. 나는 퍽이 말을 탔든 안 탔든 해변에 가기를 원치 않는다.

"내가 가서 찾아볼게. 도브를 집에 데려가."

"그럼 같이 가자. 잠깐만 기다려. 엘리자베스 언니 찾아서 부스 뒤에 도브를 묶어 놔야겠다. 어디 가지 마."

나는 퍽이 '패덤과 아들들' 부스로 가서 세 자매 중 부스를 지키던 엘리자베스와 열띤 이야기를 나누는 것을 지켜본다.

"안 어울리는 한 쌍이야, 션 켄드릭. 둘 다 집안일에 어울리지 않잖아."

내 옆에서 어떤 목소리가 말한다. '패덤과 아들들' 세 자매 중 다른 한 명이 내 옆에서 내 눈길을 따라 퍽을 본다. 나는 퍽한테서 눈을 돌리지 않는다.

"너무 앞서 나가시는 것 같네요, 도리 아주머니."

"아닐걸. 네가 눈으로 퍽을 집어삼키고 있잖아. 우리가 볼 몫이 남아 있다는 게 놀랍구나."

나는 도리 아주머니한테 눈을 돌린다. 도리 아주머니는 튼튼해 보이는 여장부로, 영리하고 열심히 일하며, 동전 한 닢을 두고 섬에서 가장 힘센 남자와도 맞붙을 사람이라는 것을, 맬번 마장이라는 우물 안에 있는 나조차도 안다.

"그럼, 아주머니한테 퍽은 뭔가요?"

"맬번 씨한테 너와 같지, 월급은 더 적고 애정이 더 많긴 하지만."

도리 아주머니가 약삭빠른 표정으로 말한다. 우리는 둘 다 다시 퍽을 바라본다. 퍽은 엘리자베스와 싸워서 이겨 부스 뒤에 도브를 묶는다. 바람이 퍽의 머리카락과 도브의 갈기를 이쪽저쪽으로 흩날린다. 퍽의 묶은 머리를 손에 쥐었던 느낌과, 그 머리를 목깃 안쪽에 밀어 넣을 때 와 닿던 살결의 온기를 기억한다.

"퍽도 모르긴 마찬가지야. 퍽 같은 여자한테는 두 발을 땅에 붙이고 사는 남자가 필요하다는 걸. 퍽이 날아가 버리지 않게 땅에 붙들어 둘 그런 남자. 너 같은 남자는 손에 쥐기보다는 선반에 올려 두고 보는 게 낫다는 걸 아직 몰라."

도리 아주머니의 목소리에는 아무런 악의가 느껴지지 않는다. 하지만 나는 말한다.

"아주머니를 땅에 붙들어 놓는 것처럼 퍽을 붙들어 놓을 사람요?"

"나는 혼자 힘으로 땅에 서 있는 거야. 너나 나나 네가 뭘 사랑하는지 알아. 망할 경주야말로 애인의 경쟁자지."

나는 도리 아주머니의 목소리에서 아주머니가 직접 겪은 일임을 알아챘다. 하지만 도리 아주머니는 나를 잘못 짚었다. 내가 사랑하는 것은 경주가 아니므로.

바로 그때, 엘리자베스를 이겨서 의기양양한 미소를 머금은 채 퍽이 다가온다.

"도리 아줌마!"

"해변에서 조심하렴."

도리 아주머니가 말하더니 끄응 하는 소리를 내며 우리를 남겨 두고 간다. 퍽은 기분이 안 좋나 어쩌나 하며 중얼거린다.

"마음 바뀌어?"

내가 묻는다.

"그럴 리가."

해변 구석구석, 짐작한 것처럼 좋지 않다. 모래밭 위로 찌뿌듯한 하늘이 묵직한데 이따금 얼굴에 파도 물보라 같은 비를 뿌린다. 우리가 있는 절벽 길에서, 요동치는 바다와 검게 젖은 모래밭을 가로질러 달리는 이시커와 서로 싸우는 이시커와 붉게 물든 해변이 보인다. 죽어서 축 늘어진 검은색 이시커의 다리를 파도가 씻어 내려도 몸은 움직이지 않는다. 사람한테만 위험한 날이 아니다.

"토미 오빠 보여?"

퍽이 말한다. 쉼 없이 수많은 움직임 속에서 토미 포크는 보이지 않는다. 귀에 빗소리가 울린다.

퍽이 길을 따라 내려가는 바람에 나도 뒤를 따르는 수밖에 없다. 아래에는 모여 있는 구경꾼 몇몇과 운영 위원이 있다. 그 위원은 브라이언과 조너선의 삼촌인가 하는 캐롤 집안 사람인 것 같다. 목깃에 고개를 파묻은 채 나는 운영 위원한테 말을 걸기 위해 멈춰 선다.

"여기에서 무슨 일이 있는 건가요?"

목소리가 바람 때문에 작아진다. 내 눈은 죽은 바다 말한테 머무른다.

"싸움. 말들이 싸워. 바다 때문에 미쳤어."

위원이 말한다.

"토미 포크도 여기 있나요?"

"토미?"

"검은 암말요!"

"젖으면 다 까맣잖아."

"토미 포크? 잘생긴 소년 말이야?"

곁에 있던 구경꾼 한 명이 답한다. 이 모래밭에서조차 감색 정장 재킷과 넥타이를 한 걸 보니 본토 사람이다. 토미 포크가 잘생겼는지 아닌지 나는 모르겠다.

"그런 것 같은데요?"

그 사람이 절벽이 꺾이는 곳을 가리킨다. 운영 위원이 뒤늦게 떠올리고 덧붙인다.

"누가 널 찾던데, 켄드릭."

누군지 말해 주기를 기다려 보지만, 대답이 없어서 나는 걸음을 뗀다. 그러는 사이에 퍽을 놓쳤다. 이런 극악한 날씨에는 모두가 똑같아 보인다. 이시커가 젖으면 전부 검다지만, 사람도 마찬가지다. 알아볼 수 없는 검은 짐승과 그 등에 탄 좀 더 작은 검은 생물로 해변이 붐빈다. 퍽을 불러 봐야 소용없다. 어떤 소리건 몇 발짝도 채 가기 전에 사나운 바람 소리에 묻혀 버린다.

마침내, 퍽도 아니고 토미 포크도 아닌, 토미 포크의 말이 내 눈에 띈다. 칠흑처럼 검은 그 말은 섬세한 골격이 분명 토미 포크의 말이다. 절벽 틈새에서 50미터쯤 떨어진 곳에, 다른 이시커 가까이 묶여서 고개를 숙이고 있다. 말은 마구를 썼지만 곁에 토미 포크는 보이지 않는다. 어쩌면 퍽도 이 말을 봤을지도 모른다는 생각에, 나는 자갈이 듬성듬성 깔린 오르막길을 따라 말이 있는 쪽으로 향한다.

절반도 올라가기 전에 퍽을 발견한다. 절벽 길이 굽어지며 비바람을 살짝 막아 주는 곳, 희뿌연 모래밭에 검은 줄무늬처럼, 아침에 죽은 네 사람의 시체가 나란히 놓여 있다. 그중 하나 옆에 퍽이 웅크리고 앉아 있다. 퍽은 시체를 보지도, 손대지도 못하고 그저 바람을 피해 웅크리고 앉아 발밑의 땅만 쳐다본다.

나는 퍽 옆으로 걸어가 토미 포크의 짓밟힌 얼굴을 내려다본다.

펵

경주 전 마지막 날이자 토미 오빠의 장례식이다. 내일이 경주라는 생각에 마음이 흐트러지지만, 토미 오빠한테 실례인 것 같다. 내가 속으로 '토미 오빠는 죽었어.'라고 말할 때마다 토미 오빠와 게이브 오빠가 우리 집에서 닭을 던지고 받던 모습만 떠오른다.

도브를 산책시키려고 집을 나오면서 보니, 게이브 오빠는 아직 침대에 누워 있다. 열린 문틈으로 오빠가 천장을 쳐다보는 모습이 보인다. 어제 내가 집에 돌아왔을 때 오빠는 내가 쌓아 놓은, 그 전에 그 이시커가 부서뜨린 울타리 더미를 치우고 판자에 못을 박고 있었다. 나는 내일이 경주고 하룻밤만 지나면 내일이 된다는 생각에 집에 그냥 있을 수가 없어서 핀과 함께 도리 아줌마네 가게에 가서 새로 부칠 카탈로그 준비하는 일을 도왔다. 우리가 돌아왔을 때 게이브 오빠는 마당을 바꿔 놓았다. 잡초를 모조리 뽑아 헛간 뒤에 한 가닥도 빼놓지 않고 쌓아 놓았다. 하지만 그 일이 토미 오빠가 죽었다는 사실을 잊게 해주지는 못했나 보다. 마당에 들어서자 오빠가 우리를 보고도, 우리라는 걸 알아볼 때까지 몇 초가 걸린다. 오빠는 손을 떨고, 나는 오빠한테 뭐라도 먹게 한다. 오빠는 온종일 쉬지도 않고 일한 것 같다. 오후가 가고 저녁이 되자 비치가 찾아오고, 비치와 게이브 오빠는 입을 굳게 다문 채 인사를 나눈다. 그리고 우리는 옷을 갖춰 입고 서쪽 절벽으로 향한다.

게이브 오빠는 토미 오빠의 장례식을 알려 주며, 토미 오빠네 가족은 '옛날 사람들'이라는 것 말고 별말을 하지 않는다. 그건 장례식이 성 컬럼바 성당이나 무니햄 신부님과는 관계가 없을 것이며 바닷가 바위에서 치러진다는 뜻이다. 퓐은 자기의 영원한 삶에 누를 끼치는 모든 것에 대해 그러듯이, 그 말에 불안해한다. 하지만 게이브 오빠는 퓐한테 예의 바르게 굴라고 말한다. 우리 부모님의 종교와 마찬가지로 그 또한 좋은 종교이며 토미 오빠네 가족은 더없이 훌륭한 사람들이라고 말한다. 게이브 오빠는 이 모든 말을 어딘가 동떨어진 목소리로, 우리를 위해 창고에서 단어를 끄집어내 오는 것처럼 말한다. 나는 오빠가 물밑으로 가라앉는 것을 느끼지만, 오빠를 구하기 위해 어떻게 물속으로 손을 뻗어야 할지 모르겠다.

우리는 절벽에 난 길고 울퉁불퉁한 길을 따라, 경주가 열리는 해변보다 바위도 많고 더 위험한 서쪽 해안으로 간다. 바다는 저녁 햇살에 금빛으로 타오른다. 물에 가깝지만 파도는 닿지 않는 곳에 모닥불이 타오른다. 장례식에 참석한 많지 않은 사람들이 우리를 맞는다. 그 사람들 중에 아빠와 함께 어부 일을 하던 아저씨들이 눈에 많이 띈다.

"와 줘서 고맙다, 게이브."

토미 오빠의 엄마가 말한다. 나는 토미 오빠가 엄마한테서 입술을 물려받았다는 것을 알아보지만, 아줌마가 예쁜지는 모르겠다. 눈이 빨간데다 퉁퉁 부어 있기 때문이다.

아줌마가 게이브 오빠의 손을 잡는다. 오빠가 무척 엄숙하게 얘기를 꺼내서 나는 이 모든 일에도 불구하고 문득 오빠가 무척 자랑스럽다.

"토미는 섬에서 제일 친한 친구였어요. 토미를 위해서라면 어떤 일이든 했을 거예요."

아줌마가 뭐라고 대답하지만, 나는 게이브 오빠가 우는 것을 보고 너무 놀라서 그 말을 듣지 못한다. 오빠는 여전히 차분하게 얘기하지만, 눈을 깜박일 때마다 눈물이 뺨을 타고 흘러내린다. 나는 왠지 그런 오빠를 볼 수 없어서, 핀과 오빠를 아줌마 곁에 두고 모닥불 쪽으로 간다.

얼마 지나지 않아 나는 그게 그냥 모닥불이 아니라 화장하는 불이라는 것을 깨닫는다. 연기가 나고 불이 탁탁거리는 소리가 지금 이 순간 해변에서 나는 가장 큰 소리다. 검푸른 저녁 하늘을 배경으로 하얗고 노란 불꽃이 타오르고, 평평하고 축축한 모래밭이 거울처럼 그 모양을 비춘다. 파도가 그 그림자를 삼켰다가 뱉기를 반복한다. 불은 오래도록 타면서 석탄과 재를 수북이 남기고, 나는 장작에 걸려 미처 타지 않은 토미 오빠의 재킷 조각을 보고 흠칫 놀란다.

'토미 오빠가 저 재킷을 입고 우리 집 식탁에 앉아 있었는데…….'

"퍽 아니냐?"

왼쪽을 돌아보니, 교회에서 하듯이 두 손을 단정히 모으고 서 있는 남자가 있다. 생각해 보니 그 사람은 노먼 포크 아저씨다. 우리 집 주방에 똑같은 자세로 서서 우리 엄마와 얘기를 나누던 모습이 기억난다. 이제껏 아저씨 얼굴을 떠올리면 어부라고만 생각했지 토미 오빠의 아빠라고는 생각해 보지 않았다. 아저씨 곁에 선 소년은 아마도 토미 오빠의 동생일 것이다. 아저씨는 토미 오빠와 전혀 닮지 않았다. 아저씨한테서는 게이브 오빠 냄새, 그러니까 물고기 냄새가 난다.

"삼가 조의를 표합니다."

나는 우리 부모님이 돌아가셨을 때 사람들이 나한테 했던 말을 한다.

불을 들여다보는 아저씨의 눈은 메말라 있다. 소년이 아저씨 다리에 몸을 기대자 아저씨는 소년의 어깨에 손을 올린다.

"어차피 경주가 끝나면 토미를 잃었을 거다."

그건 이상한 방식의 위로 같다. 나는 게이브 오빠를 그렇게 생각할 수 없을 것 같다. 오빠가 죽어서 영영 볼 수 없는 것과 오빠가 어딘가에서 행복하게 살아 있지만 오빠를 다시는 볼 수 없는 것은 나한테는 똑같지만 오빠한테는 똑같지 않을 게 분명하니까.

"토미 오빠는 용감했어요."

나는 예의 바르게 느껴질 말을 건넨다. 불꽃에 얼굴이 화끈거려서 뒤로 물러나고 싶지만, 그러면 대화를 피하는 것처럼 보일 것 같다.

"그랬지. 모두가 그 말을 타던 토미를 기억할 거다."

아저씨의 목소리에는 자부심이 그대로 묻어난다.

"말을 바다로 돌려보내 달라고 션 켄드릭을 불렀고 그 애도 그러겠노라고 했다. 토미를 위해 해야 하는 일이야."

션의 이름에 귀가 번쩍 뜨이는 것을 애써 감추며 나는 예의 바르게 묻는다.

"말을 바다로 돌려보낸다고요?"

아저씨는 고개를 돌려 옆에 있는 아이를 피해 멀리 침을 탁 뱉더니 다시 모닥불을 바라본다.

"그래, 제대로 보내 줘야지. 늘 그래 왔듯이, 죽은 사람한테 경의를. 이시커한테도 경의를. 이건 섬에 오는 관광객이나 밥벌이 문제가 아니다. 이시커와 우리 사이의 일이야. 그 외의 것들은 경주를 욕되게 할 뿐이지."

문득 아저씨는 누구한테 얘기하고 있는지를 알아차린 듯 이렇게 덧붙인다.

"이 해변에 네가 설 자리는 없다, 퍽 코널리. 너와 네 암말 말이다. 없고말고. 나는 네 아버지를 알고 좋아했지만, 네가 하는 일이 어떤지 묻는다면, 잘못이라고 생각한다."

나는 딱히 꼬집어 말할 수 없는 이유로 부끄러움을 느끼고, 부끄러움을 느낀다는 사실에 또 화가 난다.

"전 경의를 표하지 않으려는 게 아니에요."

아저씨의 목소리는 부드럽다.

"물론 그렇겠지. 제대로 알려 줄 부모가 없을 뿐이야. 네 말이 그냥 평범한 토종말이라는 것이 문제다. 스콜피오 경주가 그저 평범한 경마 대회라면……."

아저씨는 턱으로 불 쪽을 가리킨다.

"이 모든 건 그저 피비린내 나고 유감스러운 일일 뿐, 더도 덜도 아닐 거야."

2주 전만 해도 나는 아저씨가 미쳤다고 생각했을 거다. 그냥 시합, 상금, 짜릿함, 그게 다라고 생각했으니까. 그리고 내가 해변에서 훈련하는 광경을 그저 지켜보기만 했더라면, 지금도 그렇게 생각하고 있었을 거다. 하지만 그동안 션과 함께 보낸 시간이, 코어의 등에 올라 본 경험이, 내 마음속에서 무언가를 바꾸어 놓았다. 지금도 이 일이 토미 오빠가 죽을 만한 가치가 있는지는 잘 모르겠다. 하지만 한 발은 땅에 한 발은 바다에 딛는 이 일의 매력은 알겠다. 최근 몇 주 동안만큼 내가 디스비를 잘 알았던 적은 없다.

토미 오빠의 동생이 아저씨한테 뭐라고 얘기하자 아저씨가 대답한다.

"션이 말을 데려가는구나. 저길 봐라."

고개를 돌리니, 해변으로 이어진 좁은 길을 따라 션이 내려오고 있다. 토미의 검은 암컷 이시커를 끌고서. 코어에 비하면 저 말은 가냘파 보인다. 션은 의식용 의상이나 특별한 옷을 입지는 않았다. 그저 늘 입던 대로 청재킷을 걸치고 깃을 세웠을 뿐이다. 션을 보는데 가슴속에서 이상야릇하게도 찡한 느낌, 자부심 같은 것이 든다. 내가 그럴만한 아무런 이유도 없는데 말이다. 션은 검은 이시커를 이끌고 모래밭을 가로질러 우리 쪽으로 온다. 말이 뒷다리로 반쯤 일어서며 새처럼 여린 울음을 토할 때만 잠깐 멈춘다.

장례식에 온 사람들은 션이 말을 물가로 데려가는 것을 지켜보기 위해 불 옆으로 모여든다. 나는 션이 맨발임을 눈치챈다. 파도가 션의 발목을 덮치며 바지 아랫단을 적신다. 바닷물이 말의 발목을 휘감자 말은 발굽을 쳐들고 바다를 향해 울부짖는다. 이미 말의 눈에는 육지 말한테 없는 어떤 것이 깃들어 있다. 말이 션을 확 물려고 들자 션은 몸을 틀어 피했다가 말의 앞 갈기를 움켜쥐고 고개를 숙이게 한다. 션의 입술이 움직이는 것이 보이지만 말한테 뭐라고 말하는지는 들리지 않는다.

내 옆에서 아저씨가 말한다.

"바다에서 와서 바다로 돌아가노라."

션의 입 모양이 아저씨의 말과 맞아떨어진다.

이 일이 얼마나 여러 번 행해졌을지 문득 궁금해진다. 꼭 션이 아니라 누가 하더라도 말이다. 내가 피의 바위에서 도브를 타고 경주에 나가겠노라고 선언하던 순간과 비슷하다. 나는 디스비가 내 다리를 잡아끄는 것을, 수천 번 행해져 왔을 이 의식의 보이지 않는 무게가 내 발목을 잡아끄는 것을 느낀다.

션이 사람들을 보고 말한다.

"재를 이리로."

토미 오빠의 다른 남동생으로 보이는, 토미 오빠를 좀 닮은 소년이 서둘러 모래밭을 가로질러 션한테 간다. 지금 막 불에서 퍼 담았을 텐데, 불빛이 급히 사그라져서 재를 어디에 담아 옮기는지는 보이지 않는다. 션은 온도를 가늠해 보는지 그릇 위에 손을 대보더니 조심스럽게 손을 넣는다. 말은 다시 고개를 치켜들며 울부짖고, 션은 재를 한 움큼 집어 말 위의 허공에 뿌린다. 션의 목소리는 모래밭을 가로질러 오는 동안 바람에 날려 사라져 버리지만, 아저씨가 옆에서 같은 말을 읊조린다.

"바다여. 용감한 이를 품으소서."

션은 우리를 등지고 서서 말의 머리에서 굴레를 벗겨 낸다. 말이 다리를 휘두르지만 션은 아무렇지도 않은 듯 비켜선다. 말은 푸르르 갈기를 털더니 곧 물속으로 힘차게 뛰어든다. 말은 밀려오는 파도에 잠깐 허우적거리지만 금세 헤엄을 친다. 죽은 소년들의 재로 가득한 짙푸른 바다에 새까만 야생마 한 마리.

그리고 순식간에, 미처 볼 새도 없이 말이 사라지고, 바다에는 물결만 일렁인다.

션은 파도가 밀려와 닿는 모래밭 끝머리에서 바다를 바라본다. 션의 표정에는 어떤 기이한 갈망, 마치 션 자신도 바다로 뛰어들어 사라지고 싶은 갈망 같은 것이 깃들어 있다. 그제야 나는 아저씨가 션을 왜 불렀는지 알 것 같다. 이 의식을 행할 수 있는 유일한 사람이어서가 아니라, 션 켄드릭이, 저렇게 바다를 바라보는 션 켄드릭이, 경주 그 자체이기 때문이다. 설령 스콜피오 경주가 한 번도 열린 적 없다고 해도 말이다. 이 섬에서 말이 무엇을 의미하는지 아는 사람, 우리의 존재와 디스비 섬, 우리 모두 원하지만 손에 쥘 수 없는 디스비의 그 무엇을 이어 주는 사람. 바다를 바라보며 서 있는 션은, 길들지 않은 이시커와 그리 다를 것이 없다. 그것이 나를 불안하게 한다.

시작하고 또 끝나는 이 모든 일로 내 심장은 부풀어 오르고 또 텅 빈다. 내일은 온갖 전략과 위험과 희망과 공포가 어우러지는 경주 날이고, 경주가 끝나고 나면 게이브 오빠가 배를 타고 우리를 떠날 것이다. 나는 바다를 바라보는 션과 같은 느낌이 든다. 견딜 수 없는, 이름 모를 갈망이 나를 가득 채운다.

션

토미 포크의 말을 놓아주고 나서 나는 장례식에 참석한 사람들 곁으로 이끌려 간다. 모닥불 앞에서는 바로 옆 사람 말고는 얼굴이 보이지 않는다. 나는 한 사람 한 사람을 둘러본다. 게이브와 핀이 보이지만 퍽은 보이지 않는다.

나는 허수아비처럼 서 있는 핀한테 퍽도 함께 왔느냐고 물어보지만, 핀은 "당연하죠." 할 뿐 더는 말이 없다. 나는 이러면 퍽에 대한 내 감정을 소리치는 것과 다름없다는 생각을 하면서도 사람들 사이를 돌아다니며 퍽의 행방을 묻는다. 퍽을 본 사람이 아무도 없다.

경주가 내일이고 토미 포크를 위해 내 몫을 다했으니 마장으로 돌아가야 하지만, 여기 어딘가에 퍽이 있는데도 만나지 못했다는 사실에 마음이 허전하다. 퍽을 찾아야겠다는 마음 때문에 가만히 못 있겠다.

나는 오랫동안 바위에 서서 퍽이 어디에 있을지 떠올려 보고 다시 절벽 길을 오른다. 땅은 온통 시커멓지만, 하늘에 더 가까운 이곳에는 아직 어둡고도 붉은 저녁 하늘이 있다. 디스비의 다른 곳은 모두 밤이 되었겠지만 이곳에서는 아직 서쪽 바다 멀리 저무는 태양의 속삭임을 들을 수 있다. 나는 절벽 위에서 수평선을 바라보는 퍽을 발견한다. 퍽은 무릎을 세워 팔로 감싸고 앉아 무릎 위에 턱을 괴고 있다. 마치 주변의 바위와 흙에서 자라난 것처럼 보인다. 퍽은 내 발걸음 소리를 듣고도, 시선을 바다에 고정하고 있다.

나는 퍽 곁으로 다가가 옆얼굴을 바라본다. 보는 사람이 퍽 밖에 없는 이곳에서 굳이 내 관심을 숨기려고 노력하지 않는다. 저녁 햇살이 퍽의 목과 뺨을 어루만진다. 절벽에서 자라는 풀 색깔과 같은 연갈색 머리카락이 바람에 날려 솟아올랐다가 다시 얼굴로 떨어진다. 퍽의 표정은 평소보다 덜 사납고 덜 방어적이다.

"두렵니?"

내가 묻는다.

퍽의 눈길은 수평선 저 멀리 서쪽, 해는 저물었지만 빛이 남아 있는 곳에 가 있다. 저 너머 어딘가에 나의 이시커들과 홀리 씨의 미국과 모든 배를 띄워 올리는 물이 있다.

퍽은 세상의 끝에 감도는 오렌지 빛에서 눈을 돌리지 않는다.

"어떤 건지 말해 줘. 경주."

마치 전투 같은 것. 말과 사람과 피가 뒤섞이는 것. 해변에서 준비하는 2주일 동안 살아남은 빠르고 강한 자들, 얼굴에 쏟아지는 파도, 피부에 스며드는 11월의 치명적인 마법, 심장을 대신해 울리는 스콜피오 북소리. 운 좋은 이한테는 속도이며 삶이자 죽음이고, 그 어떤 것과도 비슷하지 않은 것. 예전에는 이 순간이, 경주 전날 마지막 햇빛이 저무는 이 저녁이, 나한테는 한 해 중 최고의 순간이었다. 다가올 승부를 기대하는 마음으로. 하지만 그때는 잃을 것이 내 목숨밖에 없었다.

"해변에 너보다 용감한 사람은 없어."

"그건 중요하지 않잖아."

퍽의 목소리가 싸늘하다.

"중요해. 축제 때 내가 했던 말은 진짜야. 이 섬은 사랑 같은 것에는 관심 없지만 용감한 이를 좋아해."

이제 퍽이 나를 바라본다. 퍽은 강렬하고, 붉고, 무너뜨릴 수 없으며 변덕스럽고, 디스비를 디스비이게 하는 모든 것이다.

"너는 두렵지 않니?"

말의 여신은 나한테 다른 소원을 빌라고 했다. 하지만 소원은 지금 나한테는 실낱처럼 약한 선물일 뿐이다. 소원이 확실한 약속 같았던 지난 여러 해를 기억한다.

"내가 무엇을 느끼는지 모르겠어, 퍽."

퍽은 중심을 잃지 않도록 팔을 살짝 풀더니 나한테 몸을 기대고, 눈을 감고 키스한다.

퍽이 몸을 떼더니 내 얼굴을 들여다본다. 나는 꿈쩍도 하지 않았고, 퍽도 거의 움직이지 않았지만, 이제 내가 딛고 선 세상이 낯설다.

"무슨 소원을 빌지 말해 줘. 바다에 무엇을 빌어야 할지 말해 줘."

내가 말한다.

"행복해지도록. 행복을 빌어."

나는 눈을 감는다. 내 마음은 코어로, 바다로, 내 입술에 닿던 퍽의 입술로 가득하다.

"디스비에 그런 것이 있을 것 같지 않아. 있다고 해도, 어떻게 지킬 수 있을지 모르겠어."

감은 눈꺼풀에 짠 내와 비 냄새와 겨울 향기를 실은 바람이 불어온다.

한결같은 자장가처럼 섬에 와서 부딪히는 파도 소리가 들린다.

귓가에 퍽의 목소리가 들린다. 재킷의 목깃 안쪽에 퍽의 숨결이 따스하다.

"너는 속삭이잖아. 필요한 말을. 네가 그렇게 말했잖아?"

나는 퍽의 입술이 내 살갗에 닿도록 고개를 기울인다. 뺨에 불어오는 바람 속에서 이 입맞춤은 차갑다. 퍽이 내 머리에 이마를 기댄다.

눈을 뜨니, 해는 사라졌다. 거칠고 알 수 없는 바다가 내 안에 있는 것 같다.

"그렇게 말했지. 나한테 필요한 말은 뭘까?"

그러자 퍽이 속삭인다.

"내일 우리는 스카마우스의 왕과 왕비처럼 경주를 지배할 거야. 그래서 나는 집을 지키고 너는 네 말을 갖게 될 거야. 도브는 앞으로 황금 귀리를 먹을 거고, 너는 해마다 경주를 뒤흔들고 세상 모든 섬에서 사람들이 너한테 말 다루는 법을 배우러 찾아올 거야. 얼룩말은 머트를 바닷속으로 데려갈 거고 게이브 오빠는 섬에 남기로 해. 나는 목장을 갖게 될 거고 너는 빵을 가지고 저녁을 먹으러 오겠지."

"그거야말로 나한테 필요한 말이야."

"이제 무슨 소원을 빌어야 할지 알겠어?"

나는 침을 꿀꺽 삼킨다. 바다에 던질 조가비는 없지만, 그래도 바다는 내 말을 들을 것이다.

"필요한 것을 갖게 해달라고 빌겠어."

57

퍽

아빠가 배를 타러 가기 전이면 우리 집은 활기가 넘쳤다. 물때와 물고기 떼의 움직임에 맞춰 아빠가 아침 일찍 나서건 혹은 밤늦게 나서건, 엄마는 아빠가 가지고 갈 음식을 만들고 게이브 오빠는 방에서 아빠가 면도기를 잘 챙겼나 확인하고, 핀과 나는 아빠 다리에 매달려 아빠 가방에 기어오르거나 엄마가 요리하는 밀가루에 달라붙었다. 엄마 아빠가 함께 나가던 날은, 내가 음식을 하고 게이브 오빠는 엄마 짐을 확인하고 핀은 엄마 아빠가 나가는 게 싫어 시무룩해 있었다.

마침내, 스콜피오 경주 날 아침, 내가 배를 타러 나가는 사람이 된 것 같다. 핀은 초조하게 내 짐을 확인하고 게이브 오빠는 내 장화를 닦고 나는 내 머리를 잡아당겨 묶으며 '진짜 그날인가?' 하고 생각한다. 우리는 좀 더 늑장 부려도 된다. 아침에는 간단하고 중요하지 않은 시합들이 벌어진다. 그러니 오후가 되기 전까지는 도브를 데리고 나가지 않아도 된다. 문득, 나는 도브한테 뭘 사 줘야 할 경우를 대비해 돈을 챙기려고 비스킷 깡통에 손을 넣는다. 손가락에 깡통의 차가운 맨바닥이 닿는다. 결국, 다 써버린 거다.

꼭 내가 왜 경주에 나가야 하는지 알려 주려는 것 같다. 긴장이 등줄기를 타고 올라온다.

마침내 내가 나설 때, 핀은 나한테 점심을 가져다주겠다고 말하고, 게이브 오빠는 집 밖까지 나를 따라나선다. 배 안에 뱀이 똬리를 튼 것처럼 속이 더부룩해서 뭘 먹을 수 있을 것 같지는 않지만.

"퍽. 이거 그만둬."

오빠는 울타리에 기대서서 내가 도브의 안장 위로 뱃대끈을 휙 넘기는 모습을 지켜본다. 밝은 곳에서 보니, 그동안 잠을 못 자서 눈 아래 주름이 생긴 오빠는, 아빠와 무척 닮았다. 눈가 주름 때문에 살짝 어부 티가 나기 시작한다.

"그만두기엔 좀 늦은 것 같아. 집을 지킬 다른 방법이 있다면 말해 줘, 그럼 집에 있을게."

나는 도브 너머로 오빠를 쳐다본다.

"이 집을 떠나는 게 그렇게 나쁜 일일까?"

"나는 이 집이 좋아. 엄마 아빠 생각이 나. 그리고 집만 문제가 아니야. 우리한테 집이 없어지면 제일 먼저 뭘 없애야 할까? 도브야. 나는 도저히……."

나는 말을 삼키고 안장에 묻은 얼룩을 문지르는 데 힘쓴다.

"그냥 말이잖아. 그렇게 보지 마. 네가 도브를 아끼는 거 알아. 하지만 도브 없다고 못 사는 건 아니잖아. 너는 여기서 일을 구할 수 있을 거고 나도 돈을 보낼 거야, 그럼 괜찮을 거야."

나는 도브의 갈기에 손을 파묻는다.

"아니, 괜찮지 않을 거야. 나는 그저 일자리를 구하고 일을 해서 괜찮아지기를 바라지 않아. 나는 도브를 원하고 숨 쉴 공간을 원하고 핀이 방앗간에서 일하지 않기를 원해. 나는 핀과 따로 떨어져 스카마우스에 있는 벽장 같은 숙소에서 살다가 늙고 싶지 않아."

"그럼 내가 돈을 모아서 내년에는 너희도 본토로 올 수 있게 할게. 거기엔 더 좋은 일자리가 있어."

"나는 본토에 가고 싶지 않아. 나는 더 좋은 일자리를 갖고 싶지 않아. 모르겠어? 나는 여기서 행복해. 모두가 떠나고 싶어 하지는 않아, 오빠! 내가 있고 싶은 곳은 여기야. 도브와 내 집과 콩 한 자루만 있다면, 나는 충분해."

게이브 오빠는 발을 내려다보며 입을 실룩인다. 오빠가 아빠와 싸우다가 궁지에 몰리면 하던 행동이다.

"그게 죽을 만큼 가치가 있어?"

"응. 그렇게 생각해."

오빠는 판자 위에 삐져나온 가시를 만지작거린다.

"생각해 보지도 않았겠지."

"그럴 필요가 없지. 그럼 이건 어때? 나는 경주에 나가지 않을게, 오빠도 떠나지 마."

하지만 그 말을 하면서도 나는, 오빠가 아니라고 대답할 거고 나는 어쨌든 경주에 나갈 거란 걸 안다.

"퍽, 나는 그럴 수 없어."

"응, 그것 봐."

나는 대문을 밀어 열고 오빠 옆으로 도브를 끌어내며 말한다.

하지만 나는 화나지 않는다. 묵은 상처가 따끔하긴 하지만 놀랍지는 않다. 마치 어렸을 때부터 내내 오빠가 떠나리란 것을 알았지만, 쭉 모른 척하고 있었던 것만 같다. 오빠 역시 이 대화를 시작할 때, 나와 도브가 해변에 나가는 걸 막지 못하리란 것을 알았을 거다. 그저 우리는 각자 해야 할 말을 했을 뿐이다. 내가 지나갈 때 게이브 오빠가 내 팔을 잡아챘다. 오빠가 나를 끌어안자 도브가 얌전히 멈춰 선다. 오빠는 아무 말 하지 않는다. 여섯 살 차이가 골짜기처럼 우리 사이에 놓여 있어 늘 어른이었던 오빠가 늘 어린아이였던 나를 안아 주던 어린 시절의 포옹과 똑같다.

"보고 싶을 거야."

나는 오빠 스웨터에 파묻힌 채 말한다. 처음으로 물고기 냄새가 나지 않는다. 어젯밤 오빠가 나를 위해 옮겨 준 건초 냄새, 그리고 장례식 때의 모닥불 연기 냄새가 난다.

"일을 망쳐 버려서 미안해. 너희를 더 믿었어야 했는데."

오빠가 이 말을 예전에, 슬프고 겁에 질리기 전에 말했다면 좋았을 텐데. 하지만 나는 지금 이 말을 받아들일 것이다.

오빠가 나를 놓아주며 말한다.

"내가 가서 선수용 안장깔개 나눠 주는 곳을 찾아볼게."

그리고 오빠가 나를 바라본다.

"지금 보니 엄마랑 똑 닮았구나."

58

션

11월 첫째 날이다. 그러니 오늘, 누군가 죽을 것이다.

내 방문을 두드리는 소리가 들리더니 문이 열린다.

"경주 날 아침인데 스카마우스의 우승 영웅은 좀 어떠신가?"

눈을 뜨고 고개를 돌리니 홀리 씨가 문간에 서 있다. 홀리 씨는 내 작은 숙소의 가구를 둘러본다. 희미한 아침 햇살에 연보라색으로 물든 내 가구는, 침대 하나, 싱크대 하나, 그리고 기울어진 천장 아래 쪽에 있는 작은 화덕 하나가 전부다.

나는 고개를 끄덕여 인사를 하며 들어오라고 신호를 보낸다.

"음침한데. 너도 음침해 보이고."

곧 홀리 씨는 싱크대 옆에서 깡통이 든 상자를 끌어내더니 그 위에 올라가 무릎을 세워 앉는다. 홀리 씨는 납작한 빨간 모자를 무릎에 씌우고 동물처럼 쓰다듬는다.

"안정되지 않아요."

나는 눈을 감는다.

"이런 상태로 마구간에 갈 수는 없어요. 아마 코어도 제 상태를 느낄 거고, 그럼 해변에 발도 들여놓지 않는 게 나아요."

"경주 때문이니? 두려운 거야?"

"두려운 적은 없었어요."

나는 눈을 뜨지 않고 대답한다.

"이번엔 코어를 걸고 나가기 때문이야? 정말 원하는 게 뭐니, 션?"

나는 손으로 얼굴을 덮고, 내 안 어딘가에 있을 고요함을 찾는다. 해마다 경주 전에 내가 품었던 확신을. 아침마다 말에 타기 전에 품었던 확신을.

"자유니? 경주는 신경 쓰지 마. 나와 함께 미국으로 가자. 그럼 내 마장의 동업자로 만들어 줄게. 수석 사육사도 아니고, 수석 조련사도 아니야. 네 마음대로 왔다 갔다 해."

내가 아무 말 하지 않자 홀리 씨가 말한다.

"자, 이제 알겠니? 네가 자유를 원한다고 말한 건 거짓말이었구나. 원하는 게 자유가 아니라는 건 알아냈으니. 발전은 있었네."

나는 고개를 돌린다. 아래층에서는 내가 빠진 경주 날의 소란스러운 소리가 들린다.

"그럼, 그 붉은 수말이니? 경주에서 지면 맬번 씨의 말 한마디에 그 말을 잃게 되니까? 하지만 여섯 번 중 네 번이나 우승했잖아, 상당한 확률 아니야? 그러니 나는 그것도 아니라고 본다."

나는 눈을 뜬다. 홀리 씨가 무게중심을 옮기자, 앉아 있던 상자가 삐걱거린다.

"펜다를 탄 프리벳한테 두 번 졌어요. 세 번째 해에 프리벳은 말에서 떨어져 펜다를 잃었는데, 올해 다시 펜다를 얻었어요. 블랙웰은 마곳이라는……."

"……빠른 암말을 타지."

홀리 씨가 내가 하려던 말을 잇는다.

"그리고 그 얼룩말도 있어요. 그 말은 잘 몰라요. 그 말은 모두가 조심해야 할 것 같아요. 어쩌면 저는 모두 잃을지도 몰라요."

홀리 씨는 목을 긁으며 내 좁은 침대 밑 그림자를 바라본다.

"그 '모두'라는 게 핵심인 것처럼 들리는구나. '모두'라고 하는 게 혹시 케이트 코널리를 말하는 거니? 오, 맞네."

"저 자신은 믿을 수 있어요."

"흐으음."

홀리 씨가 말한다.

"흐으음이라니요, 홀리 씨. 그 빨간 모자를 쓰고 그런 신발을 신고 이 방에 와서 현명한 사람인 척할 수는 없어요."

"네, 신발을 아예 안 신은 사람의 말씀입니다."

홀리 씨가 일어서서 화덕 옆으로 걸어간다.

"여기서 어떻게 사니, 션? 차 한잔 마시려면 거시기가 홀랑 타겠는데? 침대에서 한 번 구르면 싱크대에 있겠구나. 발 디딜 곳이 없으니 날마다 아침은 침대에서 먹겠고."

"견딜 만해요."

"흐으음."

홀리 씨가 또 말한다.

"견딜 만하다는 건 여러 가지 상황을 뜻할 수 있지. 우승하면 다시 이곳으로 돌아올 거야?"

"여기서 걸어서 한 시간 거리, 북서쪽 절벽에 아버지와 살던 집이 있어요. 제가 아무 데서나 살아도 된다면 그곳에서 살 거예요."

말을 타고 가본 적도 있지만, 그 집에서 살았던 기억이 별로 나지 않는다. 그곳에서의 기억은 단편적이다. 침대에 있는 나, 창밖을 보는 나, 의자에 앉아 있는 엄마. 집은 이제 상당히 낡았다. 아직 내 이름으로 되어 있지만, 맬번 마장에서 일하며 살기에는 너무 멀다.

"내가 방금 산 그 번식용 암말이 네 수말한테서 예쁜 빨간 망아지를 얻을 때까지 그곳에서 키울 거니?"

나는 라디에이터 위에 있는 양말과 그 아래에 있는 장화를 집는다.

"목장을 시작할 거라고 얘기하진 않았는데요."

"말할 필요도 없지. 내가 내년에 다시 올 때면 너는 창밖에 말 우리를 만들어 놓고, 침대에는 퍽 코널리가 있고, 나는 맬번 씨 대신 너한테서 말을 살 거야. 이게 너의 미래란다."

"그 미래, 홀리 씨 억양으로 들으니 참 친절하게 들리네요."

나는 한숨을 쉬고 재킷을 집어 든다.

"어디 가니? 아직 예언을 끝내려면 멀었는데."

나는 재킷을 입는다.

"해변에요. 제가 코어를 얻지 못하면 홀리 씨도 그 망아지 못 얻으실 거예요."

퍽

밤사이에, 나는 쪼그맣게 줄어들고 다른 사람들은 모두 키가 자랐다. 다른 사람들은 모두 키가 2미터도 넘고 남자인데, 나는 1미터짜리 어린 애다. 내가 사람들 사이로 끌고 가는 도브도 장난감이나 강아지가 되어 버렸다. 절벽 길은 벌써 붐빈다. 작은 시합들이 몇 시간 전에 시작됐고, 해변에서는 5분의 1을 둘러싼 언쟁이 벌어진다. 절벽 위 구경꾼들이 내는 탄식과 웃음소리가 들린다. 모두한테 바람이 사정없이 분다.

구름을 올려다보니, 잠깐 머물다 갈 흐릿한 구름이다. 나는 안도한다. 해변에서 죽은 토미 오빠를 발견한 그날처럼 나쁜 날씨일지도 모른다고 생각했다. 날은 춥지만, 11월이다. 추울 줄은 알았다.

모든 사람이 나를 쳐다보고, 내 이름이 끊임없이 들려온다. 어쩌면 내 이름이 들린다고 내가 생각하는지도 모른다. 누군가가 도브의 발굽에 침을 뱉는다. 어쩌면 내 발에 뱉으려 한 건지도 모른다. 본토의 강한 억양으로, 그리고 디스비의 딱딱 끊어지는 억양으로, 내 가정 교육을 언급하는 소리가 들린다. 희한하게도 내가 불친절한 섬을 방문한 낯선 사람이자 관광객이 된 것 같다. 보는 사람마다 도브를 툭툭 건드려 본다. 도브는 불안해하며 변덕스럽게 군다. 어느 순간, 이곳에는 답해 줄 말이 없는데도, 도브는 고개를 들고 운다. 해변 저 아래에서 어떤 이시커가 울부짖어 대답한다. 도브가 부르르 떨며 고삐에 매인 채 나를 끌어당기고, 다시 도브를 멈춰 세울 때까지 나는 몇 발자국 끌려간다.

웃음소리가 들리고, 누군가가 혹시 도움이 필요하냐고 빈정거리며 묻는다. 나는 쏘아붙인다.

"그쪽이 태어나기 아홉 달 전에 그쪽 어머니가 생각을 좀 더 해보는 일이 필요했었죠."

"무서워라!"

누군가가 말한다.

나는 입을 꼭 다물고 나아간다. 이 요지경 어딘가에 아마도 게이브 오빠가 내 안장깔개를 가지고 기다릴 거고, 핀은 내 점심을 가지고 왔을 거다.

"케이트 코널리, 기득권 층을 바꾸려는 생각입니까?"

나는 눈을 깜박이며 뒤로 물러선다. 내 바로 앞에 우리 집보다 더 값이 나갈 만한 갈색 정장을 입은 남자가 공책을 들고 서 있다. 그 남자 뒤에는 사진 촬영에 쓰는 거대한 섬광 전구를 든 사진사가 서 있다. 나와 도브 뒤로는 사람들 벽이 있다. 궁지에 몰린 느낌이다.

"제 상황 말고는 아무것도 바꾸려는 게 아니에요."

"그럼 여성 참정권 운동에 영향받은 것은 아니라는 말입니까?"

나는 우리 가족이나 도리 아줌마나 아니면 다른 아는 사람을 찾으려고 목을 빼고 둘러본다. 살면서 중절모 쓴 사람을 이렇게 많이 본 건 처음이다.

"저는 그저 이 섬에 사는 누구하고도 다를 바 없는, 말 타는 사람일 뿐이에요. 저기요? 제 말을 불안하게 만들고 계시잖아요."

"당신이 스콜피오 경주에 어울리지 않는다고 말하는 디스비 사람들한테 뭐라고 말씀하시고 싶습니까?"

기자가 묻는다.

"들려 드릴 만한 멋진 답은 없어요."

내가 퉁명스럽게 말한다.

"하나만 더요, 코널리 양. 어디까지 달릴 생각입니까? 완주할 가능성이 있다고 보십니까?"

내가 도브를 옆으로 돌려세우자 그들은 종종걸음으로 따라온다. 나는 기자와 사진사를 만나고서 이제껏 그 누구를 만났을 때보다도 더 무너져 내린다. 내가 주목받을지 몰랐고, 본토 신문에서까지 주목할 줄은 더더욱 생각하지 못했다.

내가 쏘아본다.

"정육점에 가서 물어보세요. 거기 모인 사람들은 모르는 게 없으니까."

나는 다시 도브를 돌려세워 사람들을 밀어내려고 한다.

"퍽!"

나는 쓰린 속으로 내 이름이 들리는 쪽으로 돌아본다. 거기 션이 있다. 인파를 애써 헤쳐 나가야만 하는 나와 달리, 션은 사람 사이를 가뿐히 가른다. 사람들은 자기도 모르는 새 그러는 것처럼 션한테 길을 비켜 준다. 숨을 몰아쉬는 션은 흰색 셔츠를 입었을 뿐인데, 순간 나는 션을 알아보지 못할 뻔한다.

션이 기자를 등지고 가까이 다가와 나한테 고개를 기울인다. 나는 우리를 쳐다보는 모든 눈을 의식하지만 션은 신경 쓰지 않는 것 같다. 션이 묻는다.

"네 깔개는 어디 있어?"

"게이브 오빠가 찾으러 갔어."

"해변 아래에 있어. 거기서 받아 와야 해."

"너는 받았어?"

"응. 다녀올 동안 내가 도브를 데리고 있을게."

누가 도브의 엉덩이를 건드려서 도브가 몸을 부르르 떤다. 사람이 너무 많고 너무 시끄럽다. 도브가 해변에 도착하기도 전에 여기 절벽 위에서 모든 기력을 다 써버릴까 봐 걱정이다. 경주 날 아무한테나 뱃대끈 조이는 걸 맡기지 말라던 페그 아줌마 충고가 생각난다. 하지만 션은 아무나가 아니다.

"저 사람들 좀 쫓아 줄 수 있어?"

션이 고개를 끄덕인다.

나는 션이 내게 고개를 더 기울이도록, 나지막한 목소리로 말한다.

"고마워."

션이 손을 뻗더니 고삐를 쥐지 않은 내 손에 얇은 빨간 리본 팔찌를 끼운다. 그리고 내 팔을 들어 내 손목 안쪽에 입을 맞춘다. 나는 꼼짝 않는다. 내 맥박이 션의 입술을 몇 차례 두드리고 나서야 션은 내 손을 놓는다.

"행운을 빌어."

션이 도브의 고삐를 받아 쥔다.

"션."

내가 부르자 션이 돌아본다. 나는 션의 뺨을 끌어당겨 입술에, 키스한다. 문득, 해변에 처음 나갔던 날, 바닷물 속에서 션의 머리를 잡고 끌어당기던 생각이 난다.

"행운을 빌어."

놀란 션의 얼굴에 대고 내가 말한다.

섬광 전구가 번쩍이고 격려의 환호성이 들린다.

"좋아."

션은 우리가 막 거래를 했고 그게 마음에 든 것처럼 말한다. 션은 사람들을 돌아보더니 말한다.

"경주를 원한다면, 이 말이 지나갈 수 있게 비켜 주세요. 지금 당장."

사람들이 물러나고 나는 그 사이를 헤치고 절벽 길로 향한다. 길을 따라 내려가기 전에 어깨 너머로 돌아보니, 션은 도브 주위에 널찍한 공간을 만들어 놓고 나를 바라보며 서 있다. 발밑의 섬과, 내 입술에 닿던 션의 입술, 오늘, 행운이 우리 편이 되어 줄지 궁금하다.

퍽

해변에는 생각보다 사람이 많지 않다. 지금은 작은 시합이 끝나고 경주가 시작되기 전 쉬는 시간이고, 다음 시합에 참가할 이시커만 해변에 남아 있다. 모래밭에 있던 구경꾼들도 지금은 절벽 위에 올라가 가능한 한 가장자리를 차지하려고 난리이다. 절벽 위로 펼쳐진 하늘은 11월에만 볼 수 있는 짙은 푸른색으로 맑게 개었고, 내 오른쪽에 펼쳐진 바다는 밤처럼 검다.

곧, 내가 저 바다 옆으로 달릴 수 있을지, 아니면 꼼짝도 못할지 모르겠다.

나는 절벽 틈새에 놓인 운영 위원용 탁자를 바로 찾아낸다. 중절모를 쓴 남자 둘이서 어지럽도록 색깔이 다양한 경주용 깔개를 접어 놓아 둔 탁자 앞에 앉아 있다. 나는 서둘러 모래밭을 가로질러서, 목소리를 높이지 않아도 될 만큼 가까이 다가간다.

"제 깔개를 받으러 왔어요."

오른쪽에 앉은 사람은 아는 사람이다. 컬럼바 성당에서 우리 가까이 앉는 사람이다.

"네 건 없어."

다른 위원이 말한다. 그는 깔개 더미에 팔을 올려놓고 있다.

"뭐라고 하셨나요?"

나는 예의 바르게 묻는다.

"네 건 없다고. 잘 가라."

그리고 그 위원은 옆에 앉은 사람한테 몸을 돌린다.

"오늘 날씨 어때? 따뜻하지 않나?"

"위원님."

내가 부른다.

"덥다고 불평하려는 건 아닌데, 이러면 각다귀들이 나온단 말이지."

다른 위원이 대답한다.

"제가 여기 없는 것처럼 대하지 마세요."

나는 말한다.

하지만 위원들은 그렇게 대한다. 내가 울화와 모욕을 받아들이고 포기할 때까지, 나를 무시하며 신랄한 잡담을 한다. 어차피 내 말에 대꾸하지도 않을 테니 나는 욕을 해주고 왔던 길로 돌아간다. 다시 절벽 길로 올라가다가 게이브 오빠를 만난다. 바람에 오빠 머리가 온통 흐트러져 있다.

"네 깔개는 어디 있어?"

나는 사실대로 털어놓고 싶지 않지만, 그렇게 한다.

"나한테는 안 준대."

"안 준다고!"

나는 팔짱을 낀다.

"상관없어. 깔개 없이 달리면 돼."

하지만 상관이 있다, 조금.

"내가 가서 얘기해 볼게. 이건 말도 안 돼."

게이브 오빠가 말한다. 비록 도움은 안 되겠지만, 그래도 오빠가 화를 내주는 것이 반갑다. 때로는 그저 다른 사람과 감정을 나누기만 해도 도움이 된다.

나는 오빠가 비탈을 내려가 모래밭을 가로지르는 모습을 지켜보지만, 오빠를 바라보는 위원들의 얼굴에서 오빠도 다른 답을 얻지 못할 것을 짐작한다. 나는 상관없다고 나를 타이른다. 다른 사람들과 똑같이 보일 필요 없어. 어울릴 필요 없어.

"재수 없어. 고리타분한 노인네들."

오빠가 돌아오며 말한다. 누군가가 우리 옆에서, 마지막 경주가 열릴 시간이 다 되었으니 참가자 말고는 모두 해변에서 나가라고 소리친다.

우리더러 하는 말이다.

션

오후가 되자 햇살이 강해지지만 해변은 춥다. 바람이 검푸른 바다 표면을 수없이 많은 흰 거품으로 찢어발긴다. 절벽 위에 바다와 절벽 사이를 가르는 희뿌연 모래밭을 내려다보는 사람들의 윤곽이 보인다.

이따금, 바다 저 멀리, 11월 해류를 타고 밀려온 이시커의 머리가 물 위로 솟아오르는 것이 보인다. 사람들이 데려온 이시커들은 방울과 붉은 리본과 금속 장식과 호랑가시나무 잎과 데이지 꽃잎과 기도문을 매단 굴레 속에서 몸부림을 친다. 바다 말은 굶주리고 사악하고 잔인하고 아름다우며 우리를 증오하고 또 우리를 사랑한다.

스콜피오 경주가 열리는 시간이다.

나는 이렇게, 이렇게 살아 있다.

내 아래에서 코어는 힘이 넘쳐 꿈틀거린다. 바다는 어제와 다른 방식으로 코어를 향해 노래하고, 다른 이시커가 우리를 지나쳐 갈 때 코어는 홱 달려들기를 반복한다. 퍽을 만나기 전에는, 얼마나 많은 사람이 해변에 몰려들어 경주에 나서는지 이토록 의식해 본 적이 없다. 갖가지 색깔의 이시커가 서로서로 밀고 부딪치고 물고 콧김을 뿜고 발로 찬다. 해변의 북쪽 끝이 이렇게 멀어 보이기는 처음이다.

3.6킬로미터, 5분. 그러고 나면 끝이다.

나는 사람들 속에서 퍽을 찾는다. 다른 사람들과 달리 퍽은 마지막 순간까지도 말의 갈기에 값싼 보석과 장신구를 달지 않는다. 퍽은 도브한테 몸을 숙여 갈기에 뺨을 댄다.

"션 켄드릭."

고개를 돌리기도 전에 머트의 목소리라는 것을 알아듣는다. 머트가 얼룩말을 타고 가까이 서 있다. 말이 갈기를 털자 머트가 매달아 놓은 방울이 불협화음을 낸다. 말의 가슴걸이와 엉덩이 끈에 그렇게 많은 금속 장식을 달아 놓고 어떻게 빨리 달리기를 바라는지.

"말 걸지 마."

"이 경주에서 너한테 지옥을 보여 주지."

머트가 대답한다.

코어가 귀를 뒤로 납작하게 젖히고 얼룩말도 똑같이 반응한다.

"이 해변에서 네가 나를 위협하진 못할걸."

머트는 얼룩말을 돌려 물러난다. 얼룩말이 쨍그랑 소리와 함께 힝힝거린다. 머트는 다시, 퍽을 보는 내 눈길을 좇는다.

"난 네가 뭘 마음에 두는지 알거든, 션 켄드릭."

퍽

그냥 달리는 것뿐이라고 생각하려고 부질없이 애써 본다. 얼마나 멀리 달려야 하는지 보지 않으려 애쓴다. 나는 살아남아야 할 뿐만 아니라 잘 해내야 한다는 사실을 잊지 않으려고 애쓴다. 우승해야 한다. 잠깐, 내가 필요한 것을 얻는다면 션은 얻지 못하게 된다는 생각에 죄책감이 치밀지만, 그렇게 되지는 않을 거라 믿는다. 내가 우승한다면 상금이 우리 집을 지키고 코어도 살 수 있을 만큼은 되지 않을까?

"퍽. 잠깐 내려와 봐."

나는 페그 아줌마의 목소리에 깜짝 놀란다. 페그 아줌마가 도브 옆에 서서 나를 올려다보고 있다. 아줌마의 머리는 바람에 날려 엉망이 되었고 얼굴은 심각하다. 나는 순순히 말에서 내린다. 아줌마는 왠지 모르겠지만 그 새 모양 축제 의상을 팔에 들고 서 있다.

"좀 어떠니?"

"괜찮아요."

"안 좋단 말이네. 너한테는 깔개를 안 줬다고 게이브가 그러더구나."

나는 고개를 끄덕인다. 아무 표정도 짓지 않으리라 생각한다.

"그랬구나, 그럼. 안장 들어 봐."

의아하지만 아줌마를 믿고서 나는 안장을 들어 올리고, 페그 아줌마가 팔에 든 의상을 펼치는 모습을 지켜본다. 이제 보니 그 거대한 새 머리 장식은 떼어 낸 건지 없고 그저 깃털로 덮인 망토의 등 부분일 뿐이다. 아줌마는 의상을 도브 등에 안장깔개 대신 깐 후 안장을 얹고 천이 쏠리지 않았는지 확인한다.

"자, 네 색깔은 디스비의 색이야."

"고맙습니다."

페그 아줌마는 벌써 걸어가면서 말한다.

"나한테 고마워할 필요 없어. 사람들한테 네가 누군지 보여 주렴."

나는 침을 꿀꺽 삼킨다. 내가 누구냐면, 퍽 코널리라는 소녀 안에 웅크리고서, 지금부터 몇 분간 잘 해낼 수 있기를 기도하는 게 나다.

"기수들, 줄 서시오!"

어떻게 벌써 줄 설 시간이지? 우리는 방금 여기로 내려왔을 뿐이고, 경주 전에 아직 션도 보지 못했는데. 나는 도브에 훽 올라타고 션을 찾아 이시커 쪽을 바라본다. 션은 대체 어디에…….

줄 저편에서 턱을 들고 나를 바라보는 션이 보인다. 짙푸른 깔개를 걸친 코어는 벌써 땀으로 번들거린다. 션이 내 얼굴을 바라보길래 나는 손목을 들어 션이 준 리본을 보여 준다.

"기수들, 줄 서시오!"

션과 코어 옆으로 가고 싶지만, 시간이 없다. 운영 위원 세 사람이 기수들을 커다란 나무 기둥 뒤로 물러서게 한다. 수십 개 발굽에서 수백 개 방울이 짤랑거린다. 이시커가 콧김을 뿜고 턱을 딱딱거리고 땅을 구르고 몸을 떤다. 나는 할 수 있는 한 도브를 다른 말과 떨어져 있게 한다. 도브의 귀가 뒤로 바짝 젖혀져 있다. 도브는 사냥꾼에 둘러싸인 사냥감이다.

내 옆에 있는 이시커가 고개를 흔들자, 입에서 거품이 부글부글 목과 가슴으로 흘러내린다.

카운트다운이 시작된다.

바다가 속삭인다. 쉬이이이이, 쉬이이이이.

깃대가 훽 솟는다.

퍽

우리는 폭발하듯 출발한다. 어떤 생각도 없다. 오로지 도브를 안쪽으로 이끌어야 한다는 생각뿐. 특별한 이유 없이는 아무도 11월 바다에 가까이 가기를 원하지 않는다. 도브의 발굽이 파도 끄트머리에 닿자 내 얼굴에 소금물이 흩날린다. 고삐를 잡은 손가락과 고삐 사이에도 소금기가 스며 뜨겁게 따끔거린다.

무언가가 내 다리에 세게 부딪혀서 등자 가죽에 달린 잠금쇠가 살을 파고든다. 겨우 돌아보니 거대한 밤색 이시커다. 그것은 몸을 비틀며 도브를 물어뜯으려 하고, 나는 도브를 파도 쪽으로 당긴다. 도브의 귀는 줄곧 갈기에 납작하게 붙어 있고, 나는 피니의 이시커임을 알아본다. 피니는 긴장해서 고삐를 꽉 움켜쥐고 나를 쳐다보지 않는다. 안장에서 전해지는 떨림으로 도브도 피니를 알아본다는 것을 알겠다. 나는 다리로 도브의 옆구리를 조인다. '아직 두려워하지 마, 도브. 갈 길이 멀어.'

뒤늦게 도브의 힘을 아껴야 한다는 생각이 나서 속도를 줄인다. 말들이 우리를 지나친다. 프리벳은 녹색 깔개, 블랙웰은 연푸른색 깔개, 얼룩말은 금색 깔개. 하지만 짙푸른 깔개를 걸친 붉은 수말은 보이지 않는다. 션이 나보다 한참 앞에 있는지 아니면 내 뒤에 있는지 알 수가 없다.

션

나는 퍽과 도브를 찾아 보지만 서로 밀고 부딪치는 몸뚱이 틈에서는 아무것도 볼 수가 없다. 코어는 힘이 넘친다. 코어의 무게를 견디느라 내 지친 어깨가 벌써 뻐근하다. 등자 가죽에 쓸려 다리가 화끈거린다. 코어를 무리에서 얼마나 뒤로 물려야 퍽이 보일지 모르겠다. 뒤쪽은 제일 나쁜 위치다. 뒤로 처지는 이시커는 느려서가 아니라 다른 말과 혹은 바다와 싸움이 붙었기 때문이다. 내 앞에 달리는 말의 발굽이 내 얼굴에 모래를 튀긴다. 눈이 따갑지만, 눈을 비빌 여유가 없다.

내 왼쪽에서 회색 이시커와 적갈색 이시커가 서로 물어뜯는다. 두 녀석은 코어를 싸움에 끌어들이려 한다. 나는 코어를 추슬러 앞으로 가게 한다. 하지만 혹시 퍽이 내 뒤에 있을지 모르니 너무 많이 나가지는 않는다. 땀에 젖은 코어의 갈기 속에서 내 손은, 11월 바다의 손길에 코어의 근육이 떨리는 것을 느낀다. 나는 코어한테 진정하라고 속삭인다.

나는 오른팔 아래로 퍽이 있는지 돌아본다. 파도에 반쯤 들어간 회색 말밖에 보이지 않는다. 그 회색 말은 벌써 거의 바다 생물이다. 고개를 길게 늘어뜨리고 눈을 가늘게 떴다. 회색 이시커는 경주보다는 자기 등 위의 기수를 더 신경 쓰며 몸을 비틀고 허우적댄다. 어디선가 바닷물이 날려 와 차가운 손톱으로 내 뺨을 할퀸다.

왼쪽에서 다른 이시커가 치고 들어온다. 이시커의 이빨이 내 다리를 스치고, 기수가 고삐를 홱 잡아당긴다. 더 이상 뒤쪽에 머무를 수가 없다. 밖으로 나가 퍽을 찾아야겠다. 퍽이 지금까지 이 틈바구니를 벗어

나지 못했다면, 벌써 죽은 목숨일 것이다.

나는 코어한테 속삭이기 위해 몸을 숙이지만, 이번만은 무슨 말을 속삭여야 할지 떠올릴 수가 없다.

하지만 상관없다. 코어는 말하지 않아도 내가 무엇을 원하는지 알아서, 뒤쪽에 엉켜 있는 이시커 무리에서 벗어난다.

선두 주자 세 명이 다투는 오른편으로, 맨 앞까지 달려 나갈 수 있는 좁은 틈새가 열려 있다. 작년이었다면 나는 코어와 그 틈새를 뚫고 나갔을 것이고 사람들은 코어와 그 뒤에 따르는 무리 사이의 거리를 재며 나머지 기수를 기다렸을 것이다. 하지만 나는 그러지 않는다.

나는 기다린다.

퍽

겨우 1분 만에 도브가 물리고 몇 초 후에 나도 말 이빨 같지 않은 날카로운 칼날 같은 것에 베인다. 상처를 들여다보고 무엇에 베였는지 파악할 시간이 없다. 우리는 몸뚱이 사이에 갇혀 있다. 귓가에 몰아치는 바람 소리 속에서도 싸우며 지르는 비명과 고함과 혀 차는 소리와 으르렁거리는 소리가 들린다.

허벅지에 난 상처에서 다리를 타고 따뜻한 피가 흐르는 게 느껴져 당황스럽지만, 아직 아프지는 않다. 무엇에 베였는지 몰라도 상처가 깨끗한 것이 꽤 날카로운 것이다.

도브는 공포에 질린다. 오른쪽에서 뭐가 움직이자 도브가 고개를 확 치켜드는 바람에 고삐를 쥔 내 손바닥에서 물집이 하나 터진다. 도브 눈동자 주위로 허옇게 흰자위가 보인다.

여기서 빠져나가야 한다. 뺨과 눈 속에 모래가 닿아 까칠하지만 닦아낼 시간이 없다. 어떻게 앞으로 밀고 나가야 할지 모르겠는데, 오른쪽에 있던 이시커가 파도 위로 발을 구르고 허공에서 몸을 뒤틀어 기수를 떨어뜨리더니 바다로 뛰어든다.

피니다. 물속에서 손을 허우적거리는 피니와 아주 잠깐 눈이 마주치지만, 이내 밤색 이시커의 허연 이빨이 피니의 광대뼈에 박힌다.

피니와 이시커가 내 옆으로, 다시 내 뒤로 사라지고, 이제 부글거리는 물결만이 남아 도브의 어깨에 검은 얼룩을 뿌린다. 그리고 나는 아프다, 아프다, 아프다.

그 순간, 어떤 이시커가 있던 자리에 틈이 생긴다. 도브의 귀한 힘을 좀 쓰면서 오른쪽으로 밀고 나가면 이곳을 벗어날 수 있을 것이다.

도브의 속도를 아끼려다가 이 몸싸움에서 죽어 버린다면 아무 소용이 없다. 도브의 달아오른 옆구리를 내 다리로 조이자 도브가 착 손발을 맞춘다. 도브가 걸음걸이를 되찾자 우리는 갇혀 있던 거친 무리에서 벗어난다. 그리고 선두 그룹 뒤에서 짙푸른 깔개를 두른 붉은 수말과, 그 위에 엎드린 션 켄드릭을 발견한다.

나는 도브 어깨의 상처에서 피를 닦아 낸다. 깊지는 않지만 그래도 죄책감이 든다. 내가 도브한테 미안하다고 말하자 도브가 떨리는 귀를 뒤로 파닥인다. 나는 고삐를 아주 살짝 늦춘다. 도브는 아직도 겁에 질려 있지만 잠깐 나한테 집중해 준다.

'집중하자.' 나는 절벽에서 달리던 때를 떠올리며 도브가 꾸준히 고르게 달리도록 한다. 절벽 가장자리에서 뛰어내리던 암컷 이시커가 떠오른다. 비결은 모두가 바다만을 생각할 때 경주를 잊지 않는 것이다.

나는 흔들리지 않는다.

션

오른쪽에서 누가 치고 나온다. 바다에 닿아 미친 코어는 물어뜯으려고 뱀처럼 고개를 뻗는다. 나는 코어를 막고, 우리 옆의 말은 움찔하지만 흔들리지 않는다. 뾰족한 검은 귀. 코어보다 작은 몸집. 해변의 어떤 말보다 작은 몸집. 피부 아래 꿈틀거리는 보통 말의 근육.

도브다. 도브가 안장깔개에 달린 깃털을 날리며 우리 보폭에 발을 맞추어 달린다. 나는 흘끗 퍽을 보고, 다시 흘끗 도브를 본다. 도브는 물어뜯겼지만 심하지는 않다. 퍽도 피를 흘린다. 하지만 물어뜯겨 들쭉날쭉한 도브의 상처와 달리 퍽의 상처는 길고 깔끔하며 반바지가 매끈하게 찢겼다. 말에 물린 것이 아니라 칼에 베인 상처다. 퍽이 해변에 나와서 화가 난 사람이 한 짓이다. 오래 생각하면 분노가 일고, 분노하면 집중력을 잃는데, 그럴 여유가 없다.

우리 앞에 혼란의 도가니가 있기 때문이다. 최악은 저 소리다. 숨이 찬 이시커가 헐떡이는 소리, 으르렁거리며 싸우는 소리, 우레 같은 발굽소리, 철썩이는 파도 소리. 비명과 고함과 저 뒤에서 들려오는 관중들이

지르는 소리. 11월 바다가 아니라도 저 소리가 말을 미치게 할 것이다.

우리 앞에 달리던 기수가 무슨 일이 있어도 바다만은 피하려고 이시커를 비틀어 모래밭 쪽으로 움직인다. 또 다른 이시커 두 마리는 몸을 부딪치고 싸우느라 우리가 따라잡을 수 있을 만큼 느려진다. 무릎과 발굽, 피와 뼈, 이빨과 이빨이 맞물려 벽을 만든다. 그 이시커들이 우리를 끌어들이려 하지만 코어가 그들과 도브 사이에서 움직이는 벽이 되고 도브는 코어와 바다 사이에서 벽이 된다.

절반을 넘어섰다. 1.8킬로미터 넘게 달렸다는 뜻이다. 전반부는 준비가 덜 되고 길들지 않은 말을 솎아 내는 시간이다. 통과의례 같은 거다. 나는 퍽을 바라보고 퍽도 단호한 표정으로 나를 바라본다.

발아래로 모래밭이 뿌옇게 흐려지고 우리가 숨을 헐떡이는 소리에 바닷소리가 묻혀 잠잠해진다. 모래밭에 우리 둘뿐이다.

맨앞에서 블랙웰과 프리벳의 말이 다툰다. 둘은 앞서거니 뒤서거니 목과 어깨를 부딪치고 이빨을 드러낸다. 그 바로 뒤에서 머트가 얼룩말 스카타를 사정없이 후려친다. 퍽이 그 뒤에서 고르게 꾸준히 앞으로 나아간다. 나는 코어를 도브의 발걸음에 맞추어 달리게 하고, 발걸음마다 우리는 점점 힘을 얻는다.

코어한테는 힘밖에 남지 않았다. 그리고 앞에 길이 뚫려 있다. 블랙웰과 프리벳을 앞지를 수 있다. 선두에서 멀어지며 점점 우리한테 다가오는 머트는 아무것도 아니다. 나는 선두에 들어설 수 있고 작년만큼 쉽게 우승을 따낼 수 있다. 3분 뒤에 코어는 내 것이 된다.

내가 원했던 모든 것. 머리를 덮을 지붕과 손에 쥘 고삐와 내가 탈 말, 코어.

내 얼굴에 와 닿는 말의 여신의 숨결을 느낀다.

나는 퍽이 움직이기 전까지 움직이지 않겠다고 생각한다. 어쩌면 퍽은 선두를 따라잡을 속도를 내지 못할지도 모른다. 그리고 나는 마냥 기다리다가 모든 것을 잃을지도 모른다. 아직은, 시간이 있다고 나는 나를 타이른다. 코어가 앞으로 나갈 시간이 아직 있다.

도브가 속도를 내기 시작한다.

그때 나는 머트가 일부러 스카타의 속도를 늦췄음을 깨닫는다.

머트는 우승하려는 게 아니다.

퍽

나는 얼룩말의 공격에 놀란다. 나와 바다 사이에서, 얼룩말은 뒷다리로 일어서서 앞으로 내려설 것 같더니 도브를 덮친다. 얼룩말의 이빨이 도브의 귀 바로 뒤에 박힌다. 도브가 휘청거린다.

나는 고개를 돌려 섬뜩하게 웃는 머트를 똑바로 바라본다.

션이 다급하게 외치는 소리가 들린다.

"이건 너랑 내 문제야, 머트!"

나는 등자를 놓치지 않으려고 애쓰면서 도브의 땀에 젖은 목 위로 몸을 기울여 얼룩말의 귀를 붙잡는다. 얼룩말의 미끈거리는 피부는 내가 이제껏 만져 본 어떤 말의 피부와도 다르다. 도브의 등뼈에 배가 짓눌리고, 물집 잡힌 손이 욱신거리지만, 그런 건 무시하고 얼룩말의 귀를 잡아 세게 비튼다. 얼룩말은 비명을 지르며 도브를 놓친다. 션이 외치는 소리가 잘 들리지 않는다.

"빠져나가, 퍽!"

내가 알아듣지 못해도 도브가 알아듣는다. 코어가 가까이 다가오자 도브는 코어와 얼룩말 사이에서 튀어 나간다. 나는 간신히 다시 안장으로 몸을 내린다. 안장가죽이 물인지 피인지 모를 액체로 미끈거린다.

스카타가 몸을 비틀며 머트를 태운 채 뛰어오르지만 우리는 스카타를 벗어난다. 나는 뒤를 흘끗 돌아본다. 코어가 얼룩말한테 어깨를 부딪치는 모습만 겨우 보인다. 션의 눈길이 잠깐 나를 향한다. 션은 내가 앞으로 나아가고 있는지 확인한다.

나는 션을 기다리고 싶다. 션이 나 없이도 여기서 네 번이나 우승했다는 것을 알지만, 션을 두고 가기가 싫다.

션의 목소리가 들린다.

"가!"

나는 도브의 고삐를 늦춘다.

션

벗어날 수가 없다.

있는 힘을 다한다면 코어는 스카타를 앞지를 수 있지만, 머트가 내 고삐를 낚아챘다. 머트는 얼룩말의 이빨이 닿는 거리로 코어의 머리를 끌어당긴다. 코어는 눈이 보이지 않는 쪽이라 무엇이 다가오는지 모른다는 공포에 날뛴다. 코어가 눈이 희번덕이며 자꾸만 코를 치켜든다. 스카타가 코어한테 덤벼들어 이빨로 옆얼굴을 할퀸다. 코어의 고삐를 놓고 머트와 싸우며 내 무릎뼈가 머트의 무릎뼈에 부딪혀 타는 듯이 아프다.

스카타와 코어는 어깨를 나란히 하고 질주하며 한발 한발 파도 속으로 더 깊이 들어간다. 입에 짠 내가 돌고 안장이 소금물에 질척인다. 코어의 온 근육이 떨리고 꿈틀거린다. 머트를 흘끗 보니 앉은 자리를 지키느라 힘겨워 보인다.

너무 늦게, 머트가 든 칼이 보인다.

나는 팔을 든다. 나도 코어도 지킬 수가 없다.

하지만 머트가 찌른 것은 내가 아니다. 머트는 얼룩말의 목에 칼을 박고 붉은 선을 긋는다. 얼룩말은 고통으로 흉포해진다.

"상대해 보시지, 켄드릭."

머트가 고삐를 놓는다. 스카타가 우리한테 달려든다.

퍽

우리는 우선 마곳을 탄 블랙웰을 따라잡는다. 마곳은 기차 칸처럼 길고 키가 큰 늘씬한 밤색 말로 블랙웰한테 거세게 저항하고 있다. 우리 헛간을 들여다보던 검은 이시커처럼 씨익 웃는 마곳의 입이 보인다. 저번에 마곳은 숨도 못 쉬게 빨랐지만 지금은 블랙웰이 속도를 내지 못하게 자꾸 막는다. 블랙웰이 고삐를 조금만 늦추면 마곳은 바다로 튀어 나갈 것이다.

하지만 도브는 바다를 전혀 신경 쓰지 않는다. 도브의 목도 땀에 젖고 내 손도 땀에 젖어 도브를 붙잡고 있기가 쉽지 않지만, 나는 도브의 갈기에 낮게 엎드려 속도를 올린다. 도브가 블랙웰을 지나친다.

이제 우리 앞에는 펜다를 탄 프리벳 뿐이다. 프리벳은 파도와 거리를 두고 달려서 나는 그 사이로 지나갈 수도 있다. 하지만 만약 펜다를 11월 바다 가까이로 몰 수 있다면, 펜다의 주의가 흐트러질 테니 선두를 더 오래 유지할 수 있을 것이다. 하지만 그건 탈출할 틈 없이 이시커 곁으로 아주 가까이 다가서야 하는 일이다. 도브는 이미 공포에 질려 한계에 달했다.

아주 멀지는 않다. 아마도 한 600미터쯤. 기대하고 싶지는 않지만 내 안에 기대가 부풀어 오른다.

다만, 지금 이곳에 코어가 있다면 좋겠다. 나만 혼자 이곳에 펜다와 있어서는 안 된다.

뒤를 흘끗 돌아보지만 션은 보이지 않는다. 마곳이 속도를 내며 우리를 따라잡는 것이 보인다. 그리고 임시로 만든 우리의 안장깔개 깃털이 바람에 마구 퍼덕이는 것이 보인다.

가능성이 있다고 말하던 션의 목소리가 들린다. 내가 누구인지 보여주라던 페그 아줌마 목소리가 들린다. 결국에는, 도브가 용감해야 할 수 있는 일이 아니라는 것을 나는 안다. 내가 도브를 위해 용감해져야 한다. 나는 도브, 내 최고의 친구, 목덜미에 엎드려 마지막으로 단 한 번 속도를 내달라고 부탁한다.

션

나는 코어를 붙잡지만, 아무것도 붙잡지 못한다. 어딘가에서 높고 날카로운 비명이 들리고, 나는 떨어진다.

코어의 등에서 파도 속으로 떨어지는 짧은 순간에, 내 머릿속에 먼저 떠오른 것은 우리 뒤에 달려오는 수십 마리 말, 그리고 아버지의 죽음이다.

벗어나는 수밖에 없다. 땅에 떨어지는 순간, 땅을 짚고 굴러 뒤따라올 발굽을 피하기를 바라는 것. 정신을 바짝 차린다면 살아남을 수 있을 것이다.

찰나에, 모든 것이 완벽히 또렷하게 보인다. 머리에 붉은 피를 뒤집어쓴 코어, 찢어진 콧구멍, 아득히 멀리 펼쳐진 수평선, 저 위 푸르디푸른 11월 하늘.

얼룩말의 무릎이 훽 솟아 내 머리를 친다.

모래밭에 떨어질 때 시야가 파도처럼 무너진다. 바닷물이 입에 들이치고 모래밭이 발굽 소리에 우르르 울린다. 그리고 눈앞에는 붉은색, 온통 붉디붉은 색이다.

펵

프리벳과 펜다를 제치는 순간, 프리벳과 눈이 마주치고, 프리벳은 믿을 수 없다는 표정을 짓는다.

그리고 경주가 끝난다.

첫 번째로 결승선을 통과하고서도, 다음 순간 마곳이 쏜살같이 지나칠 때도, 그다음 순간 에이크 팰슨과 할살 의사 선생님이 앞다투어 들어올 때도, 나는 믿지 못한다.

나는 도브의 속도를 늦추며 목을 두들겨 주고, 피 묻은 손등으로 눈물을 닦으며 웃는다. 모든 아픔이 씻겨 내려간다. 다만 몸이 계속 떨린다. 나는 등자를 밟은 채 후들거리며 몸을 일으키고 결승선으로 들어오는 이시커들과 떨어진 쪽으로 도브의 방향을 튼다. 회색, 검은색, 적갈색, 밤색 이시커들.

션이 보이지 않는다.

귓가에서 윙윙대는 소리가 멈추지 않는다. 한참 뒤에야 나는 그것이 저 위에서 들려오는 관중의 함성이라는 것을 알아차린다.

사람들이 내 이름과 도브의 이름을 외친다. 그 속에서 핀의 목소리가 섞여 들리는 것 같지만 아마 내 착각일 것이다. 경주가 끝난 지금까지도 바다 말들은 서로 밀치고 뒷발로 일어서고 몸을 비튼다.

하지만 션은 보이지 않는다.

운영 위원이 내 쪽으로 다가와 도브의 굴레에 팔을 뻗는다. 손이 계속 떨린다. 끔찍한 기분이 든다.

"축하합니다!"

운영 위원이 말한다. 나는 위원을 쳐다보고 방금 무슨 말을 들었는지 조금 뒤에야 이해하고서, 묻는다.

"션 켄드릭은 어디 있나요?"

대답이 없자 나는 도브를 돌려 왔던 길로 간다. 경주가 끝난 해변은 땀에 젖은 이시커와 피곤에 젖은 기수들로 혼잡하다. 해변은 아까 반대편으로 질주할 때와는 딴판이다. 그저 속보나 하는 지금, 해변은 그저 모래밭에 지나지 않는다. 바다는 어둡고 굶주린 괴물이 아니라 그저 밀려오고 또 밀려오는 파도일 뿐이다. 나는 젖은 모래밭을 살피며 도브와 함께 왔던 길로 돌아간다. 싸움이 있었던 자리는 피범벅이고 물 아주 가까이 적갈색 이시커 한 마리가 죽어 있다. 좀 더 뭍 쪽에서 사람들이 누군가를 천으로 덮고, 그 모습을 본 내 가슴이 철렁하지만, 션이라기엔 몸집이 너무 크다.

그리고 그때, 파도 끄트머리에 서 있는 코어와, 그 아래 코어의 핏빛 그림자로 물든 젖은 모래가 보인다. 코어는 뒷다리 한쪽을 구부리고 발굽 끝으로 서서 고개를 푹 숙이고 있다. 더 가까이 다가가자 코어가 떠는 것이 보인다. 안장이 빙 돌아가 거의 거꾸로 매달려 있다.

코어 아래에는 고삐 끈에 휘감긴 거무스름하고 길쭉한 형체가 있다. 지저분한 그것은 검푸른 재킷이다. 내가 코어의 그림자인 줄 알았던 것은 피였고, 파도가 밀려올 때마다 천천히 씻겨 나간다.

문득, 게이브 오빠가 내뱉은 '못 참겠어.'라는 말이 떠오른다. 나는 마음만 먹으면 어떤 것도 참을 수 있다고 생각하며 오빠를 믿지 못했다.

하지만 이 순간 나는 오빠를 완벽하게 이해한다. 만약 션 켄드릭이 죽었다면, 나는 참지 못할 것이므로. 여기까지 와서, 다른 누구도 아닌 션이 죽었다면……. 코어가 부러진 것 같은 다리로 서 있는 모습을 보는 걸로도 이미 끔찍하다. 션은 죽을 수 없다.

나는 도브 등에서 미끄러져 내린다. 거기엔 또 다른 운영 위원이 있고, 나는 그 위원한테 고삐를 넘긴다. 그리고 후들거리며 모래밭을 가로질러 코어 쪽으로 간다. 갈매기 한 마리가 얼굴 가까이 휙 지나가서 잠깐 멈칫한다. 해변의 참사에 벌써 새들이 몰려든다. 왜 아무도 새를 쫓지 않는 걸까?

"션."

나는 가까이 다가가다가, 무엇이 불쑥 움직이는 바람에 화들짝 물러선다. 션이다. 팔을 들어 올려 더듬거리는 션이다. 션은 등자를 붙잡고 몸을 일으킨다. 막 태어난 망아지처럼 비틀거리며.

나는 션을 감싸 안는다. 지금 떠는 사람이 나인지 션인지 모르겠다.

션이 쉰 목소리로 말한다.

"해냈어?"

말하고 싶지 않다. 일어났어야 할 일이 반쪽만 일어났을 뿐이기에.

션이 물러서더니 내 얼굴을 들여다본다. 무엇을 보았는지 모르겠지만 션은 말한다.

"해냈구나."

"펜다가 2등이야. 어디에 있었어? 무슨 일이 있었던 거야?"

"머트."

션은 눈을 찡그리고 바다 쪽을 바라본다.

"머트 봤니? 아니, 아니겠지. 데려갔어. 얼룩말이 데려갔어."

상처가 욱신거리기 시작하고 속이 답답하다.

"머트는 우승하려던 게 아니었어. 그저 널 노렸던 거야."

"코어가 여기 서 있었어. 안 그럼 나는 죽었을 거야. 코어는 떠날 수도 있었는데."

션이 의아한 목소리로 말한다. 그 순간, 나는 우승하지 못한 것이 션한테는 그리 중요하지 않다는 사실을, 션한테는 코어가 보여 준 우정이 코어의 소유권보다 중요하다는 사실을 깨닫는다.

션은 코어를 훑어본다. 푹 숙인 고개, 콧구멍에서 흐르는 피, 비틀린 뒷다리. 보는 것만으로도 속이 쓰리다. 션이 다가가 코어의 뒷다리를 조심스럽게 쓰다듬는다. 어느 순간, 션의 손이 멈추고 어깨가 축 늘어진다. 코어의 다리가 부러졌나 보다.

나는 션의 소원을 기억한다. 필요한 것을 갖기를.

이 순간, 신이니 여신이니 섬이니 하는 존재를 어떻게 믿을 수 있을지도 모르겠고, 혹여 믿는다 한들, 그들은 잔인할 뿐이다.

션이 몸을 일으키더니 뱃대끈을 풀어 뒤집힌 안장을 바닥에 떨어뜨린다. 코어의 검붉은 맨몸이, 안장 아래에서 젖고 헝클어진 털이 드러난다. 션은 땀에 젖은 코어의 털을 손으로 쓸어내린다. 그러고는 코어의 갈기를 한 줌 움켜쥐더니 코어의 어깨에 이마를 댄다. 나는 션이 말하지 않아도, 코어가 다시는 달릴 수 없으리란 것을 안다.

퍽

남은 하루가 후딱 지나간다. 시상식과 상금, 기자와 관광객. 축하 인사와 악수와 미처 알아들을 수도 없는 여러 목소리. 내 상처를 걱정하는 말. "어머, 세상에 퍽 코널리, 어떻게 말이 이런 상처를 내니. 깊은 상처가 아니라 다행이야." 그리고 도브를 칭찬하는 말들. 이런 것이 몇 시간이나, 또 몇 시간이나 이어져서, 뭐라도 좀 쓸모 있는 일을 하러 빠져나갈 틈이 없다.

해가 진 뒤에야 나는, 맬번 마장까지 걸을 수가 없는 코어를 위해 바닷가 만 한 곳에 임시 우리가 생겼다는 사실을 알게 된다. 나는 사람들 속에서 간신히 빠져나와 절벽 길을 반쯤 내려간다. 저녁 어스름 속에, 절벽에 기대앉아 눈을 감고 있는 션이 보인다. 내가 션한테 다가가려고 하는데, 금발의 홀리 씨가 먼저 가서 션을 흔들어 깨우며 자리를 옮기라고 말한다. 모든 것을 잃고 망가져 버린 션의 표정이 여기까지 보인다. 홀리 씨가 나더러 와도 좋다는 뜻으로 멀리서 고개를 끄덕이지만, 나는 션과 눈이 마주칠 때까지 기다렸다가 도브를 데리고 집으로 향한다.

집으로 가는 길에 핀이 폴짝폴짝 뛰어오더니 나와 발걸음을 맞춘다. 핀은 재킷 주머니에 손을 찌른 채 걷는다. 우리는 잠깐 말없이 걷기만

한다. 우리가 땅을 밟는 소리와 가끔 자갈을 딛는 도브의 발굽 소리만이 울린다. 어스름 속에서 주변 모든 것이 조금 더 작아 보인다.

"인상을 계속 쓰네."

마침내 핀이 말한다.

핀 말이 맞다. 내 눈썹 사이에서 주름이 느껴진다.

"돈 계산 중이라서 그래."

하지만 별로 기쁘지 않다. 계산 결과는 계속 똑같다. 우리 집을 지킬 만큼은 되지만, 코어를 사기에는 모자란다. 맬번 씨가 코어를 판다고 해 해도.

"기념해야지! 게이브 형이 집에서 파티를 열 거래!"

하루가 이렇게 길었는데도 핀의 걸음걸이는 자꾸만 폴짝폴짝 튀어 오른다. 바람 부는 날 망아지 같다.

핀이 잘못한 것도 아니니까 가시 돋친 말을 하지 않으려고 나는 최선을 다하지만, 가시 조각이 삐져나온다.

"션 켄드릭이, 나 때문에 못 사게 된 다친 말하고 저기서 저러고 있는데, 내가 어떻게 기념 같은 걸 해!"

"션 형이 지금도 그 말을 사고 싶어 하는지 어떻게 알아?"

물어보지 않아도 안다. 션이 여전히 코어를 원한다는 것을 나는 안다. 션한테는 언제나 경주가 중요한 게 아니었다.

핀이 나를 흘끔 보더니 내 표정에서 대답을 읽는다.

"알았어, 그럼, 션 형은 왜 그 말을 못 사는 거야?"

소리 내어 말해 봐야 더 기분 나빠질 뿐이지만, 나는 설명한다.

"상금을 타야 말 값을 치를 수 있거든. 돈이 모자라."

한참 동안, 다시 타박거리는 우리 발소리와, 도브의 발굽 소리와 귓가를 스치는 바람 소리만이 들린다. 홀리 씨가 션을 해변에서 데리고 나갔는지 모르겠다. 아니면 션이 거기에서 자려고 할까. 션은 대체로 현실적이지만 코어 문제에서는 그렇지 않다.

"션 형한테 돈을 좀 주면 어떨까?"

"상금이 집도 사고 코어도 살만큼은 안 돼."

핀이 주머니를 뒤진다.

"이거 써도 되는데."

핀의 손에 있는 두툼한 지폐 뭉치를 보고서 내가 너무 급하게 멈추는 바람에 도브가 내 어깨에 머리를 박는다.

"핀! 핀 코널리, 이거 어디서 났어?"

핀이 나한테 미소를 보이지 않으려고 무척 애쓴다. 결국 핀은 아무렇지도 않다는 듯한 개구리 표정을 짓는다. 나는 여전히 핀이 손에 든, 거의 경주 상금만큼이나 불룩한 지폐 뭉치에서 눈을 뗄 수가 없다.

"45 대 1."

핀이 말한다. 나는 한참 걸려서야 정육점 칠판에 적혀 있던 그 숫자를 기억해 낸다. 문득, 비스킷 깡통에 남아 있던 돈이 모두 어디로 갔는지 이해가 된다.

"너 도박을……."

나는 차마 말을 마치지 못한다.

핀이 다시 걸음을 뗀다. 이제는 살짝 거들먹거리는 걸음걸이다.

"누나가 유망주라고 도리 아줌마가 그러더라고."

펙

엄마는 늘 화가 나면 가장 좋은 옷을 입으라고, 그래야 사람들이 두려워한다고 말했다. 경주 다음 날 아침, 화가 나지는 않았지만 사람들한테 두렵게 보이고 싶은 기분이라서 차림새에 굉장히 신경을 쓴다. 엄마 방 타원형 거울 앞에서 연갈색 머리를 빗으로 빗어 넘기기도 하고 손가락으로 꼬아 보기도 하면서 한 시간을 보낸다. 나는 머리를 매만지는 내내 페그 아줌마의 머리 모양을 떠올린다. 하지만 내 머리는 한 방향으로 말리면서 아줌마와는 전혀 딴판이 된다. 뒤로 넘겨 핀을 꽂았더니 거울에 엄마 얼굴이 보인다.

엄마 옷장을 열고 들여다보지만, 다른 사람을 겁줄 만한 옷은 눈에 띄지 않는다. 그래서 목깃이 있는 셔츠와 반바지를 입고, 덕지덕지 붙은 해변의 흔적을 싹 닦아 낸 장화를 신는다. 나는 엄마의 산호 목걸이와 짝을 이루는 산호 팔찌를 빌린다. 그리고 거실로 나간다.

“케이트.”

게이브 오빠가 깜짝 놀란다. 오빠는 주방 식탁에 앉아 나를 바라본다. 어젯밤에 오빠가 짐 꾸리는 소리를 들었다.

“어디 가려고?”

"맬번 마장에 갈 거야."

"어, 멋있네."

문을 연다. 바깥에는 장작 타는 냄새가 감돌고, 거칠었던 어제와 달리 온화한 파스텔 색 아침이 있다.

"나도 알아."

나는 학교 가방을 어깨에 걸쳐 메고 자전거를 꺼낸다. 도브한테 줄 상이 있다면 하루 휴가이기에, 도브 대신 자전거를 타고 따스한 날씨 속에 맬번 마장으로 향한다.

마장에 도착하니 지난번처럼 분주하다. 말을 데리고 목초지로 나가는 조련사들, 경주마를 훈련하러 연습로로 데려가는 기수들, 바닥을 쓰는 마구간지기들.

"케이트 코널리, 션은 여기 없어."

조련사 한 사람이 말한다.

션이 있을 거라고는 생각하지 않았지만, 막상 들으니 반갑지는 않다.

"실은 맬번 씨를 찾아왔어요."

"저기 댁에 계실 거야. 만나기로 했어?"

"네."

만나기로 한 건 아니지만, 일단 내가 걸어 들어가면 맬번 씨는 나를 만나기로 할 테니까.

"아, 그럼, 잠깐만."

나와 자전거가 들어갈 수 있도록 조련사가 문을 열어 준다.

나는 고맙다고 인사한 뒤 자전거를 끌고 맬번 씨 집으로 향한다. 마구간 뒤에 있는 웅장하고 오래된 건물이다. 맬번 씨처럼 인상적이고 강인해 보이지만 특별히 수려한 모습은 아니다. 나는 벽에 자전거를 기대 세우고 현관으로 가서 문을 두드린다.

한참 동안 답이 없더니, 맬번 씨가 문을 연다.

"안녕하세요."

나는 맬번 씨를 지나쳐 안으로 들어간다. 아무 장식 없이 그저 천장이 높은 실내에, 작은 협탁 하나를 벽에 붙여 놓았다. 그 뒤로 하얀 식탁보가 깔린 탁자 위에 잔이 하나 놓인 응접실이 보인다.

"차를 마시던 중이었다."

맬번 씨가 말한다.

"제가 때를 잘 맞췄네요."

나는 들어오라는 말을 기다리지 않고 거실로 들어간다. 아까처럼 장식 없이 거의 텅 빈 방이다. 높은 천장, 가운데 놓인 둥근 탁자 하나, 벽에 달린 놋쇠 촛대. 좀 쓸쓸해 보인다. 맬번 씨는 이곳에 앉아서 바다가 그 얼룩말과 머트를 도로 뱉어 낼지 궁금해하던 참일까. 나는 이미 뒤로 밀려나 있는 의자의 맞은편 의자에 앉는다. 맬번 씨가 입을 연다.

"우유나 설탕 넣니?"

나는 탁자에 팔을 괴고 맬번 씨를 바라본다.

"드시는 대로 똑같이 주세요."

맬번 씨가 눈을 치켜뜨더니 나를 위해 그 이상한 차를 만든다. 맬번 씨는 내 앞에 차를 놓고 맞은편에 앉아 등을 기대고 다리를 꼰다.

"무슨 일로 폭풍처럼 내 집에 쳐들어온 거냐, 케이트 코널리? 상당히 무례하구나."

"그렇죠. 실은 세 가지 일 때문에 왔어요."

나는 컵을 기울여 입술을 축인다. 그런 나를 맬번 씨가 지켜본다. 나는 한쪽 눈을 감는다. 차 맛이 스콘을 마시거나 카펫을 핥는 느낌이다.

"제가 바라는 세 가지 일이요."

"바라는 것이 꽤 많구나."

나는 가방 안을 뒤져 탁자 위에 지폐 뭉치를 올려놓는다.

"첫 번째는 집세를 전부 내고 싶다는 거예요."

맬번 씨는 돈을 쳐다보지만 건드리지는 않는다.

"두 번째는?"

나는 강조 효과를 위해 차를 한 모금 꿀꺽 마신다. 그건 상당한 용기가 있어야 하는 일이지만 나는 해내고 만다.

"저한테 일을 주셨으면 해요."

맬번 씨가 찻잔을 내려놓는다.

"네가 이곳에서 하게 될 일이 뭐라고 생각하지?"

"처음에는, 아마 마구간에서 똥을 치우고 말을 타고 손수레를 끌 거라고 생각하는데, 잘할 수 있을 것 같아요."

맬번 씨가 나를 찬찬히 살펴본다.

"알겠지만, 이 섬에서 일자리를 갖는 것은 쉬운 일이 아니다."

"그렇게 들었어요."

맬번 씨는 손으로 입을 문지르며 높고 텅 빈 천장을 올려다본다. 회반죽이 조금 갈라진 곳을 보더니 얼굴을 찌푸린다.

"그건 해줄 수 있을 것 같군. 세 번째로 바라는 건 뭐지?"

나는 찻잔을 내려놓고 꽤 강렬하게, 맬번 씨를 바라본다. 내가 두렵게 보이고 싶은 순간이 있다면 바로 이 순간이다.

"션 켄드릭이 우승하지는 못했지만 션한테 코어를 파셨으면 해요."

맬번 씨가 인상을 찌푸린다.

"그 애와 나는 거래를 했고, 그 애도 안다."

"이제 그 말은 쓸모가 없어졌고, 그 사실을 션도 맬번 씨도 이미 알아요. 그 말로 뭘 할 수 있겠어요?"

맬번 씨는 한쪽 손바닥을 펼친다.

"그러니 션한테 파시는 게 나을 거예요. 션 켄드릭을 괴롭히는 것을 즐기시는 게 아니라면 말이에요."

'당신 아들이 즐겼듯이'라는 말을 덧붙일까 생각했지만, 이 상황에 그러는 건 좀 아니라는 생각이 든다.

"그 애가 부탁하든?"

나는 고개를 흔든다.

"제가 여기 온 것도 몰라요. 제가 온 것을 알면 좀 의아해하겠죠."

맬번 씨는 차를 들여다본다.

"너희는 특이한 한 쌍이로구나. 한 쌍, 맞지?"

"우리는 같이 훈련하는 사이에요."

맬번 씨가 고개를 젓는다.

"좋아. 팔도록 하지. 하지만 가격은 그대로다, 이제 그 말이 다리 네 개가 아니라 세 개로 서 있다고 해도. 이제 할 말은 끝났니?"

"세 가지라고 했고, 이게 제가 드리려던 말씀 전부예요."

"그렇구나. 그럼 이제 나는 차 좀 마시자. 월요일에 다시 오너라. 네 손수레 얘기를 해보자."

나는 일어서서 맬번 씨가 손도 대지 않은 지폐 뭉치를 탁자 위에 남겨 두고 밖으로 나온다. 멀리서부터 산들바람이 바다와 섬의 들풀과 건초와 말을 어루만지며 지면 가까이 낮게 불어온다. 세상에서 가장 향긋한 냄새가 난다.

션

11월 저녁 바다는 붉은 바위 너머로 반짝이는 검은 보석이다. 나는 백악 절벽을 떠나 코어를 물로 이끈다. 내가 처음 바다에서 끌어냈을 때 한 것처럼, 코어한테 밧줄로 엮은 굴레만을 씌웠다. 뒷다리에 두른 붕대를 벗겨 낸 지는 오래다. 다리는 낫지 않을 것이다. 홀리 씨는, 캘리포니아에 가면 뼈를 맞출 방법이 있을 테지만, 그래도 코어가 다시 경주에 나갈 수는 없을 거라고 했다. 그저 바다로 돌려보내기 위해 코어를 사다니 더없이 바보 같은 짓이라고도 했다.

하지만 코어는 하늘을 날 수 없듯이 캘리포니아에도 갈 수 없다. 설령 다리를 고친다 해도 그런 삶이 이시커한테 어떤 의미가 있을지 확신할 수 없다. 코어는 바다를 사랑하고 달리는 것을 사랑한다. 내가 둘 중 하나라도 코어한테 줄 수 있었을 때 우리는 행복했다.

그래서 지금 나는 코어를 데리고 천천히 파도를 향해 걸어 내려간다. 바닷속에서라면 물이 몸무게를 받쳐 줄 테니 절뚝이지 않을 테고 뒷다리가 예전 같지 않다는 것도 크게 못 느낄 것이다.

작별 인사를 하고 싶지는 않다.

등 뒤 절벽에서 퍽과 홀리 씨가 똑같은 자세로 팔짱을 끼고 서서 나를 기다린다. 두 사람이 이 순간 나 혼자 갈 수 있게 해주어서 고맙다.

코어는 고통스럽게 앞으로 나아가면서도 바다를 향해 귀를 쫑긋 세운다. 11월 바다가 달콤한 노래로 코어를 유혹하고 어루만져 피를 달군다. 우리는 얼음처럼 찬 바다에 발을 담근다. 이런 햇살 아래에서 코어는 밤이 내리기 전의 해처럼 붉고, 거인 같고, 또 신과 같다. 바다가 다친 다리를 어루만지자 코어의 귀가 파르르 떨리다 다시 수평선 쪽으로 향한다. 먼 바다는 검고 끝없이 깊다. 아마도 디스비의 바다보다 더 많은 신비를 감추고 있을 것이다.

이 절벽 아래 파도 속에서 코어와 내가 서로 물을 튀기던 때가 그리 오래되지 않았다. 그러나 지금 코어는 애를 쓰지 않으면 한 발짝 내딛지도 못한다.

나는 코어의 목과 기갑과 어깨를 쓸어내린다. 코어의 존재감, 나한테는 너무도 당연했던 것들이다. 나는 코어의 어깨에 뺨을 대고 잠깐 눈을 감았다가 이윽고 속삭인다. '행복을 찾아가.'

다리에 힘이 풀려 오래 서 있을 수가 없다. 나는 눈을 깜빡여 흐린 시야를 회복한다. 그리고 팔을 뻗어 코어한테서 굴레를 벗긴다.

코어를 지켜보며 파도 밖으로 물러난다. 코어의 귀는 지금 이 순간에도 내가 아니라 수평선을 향해 쫑긋 서 있다. 코어는 바다를 사랑하고, 이제, 마침내 바다를 가질 것이다.

나는 목깃을 세우고 등을 돌려 다시 절벽 쪽으로 걷는다. 코어가 물속으로 사라지는 모습을 차마 보지 못하겠다. 심장이 찢어질 것이다.

퍽은 눈에 뭐가 들어간 것처럼 마구 눈을 문지른다. 홀리 씨는 입술을 깨문다. 절벽은 높이 서 있고, 나는 스스로를 달래려고 애쓴다. '나는 다른 이시커를 찾고, 다시 말을 타고, 아버지와 살던 집으로 옮기고, 또 자유로워질 거야. 하지만 전혀 위안이 되지 않는다.

등 뒤에서 바다가 노래한다. 쉬이이이이 쉬이이이이.

가냘프고 긴 울음소리가 들린다. 나는 맨발로 고르지 않은 돌을 천천히 밟으며 계속 걷는다.

울음소리가 다시 들려온다, 낮고 날카롭게. 퍽과 홀리 씨가 내 뒤를 쳐다본다. 나도 돌아본다. 코어를 놓아준 그 자리에서, 내가 떠난 것을 알아챈 코어가 돌아본다. 코어가 고개를 들고 나를 보며 운다.

저항할 수 없는 바다가 코어의 발굽을 적신다. 하지만 코어는 여전히 나를 돌아보며 자꾸만, 자꾸만 울음을 운다. 코어의 부름에 팔에 있는 털이 선다. 코어가 나와 함께 가고 싶어 하는 것을 알지만, 나는 코어가 가야 할 곳에 함께할 수 없다.

내가 돌아가지 않자 코어는 잠잠해진다. 그러고는 다시 끝없는 수평선을 바라본다. 코어가 한 발을 들어 올렸다가 다시 내려놓는 것이 보인다. 다시 자기 무게를 가늠해 보는 것이다.

그러더니 몸을 돌려 바다 밖으로 발걸음을 옮긴다. 다친 다리가 바닥에 닿자 고개를 홱 쳐들지만, 다시 힘겹게 한 발을 떼고 나를 보며 운다. 코어는 11월 바다 밖으로 또 한 발을 내디딘다. 그리고 또 한 발.

바다가 노래하며 우리를 부르지만, 코어는 천천히 나한테 돌아온다.

작가의 말_

제가 10대였을 때, 글을 어떻게 써야 할지 알게 되기까지, 이야기 소재를 몇 달씩 혹은 몇 년씩 곱씹어 본다는 작가들 기사를 읽을 때마다 무척 궁금했습니다. 소설의 아이디어가 떠오르자마자 끄적거리던 10대 작가가 보기에는 무척 기이하고 낯선 일이었죠. '어떻게 자기 이야기 쓰는 법을 자기가 알 수 없다는 걸까?' 한 달 만에 또 하나의 형편없는 소설을 써내며 저는 그렇게 생각했어요.

자, 바로 그런 작가가 된 제가 여기 있습니다. 저는 아주 오랫동안 바다 말에 관한 이야기를 쓰고 싶었어요. 실제로 몇 번 시도도 해 봤어요. 대학에 다닐 때 처음 시도했고, 그 얼마 뒤에도 다시 시도했어요. 그러고 나서 거의 포기했다가, 몇 년 전, 소설 3편을 출판하고 내가 뭘 하고 있는지 좀 알게 된 뒤에 다시 한 번 도전했어요. 그리고 또 실패했죠.

전과의 유일한 차이라면, 전에는 쾅 하고 나가떨어졌는데 이번엔 좀 훌쩍이고 말았다는 점이에요.

이 신화가 복잡하면서도, 풀 죽은 작가를 이끌어 줄 만한 자체 줄거리가 없다는 것이 문제였어요. 변형된 이야기가 많았어요. 맨 섬 버전의 글래시틴*glashtin*, 아일랜드 버전의 캐플 이슈케*capall uisge*와 카벌 어시터*cabyll ushtey*와 오히슈키*aughisky*, 스코틀랜드 버전의 에흐 으시커*each uisge*와 켈피*kelpies*. 공통점이라면 발음하기 힘들다는 것이지요. 제가 고른 capall uisce는 캐플 이시커라고 읽습니다. 모두 바다에서 나온 위험한 요괴 말을 다루고 있어요.

여러 가지 마법적 요소가 마음에 들었습니다. 말은 11월과 관계가 있다. 말이 고기를 먹는다. 일단 말을 바다 밖으로 꾀어내면, 다시 소금물에 닿기 전까지는 상상할 수 있는 최고의 탈것이 된다.

하지만 신화에는 기이한 변신이라는 요소도 있었어요. 바다 말이 적갈색 머리칼을 지닌 잘생기고 젊은 남자로 변한다는 이야기도 있었어요. 그 젊은 남자는 물가를 서성이며 처녀를 유혹해서—희미하게 물고기 냄새를 풍기는 붉은 머리의 낯선 소년처럼 매혹적인 것도 없으니까요!—물속으로 끌고 들어가 잡아먹죠. 나중에 폐와 간만 떠내려 오고요!

이 뒷이야기가 저를 무너뜨렸어요. 사람이자 말인 생물을 그려 내려고 애쓸 때마다, 이건 제가 하고 싶은 이야기가 아니라는 걸 깨달았어요. 늑대 인간 전설을 변형한 《시버*Shiver*》 3부작을 쓰고 나서야, 바다 말을 액면 그대로 받아들일 필요는 없다는 것을 깨달았죠.

저는 바다 말 이야기에서 필요 없는 모든 것을 없애 버렸고, 그렇게 해서, 이제 와 생각해 보면 바다 말이나 요괴에 관한 이야기가 전혀 아닌, 이 작품이 탄생했어요.

자, 만약 머리에 해초를 두르고 다니는 그 오싹한 빨간 머리 바다 소넌 이야기가 더 궁금하시다면, 캐서린 브릭스*Katharine Briggs*의 《요괴 대백과*An Encyclopedia of Fairies*》를 읽어 보시라고 권할게요. 요괴에 관한 모든 것을 알아볼 좋은 출발점이 될 거예요.

제가 이 전설의 다른 부분에 대해 쓸 날이 언젠가는 올지도 모른다고 생각합니다.

아니, 아니에요. 그렇지는 않을 겁니다.

11월의 케이크 레시피

재료

케이크 반죽
우유 1컵
물 1/2컵
식용유 1/4컵
버터 1큰술
달걀 2개
밀가루 3과 1/2컵
소금 1과 1/2작은술
설탕 3큰술
이스트 3작은술

케이크 소
녹인 버터 3큰술
오렌지 농축액 1/4작은술

아이싱
슈거 파우더 1/2컵
녹인 버터 1큰술
물 1큰술

글레이즈
꿀 1/2컵
버터 8큰술
황설탕 3/4컵
휘핑크림 2큰술
바닐라 향 1/2작은술

만드는 방법

[1] 우유, 물, 식용유, 버터를 전자레인지에 넣고 2분 돌려요. 뜨거워서 손을 댈 수 없을 정도가 되면 안 돼요. 30~40도 정도면 충분해요. 열심히 일하는 작은 일꾼들인 이스트를 죽이면 안 되잖아요?

[2] 달걀을 풀어서 [1]과 섞어 줍니다.

[3] 밀가루 1과 1/2컵, 소금, 설탕, 이스트를 믹서에 담아요. [2]를 넣고 잘 섞어 줍니다. 남은 밀가루 2컵을, 1컵씩 나누어 넣으며 잘 섞어 주세요.

[4] 믹서에 반죽기를 끼우고 저속으로 4분 돌려 주세요. 믹서가 없다면 대신 손으로 8분 동안 반죽을 치대세요.

[5] 기름을 살짝 두르고 밀가루를 뿌린 그릇에 반죽을 담아요. 반죽이 부풀어 오르도록 따뜻한 곳에 1시간 동안 둡니다. 저는 오븐을 40도로 예열한 뒤 불을 끄고, 반죽을 수건으로 감싸서 넣어요. 이스트를 죽이지 않는 좋은 방법이죠.

[6] 1시간 뒤 반죽을 꺼내서 밀가루를 뿌린 도마에 올려요. 반죽을 가로 30센티미터, 세로 50센티미터 직사각형 모양으로 펴줍니다.

[7] 녹인 버터 3큰술과 오렌지 농축액 1/4작은술을 섞어서 소를 만들어요.

[8] 소를 직사각형 반죽 위에 펴 바르고 둥글게 말아 줍니다. 끈적끈적할 거예요. 맛있지만, 끈적거리죠.

[9] 잘 드는 칼로 통나무 모양 반죽을 12조각으로 잘라요. 시나몬 롤처럼 말려야 해요.

[10] 기름을 두른 머핀 틀에 반죽을 옆으로 세워 넣고, 수건을 덮어 반죽이 부풀어 오르도록 30분 동안 둡니다.

[11] 오븐을 200도로 예열한 다음 14분 동안 반죽을 구워요. 이때, 반

죽을 오븐에 넣기 전에 수건을 치워야 해요. 주방에 불이 나면 안 되니까요. 다 구워지면 식힌 다음 틀에서 꺼내어 넓은 접시로 옮기세요.

[12] 빵이 식는 동안 글레이즈를 준비해 봐요. 꿀, 버터, 황설탕을 소스팬에 담아 중불에 올리고 계속 저으면서 2분 동안 끓여 줍니다. 그리고 휘핑크림과 바닐라를 넣고 계속 저으며 팔팔 끓여 주세요.

[13] 숟가락으로 글레이즈를 떠서 빵에 부어요. 빵 모양 때문에 글레이즈가 옆면에는 묻지 않고, 윗면의 움푹 들어간 틈새에만 고일 거예요.

[14] 슈거 파우더, 녹인 버터, 물을 섞어서 흘러내릴 정도로 묽은 농도를 맞춰 주세요. 너무 묽으면 슈거 파우더를 더 넣고, 너무 되면 물을 더 넣어서 아이싱을 만들어요.

[15] 빵에 뿌린 글레이즈가 식도록 5분에서 10분 정도 놔두었다가 아이싱을 숟가락으로 떠서 빵 위에 지그재그로 뿌려요.

따뜻할 때 먹어야 맛있어요.
단, 낯선 말한테 흘리지 않도록 주의하세요.

초판 1쇄 인쇄 2018년 5월 15일
초판 1쇄 펴냄 2018년 5월 23일

지은이 매기 스티브오터 | 옮긴이 박영도

펴낸이 박종암 | 책임편집 김태희
펴낸곳 도서출판 르네상스 | 출판등록 제410-30000002006-62호
주소 경기도 고양시 일산서구 중앙로 1455 대우시티프라자 715호
전화 031-916-2751 | 팩스 031-629-5347
전자우편 rene411@naver.com
표지디자인 아르떼203
함께하는 곳 이피에스, 두성피엔엘, 월드페이퍼, 도서유통 천리마

ISBN 978-89-90828-80-4-43840

이 도서의 국립중앙도서관 출판예정도서목록(CIP)은 서지정보유통지원시스템 홈페이지(http://seoji.nl.go.kr)와
국가자료공동목록시스템(http://www.nl.go.kr/kolisnet)에서 이용하실 수 있습니다.(CIP제어번호: CIP2018013268)